荷花寺

南方出版传媒

花城出版社

中国·广州

图书在版编目（CIP）数据

仙花寺 / 钟道宇著. -- 广州 ：花城出版社，
2020.9（2021.4重印）
ISBN 978-7-5360-8401-8

Ⅰ. ①仙… Ⅱ. ①钟… Ⅲ. ①长篇小说－中国－当代
Ⅳ. ①I247.5

中国版本图书馆CIP数据核字(2020)第126032号

出 版 人：肖延兵
责任编辑：李 谓 曹玛丽
技术编辑：凌春梅
封面设计：吴建功

书　　名　仙花寺
　　　　　XIANHUASI
出版发行　花城出版社
　　　　　（广州市环市东路水荫路 11 号）
经　　销　全国新华书店
印　　刷　北京一鑫印务有限责任公司
　　　　　（北京市顺义区北务镇政府西 200 米）
开　　本　880 毫米 × 1230 毫米　32 开
印　　张　10　1插页
字　　数　300，000 字
版　　次　2020 年 9 月第 1 版　2021 年 4 月第 2 次印刷
定　　价　42.00 元

如发现印装质量问题，请直接与印刷厂联系调换。
购书热线：020-37604658　37602954
花城出版社网站：http：//www.fcph.com.cn

目 录

第一章 瞿太素

　　许多年以后，我对西洋人利玛窦说："如果不是痴迷丹术，也许我就会像我爹一样，先是考取功名，然后再做个不大也不小的官。"

　　钩鼻碧眼的利玛窦听了，只是淡淡一笑，不置可否。

　　"如果不是痴迷丹术，也许我就不会认识你。"见利玛窦仍不搭腔，我看了一眼墙上挂着的那幅《山海舆地全图》，继续喃喃自语。那是一幅世界地图，是利玛窦应肇庆知府王泮的请求绘制的。窗前的一张桌子上，一字排开摆放着天球仪、地球仪、象限仪等各种各样的仪器。阳光从窗外斜斜照射进来，照到桌子上的三棱镜上，折射出彩虹一般的七彩颜色。时间就像阳光里那些飘浮的尘埃，游离而又恍惚，恍惚而又暂停。

　　那一刻，我不禁想起了我刚刚考取秀才的那些日子。那时，虽然可以从县学得到一点学费和生活上的补助，但我并不感到一丁点的开心。尽管我爹瞿景淳以学识、廉洁而享有盛誉，甚至他的书也到处为人所诵读，并受到崇拜，但我们家过得却并不富裕。甚至我妹妹出嫁时，我爹竟无力准备体面的妆奁。好在我的娘子吴氏稍有嫁资，而且慷慨大方，这才解了我们家的燃眉之急。我娘子之所以如此慷慨，是因为她始终相信，只要我发奋读书，在科举这条道路上继续走下去的话，最终是可以走向显达的。她始终认为，要彻底摆脱捉襟见肘的家境，这是唯一的途径，也是唯一的办法，当然了，前提是我不能再像我爹那样过于清高与廉洁。

事实上，如果我继续应乡试，然后再参加会试甚至殿试的话，是完全可以像我爹瞿景淳一样功成名就的。我跟我爹一样，从小便聪慧，都被当地人称作神童。我爹瞿景淳会走路时便能诵读《诗经·关雎》，八岁已可吟诗作文。无奈家贫，考取秀才之后，我爹瞿景淳为了生计只能久困于诸生间，以教书为生。一天夜里，我爹心中苦闷，于是泛舟湖上散心。船至湖中央时，我爹忽见有成百上千的火光向他逼近。当时，我爹并无惧色，厉声大喝："景淳在此，来者何人？意欲何为？"火光竟应声而灭。经历此事后，我爹一下子恢复了自信，并发誓立志攻读，一定要考取功名。说来也奇怪，经过这件事之后，我爹竟一帆风顺，先乡试中举，然后翌年会试又中会元，接着殿试再高中榜眼，授翰林编修……我爹虽然高中出仕，可我却并没有感觉家境的明显改变。只因为我爹为官实在太清廉了。清廉到什么程度呢？譬如，郑王朱厚烷因冒犯皇上被废凤阳，我爹奉敕去册封其子朱载堉为世子代理封地之事时，世子心里很害怕，临别时以重金相赠，我爹竟拒不接受。当时恭顺侯为正使，已接受了世子暗地里送的礼金，但见我爹拒受礼金，也只好极不情愿地悄悄把礼金给退了回去。又譬如，我爹在礼部专典制诰时，锦衣卫陆炳怙宠骄横，先后娶四妾，还想册封第五位小妾，于是登门拜访请我爹草拟制诰。我爹断然拒绝。陆炳不死心，又去请权相严嵩代为说情，但我爹还是不答应。陆炳遂趁夜以整袋黄金送去作为酬金，可我爹仍然不为所动。

我爹瞿景淳就是这样的一个人。他虽然身材矮小，弱不胜衣，但与贵幸权臣论理时却侃侃而谈，从不让步。他曾两次出任武举主考官，一次出任乡试主考官，还做过侍读学士，掌管翰林院事与太常卿，又做过南京国子监祭酒，后来还升为吏部右侍郎与礼部左侍郎兼翰林学士，侍经筵，总校《永乐大典》与修纂《世宗实录》。按理，他如此位高权重，财富肯定会滚滚而来、源源不断，无奈他实在过于清高与廉洁了，始终没能给我们家带来多大的财富。家里人口众多，甚至有时候，我娘还常常拿不出银两来支付日常的开销。再后来，我爹积劳成疾，加之年老多病，只好上疏请求归养，家里也就更加拮据了。

我爹获准返乡养老，正是我痴迷丹术的日子。我觉得我再也不能像我爹那样了。那些日子，我正疯狂地寻找一种"贤者之石"。我始终坚信，只要找到这种"贤者之石"，就可以点石成金。不过，我花了大量的银两和精力之后，仍然一无所获。那些日子，对于我来说，时间开始变得越来越漫长，漫长得就像一辈子似的。那些日子，我不但为提炼不出"贤者之石"而苦恼，而且还要提防我爹的横加干涉而不得不随时携带沉重的丹炉四处东躲西藏。其间，我偶然发现童子尿的颜色与黄金的颜色非常相似，于是又开始相信只要收集大量神秘的童子尿，是完全可以从中提炼出黄金的。我兴奋地提着夜壶到处去收集童子尿。有时候，为了接到满月前一天男孩清晨尿的第一泡尿，我宁愿通宵达旦地等着。我浑身上下总是散发着一股难闻的尿臊味，大家都捂着鼻子说我是读书给读疯了。见不肖之子如此，我爹暴跳如雷，又不得不重金请山上的道士来为我治病。以至于许多年以后，道士挥舞着桃木剑捉鬼时不断晃动的身影仍时常出现在我的梦中。道士似乎是有点道行，不肖之子果然不再收集童子尿了。我爹一直以为是道行高深的道士用法力无边的桃木剑驱赶了妖魔鬼怪，然后把他儿子的魂给抢夺了回来。但他压根儿就不知道，我之所以不再收集童子尿，是因为我终究还是没能从童子的尿液中提炼出黄金来。大量的童子尿被放在丹炉上烧了三七二十一天之后，精华最终归于一瓮。我往瓮中加入一些中草药汤后，再置于丹炉上烧至通红。忽一日，瓮中突然腾起一道烟雾，随后便有液体滴落并起火。我大喜过望，霍地一下站起来，迅速将瓮中的液体注入另一只瓮中并盖上盖子。等过了一炷香的工夫，我迫不及待地揭开盖子，满以为可以看到金灿灿的黄金，却不承想只看见一坨白蜡一般的东西出现在瓮中并散发出一种淡绿色的幽光。鬼火一般的绿光让我一阵晕眩，随即跌坐于地上……

　　我天旋地转，眼冒金星。就像繁星从夜空中飘洒而下，也像无数的魑魅魍魉眨着诡谲的眼睛，将天堂与人间连成一片。

　　黑炭般肤色、虎背熊腰的印度仆人正挥动着一把新会大葵扇在为客人烧水煮茶。小煤炉里的煤块在印度仆人扇动的大葵扇下，红通通的，一明一灭，并冒着蓝色的火苗。记得西洋人利玛窦曾经对我说过，他还是第一次见到这种可以当柴烧的黑色石头。

我痴痴地看着那些蓝色的火苗对西洋人利玛窦说："我爹不让我炼丹，让我好好读书，我没有离家出走。"

利玛窦摸摸自己的秃脑袋，咧嘴对我一笑，还是没有搭话。

"我爹让我为他生个大胖孙子传宗接代，我也没有离家出走。"

利玛窦又摸一摸自己光秃秃的脑袋，继续咧嘴一笑，还是没有搭话。

"可是，听说岭南肇庆府有个懂炼金术的西洋人，我就离家出走了。"

利玛窦还是一味地傻笑，还是不停地抚摸着自己的秃头，还是没有搭我的话。我真担心利玛窦老是那样摸他自己的光头，会把他的头皮给摸破了。

"后来，我就来到了岭南的肇庆府，见到了大师您。"说着，我站了起来，闭上双眼，然后一步一步缓缓地走到那幅巨大的《山海舆地全图》前站住。然后，我深深地吸一口气，突然睁开眼睛去看墙上的整个世界。

这时，我忽然听见利玛窦在我的身后说："我突然间发现，你与肇庆知府王泮一样，当看到这幅《山海舆地全图》时，脸上露出的，似乎都是同样的疑惑表情。"

利玛窦继续说："你们这种疑惑的表情，给我的印象实在太深刻了。你们之所以疑惑，是因为你们都第一次发现，其实你们的国家，并不处在世界的中央。"

天刚麻麻亮的时辰，我突然不怀好意地从后面抱住娘子吴氏光滑的身子就动作起来。

"去去去，还让人睡觉吗你……"从女人嗔声责备的声音中我可以想象她睡眼惺忪并且颇为意外的神情。

"别……别这样，娘……娘在外头听着呢……"

儿子娶妻多年，却没生儿育女，我娘心急呀，就隔三岔五地坐在我们的房门外一边抽水烟一边支起耳朵听动静。劣质的烟丝很呛，她一听屋里有动静，便紧张得想咳嗽，但怕影响屋里儿子儿媳的好事，只好咬着嘴唇强忍着。每次想象房门外我娘强忍住不咳嗽的样子，我就想笑。

“吹灭灯吧！”娘子压低声音有点不好意思地对猴急的我说。

“不，我想仔细看看你……”

“去去去！羞死人啦……把灯吹灭……”

“不，亮着灯才有意思。”

我似乎看见房门外我娘长长地舒了一口气，也似乎看见节俭的她一反常态地噘起嘴唇对准水烟筒的筒口，噗的一声吹出那未曾燃尽的烟灰，又捻起一撮黄亮绵软的烟丝装入烟嘴，然后用火纸点着大口大口地吸起来。烟雾笼罩着她，她整个儿有种像轻飘飘的没重量的感觉。

隔着门板，我娘肯定清楚地听到了我故意而又夸张的喘息声。

“你为什么不大声喊叫几声！”我喘息着说。

“去你的，娘在外头呢！”

“别理娘，娘坐在外头不就是想听吗？”剧烈的动作，床板咿呀咿呀地山响，我的喘息声更高更急了。我娘肯定知道我是在故意气她。三天两头的，我娘都会被我爹支使到我们的房门外打探动静。

我痴迷丹术，曾经一度不近女色。没日没夜地炼丹，我常常半夜才返家。回家钻进被窝，我倒头便睡。一天夜里，正呼呼大睡的我被娘子吴氏的啜泣声惊醒。我揉着眼睛问她：“哭什么哭，病了？”她不吭声，压抑着越来越大的啜泣与呜咽。我不耐烦了：“半夜三更哭个不停，还让人睡觉不？”她不再哭了，转过身来瞪着我问：“你是不是想休了我？”我一下子坐起来：“你对我妹那么好，我干吗休了你？”她还是不太相信我的话，又不好意思地问：“你既然不想休了我，那又为什么不跟我……”

我一下子无言以对。我之所以对同衾共枕、晚晚用两只鼓胀奶子紧贴着我的娘子熟视无睹，一是因为忙于炼丹提炼黄金，累得根本就没有心思想这事；二是因为看过一些像葛洪《神仙传》那样的杂书，心里头或多或少还是有一些修身养性的想法的。时间长了，她受不了，便缠着我，要跟我缠绵。我便敷衍了事，又或总是照着书上说的弱入强出，只耕耘不下雨。

这样子，我的女人自然也就只开花不结果了。儿子痴迷丹术，儿媳进了家门多年仍没生个一男半女，我爹可坐不住了。什么办法都试过了。先是让我娘领着我女人上附近的寺庙求神拜佛求子，再就是遍寻名医号脉吃中药，终是无济于事。最后，我爹绝望地对我娘说："不孝有三，无后为大啊！真不行的话，只好休了她了。"我娘念及我女人曾经为自己的女儿置办过嫁妆，就支支吾吾地说："要是不关她的事呢？"我爹突然若有所悟地问："难道问题出在那忤逆子的身上？"

纸终究是包不住火的！他们终于知道了问题果然就出在了我的身上。我听我女人说，我娘瞅个没人在家的机会，把她悄悄地叫到里屋，然后漫不经心地问我们两口子是怎么回事。我女人一听我娘的问话，眼睛立马就红了。她艰难地向婆婆诉说了自己的男人压根儿就不碰她："他不干……我总不能硬来……呀……"我娘咬牙切齿地说："不能就这样由他！"

当天晚上，我筋疲力尽地从炼丹房返家像往常一样倒头便想睡觉时，不曾想窗外突然传来"砰砰砰"三声敲击声，接着就听见我娘的声音："太素，别忘了你爹和你娘还要抱孙子哩！"

我一下子弹坐起来。这时，一旁的女人就满脸迫切与贪婪，从后面突然抱住了我……

第二天一大早，我爹又把我叫到书房，神情严肃地训斥我："太素呀，不孝有三，无后为大啊！"

我低头不跟他争辩。等我爹训完了，我又回到自己的屋里，抱起自己的女人就赌气地又干起来。我一边干一边在心里想，我不干你们不乐意，但我干了不播种你们又能奈我何？我对那些杂书上有关房中术的说法深信不疑，我相信只要动而不泄或动而少泄，久而久之是完全可以使自己精气充沛、神形明慧的。这样，也许对我炼丹、炼黄金是大有裨益的。

为了能尽快提炼出金灿灿的黄金，我于是一反常态没日没夜地往媳妇的被窝里钻。这可把我女人给高兴坏了，她尽情地享受着来自男人的滋润，而对于男人只是为了取阴补阳而不是为了传宗接代这一点，压根儿就没想到。精疲力竭之际，我女人脸上仍泛着兴奋的潮红意犹未尽地对我说："照这样下去，我想公公婆婆很快就可以抱上大胖孙子啦！"

可是，我女人自然还是只开花不结果。我女人百思不得其解，于是每次云雨之欢后，便留心察看。不留心不打紧，一留心自己的心都凉了半截。等脸色越来越难看的婆婆再追问起什么时候可以抱孙子时，我女人就脸红红地把真相跟我娘说了。

我娘又怒气冲冲地重新坐回我们的房门外。夜里，当我依然一如既往我行我素地与自己的女人行房时，我娘又"砰砰砰"地敲了三下窗，朝里说："太素，只犁地不下种是不行的！"

屋里的我一下子泄了气，翻身从自己女人的身上跌下来。

"死鬼，你别走……"女人正气喘咻咻，两条雪白的纤手又蛇一样地缠了上来。

"去去去！"我飞快地穿上自己那件终日不换的天蓝色绸衣，"我到外面去走走！"

出门时，我坏笑地剜了我娘一眼。我娘假装没看见，假装若无其事地吸自己的水烟。

"衰仔！"我娘看着我甩门而去，还是忍不住骂了一句。

听见骂声，我爹从屋里走出来。我爹听我娘讲罢事情的来龙去脉，怒火蹿上喉咙，指着正抬脚跨过门槛的我破口大骂："学炼丹术不够还学房中术，你这忤逆子不把我们俩气死不罢休啊！"

第二天一早，我爹看见从丹房里回来正哈欠连连地踏进家门的我，想一想我的所作所为，他就忍不住脱下布鞋朝我劈头盖脑打将过来。

我左躲右藏，最终还是躲避不及，被打得龇牙咧嘴。我爹不停手，我也就火了，我一把捏住他的手，说："别打了，等我提炼出金灿灿的黄金，然后再生个大胖孙子给你抱也不迟！"

"孽子！"我爹气得脸青唇白，右手被捏住了的他就用左手脱下右脚的布鞋来打我。我见状，又捏住他的左手。我爹动弹不得，气得浑身哆嗦，就朝我的脸啐一口："你猪狗养的！"我想不到我爹会这样，想想被人朝脸上啐一口会倒霉一阵子的，要炼出金灿灿的黄金来就更渺茫了，便用力一推我爹。我爹一下子跌坐到墙角，手脚朝天。家中的两个女人也就各自惊叫一声，手忙脚乱地跑过去扶起我爹。

儿媳妇泪流满面地要扶起公公："爹，太素会改的！"

"改个屁！"我爹一把甩开她的手。我娘扶起我爹时，我爹已缓过气来，就气急败坏地冲进屋里去，随手抄起一条扁担又蹿出来冲向我："我打死你这个忤逆子！打死你这个狗娘养的！"

我爹手里的扁担还没有打到我的身上，身体突然晃了一晃，就栽倒在地气昏过去。

一家人手忙脚乱地把我爹扶到床上。

我见闯了祸，便急急脚夺门而逃。

我爹这一昏就是三天三夜。等他悠悠醒来的时候，已是回光返照。我爹知道自己时间不多了，就叫守护在一旁的儿媳妇去把儿子叫回来。

我女人来告诉我我爹让我回家，我还以为我爹躺在床上三天三夜恢复体力了，又要揍我了。我就想，事已至此，就让我爹再揍一顿消消气吧！这回可千万不能再反抗了。

我到了我爹昏暗的房间时，看见我爹的脸色蜡黄蜡黄的，有气无力的样子，根本就没有力气揍我。我看到我爹这个样子，突然就心里内疚起来。我走到我爹的床前，蹲下身子，把滑落床下的一角棉被拉上，然后对他说："爹，我不是人！"

我爹一把抓住我的手："答应爹……一定要生个大胖儿子……"我感觉我爹的手冰凉冰凉的，一股寒意直透我的身体，禁不住打了个寒噤。我朝我爹愧疚地点点头，眼泪夺眶而出。我用手抹了抹眼泪，心此时痛得像有把钝刀子在不停地切割似的。我爹看见我答应了，长长地舒了一口气后，胸脯又剧烈地起伏着，一口气上不来，双脚便一伸。我蓦地感觉到我爹的手无力地垂下，心中一凛，仔细一看，再用手去探探鼻息，最终证实他已经离世，立马失声痛哭起来。一旁的两个女人，也呼天抢地地恸哭……

老人的灵柩终于下葬。我回到家里，天已完全黑下来。家里黑灯瞎火的，坐在墙角的我娘见我回来了，就点着一只灯笼。微光在她脸上一闪一闪，半明半暗中那张满布皱纹的脸全是哀伤与忧愁。"葬了？"娘问。"葬了！"我低着头答。我娘就说："那就好，那就好，入土为安了！那以后你可要好好做人啦！"我用力地咬着干裂的嘴唇，点点头，眼泪汪汪的。我在心里暗暗发誓："爹、娘，我一定为你们生个大胖孙子！"

　　儿子要生，但金灿灿的黄金还是要炼。这个念头，我从来就没有断过。我有个好朋友叫徐光启，考取秀才之后屡屡落榜，无奈之下只好流寓岭南一带以做教书先生来养家糊口。他回乡省亲，路过我家，便登门找我聊天。我们是同病相怜啊！他数赴科场屡屡落榜却总是不死心，而我痴迷丹术无心科场终是一无所获，我们好久没见，自然聊得很开心也很投契。聊着聊着，他突然说起岭南肇庆府来了两个钩鼻碧眼据说晓炼金秘术的西洋人，我听了眼睛都大了。我曾经听人绘声绘色地讲述过西洋人，也就是佛郎机人其实就是海上的怪兽，他们专吃童男童女，他们会把小孩放在锅里煮熟，然后剖腹挖心吃掉……西洋人懂黄白术，有倍金配方，会提炼黄金与白银，我是早有耳闻的，只是苦于朝廷海禁以致片版不得入海，而且大海茫茫也不知他们究竟住在何方是否真的会吃人，最后迫不得已才放弃了出海寻找的念头。现在突然听徐光启说岭南肇庆府来了两个懂炼金术的西洋人，而且根本就不会吃人，我马上决定前往拜师学艺，希望能从这两个西洋人的身上学到西方丹学的真传。

　　世事总是如此的巧合，巧合得令人瞠目结舌。我抵达肇庆府的那一天，那两个西洋人正被迫离开肇庆府。我与他们的船在江上擦肩而过。那天的情景，许多年以后我仍然记忆犹新。

　　除了泪眼汪汪的我娘和我女人，没有人知道我背在身后的行囊里装着一个金灿灿的黄金梦。舟车劳顿地也不知道走了多少天，丹房里那种刺鼻的味道离我越来越遥远，娘亲拉着我的手不愿意松开和娘子吴氏依依不舍的相送也在我的记忆中越来越模糊直至消失。"吭——嗬——！"古纤道上的纤夫弯着沉重的腰喊出的号子倏地响起：

"一条绳索长又长，脖头痛死顶硬上。一条绳索长又长，烈日当头唏唏上。打风落水冷又饿，跌倒爬起算平常。一条绳索长又长，鬼叫你穷呀任它绑……"

我恍惚从梦中醒来，突然发觉自己已经站在一条逆水而行的船上。随着号子的节奏，我看见纤夫们沿着陡峭的岩壁吃力地迈动着赤裸的双脚。号子喊一声，脚下迈一步。黑色的纤绳，深深地嵌进他们古铜色的臂膀。

西江自桂入粤，逶迤东去，流至肇庆府的羚羊峡，河道陡然变窄，咆哮的江水有如一条桀骜不驯的巨龙。端溪水从南向北汇入湍急的西江羚羊峡，一泻千里，直奔南海。羚羊峡以东的斧柯山，绵延几十里，聚集着最为名贵的端砚石坑洞。端溪水用灵毓滋养了斧柯山的岩石，也孕育出附着山水灵性的端砚。船尾的老船工一边掌舵一边给我介绍还用肇庆方言唱起嘹亮的歌谣："砚山条路确难行，子侄继承石为生；制得石砚人赞叹，兄弟儿孙为两餐……"老船工的歌谣与不厌其烦的介绍，不禁让我想起我爹一直随身携带的那方研墨时发墨又快又好的端砚。第一天到私塾上学，我爹就把那方端砚郑重其事地交给了我……尽管自己的心思早已不在科场，但突然置身于端砚的产地肇庆府，我仍然可以感受到我爹当年那种深深的期望。想到那个被自己混账儿子气死的老人，我不禁鼻子一酸。

我还没有回过神来，忽然又听老船工唱道："白石佳人在海傍，天为罗帐地为床；日为宝镜朝朝照，月做银灯夜夜光；千载不梳龙凤髻，万年不换紫罗裳；可怜不见亲夫面，痛倚江干恨断肠……"唱罢，老船工指一指峡中山峰之上一座状如妇人站立的形态毕肖的巨石对我说："客官，那就是远近闻名的望夫归石，石上还题有状元伦文叙的诗句呢，也就是刚才老夫唱的歌谣。"说着，老船工还把歌谣的大意与望夫归的传说又给我娓娓道来。老船工说以前肇庆府有一对家境虽贫却非常恩爱的夫妻，丈夫黄十五为了生计，到西江边随便上了一条船到上游的广西去打工赚钱。在广西黄十五找不到工作，只好以乞讨度日，有时找到工作，也只是替大户人家做帮工，仅能果腹。有一天他在码头做搬运工时，正好碰见了船主刘仁生。刘仁生见他诚实可靠，就把他带回自己的茶楼做小二。一晃五年过去了，黄十五的妻子牵肠挂肚，于是就天天到羚羊峡去眺望，只要有船从峡中经过，她就大声问："我夫归未？我夫归未？"日复一日，十五娘声嘶力竭了，丈夫黄十五还是没有回来。最后，十五娘在极度哀愁之中死在江边这座山上。霎时天地动容，雷雨大作，十五娘顷刻间竟化成了巨石，屹立在江边山头。老船工最后讲，说来奇怪，十五娘化作望夫石之初，每当有船只经过，"我夫归未"的哀鸣，伴随着江风，常常会在峡谷中回响。有一次状元伦文叙坐船路过这里，听到"我夫归未"的声音，并且乌云密布，就问船家是怎么回事。船家于是一五一十地把望夫归石的由来告诉伦文叙。伦文叙听后用端砚磨好墨后爬到山上，以狼毫斗笔在望夫归石上题了老船工刚才唱的那首诗。此后，这块巨石就再也没有发出过声音了……这个在岭南一带广为流传的传说，我其实早就听说过。又听老船工突然说起，我不由自主地便想起此时正在家中翘首以待自己早日返家的娘子吴氏。尽管知道自己有愧于爹娘，也知道自己有愧于娘子，但我还是说服不了自己要拜西洋人为师尽快学到黄白术的一意孤行。

峡中忽然又传来几声凄厉的猿啼，声荡江峡。老船工见伫立船头的我黯然神伤，又脱口唱出另外一首歌谣："见说三声巴峡深，此时行者尽沾襟；端州江口连云处，始信哀猿伤客深……"

船正逆流艰难前行。岸上的纤夫，弓着身子，背着缰绳，正继续咬着牙一步步往前迈。"嘿——吭唷——！"沉重、喑哑的号子声，仿如从纤夫们的胸腹里发出。这时，我手搭凉棚于额前，以眺望的姿势，看到了远处江岸边，那两块斜立于荒草之中的石界碑。一块界碑刻着"肇庆"二字，而另一块界碑则刻着"高要"二字。我知道高要是肇庆府下辖的一个县，之所以叫高要，是因为西江的羚羊峡谷有居高扼要之势而得名。终于到了，我长长地舒了一口气。娘亲与娘子哭哭啼啼要生要死的挽留虽挥之不去，但经过长时间的舟车劳顿最终到达目的地的喜悦，还是让我的心情一下子好了起来。也就是在那一刻，我知道自己已经置身于曾经想象过无数遍的肇庆府地界了。

"客官，快看，番鬼佬和尚！"老船工突然大声地叫喊。他一边喊，一边慌忙地让自己的船靠岸边走，让出水道。

　　一艘木船鼓满风帆，逐流而下，与我们的木船飞快地擦肩而过。我清楚地看见两个身材魁梧、钩鼻碧眼的天竺僧人，身着绛红色的长袍法衣，正心事重重地端坐船头叽里呱啦地说着我听不懂的话。他们的身边堆着装满书卷的箱笼和简单的行李。我看见这两个传说中的洋和尚，紧张得呼吸不畅。我一只手前伸，像要抓住什么，嘴巴半张着，想喊住那两个洋和尚，但最终还是没有喊出声来。那船上其中的一个洋和尚惊诧地转过头来瞥了我一眼。洋和尚似乎也已经明显地感觉到对面船上的我有什么事想要喊住他，于是偏过身来正想答应，无奈顺流而下的船实在太快了，他最终还是没来得及答应便箭一样飙出老远。我们虽然失之交臂，但彼此的目光，却已久久交错，并且有种似曾相识、恍如隔世的感觉。

　　洋和尚的船在江面上渐渐变作一个小黑点，我懊悔地一跺脚，说："我为什么不喊住他们呢！"老船工说："幸好你没有喊住他们，这些番鬼佬，你还是少惹他们为好……"听老船工的语气，我明显地感觉他尽管已不再相信佛郎机人是来自海上专门吃人的怪兽，但对于这两个洋和尚，心里还是无比畏惧并敬而远之的。

　　纤夫慢慢攀过羚羊峡的险峻栈道，如泣如诉的号子声越来越小了。

我明显地感觉到对面船上的那个黑头发黄皮肤男子有什么事想要喊住我，无奈船跑得实在太快了，我最终还没来得及答应便箭一样飙出老远。望着江面上那个越来越模糊的船影，我于是有一种预感地对我的同伴罗明坚说："总有一天，我们会回来的。"

水鸟在水汽氤氲的河面低飞，我痴痴地呆看着。我一直都喜欢在船上的那种感觉。那种感觉，让我有一种漂洋过海的艰辛与豪迈感。在海上漂泊，然后到遥远的东方去！这就是我从小的梦想与志向。我的目光和思绪也追逐着那些低飞的水鸟，迅速地掠过水面。我一次次想起一望无垠的蓝色海面，以及鼓胀的船帆，船头仿若犁铧在海面上犁起一朵朵雪白浪花的情景。我站在船头上，不由自主地一次次想起自己的小时候，以及小时候的故乡与亲人。

小时候，我最喜欢与小伙伴们藏身于教堂高处的大钟下，俯瞰着马切拉塔这个古老的城镇。亚得里亚海边那座海滨古城，便是我的故乡，我就在那里度过了我的童年和少年时光。小时候，我除了喜欢爬到教堂的最高处俯瞰故乡，还喜欢站在海边举起单筒望远镜朝东方的海平线眺望。我听父亲说过，归航的海船最先露出来的总是桅杆的顶部，正是在船桅的启发下，人们才开始逐渐相信地球是圆的。父亲说，那些已经相信地圆说的人们，还不断地勇敢下海，他们始终固执地认为自己只要一直向西最终是可以找到通往东方的道路的。其中，有个叫哥伦布的家伙，尤为固执。这个家伙出生在我们国家一个叫热那亚的小地方，原先只是个默默无闻的小工，后来，他因为迷上了一本书，而彻底地改变了自己的命运。那本书就是《马可·波罗游记》。父亲说，马可·波罗十多岁便随他的父亲和叔父离开了他们的国家，去了神秘而遥远的东方。最后，马可·波罗抵达一个有许多黑头发黄皮肤人的神秘国度，并在那里生活了十多年。在那个神秘的国度，马可·波罗不但受到了皇帝的信任，还多次奉命出使外地，游历了那个神秘国度的许多地方。马可·波罗离开那个神秘国度回到威尼斯之后，在威尼斯与热那亚人的一次海战中被俘入狱。正是在狱中，马可·波罗把他在那个神秘国度的所见所闻告诉一位狱友，这位狱友于是帮他写成了后来尽人皆知的《马可·波罗游记》。许多人看了这本书，都不太相信这本书里头所说的那些以讹传讹之奇事怪事。可是，那个叫哥伦布的家伙，却始终深信不疑。尽管这本书里头有许多不太确切的描述，地名也前后不一致，但哥伦布还是深信那个神秘国度的丝织业发达，人们普遍穿着丝绸服装。他相信那个神秘国度的人很爱干净，每天清晨都会洗澡，而且还砸碎一些黑色的石头当柴烧，用来烧水或者煮饭。他也相信那里的坚果和人的脑袋一样大，流出的汁液如牛奶一般白。他想象着那些黑头发黄皮肤人的丝绸服饰是如何的华美，上面镶嵌的珠宝是如何的闪闪发光。他也相信那些服饰肯定有等级之分，以显示身份的不同。他相信那个神秘国度肯定有专门的机构制作这些丝绸衣服，然后再分发给大家。他甚至相信那个神秘国度的人还路不拾遗，有人专门收集大家捡到的东西，丢东西的人只要及时反映所丢失的物品便很快就能找到自己的失物。他始终相信那里的社会秩序极好，夜间是不允许人外出的，有人专门检查夜间迫不得已外出的人，除了女人分娩等可拿灯笼照亮出行外，其余人都必须安分地留在家中，否则是要坐牢的……父亲说，哥伦布这个家伙正因为迷上了这本书，也正因为固执地相信只要一直向西最终是可以找到通往东方的道路的，所以他才变成了一名水手，最后还居然当上了船长。

当上了船长，他便想从西出发，从地球的另一边到达东方那个神秘的国度。这个家伙先后给不同国家的国王写信，请求他们的支持。在屡屡碰壁之后，西班牙的女王对哥伦布的想法非常感兴趣，表示愿意支持他。这个女王是个厉害的角色，她家祖上和别人打杀了几百年，最后才彻底把敌人给干翻了。她当了女王，就更加国富民强，有的是钱。她因为对哥伦布的计划非常感兴趣，于是要钱给钱，要船给船，要人给人，还亲自到码头去为他送行，以壮行色。于是，哥伦布就带着一帮人，还有一本《马可·波罗游记》，上了三艘大船，踏上了寻找那个神秘国度的航线。不知道开了多久的船，皇天不负苦心人，他们的眼前终于出现了一片新大陆。他们高兴死了，以为终于找到了那个神秘的国度。可是，他们下船上岸之后，却一下蒙了。岸上既没有黑色的可以当柴烧的石头，也没有像脑袋般大会流出牛奶一样白色汁液的坚果，丝绸服装就更不要说了，岸上的人根本就不穿衣服。那里和那本书里所描写的完全就不一样。哥伦布还发现，那里根本就不是他要寻找的那个神秘的国度，只是另外的一片新大陆。父亲说，这个家伙虽然成了发现这片新大陆的第一人，也从那里带回来了玉米、豆子、西红柿、南瓜等珍稀的物种，把女王哄得兴高采烈，但他自己却压根儿高兴不起来。我还听父亲说过，哥伦布一直苦苦寻找的那个遥远的东方神秘国度，是一个幅员辽阔的封闭王国，这个封闭的王国不但有"片板不得入海"的规定，而且还从不允许外国人进入。父亲还神秘地告诉我，说就是在我出生的那一年，有个名叫沙勿略的人，据说好不容易地到了一个与这个封闭王国近在咫尺的一座神秘小岛上，并试图靠奉送两百金币说服岛上的几个渔夫趁着夜色帮助他偷渡入境。我瞪大眼心跳加速地追问父亲："那，他成功了吗？"父亲摇摇头非常惋惜地对我说："没有，后来他因为发高烧病死在那座小岛上啦。临终前，他绝望地向陆地的方向喊着：'岩石岩石，你何时才能裂开？'"我非常惋惜地叹息一声说："唉……真可惜，那这个神秘的国家叫什么名字？"父亲说："他们给自己国家起的名字也非常特别，听说很久以前称为虞，意思是宁静；后来是夏，伟大的意思；之后又叫作商，表示壮丽；还叫作周，表示完美；还有叫作汉，意思是银河，而唐的意思是广阔。听说现如今叫作明，意思是光明，前面加一个大字，则表示大放光明。这个国家的人不知道地球是圆的，他们总是认为天是圆的而地是方的，而他们的国家就位于这块平原的中央！"我于是又好奇地问父亲："那这个国家的人长什么样？"父亲说："都是些黑头发黄皮肤的人。"

父亲还说，这个神秘国家的人虽然不知道地球是圆的，但他们在很早的时候就建起了观天台，接见马可·波罗的皇帝就是第一个设立观天台的皇帝，他下旨在京城修建司天台，随后又在全国各地修建了数十个观测天文的司天台。他们大规模地进行天文观测，掌握天气变化和雷电、暴风雨等自然灾害的规律，并修订了历法，颁布了《授时历》。他们的历法竟比我们的历法还要早。

我听了觉得太神奇了，就暗下决心："长大以后，我一定要到遥远的东方去！去看看那些黑头发黄皮肤的人，去告诉那些黑头发黄皮肤的人，其实不但天是圆的，而且地也是圆的！"

更多的时候，乖巧的我总是喜欢静静地待在家中的药铺里帮父亲捣药。药铺里散发着一股浓烈的药味，门外路过的人只要稍稍抽动一下鼻子，一转头便能看见我们家药铺里那些摆满瓶瓶罐罐的药架。海风将柔和的阳光送进药铺后面的制药间，把屋里的一切都染成橘黄色。顶天立地的药柜靠墙立着，一个紧挨着一个，上面摆放着各种各样的草药和香料。一排排的架子和屋中央的一张大桌子上，放置着大量的量杯、漏斗、试管和蒸馏过滤器皿。父亲的炼金术实验室和制药间，一向不允许小孩子进来，但在家里众多孩子当中，唯独我可以获准例外地自由进出。因为父亲喜欢我，喜欢我超强的记忆力与捣药的专心与细致。过人的记忆力来自我们学校里必修的记忆术课程，我可以凭借脑海中自由组合的图像与联想，轻而易举地从一个个巨大的药柜里那些成百上千个小抽屉中找到父亲所需要的草药。除此之外，我还有一种超出实际年龄的专心与细致。找到所需要的草药后，我会把晒得干脆的草药和香料小心翼翼地一小撮一小撮放进小铜臼里，然后操起杵杆咣当咣当地慢慢捣起来。等终于捣碎了，我才把细细的药粉小心翼翼地倒进药碗，然后端给父亲察看。父亲接过来，瞧一瞧，再拿到鼻子底下嗅一嗅，然后嘴就高兴得合不拢了："好，捣得非常好！"

"捣完药，没事的时候，你就多钻研一下炼金术吧！"父亲一边用我捣的药粉配药，一边叮嘱我说。

"我根本就不喜欢什么炼金术！"我赌气地顶撞父亲。父亲曾经承包管理当地的银行，并且希望因此而赚更多的钱让家里人过得更好。可是，事与愿违的是，由于银行经营管理不善而严重亏损，父亲最后竟锒铛入狱。后来，父亲在家族里的一位叔叔的保释下出狱，好不容易才开了这间药铺并以此养家糊口。那些年，父亲过得实在不容易。尽管到药铺来预订药剂的医生越来越多，但家中人口众多，开销巨大，父亲常常感到生活的压力，有种喘不过气来的感觉。于是，父亲便妄想通过炼金术来改变一切。父亲从一位来预订药剂的年轻医生手上得到一条倍金配方以及炼制点金石的系列笔记和草图后，从此便一发不可收。父亲悄悄地对我说："水银能分割多少次，金子就能翻上多少倍。"他将家中仅有的金币与铜屑、铅和硫黄等投入一口坩埚里熔化成沸腾的液体，然后经过不断地蒸馏与过滤，再放入水银中熬炼，结果不但没能让金币翻倍，还把仅有的金币也熔掉弄没了。为此，妈妈哭了三天三夜。

　　妈妈悲痛欲绝的哭声一直在我脑海中挥之不去，这让我对炼金术深恶痛绝。我虽然不喜欢炼金术，但我一直喜欢待在药铺里帮父亲的忙。我们学校里有一位年轻的修辞学老师，他的口才棒极了，他也教会了我演说家一样的雄辩口才。在药铺里，我不仅帮助父亲捣药，还替父亲接待客户和登记特殊药剂的订单，并且因为口才好而经常与顾客们讨论时事。我太喜欢这样了。客人来了，我总是微笑着以礼相待，并乐此不疲。大家都非常喜欢我，我也因此而认识了城中所有的医生并掌握了他们诊断疾病的方法和治疗疾病的药方。以至于后来，在等待进入罗马大学就读的两年多时间里，我还一直在帮助父亲料理药铺的生意，并在与各色人等的接触与交谈中获得了很多科学知识与人生阅历。日子就这样充实地消逝，而我也在千篇一律的捣药动作中一天天长大。就这样，我在不断地捣药中度过了我生命中最初的十六年。长大后的我就更加受父亲的喜爱了，父亲曾经一度把家族的所有希望都寄托在我的身上。按照父亲的设想，首先是把我送到罗马大学去学习法律，然后希望我毕业以后能够踏上仕途扬名显祖，最终恢复家族曾经的辉煌与地位。

　　直到现在，我仍然记得很清楚，那年秋天，年满十六岁的我与家人逐一拥抱告别之后，拎着一个简单的行李箱，快步登上了一辆驶往罗马的大马车。大马车的巨大车轮开始转动的时候，我把大半个身子探出车窗外，并使劲地挥动着手臂与家人告别。这时父亲突然快步跑着追上来，把一本《药学处方》递给我。他上气不接下气地对我说："儿子，这本书你带上，也许以后会有用。"我接过那本书时，竟将父亲拖行了几步。"小心，别摔倒了！"我挥舞着手中的那本书，继续与家人道别。父亲跟跄着也一边跑一边向我挥手："路上小心，到了给家里来信。"母亲与奶奶、弟弟妹妹等也全都向我挥手道别。家人的身影越来越小，直至消失。也就是在那一刻，我的心中突然涌起一阵强烈的依依不舍，眼泪倏地夺眶而出。我心里明白，父亲之所以要送给我一本《药学处方》，一来是让我对家里的药铺有个念想，二来是怕我独自一个人在外面有个头晕身热的，可以依书开些药来医治自己。

　　四野无人，马车在偏僻而崎岖的山路上行走，就像一条小船在茫茫的大海里颠簸前行。这一刻，我多么想自己就在船上，然后一直朝遥远的东方驶去。"长大以后，我一定要到遥远的东方去告诉那些黑头发黄皮肤的人，其实不但天是圆的，而且地也是圆的！"这个从小就有的梦想，我一直没有忘记。这个从小就有的梦想，也让我暂时忘掉了与家人的离愁别绪。车夫喋喋不休地说天黑之前马车必须驶到有人居住的乡镇，不然的话我们极有可能会在路上遭到土匪的袭击。而那个从小就有的梦想，也让我暂时忘掉了遭遇土匪的恐惧与担忧。我坐在马车靠窗的位置上，一声不响地看着车窗外的景物——急速掠过。想象着自己那个从小就有的梦想，想象着自己即将来临的大学生活，我心里的兴奋不禁潮起又潮落。一群大雁在头顶上飞过，我知道它们会飞越重洋，然后朝遥远的东方飞去。我多么希望，自己有一天也能像这些大雁一样，朝那遥远的东方飞去……

　　我把目光从天空中收回来的时候，大雁已经越飞越远。这时候我听到了车顶上传来一阵密集的滴滴答答的声音。我把手伸出窗外，便有黄豆般大的雨滴打在我的手掌上，掌心生疼，有种麻麻的感觉。这场突然降临的雨，让我的心情莫名其妙地愉悦起来。我突然想起那些依依不舍地送别自己的家人，也许他们正因为这场突然而至的雨，而放弃了继续傻傻地站在路边，放弃了继续痴痴地望着大马车远去的方向发呆。

车轮辘辘，我又何曾想到，这竟是我与故乡的永别！

十九岁的那年，我却违背了父亲的意愿。我扔下了枯燥乏味的法律条文，叩响了罗马耶稣会总院的大门，最终成了一名传教士。

之所以要成为一名传教士，是因为一直以来，耶稣会都将向东方传教作为自己最艰巨的使命。而去往神秘而遥远的东方，则是我从小就有的梦想。为了这个梦想，我不得不违背了父亲的意愿。

尽管大学里的教授都非常棒，尽管我的学习成绩也非常好，大家都非常喜欢我，我也非常喜欢他们，可是，那三年我过得并不快乐。甚至直到我成为一名为数不多的品学兼优的毕业生时，我仍然感受不到一丝一毫的快乐，反而越来越心事重重。我不停地在罗马的大街小巷上来来回回地徘徊着，看着那些凝固在每一幢古老建筑里的古文明遗风，心里却无数次地想象着那个也许与罗马文明同样伟大的东方文明。那个从小就有的梦想，早就越长越大并成为我深藏心底的信仰。那个深藏心底的梦想与信仰，却与父亲希望我毕业以后能够踏上仕途扬名显祖并最终恢复家族曾经的辉煌与地位自相矛盾。为此，我曾经无数次地走上奥皮奥山顶忧心忡忡地眺望着远处的斗兽场。我一度觉得，自己就是斗兽场里的一只痛苦的困兽。从山顶上慢慢地走下来，走进教堂，我也曾经无数次地凝望着西斯廷穹顶上《创世纪》的壁画陷入沉思，也曾经无数次地在《最后的审判》前感受灵魂的震颤，也曾经无数次地在拉斐尔作画的房间和在欧几里得的圆规前驻足……最后，我艰难地做出了自己的抉择，也就辜负了父亲的期盼。

我一辈子也忘不了，那天，为我打开门的，竟是后来与我一同踏上那个神秘而遥远国度的同伴罗明坚。

当时他问我："你就是里奇？"

那时大家都习惯叫我里奇而不是利玛窦。我点点头，目瞪口呆地问他："你认识我？"

他摇摇头，充满好奇地看着我，说："我不认识你，但我知道你，知道你从小就有一个去往东方的梦想！"

我张大嘴惊诧地看着他，一时之间竟不知所措。

"请跟我来吧，范礼安先生正在等着您呢！"罗明坚把我带到一间正敞开大门的房间。屋里一位脸大额阔、目光深邃的高大男人热情地迎了出来。他与我拥抱后，干脆利落地请我在一张桌子前坐下："我是范礼安，初修院院长今天身体不舒服，他委托我来测试您，我们开始吧！"

想不到眼前的这个人就是大名鼎鼎的范礼安，我曾经不止一次地听人说起过他。他天资聪颖，精力过人，未满十九岁就已获得法学博士学位。他还是一名勇敢的剑士，喜欢仗剑傲行，年轻时就因为一时冲动而拔剑刺伤了自己未婚妻姣好的脸。他因为伤人和毁容而入狱。教会里的人觉得他是个人才，于是就想方设法去营救他。他们认为，所有出类拔萃的人都应该成为传教士。在家里人付给女方一大笔赔偿金之后，他出狱了。出狱后，他后悔不已，加入了耶稣会，师从克拉维乌斯等著名学者攻读数学、天文学和神学，毕业后就一直担任神学导师。

范礼安飞快地浏览了一遍我之前提交的一大沓资料后，问我："您也修了三年的法律？"

我点点头，咧嘴一笑。范礼安也冲我咧嘴一笑。也许，他因为彼此都曾经修过法律而像我一样对对方产生了一种亲切感。

"您来自马切拉塔，家里有奶奶，有父母双亲，还有六个弟弟？"

我默默地点点头，补充说："还有四个妹妹。"

"您有债务问题吗？"

我摇摇头。

"您有尚未解决的法律问题吗？"

我又摇摇头。

"您准备好放弃您的一切私有财产了吗？"

"准备好了！"我从自己的包里掏出了所有随身携带的东西，包括父亲送给我的那本珍贵的《药学处方》。即使心里有万般的不舍，我还是装作若无其事的样子，抚摸了一下封面，然后将它轻轻地放在桌面上。

"这本书对您很重要吗？"

我点点头，答："对，是我父亲送给我的。"

"您父亲知道您的决定了吗？"

"我不敢告诉他，如果告诉他，他肯定会反对的。"

"您应该写一封信告诉他您的决定，我想主是会让他有所改变的。"

……

测试结束之后，我脱下了自己来时穿的便服，换上了一件与引路人罗明坚同样宽大的黑色长袍。从此，我必须像军人一样绝对地服从上级，并抛弃世俗的财富与感情，简单地说，也就是必须绝财与绝色。

"范礼安先生还弄剑吗？"趁罗明坚帮我整理衣领的时候，我冷不丁问他。

罗明坚听了，蓝瞳里闪过一丝诧异，然后微微一笑，答："早就不弄了！"

"那先生的剑呢？"

"早就埋在心底里啦！"

罗明坚领着我在初修院的长廊里匆匆前行，他一边走一边回过头来对我说："你将在这里度过三年的学习生涯。"

我笑一笑，表示自己对此已经非常清楚了。

"第一年，你要学习欧几里得的几何学。"

"第二年，你要学习音乐理论、光学和透视学。"

"第三年，你要学习天文知识，还要学会日晷和钟表的设计与制作。"

"当然了，逻辑学、修辞学，还有医学以及神学等这些课程你都得选修……"快人快语的罗明坚语速极快地给我介绍了一大堆。一时之间，我竟无言以对，恍惚自己就像在梦中一样，觉得眼前正在发生的一切都不太真实。

不要说向他表示感谢了，甚至连一句"我会好好学习的"这样敷衍的话都还没有来得及说，他便在我的眼前消失了。

安顿好以后，我遵从范礼安先生的指令，写了一封口吻温和的信告诉父亲我的决定。而在这封信里，我除了安抚父亲的心情，还向他讲述了我那个从小就有的梦想。

父亲读完那封信后，怒气冲冲地把它撕得粉碎。他咆哮着在药铺里横冲直撞，暴跳如雷。母亲想劝阻他，却又不敢吱声。她求助地看一眼正坐在一旁显得若无其事的老奶奶，希望老夫人能够出面阻止一下。可是，老夫人却始终摆出一副事不关己的嘴脸。

"事先竟连招呼都不打一声！"

"我花了那么多钱供他上大学，不就是希望他将来能够成为一个体面的律师吗！"

"可他却自己放弃了！"

窗外传来了一阵由远而近的马蹄声，接着是此起彼落的几声马匹的响鼻。父亲听见了，便闭口不再骂了，摔门而出。

父亲冲出药铺，火烧火燎地跳上停在门外的马车。

母亲急急地追出来，问："你要上哪去？"

"罗马！"

父亲坐马车直奔罗马而来，是要劝说我离开初修院的。这些都是后来我在父亲寄给我的信中获知的。这封我每当夜深人静时便常常拿出来看，后来变得皱巴巴的信，以及那本《药学处方》，就一直陪伴着我走上了那条漫长的道路。每次展读父亲的这封信，那些我经历过又或者没经历过的往事，便又会一幕幕重现。父亲说，其实当时他已经做了最坏的打算，那就是如果我不听劝说的话，他就强行将我带回马切拉塔。

幸好，父亲在半路上停了下来。父亲不是因为突然改变了主意而在半路上停了下来，而是因为在途中莫名其妙地得了重病而不得不停了下来。原本，他只是想在图兰蒂诺城稍事休息，让精疲力竭的马匹吃饱喝足、恢复体力之后再上路的。趁这个空隙，他还想顺便登门拜访一下住在城里的老朋友和老顾客真谛里医生。安顿好马匹后，他正想出门去拜访很久没见过面的真谛里医生，不承想，刚走出马厩便一阵天旋地转，昏倒在地。

当父亲悠悠醒来的时候，正看见真谛里医生坐在他的床前。

"你终于醒啦！"真谛里医生伸手摸了摸老朋友的额头，关切地说，"还很烫，你还在发高烧呢！不过不要紧，我已经喂你吃过药了。"

当父亲向老朋友讲述他之所以路过图兰蒂诺城和因心急如焚而昏倒的原因时，真谛里医生长长地叹了一口气。

"你我都深谙医术，都应该清楚一个人健康的基础就是这个人的灵魂与肉体的高度和谐，这是亘古不变的自然法则；你之所以突然病倒，不就是因为不遵循自然法则急火攻心导致的吗？"真谛里医生继续劝说我的父亲，"同样的道理，你的儿子是一个心中有梦想、有信仰的年轻人，这样的年轻人，你不应该让他束缚于枯燥的法律条文之中啊！你应该让他去追求属于他自己的人生！这样的话，你既可以让他幸福，也可以令自己的身体康复；你就把这次病倒看作上天或者是大自然给你的一次警示吧！"

于是，父亲就折返回了家中，并给我寄来了一封长长的信："一回到马切拉塔，我的病就好了！孩子，这让我更加相信，这是神的旨意，是神让我不要干涉你的选择的……"当我一口气读完父亲的来信时，便泪流不止。

那一刻，我想，如果让父亲知道，我的导师范礼安先生早就料到，主是会让他有所改变的，他又会做何感想呢？于是，那个深埋心中的信仰，便更加坚定了。

时间过得真快。一眨眼的工夫，三年就过去了。

我们的导师范礼安先生两年前就离开罗马去了葡萄牙的里斯本。等我们再次相见时，已是许多年以后。

范礼安先生先是被任命为远东印度视察员，从里斯本出发到了印度的果阿，然后再从印度果阿起程前往马六甲，最后才抵达那个神秘国度边上的小岛濠镜岛。到了那个小岛，他又被任命为远东总指挥。

正是他，将罗明坚和我先后召唤到那个边远的小岛，然后令我们开始苦苦研究那个神秘国度的文化与语言的；也正是他，让我终于踏上了那条漫长的东渡之路和寻梦之旅的。

我们在那个神秘国度的边陲小岛上再次相见时，已是许多年以后。这时，我离那个从小就有的梦想也就越来越近了。

事实上，当范礼安先生徒步巡视整个印度的壮举传来时，我的心早就从罗马飞到了果阿。我多么希望能够像他一样，拥有非凡的智慧和非凡的毅力，早日开启自己的东渡之旅和寻梦之旅。

二十六岁那年，我终于踏上了这条漫长的道路。前往东方的唯一途径就是先到葡萄牙，在那里宣誓效忠葡萄牙国王，然后再搭乘从里斯本起锚驶往印度的船只一路向东。这条唯一可以通往那片神秘而辽阔土地的路线，也是我们的导师范礼安先生走过的路线：离开罗马到葡萄牙的里斯本，再从里斯本出发，经由海路到达葡萄牙人已取得居住权的印度果阿；然后再从印度果阿出发，经马六甲海峡，抵达葡萄牙人同样已取得居住权的那个边陲小岛濠镜岛。等到了那个边陲小岛，我已经三十而立，也就是说，这条漫漫长路，我一走就走了整整四年……

出发前夜，我去跟我的老师丁先生告别。丁先生是著名的数学家和天文学家，声望很高。丁先生不仅再版了前人的《天体论》，而且还再版了欧几里得的《几何原本》，他还为这两本书加入了大量个人的注释和评论。这两本书，一度成为大学的教科书，也让丁先生声名鹊起。能够师从丁先生学习数学和天文学，我感到非常幸运，也非常珍惜。丁先生也非常喜欢我，他对我的教诲可谓倾其所学。他编纂历法的时候，还一再给我解释为什么二月只有二十八天。他知道我那个从小就有的梦想之后，便给我展示一幅古画，那幅古画上画着一具结构非常复杂的水力计时器。他对我说，这个足有四层楼高的水力计时器，名叫水运仪象台，据说是五百多年前遥远的东方那些黑头发黄皮肤的人所制造的，它集观测天象的浑仪、演示天象的浑象、计量时间的漏刻和报告时刻的机械装置于一体，堪称一绝。丁先生还说，事实上，这极有可能就是我们现在天文钟的直接祖先。我目不转睛地凝视着那幅古画，对遥远的东方也就更加向往了。丁先生见我这般表情，又对我说，不知道他们现在用什么方法观测天象，也不知道他们现在用什么仪器计算时间，也许不久的将来，你能够告诉我答案。他不仅手把手地教会了我地图的测绘方法，还手把手地教会了我地球仪、天球仪以及星盘、日晷、机械钟表等仪器的制造技术。许多年以后，正是丁先生教授我的这些精湛的技艺，才让那片神秘土地上的人对我刮目相看。

我蹑手蹑脚地进入书房时，看见丁先生正被一堆堆厚薄不一的书籍和一个个稀奇古怪的仪器所包围。他正站在一个高出他半截脑袋的刚刚完工的巨大地球仪前陷入了沉思。我接连叫了他几声先生，他才回过神来招呼我过去一起欣赏那个巨大的地球仪。

我一边欣赏那个从未见过如此大的地球仪，一边跟丁先生说明来意。丁先生听了，很高兴，他轻轻地转动那个巨大的球体，对我说："这个地球仪汇聚了目前人类对地球的所有知识，然而，对上面的许多地方我们却仍然一无所知，包括你马上要去往的那片神秘的土地。"

我默默地冲丁先生点点头，表示同意，然后也伸出手来轻轻地旋转那个巨大的球体，并且将它停在那片神秘的土地正好面对我们的位置上。

丁先生指着那个位置，继续激动地说："到目前为止，我们只能通过《马可·波罗游记》中有关契丹的描述而对这片神秘的土地略有了解，但由于我们从来就没有一个人真正踏上过这片土地，而对那里的人、文化、风俗习惯等始终一无所知。"

说着，他又一把握住我的手，激动地说："现在可好了，你明天就要出发，也许不久的将来，你就可以踏上那片神秘的土地啦！"

我用力地回握丁先生的手，说："这是我从小就有的梦想！"

丁先生用力地握着我的手不愿意松开："还有许多科学上的难题正等待着我去解答，看来，我的下半辈子只能待在这间窄小的书房里啦。老师只好拜托你，当你踏上那片神秘土地的时候，你可要替老师好好看一看啊！"

我用力地朝丁先生点点头。

丁先生又把我拉到书桌旁，拿起一个又一个测量时间与空间的仪器对我说："我教过你如何使用这些仪器，出发后，你就用这些仪器，准确地测出你漫漫长路上的每一个地方的位置和距离吧！我也教过你如何绘制地图，每到一处，你就仔细测绘并将自己观察到收集到的所有细节都详细地描绘出来吧！"

我满含泪水地拥抱过丁先生后，向他深深地鞠了一个九十度的躬，然后坚定地答应他："先生，我会的，我一定会的。"

丁先生一边扶起我，一边顺手从书桌上拿起一本他亲自批注的《几何原本》递给我，并郑重其事地说："将这本书带到那片神秘的土地上吧，就当是我一直在陪伴着你！"

天蒙蒙亮的时候，我们这些身穿带白色领圈黑色修士袍的年轻人与院长拥抱过后，便依依不舍地步出了院子。我背着装有《药学处方》《几何原本》等书籍和一些绘图用具的挎包，一步一回头地与罗明坚肩并肩走下了长长的台阶。早晨的空气潮湿而稍带离愁别绪。当我再次回过头来的时候，仍然看见院长站在高高的台阶上朝我们挥手，并大声地叮嘱我们："别忘了写信回来！"

院长的叮嘱声在早晨的空气中回荡，再次让我们每个人的心中都充满了离别的感伤。临行告别，老师们也一再叮嘱我们要经常写信回来，他们说，这样的话，老师们就可以了解学生们所到之处的文化与风俗。事实上，我们这些后来长年累月独自在异国他乡工作的人，写信已不再是一项任务，而成了一种内心的需求。因为我们发现，写信其实是可以暂时缓解我们对家乡、对亲人的那种思念之苦的。

骡马驮着一只只大大小小用马皮包裹的箱子吃力地往码头走去。这些箱子是专门为远航而特制的，里面不仅装着提供给印度果阿的补给，还装着将来送给那片神秘土地上那些黑头发黄皮肤人的礼物。

我们穿过一个又一个拱门与柱廊，然后沿着长长的古老巷子，一直往前走。晨光把巷子里的古老石板映得锃亮，斑驳的墙体和古旧的木门木窗散发出海水的腥咸气息。码头终于到了。码头的帆船最先露出来的仍然是桅杆的顶部，这时，我不禁又想起小时候父亲对我说，正是在船桅的启发下，人们才开始逐渐相信地球是圆的那些往事。很快，我就要像父亲所说的那些已经相信地圆说的人们一样，勇敢地下海，然后一路向东，去实现那个我从小就有的梦想啦！我想，远在马切拉塔的父亲一定会祝福我的。

我至今仍然记得十分清楚，开赴东方的船队是初夏复活节前的那个礼拜天之后起航的，因为这个时候出发，可以最大限度地利用从南北回归线持续吹来的信风航行。舰队起航以后，亢奋与豪迈的感觉就像持续的信风一样向我扑面而来，并且一直伴随着我。那种亢奋与豪迈的感觉，那种长时间在船上航行的感觉，总是挥之不去，以至于后来我踏上了那片神秘的土地之后，只要一上船，便不由自主地想起一望无垠的蓝色海面，以及鼓胀的船帆，船头仿若犁铧在海面上犁起一朵朵雪白浪花的情景……

我与罗明坚是乘坐圣路易斯号前往印度果阿的。圣路易斯号是条四桅大船，帆的面积逾千平方米，光船舱就有四层，满载千吨货物时还可搭乘千人。由于载客过多，据说以前这条大船航行时会经常发生瘟疫，有时到港后幸存的人数还不到乘客总数的一半。后来，在国王的干预之下，这条船才载客量减半。我们在后瞭望楼中的一个局促的小舱里勉强躺下时，船便起航了。

临行时丁先生的嘱托，我不敢忘记，于是每天都认真地记录着航行笔记，并夜以继日地将沿途海域和沿岸陆地观测到的天文地理情况详细地记录下来。这对后来我为肇庆知府王泮绘制那幅中文标注的世界地图帮助很大。船常常在咆哮的波尖浪谷中穿行，船舱剧烈晃动，许多乘客无法忍受船身的剧烈摇晃而头晕目眩、呕吐不止。经过一片有个小岛叫幸运岛的海域时，我们还遇上了一艘海盗船。水手们一边拉响警报一边对我们说，这些可恶的海盗最喜欢在这片海域劫掠从东方满载而归的船只了。不知道是慑于我们护卫舰上严阵以待的火力，还是幸运岛真的给我们带来了好运，那艘海盗船眼看就要扑到我们跟前时却忽然掉转了船头并迅速地消失在了海平线上。海盗走了，喜欢吃人肉的鲨鱼又来了。一群张开血盆大口如房门般大的鲨鱼总是虎视眈眈地跟在我们的船后不愿意离去，于是几个船员便端起长枪朝它们射击。一阵枪声过后，便见海水被染成了红色，不断地翻滚着。船员用手腕粗的缆绳将一条被打死的大鲨鱼好不容易拖上甲板，大家纷纷围上来看，无不啧啧称奇。当船员用斧头劈开鱼腹，从里面拽出了好几条像人那么高的鱼时，众人就更加惊叹不已了。记得有一天深夜，我正在船舱里熟睡，突然被罗明坚叫醒。他将我拉到甲板上。倚着栏杆，我迷迷糊糊地看见，这时的海水竟像牛奶一般地洁白……半年航行中遇到的这些奇闻怪事，要说的话三天三夜都说不完。

船舱剧烈地晃动，灯光一明一暗。我蜷缩在一个角落里，强忍住腹中的翻江倒海，吃力地记录着。

远航的艰辛远远超出了我的想象。我们的船舱又小又矮，酷热难耐，人又多，常常让你有一种喘不过气来的感觉。更可怕的是，恶劣的环境竟引发了传染病。得病的人被扔出船舱，我便急急忙忙打开随身携带的药箱去救治。有人提醒我说会传染的，并劝我放弃，但我还是不断地喂他们吃药。虽然侥幸没染上疫病，但到达果阿后我还是病倒了，休息了好长一段时间才恢复过来。

看见太阳从海中升起又落入海里的时候，我们终于穿过无数的滔天巨浪，几经生死来到了印度的果阿。阳光、沙滩、大海、教堂……印度果阿的一切几乎都与信仰相关。这种信仰就像壁立在海边的褐红色悬崖，尽管日复一日、年复一年地经受海浪的扑打，却仍巍然屹立。远远看见那些一排复一排的褐红色崖岸，我不禁又想起我们的前辈沙勿略。正是在我出生的那一年，他在与那个封闭王国遥遥相望的一个神秘小岛上，试图靠奉送两百金币说服岛上的几个渔夫趁着夜色帮助他偷渡入境失败后病逝，最终未能踏上那片神往的土地。后来，他的仆人在棺材中倒入四麻袋的石灰粉，以防止他的遗体腐烂。两个月后，人们惊奇地发现遗体竟然完好如初。再后来，他的遗体被运回印度的果阿，并最终长眠于此。果阿的一切几乎又与虔诚有关。上岸后，尽管身体很不舒服，但我还是咬紧牙关与罗明坚先去拜谒了前辈沙勿略的坟墓，然后再去见我们的导师范礼安先生。可是，令人遗憾的是，当我们赶到导师的住处时，才知道他已离开果阿去了濠镜岛，也就是后来的澳门岛。再后来，我们会不断地听到导师他们在那个神秘国度边陲小岛濠镜岛徘徊不前的消息。他们也像前辈沙勿略一样，遇到了同样的困难。他们始终没有办法踏上那片近在咫尺的神秘土地。一道关闸，始终让他们止步不前。

　　没到印度果阿之前，我一直相信传说中的东方人都是些什么都不懂的野蛮人。可是，当我来到这里，我就不那么看了。他们不仅有自己的历史与文化，而且他们这里繁华的程度令你简直难以置信。到处都是不同肤色的商人，到处都是琳琅满目的货物，布匹、金银器、香料、药材、玉石，甚至还有鸦片。这里的一切都让我充满好奇，这里的一切都吸引我去认识它，去了解它，这里的一切都让我震惊和战栗，甚至让我想象成跟那片神秘土地上的一切如出一辙。于是，在这里我一待就是好几年，直至后来我被晋升为司铎。

　　按照训令，罗明坚先期继续东进前往濠镜岛，以协助导师范礼安先生想尽一切办法踏上那片神秘的土地，而我则继续留在印度果阿进修，继续此前还没有完成的学业。说心里话，我是多么希望能够与罗明坚一起再次出发东进啊。范礼安先生让我留在果阿，不是因为我不够努力，而是希望我继续努力，努力成为一名优秀的神学家。人生就像一次航行，航行中必然会遇到风浪，然而每一个风浪，都会加速你的航速。后来，当我终于成为一名神父时，就更加明白这个道理了。是的，只要你稳住航舵，即使是狂风大浪，也不会使你偏离航向的。我成为司铎的那一天，范礼安先生的信终于如期而至，他命令我尽快赶到濠镜岛，与罗明坚一道想方设法越过关闸进入那个神秘的国度。在众人的祈祷声与祝福声中，我们的船再次起航，驶向大海。

　　那种亢奋与豪迈的感觉，那种长时间在船上航行的感觉，再一次纷至沓来。

第三章 瞿太素

看见那两个传说中的洋和尚，我紧张得呼吸不畅。我一只手前伸，像要抓住什么，嘴巴半张着，想喊住他们，但最终还是没有喊出声来。就这样，我与他们擦肩而过。看着他们的船在江面上越走越远，我懊悔地一跺脚。

纤夫慢慢攀过羚羊峡的险峻栈道，号子声越来越小了。船过羚羊峡后，不久便徐徐靠岸。老船工一扬手，把一个缆圈抛到岸上，准确地套在码头上的一截石桩上。

"客官，到了，上了河堤，你沿堤路一直往上游走，就可以进入肇庆府城啦。"老船工一边忙碌着，一边吆喝我离船上岸。

跳到岸上，我不忘回过头来向老船工打听："刚才在峡中遇到的那两个洋和尚会黄白术吗？"

老船工头都不抬，就答："肯定会！不会的话，哪来那么多银两送给两广总督陈瑞！"

"你怎么知道他们送了银两给两广总督陈瑞？"

"不送银两，会让他们上岸？鬼都不相信啦！"

"就算送了银两，也不能说明他们会黄白术呀？"

"他们又不化缘，哪来的银两？"

果然就是徐光启所说的那两个会黄白术的洋和尚，心里就更加懊悔了。暗想，刚才为什么不让老船工掉转船头去追他们呢？可是又一想，老船工愿意吗？很明显，他似乎很怕这两个洋和尚，也不愿意去招惹他们。于是便决定先进城里住下来，然后等那两个洋和尚回城时再去登门求见拜师学艺。

来到人地生疏的肇庆府，举目无亲，我只好硬着头皮去找两广总督陈瑞。我爹为官清廉，虽然没给家里积攒下什么财富，但我在外头只要一说起瞿景淳是我爹，那些认识他又或者敬重他的官员还是非常给面子的。我到各地游玩，曾经多次尝试过登门拜访我爹在当地为官的朋友，总是会受到热情的款待，不但好吃好喝款待，临别时还会收到他们馈赠的银两和礼物。这些人之所以如此，有些是念旧，有些则是为了让我在所认识的官员面前帮他们说上几句好话。早些年，这个陈瑞还只是个区区小官时，我就在老家的一个饭局上见过他。当时在酒席上，他听说我爹就是瞿景淳，马上恭恭敬敬地端着酒杯走过来敬了我三杯酒，并且相谈甚欢。后来，听说他接替违抗朝廷令毁书院的刘尧诲做了两广总督，去了岭南的肇庆府。想不到现如今我也到了岭南的肇庆府。仅一面之谊，便登门求见，他会理睬我吗？说实在的，我心里真没底。

一对用整块红砂岩石雕成的硕大石狮威严地立于大门两侧，一左一右好不威风，给总督衙门陡添了几分肃穆。我走到总督府门前，低头径直往里走，不把那两只凶神恶煞的石狮放在眼里。官府衙门我从来就没少进过，还会怕那两只狰狞的石狮子？门里站着的两位手持长枪的门卫倏地横枪将我拦住。我抬头瞧了他们一眼，说："我找陈总督。"面目凶狠的门卫瞧都不愿意瞧我，大声呵斥："滚！"我歪着脑袋，冷静地对他们说："我跟你们陈总督是老相识。"

其中一位门卫一抖手中长枪："你嫌命长啦，总督姓郭！"

我摸摸脑袋，说："郭总督？不是陈总督吗？"

另一位门卫又一抖手中长枪："再啰唆，长枪可就不长眼啦！"

这时候，从里面走出来一个人，对那两个门卫躬下腰说："军爷，得罪了，这位是我的老乡。"说着，那人拉着我就往外走。我看着他确实有些脸熟，但一时又想不起来在哪见过，便追问他："兄台贵姓？是哪里人？"

"在下陈如桂，你随我来。"陈如桂把我拉到不远处的一家名为西江饭店的包厢里坐下，亲昵地埋怨我说："瞿公子可真是贵人善忘啊！当年你与我们家老爷喝酒，我还牵马送过您回府呢。"

听他这么一说，我倒真想起来了，好像确实有过这么一回事，就是在与陈瑞相识的那次酒席上，我贪杯多喝了点酒，后来似乎是陈瑞吩咐他一个手脚麻利的随从拉马过来把我送回府的。于是便不好意思地向他拱手作揖道歉："哎呀，当时喝多了，又那么长时间没见，一下子没想起来，兄台莫怪，兄台莫怪呀！"

"瞿公子言重了！"陈如桂连忙还礼，又问，"您来肇庆府找我们家老爷有何贵干？"

我拱手道："听说肇庆府来了两个洋和尚，于是我就专门前来拜会，不承想，刚踏入肇庆府地界的羚羊峡，便碰见他们恰好离城外出了，只好先到城里来拜会你们家老爷！"

"哎呀，公子为何迟不来早不来，偏偏挑我们家老爷离任后才来呢？"陈如桂说着，喊店小二进来，自作主张地点了一桌子的酒席，然后热情地说，"我们家老爷让我迟点走，帮忙收拾一些零散的物件和押运大件的家具，才有机会在此见到公子，说来也是缘分。我们家老爷不在，也没留给我什么银两，那我就自己请公子喝几盅尽尽地主之谊吧！"

我连忙又拱手说："怎么能让兄台请喝酒呢，我来我来！"

"谁都先别争抢着请客，喝尽兴再说！"陈如桂殷勤地为我斟酒夹菜。

喝过几盅，我又敬上一杯酒后，忍不住问他："你们家老爷又高升啦？"

他回敬我一杯，叹一口气说："唉！高什么升呀！这回可是因事褫职呀！"

我故意不慌不忙地说："有这么回事？是什么原因？你说来听听，看我能不能帮他一帮。"

陈如桂一听，神秘而感慨地说："世间已无张居正，真是一言难尽呀！"听他一股脑儿说来，我才渐渐明白。原来，陈瑞成为两广总督与被罢免，均与股肱之臣张居正有关。张居正雄才大略，治国有方，贵为首辅，世人皆知。万历皇帝年龄尚小时，军国大事全倚重于他，可谓一人之下、万人之上。陈瑞中了进士，深受爱才的张居正器重，张居正曾两次力荐陈瑞。正因张居正的推荐，才有陈瑞的两广总督。可是花无百日红，人终归要死，包括张居正。张居正生前备受恩宠，位极人臣，死后却被抄家籍没，一切赏赐封赠尽废。随着他的病逝，他所举荐的人也随即被斥削殆尽，当然陈瑞亦不例外。御史张应诏弹劾陈瑞等人曾搜刮金银私下送与张居正，皇上遂命陈瑞等人致仕……

说罢，陈如桂摇头又长叹一口气，道："公子来得可不是时候呀！此时，我们家老爷已在奉诏入京觐见皇上、交还官职的路上……"

我把酒杯抓在手里，来回转着，沉吟半晌，说："办法总会有的，这事容我好好想一想。"

俄顷，我又意味深长地笑着问陈如桂："那么，那两个洋和尚匆匆离肇，自然也就不是外出办事啦？"我关心那两个洋和尚，远胜于关心陈瑞。我也没有能力，帮助一个刚刚被罢职的总督重新被重用。

陈如桂见我已把话挑明，脸色又渐渐神秘起来，小声说："既然公子与我们家老爷有交情，也不算是外人，那我就把来龙去脉说开吧！"于是，他便把前前后后一一细细道来。

果真如我猜想的那样：陈瑞因事褫职，担心引外夷入居会再次受到弹劾，最后又增加自己的罪状，遂于解职北上之前，命那两个洋和尚迅速离开肇庆府。他暗地里给了他们一纸公文，并修书一封，令他们速速前往广州府找自己的心腹分巡海道副使朱东光解决暂住之所，以避风头。

末了，陈如桂愤愤不平地说："外面有很多风言风语，说我们家老爷因贪贿而私自出卖澳门岛，这也真是太冤了。须知，葡人入据澳门不从我们家老爷始。澳门原是两广总督府治下香山县的一个小渔村，嘉靖初就有洋人驾舟来经商。洋人是嘉靖三十二年借口晾晒水渍货物而强行登岸租占澳门的，洋人与海道副使汪柏的这个秘密协定后来也是朝廷所默许的。此后洋人年年缴纳地租，地租银万历元年开始就已正式记入香山县赋税收入。可见，让洋人留居而设关严管这个政策早在我们家老爷到任之前就已定型，我们家老爷只不过是延续此政策而已。"

经他这样一说，我完全明白过来了，笑道："兄台莫动气，公道自在人心啊！"

第二日，陈如桂租船押运主人家的大件家具北返，我则决定搭乘其顺风船去广州城找寻那两个会黄白术的洋和尚。

船顺流而下，不几日便抵达广州城下的天字码头。进入码头，要经过东西两个炮台之间的珠江水面。陈如桂见我总是远远地瞧那两个大炮台，就给我介绍说："炮台上守卫的海道官兵，除了戒备，还要负责查验从澳门过来的那些洋人的贸易船只。"

"你是说洋人也就是传说中的佛郎机人会来广州城？"

"会来，但每年只能来两次，春秋两季各一次。"陈如桂说。每年的春秋两季，广州城的天字码头都会举行盛大的贸易集市，俗称"春交会"与"秋交会"。澳门的洋人会被允许用小船运象牙、犀牛角、玳瑁壳、珍贵的木材和香料等货物到这里来，与广州的商人交换瓷器、丝绸、漆器等，然而不允许他们上岸。

我狐疑地问："真的不能上岸吗？"

陈如桂肯定地说："不但不允许洋人上岸，而且朝廷还下令严禁沿海的人出海，违者一律处死。"

我伸伸舌头，故意说："看来管得还挺严的！"

"当然严啦，专门设立关闸严管啊！"陈如桂说，朝廷不仅派总兵率官兵把守关闸，派守澳官员负责管理岛上的洋人，而且参照少数民族地区"以土司治土民"的办法，任命佛郎机人为"夷目"官，授予其一些权力，并通过设立议事亭，向"夷目"官下达朝廷政令。同时，对无凭证擅自出关的佛郎机人，由香山知县或备倭参将"擒拿解究"。此外，凡两广供应澳门的酒米船只，以及澳门运往广州城的香料船等，必须经香山县令亲验抽盘，防止违禁物品混入，并逐一查对且按十分抽二的"抽分"法征收税银。针对洋人勾结内地商人买通"抽分"官员偷税漏税，两广总督还下令由海道衙门及香山县令一同对商船进行"丈抽"，且按船只大小和载货多少征收税银，若发现船上有"走匿"货物，除补征税银外"仍治以罪"。巡海道官员每年还"临澳查阅一次"，若发生重大事件，两广总督则会直接过问处理。

我好奇地问："那如果岛上的洋人犯了我们的大明律法又如何处置？"

"予以治罪，逐出澳门。"

我越发好奇了，又问："那洋人自相侵犯时，又如何处置？"

"朝廷允许他们依照自己的律例来审判治罪。"

"那如果洋人伤害了大明的子民又或者我们的人伤害了洋人呢？"

"如果涉及我们的人，不论被告抑或原告，都由我们的官员审理。特别是发生人命重案时，就要将杀人凶犯带到肇庆府城里的两广总督府衙门过堂，再按律处决！"

说话间，船已驶到炮台边。炮台上的官兵们正例行公事地盘查着过往的船只，而江防守卫则躺在阴凉处的竹椅上监视着他们。等待查验的船只实在太多太拥挤了，船头连着船尾，一艘接一艘，缓慢地前行着通过隘口。一艘船刚放行，另一艘船便飞快地划过来紧紧地跟上。不知道是紧张还是心急，一艘船的年轻船夫手忙脚乱，使劲一划桨，竟将船头撞到炮台临水的石阶上。咣的一声巨响，众人大吃一惊，躺在竹椅上的江防守卫也吓了一大跳。他一下子弹跳起来，冲过来指着那吓得脸青唇白的年轻船夫骂骂咧咧："他奶奶的，把船扣下。"

这时，船主急忙从船舱里钻出来，一边向江防守卫抱拳作揖，一边悄悄将一锭银子塞到他的手里，赔笑道："大人，这小子刚学会行船，不懂事，请多多包涵，多多包涵！"

那年轻船夫也用哭腔不断地恳求："小人第一次跑船，望大人恕罪……"

"大人，船上装的都是香云纱，没有违禁货物。"一个好心的兵勇不忍心年轻船夫因此而丢了饭碗，便超前向上司禀告。

江防守卫将那锭银子悄悄装进口袋里，看一眼那个年轻的船夫，又看一眼那个点头哈腰的船主，摆摆手，说："下次小心点，走吧！"

终于轮到检查我们的船了。我趁机上前，刚想向官兵打听这两天有没有两个洋和尚拿着批文上岸入了城，一旁的陈如桂见状，悄悄拉了拉我的衣袖，示意我不要鲁莽行事。

过了隘口，陈如桂小声对我说："允许洋和尚上岸，还是越少人知道越好。"

我点点头，说："这个倒是。"

陈如桂又说："我还是陪你去一趟海道衙门吧！那里的师爷，跟我有点交情，向他打听，会好一点。"

有人帮我张罗一切，既省心又省事，我自然乐意，连忙向他拱手致谢。

船很快便靠近码头。码头一片熙熙攘攘，到处都停满船，樯橹如林，船篷相连，挤得密密匝匝。岸上人来人往，热闹非凡，不断有人扛着货物走过摇摇晃晃的跳板从船上走到码头，又或者从码头走上船。"嘿，嘿哟，鬼叫你穷呀？顶硬上呀！"高亢嘹亮的船工号子声此起彼落。船把人和货物运来，又把人和货物运走。岸上的人更多，多到简直难以进出狭小的城门。扛着货物、靠出卖体力换取收入的脚夫如果不吆喝着吵嚷着叫前面的人让道，根本就挪不动脚，太拥挤了。上了岸，我们直奔海道衙门而去。

与码头的热闹相比，海道衙门则显得冷清肃杀。

陈如桂说，这个时候，官兵大部分都外出巡查了。我与陈如桂刚踏进衙门，就被兵勇截住，喝问不止。

陈如桂拱手说："我是总督府衙门当差的，来找你们海道副使朱大人的师爷朱先生。"

兵勇上下打量陈如桂，似乎认得他，像知道他是前任总督的下人，但又不敢得罪他的样子，便拱手还礼说："随我来吧，我带你们去见朱先生。"

陈如桂客气地拱手道："有劳阁下了。"

我们跟着那兵勇走进衙门，来到签押房，见一个秀才打扮的人正端坐在书案前抄抄写写。兵勇往里努努嘴，说："你们进去吧，师爷正在抄写文书呢。"说罢，转身走了。看见我们进来，屋里的人连忙离开书案，迎了出来："哎哟，陈兄来了，稀客，稀客呀！"

朱先生挽着陈如桂坐下，亲昵地说："我还以为陈兄您早就随陈大人回京了呢！"

陈如桂似听出对方话中有话，便有些尴尬地说："我们家老爷让我办点事，所以迟了几日才起程，这不，经过广州，特来与兄台告别呢。"

"陈兄这个时候还记着小弟，真是令人感动呀！"朱先生一边为我们沏茶，一边又说，"这几年，无论公事还是私事，陈兄在陈大人身边，对小弟可没少帮忙呀！咦，这位是谁？"为我斟茶时，望着我问。

陈如桂连忙介绍："你看，我们光顾着说客气话，忘了给您介绍呢。瞿太素，他爹可是大名鼎鼎的翰林学士瞿景淳。"

朱先生连忙放下茶壶，拱手道："哎哟，原来是瞿景淳的公子，失敬失敬。令尊学问渊博，为官清廉，我们读书人都非常敬佩他呀！"

我还礼说："都是大家抬举，大家抬举。"

喝过茶，陈如桂向朱先生打听："朱先生，前两天，可有两个天竺僧人来找过海道副使朱大人？"

朱先生一怔，便顾左右而言他："这几天朱大人都不在衙门。"

陈如桂见他有意回避，只好把话挑明："他们可是拿着我们家老爷的公文来找朱大人的。"

朱先生面红耳赤："好像听炮台的江防守卫说过，是有天竺僧人坐船来过，但因为朱大人恰好不在衙门，他也不好自作主张，就没有让他们上岸……"

陈如桂听了，忍不住粗声说道："岂有此理！"

朱先生很是尴尬，落了个大红脸。很明显，尽管前任总督陈瑞开出公文并亲自写信给驻守广州港的分巡海道副使朱东光，请他关照那两个洋和尚，但那两个洋和尚的船到了广州城后，江防守卫却推说海道副使朱大人不在，不允许他们上岸。我连忙打圆场，让朱先生和陈如桂都从高高的台阶上下来了。

我拍拍陈如桂的手，说："陈兄，炮台上的那个江防守卫，刚才进城时我们都领教过了，确实是个莽夫！"

安抚过陈如桂，我转过头去问朱先生："天竺僧没有上岸，后来又去了哪里？"

"听说他们的船朝香山县的方向去了，估计是返回澳门了吧⋯⋯"说着，他突然端起茶杯喝茶。我心里明白，由始至终都没有喝过茶的朱先生，现在突然端起茶杯喝茶，不用说，是暗示要端茶送客啦。

我向陈如桂打个眼色，也端起茶杯缓缓地喝了一口茶之后，慢慢放下，然后向朱先生拱手道别。

朱先生一下子站起来，连忙拱手相送，并特意拉着陈如桂的手，一直把我们送到衙门外的大街上，然后说："到了京城，代向陈大人请安！"

陈如桂也敷衍着，数次回过头来向朱先生挥手告别。

当拐入另一条大街时，陈如桂倏地站住，突然冷冷地说："脸变得可真快呀！"

别过陈如桂之后，我决定继续前往香山县，去找寻那两个会黄白术的洋和尚。

我是这样想的，他们在广州城上不了岸，肯定不会甘心就这样灰溜溜地返回澳门岛的，他们经过香山县，也许会拿手上的公文去尝试一下看能不能在那先上岸暂住，然后再想其他的办法。

我发过誓，一定要生个大胖儿子。我也发过誓，在生儿子之前，一定要炼出金灿灿的黄金来。为了我爹，也为了我娘，我一定要找到那两个会黄白术的洋和尚，请他们传授我炼金的秘术。

船行一日，很快便抵达香山县码头。

上了码头，沿着长长的石阶往上走，城门便一下子惊现。城门口站着几个带刀的兵丁，他们戒备森严地监视着进出的人。

香山县城不大，也就几条破旧的骑楼街，显得有点萧条。这里面临大海，与澳门岛一水之隔，土地又肥沃，按理应不会这个样子。我想，大抵是因为以前沿海倭寇猖獗，朝廷又实施严厉的海禁政策所致吧！在城里转了一圈，我又出来城门口附近，走进了一家临江客栈求宿。热情的客栈小二招呼我时，我向他一打听，果然正如我猜想的那样。小二说，这里距离海边实在太近了，朝廷为防倭寇滋扰和民众偷偷出海，于是规定海边的农田一律不许耕种。

小二摇摇头，长叹一口气说："这可苦了我们这里的人。"

原本笑嘻嘻的掌柜这时沉着脸走过来打断小二没完没了的话，吩咐他说："好啦，先带客官进房间休息吧！"

掌柜又回过头来，换了一副笑容可掬的嘴脸对我说："客官您一路上也辛苦啦，请先到房间里洗个脸，想吃些什么，尽管吩咐，我们给您准备！"

小二提着我的行李，带我上了二楼。腥咸的海风从远处吹来，把一排排的窗户吹得咿咿呀呀作响，站在二楼长长的走廊上，可以看见远处的码头。看见码头，我不禁又想起那两个洋和尚，于是忍不住去问小二："小二哥，这两天，你有没有看见两个天竺僧人在码头上出现过？"

小二回头疑惑地瞧瞧我，悄悄说："不是两个，是三个光头的洋和尚。"

"三个光头的洋和尚？"我顿时瞪大眼睛。在肇庆府的羚羊峡中，我在船上看见的分明是两个洋和尚，为何客栈小二却说是三个呢？难道是另外的三个西洋人？但这个念头在脑海中稍纵即逝，因为秋季刚过，春季的交易会还远远未至，按理说不可能有其他的西洋人在这里出现的。

"没错，是三个光头的洋和尚，守城的官兵还不让他们进城呢！"

我一直都在想，为什么会是三个洋和尚呢？这时我隐约想起陈如桂好像给我说过，他们家老爷将两个洋和尚安置在离总督衙门不远的天宁寺中暂住后，许多官员和文人都好奇地前去拜访他们，而那两个洋和尚有时也会到总督衙门回访总督，再后来总督还批准另外一个洋和尚也来肇庆府……我突然恍然大悟，正当另外一个获准也来肇庆的洋和尚抵达肇庆府时，不料总督陈瑞突然被解职。也许，新来的洋和尚还没来得及去拜见总督，又或者突然被罢黜的总督根本就不敢见新来的洋和尚，因为他实在担心后任总督不容洋人在肇庆府居住，也担心有人告发他批准洋人入住肇庆府会罪上加罪，因此在解职北上前命两个洋和尚，不，是三个洋和尚迅速而秘密地离开肇庆府……

"他们竟然会讲我们的话，尽管说了一大堆的好话，守城的官兵还是没让他们进城。"

"他们好像还和守城的官兵吵起来了。"

"他们软缠硬磨，最终还是被赶下了码头，回到了船上。"

……

为了方便讲述，提着行李的客栈小二干脆转过身来面对着我，一边倒着脚步走一边不停地对我说着。他脚上那双轻便的布鞋，就像两条海里的飞鱼一样悄无声息地跃起又落下。

我一下子愣住了，站住问："后来呢？"

"后来，他们的船就驶回澳门岛啦。"

他们回了澳门岛，我还可以见到他们吗？我还没来得及细想，小二已经转身利落地打开了客房的门，并将我的行李轻轻地放在桌子上。

我一下子瘫软在客房里的一把躺椅上，眯着眼努力让自己慢慢平复下来。我甚至忘记了打赏殷勤的客栈小二碎银，以至于让他一直在房间里走来走去。后来，我睁开眼睛，看见身边垂手而立的小二，才回过神来，连忙掏出一些碎银递给他。客栈小二高兴地接过碎银并再三表示感谢的时候，我看了他一眼，然后慢条斯理地对他说："也许，我会在这里住一段很长的时间，往后，说不定还有很多事要劳烦小二哥帮忙呢。"

小二连忙拱手说："有事客官尽管吩咐！"

说罢，他依然倒着脚步退出了房门。他的脚步蹒跚而摇晃，显然是掩饰不住内心的惊喜。脚步声渐渐远去，我可以想象，他一只手正用力地捏着口袋里的银子，而另一只手在大幅度地摇晃着。我恍惚又看见那两条飞鱼再次在海里飞跃着，悄无声息地跃起又落下。

我一直躺在那把躺椅上，像死过去一般，纹丝不动。悄悄告诉我不是两个洋和尚而是三个洋和尚的小二哥急急地走了，就像从来就没有出现过一样。

暮色渐积渐厚，像海水一般将我慢慢淹没。我静静地躺在躺椅上，就那样呆呆地望着窗外的夜色缓缓地铺展开来。

　　这时，我不由得想起自己小时候，也是这样暮色四合的傍晚，总是喜欢独自一个人，就这样呆呆地躺在书房里的一把躺椅上，呆呆地望着我爹挂在墙上的一把古琴。我爹说，琴只要挂在墙上，你不弹它也能听到海水一般的声音从遥远的夜空传来。那时，充满幻想的我总会竖起耳朵静静地聆听，聆听那海水一般的声音是否真会从遥远的天边传来……现在，突然置身于大海之滨的岭南香山县，我不禁又想起我爹。想起我爹，鼻子忍不住一阵酸。我揉揉鼻子，对自己说："我一定要找到他们，哪怕在香山县城等上一年半载，我也要找到他们。"

　　"客官，该吃晚饭了！"我正浮想联翩，客栈的掌柜突然进来大声说，把我一下子从遥远的地方喊了回来。

第
四
章　利
玛
窦

　　从果阿前往澳门的海上旅行漫长而平静，但途中的一场急病却差
点让我丢掉了性命。

　　我以为我会死在旅途中，然而我却神奇地康复了。

　　船是沿着斯里兰卡海岸航行的，这片海域盛产美玉，沿海居民靠
打捞美玉为业。丁先生的嘱托我须臾不敢忘记，仍然坚持每天的航行
笔记，并将这些沿途海域的所见所闻一一记录下来。走了两个多月，
我们的船才抵达马六甲海峡。葡萄牙人在马六甲海峡修筑防御工事，
并作为他们继续向东南亚挺进的基地。我们在马六甲海峡停留了两个
星期，趁这个空隙，我上岸四处逛了逛。尽管大病初愈，身体还很虚
弱，但我还是逛了很多地方。这里留给我印象最深刻的，莫过于一个
名叫满刺加的地方。这个地方常有飞龙绕树，龙身大概有四五尺长，
当地人常用弓箭射之。能听懂我们说话的当地人悄悄告诉我，这里离
我一直向往的那个神秘国度其实已经不远。他们神秘地对我说，事实
上那个神秘国度的国王以前还曾派来浩浩荡荡的船队，并对这里的酋
长进行过册封，还赐赠金银珠宝与冠带袍服等贵重礼物。我听了，真
是激动万分，感觉离自己从小就有的那个梦想更近了。

　　回到码头，我看见船长正靠坐在一棵高大的椰子树下喝椰青。看
见我，船长晃了晃手中人脑袋般大的椰子，朝我说："里奇，你要试
试马可·波罗所说的会流出牛奶一般白色汁液的椰子吗？"

我笑笑说："一上岸我就第一时间试过了，结果发现，原来它的汁子并不白，白的只是它的果肉。"

船长一边眺望着蔚蓝色的海面，一边又对我说："里奇，你知道吗？这里离你要去的地方不远啦。"

我也看一眼波光粼粼的海面，催促道："那我们的船什么时候可以出发呢？"

老船长将手里的椰子壳向海里一抛，大声说："明天一大早，我们就起航！"

船帆又再次迎风鼓起，海浪又拍打着船头，激起雪白的浪花。穿过氤氲的晨雾和蓝色的水波，一望无际的深蓝又再次扑面而来。

风平浪静的时候，船身会安稳得如在陆地上一样。这个时候，我不是在记录着航行日记，便是站在船头像小时候那样举起单筒望远镜朝远处的海平线眺望。会很长时间都看不到桅杆，这让我有一种漂洋过海的艰辛与豪迈感。就是在这样的感觉中，我一次次地想起我的导师范礼安先生，想起我的引路人罗明坚，他们现在究竟怎么样了呢？

无数个夜晚，我常常枕着自鸣钟嘀嘀嗒嗒的声音进入梦乡。在梦中，我看见小时候的自己与小伙伴们藏身于教堂高处的大钟下，俯瞰着我的故乡，那个古老的海边城镇；我还看见小时候的自己傻乎乎地站在海边举起单筒望远镜朝东方的海平线眺望；我甚至还梦见自己在药铺里帮父亲捣药，把细细的药粉小心翼翼地倒进药碗，然后端给父亲看。父亲接过来，瞧一瞧，再拿到鼻子底下嗅一嗅，然后嘴就高兴得合不拢了："好！捣得非常好！"每每梦见父亲，"当——"的一声巨响，自鸣钟的敲击声便会把我惊醒。醒过来后再也睡不着，忍不住又掏出父亲给我写的那封长长的信不停地默念："一回到马切拉塔，我的病就好啦！孩子，这让我更加相信，这是神的旨意，是神让我不要干涉你的选择的……"每次读到父亲的这些话，我都会忍不住爬起来跪下，领首闭目，然后用手在胸前画着十字，喃喃祷告，求神保佑我的家人。祷告完，将那封已读过无数遍的长信小心翼翼地折叠好放回挎包里后，我会想，原来人生的许多抉择，其实只需要一个念头就能决定的。我身靠装着自鸣钟的那个巨大的箱子呆坐着，就那样胡思乱想。箱子里的那座巨大的自鸣钟，还有它周围堆放着的那些大大小小的行李，都是我们要携带到那个神秘国度的贵重礼物。据说，那些黑头发黄皮肤的人对他们从没有见过的东西都很感兴趣。每隔一个时辰，箱子里的那座自鸣钟便会发出"当当"的巨响，准确地报出时辰。那钟声从箱子里传出来，仍然浑圆响亮，这让我们简直就不敢相信自己的耳朵。尤其是在夜里，在密不透风的船舱里，那穿透力极强的钟声，总会让人为之一震，倏地惊醒。船舱里被惊醒的人，会相继发出一声声长长的梦呓般的叹息与埋怨。然后，他们又会沉沉地睡去。我却始终无法再度入眠，只好静静地聆听着自鸣钟嘀嘀嗒嗒的走动声，想象着它仿佛正向我诉说着那片神秘土地的奇风异俗一直到天明。

嘀嘀嗒嗒的走动声突然停了。我下意识地摸摸口袋里的铜钥匙，才惊觉已很长时间没有给箱子里的自鸣钟拧过发条啦。远方的岛屿被云雾笼罩着，若隐若现！那会是一个怎么样的地方？突然不再发出声音的自鸣钟沉默不语，让人越发觉得船舱里太安静了。

一波一波涌起的海浪扑打着船头，溅起无数的海水，飞溅到我的脸上。

眼前忽然掠过几道白光，起起落落，忽远忽近，原来是纷飞的海鸥。它们拍打着洁白的翅膀，掠过船舷，发出清脆的叫声。

听到欢叫的声音，我的心情也随即欢快起来。因为远方梦幻一般的岛屿，正梦幻一般缓缓地出现在我的眼前。我颤抖着手举起我的单筒望远镜。一个丘陵起伏的半岛突然出现在镜头里，我霍地跳了起来。接着，看见高耸的城墙，还看见把守城门的黑头发黄皮肤的士兵。那些带刀提枪的士兵，正严防死守着那片神秘的土地，以防有人与我们这些夷人接触。呼吸便一下子感觉不畅。半月形的沙滩上，很多葡萄牙式的建筑，一幢挨着一幢。一座教堂，耸立在海湾的一个小山冈上。钟声突然响起，宛若从天外传来。听到那天籁之音，我一阵晕眩，差点滑倒在甲板上……

熙熙攘攘的码头，一点点向我扑过来，越来越近。

穿梭不停的船只，大声吆喝的船夫。一群又一群的苦力和黑奴正在码头上装卸货物，三三两两的葡萄牙商人、日本商人和本地商人正在互相讨价还价。码头上，各色各样的人都在忙忙碌碌，船工抛掷着各种各样的装备在准备停泊又或者起航，而渔夫则将渔获挑到码头上去叫卖，与一哄而上的商贩们在讨价还价。

岸边的民居家家户户都在阳台上拜祭，像是什么重大的节日。他们把香炉摆在堆满祭品的小桌子上，然后恭恭敬敬地点上香烛，再拿些黄色的纸钱焚烧。四处弥漫的香味令我惊奇不已。他们在冉冉的香烟中祷告，喃喃地低声吟唱，更让我目瞪口呆。眼前所有的一切，既陌生又熟悉，像在梦中见过，但又分明从来就没有见过。直到后来，我才知道他们之所以如此虔诚，是因为他们信奉各种各样有名有姓的妖魔鬼怪与神仙。那些妖魔鬼怪与神仙都是他们想象出来的，都是子虚乌有的……

随着人潮摇摇晃晃地下了船，环顾人地生疏的四周一圈，我真是茫茫不知何处去？

"里奇！"隐隐约约似乎听到有人在用意大利语呼喊我的名字，于是便踮起脚尖在人群中四处寻觅。

远处的人群里，一个高高大大、身穿宽大厚重黑色修士袍的人正高举双臂，拼命地朝我挥舞。

"罗明坚！"我一眼就认出来了，也向他挥手大喊。虽然一别数年，但我还是一下子就认出了罗明坚。他比身边那些矮小的黑头发黄皮肤人高出半截身子，黑色长袍上的白色领圈在人群中也格外醒目。

"你终于来啦！"罗明坚跑过来激动地与我拥抱。

"三年了，我每天都在盼望着与你在这里会合！"我用力地将罗明坚紧紧抱在怀里。我从来就没有如此用力地抱过一个大男人，以至于他在我的怀里尴尬地屏息静气。

"里奇，我们还要搬运行李呢！"同行的会友看不下去了，过来拍拍我的肩膀提醒我。

行李终于从船上搬下来又装到了马车上，包括那座巨大的自鸣钟。

码头上，不时会看见一些来自暹罗、琉球、阿拉伯、印度等地的商人和使节，甚至还看见一队葡萄牙士兵列队而过。我不禁疑惑地问罗明坚："这里，真的是大明的领土？"

罗明坚点点头："确实是大明的领土，但到了这里还不算真正进入大明。这里与真正的大明还隔着一道固若金汤的关闸。"

罗明坚说，大明皇帝很稀罕异域的珍奇贡品，认为有外国前来进贡才表明他们的国家国盛民安，四海来仪。于是，暹罗、琉球、阿拉伯也就是他们所说的大食国的商人，还有印度也就是他们所说的天竺国商人，这些商人都以进贡为名纷纷来此做生意。我说，所以葡萄牙人才被允许待在这里，替他们经营这个特别而庞大的市场。罗明坚拍拍我的肩膀，与我会心一笑："什么事都逃不过你精明的眼睛。"

远处，有几个官差模样的人正在指挥着一群苦力将一个又一个箱子搬到一艘船上。

"那是一艘官船，来自肇庆府的两广总督府衙门。而那些正在往船上搬的箱子里，装满了两广总督下属向葡萄牙商人购买的他们认为的珍贵物品。这些珍贵的物品，都是运往皇宫进贡给大明皇帝的稀罕之物。"罗明坚还告诉我，这里属于驻扎在肇庆府的两广总督府治下香山县的管辖范围；两广总督除要抗击倭寇、镇压土人叛乱外，还要对住在澳门岛上的葡萄牙人进行严管，以防他们未经批准越过关闸。

又见一艘更大更豪华的官船徐徐泊岸。一条漆得贼亮的跳板搭至岸上，几个穿长袍的带刀卫士踏着跳板冲上码头，大声驱赶围观的民众留出一条通道来。这时，一个穿着华丽官袍说话像女人一样尖声细气的中年人缓缓走下官船。紧随其后，有个说话同样像女人一样尖声细气的年轻人则撑着一把艳丽的伞替他遮挡刺眼的阳光。那个说话像女人一样尖声细气的中年人经过我们的身边时，朝我们瞥了一眼。罗明坚马上拉着我们朝他跪下行礼。等他们远去之后，罗明坚悄悄告诉我，那些带刀的卫士都是大明宫廷的锦衣卫，而那个说话尖声细气的中年人则是锦衣太监。罗明坚还说这些皇帝身边的人都不好惹，见到他们我们都得向他们跪拜。

我说："这人看上去职位很高。"

罗明坚点头答我："对，他就是大明皇帝钦命的收税太监总管马堂，也是皇帝派到各地暗中监视地方官员的密探。"

罗明坚一边给我介绍，一边领着我们往小山冈上的住处走。

马车紧跟在我们的身后，慢慢地驶过街巷。街巷的地面上铺设着一块块小小的石子，这让我再度怀疑自己是否真的已经确实踏足于遥远东方的土地。罗明坚见我留意脚下的石子路，便用脚踩踩那些小石子说，这些小石子当地人叫作"葡国石"，之所以叫"葡国石"，是因为都是从葡国运来的。早年，葡萄牙人漂洋过海来到澳门岛把这里的瓷器和丝绸等货物运回自己的国家转售谋利，但由于路途遥远，而且葡萄牙本土没什么东西可以运到中国来销售，空船航行不但会航行不稳，而且遇上风浪时容易翻船，于是葡萄牙人就用石头压满船舱，以策安全。船到达澳门岛后他们就将这些石头随手扔掉。后来，葡萄牙人和澳门岛上的居民见这些石头堆在路边越来越多也没什么用，怪可惜的，就用来铺马路。不承想，铺出来的马路竟出奇地好看。我听了，好奇地蹲下身去，轻轻地抚摸着地面上那些铺成各种图案的"葡国石"。那些黑白的小石头，被巧手的工匠们镶在地上，白的是石灰岩石子，黑的是玄武岩石子，其中也点缀一些米黄色的小石子，总是让人眼前一亮。到处都是用"葡国石"铺设的美丽图案，起伏的波浪，栩栩如生的大海马、大贝壳，等等，什么图案都有，琳琅满目。那些黑白色和米黄色的葡国小石子，在阳光下闪着贝壳一般的光泽。

　　车轮碾过那些黑白色和米黄色的光亮石子铺成的图案，发出咯咯的声音。

　　到了高处的修道院门口，车夫勒马停住马车。那几匹马相继打了几个响亮的响鼻，长嘶一声，便站住不动了。

　　到了住处，我才知道，导师范礼安先生这时又去了日本。

　　见不到导师，我难免有点失落，忍不住问罗明坚："这里的情况怎么样？"

　　罗明坚耸耸肩，叹息一声，无奈地说："唉，可望而不可即啊！一道关闸，始终拦住了我们前进的脚步。"

　　想象前辈沙勿略临终前绝望地望着那片神秘的陆地高喊"岩石岩石，你何时才能裂开"的惨状，我皱起眉头又问罗明坚："面对这块坚硬的岩石，难道你就真的束手无策了吗？"

罗明坚兴奋地告诉我："我们还是想了很多办法的，之前，我就曾先后三次随葡萄牙商人坐船到过一座叫作广州的城池。"

我真不敢相信自己的耳朵，急问："你进入过他们的一座城池？"

罗明坚肯定地点点头，便详细地给我一一道来。原来，每年的春秋两季，罗明坚到过的那座广州城都会举办盛大的贸易集市。这时，澳门岛的葡萄牙商人会被允许乘坐小船前往广州城销售从印度或者日本运来的货物，然而却不允许他们上岸。

罗明坚说："他们不允许他们所称的洋夷居留，于是到广州城做生意的葡萄牙商人都不准在岸上过夜，能够上岸的，都是些前来进贡的使节和来自天竺的僧人与阿訇。"

罗明坚说他跟随葡萄牙商人到了广州城后，通过馈赠礼物获得了一位海道衙门官员的帮助。他们请"舌人"也就是翻译写了一份奏折，恳求海道衙门官员允许他们白天上岸到城里的街上售卖货物，而晚上则回到船上住宿。那位官员因为收了他们的礼物，只好勉强同意他们上岸，并沿街张贴告示，禁止任何人伤害他们，违者处以死刑。当地人对罗明坚他们这些钩鼻蓝眼的洋人十分好奇，从早到晚聚集过来只为看他们一眼……后来，罗明坚他们又接连两次前往广州城，并通过馈赠钟表和其他贵重稀罕物件结交更有权力的官员，最后竟获准在城里一处简陋的房屋暂时居住。然而，这一切并没有完全消弭那些黑头发黄皮肤的大明人对他们的恐惧与疑虑。最终，他们还是被驱赶出城，不得不返回澳门岛。

听完罗明坚的讲述，我忍不住关切地问："那他们以什么理由驱赶你们？"

罗明坚苦笑一下，说："随便找个借口，就把我们驱赶啦。"

我一跺脚，说："可惜啊！这么好的一个开始。"

罗明坚拉拉我的衣袖，安慰我说："别灰心，里奇，我的一只脚已经踏进了这个伟大的帝国，相信不久的将来，那岩石般坚硬的大门，定会因为我们而打开的！"

我却不甚乐观，忧心忡忡地说："可是，现在范礼安先生又不在这里，我们可以做些什么呢？"

罗明坚听了，一拍脑袋，连忙从怀里掏出一封信递给我，说："去日本之前，范礼安先生给你留了一封信。"

我一把抢过罗明坚递过来的信，便迅速展开，迫不及待地读起来。导师在信中对我说，我们对中土大明的认识不多，我们只在有限的文字中知道所谓的中土，而事实上，他们的文明要比我们的文明久远。在大明人的眼里，我们只是些"化外蛮夷"，而他们也从来不让我们这些洋夷踏足他们的国土。这个国家与我们的国家截然不同。我们国家周边分布着不同的城邦部族，这些部族也就是所谓的国家之间常常打打杀杀，进进退退，生生灭灭，疆界从来就没有明确过，而他们这个国家却稳定而承平，人们出门时从来就不携带任何武器。他们的妇女具有诚实的品格，守妇道、重贞操，而他们的男人则聪明、勤劳、爱好和平，也顺从、遵从朝廷的命令，而统治他们的都是些智者和哲人。所以，与这样的一些人交往并得到他们的认可，你首先要学会尊重他们，并且尊重他们的文化与传统……前人之所以几经努力，仍然不能踏上那片神秘的土地，归根到底是因为既不懂他们的言语，又对他们的文化与传统知之甚少。最后，他在信中一再吩咐我与罗明坚一定要好好地学习大明的语言和文字，好好地熟悉这个自谓居于大地中央的国家也就是中国的风土人情，为有朝一日踏上这片神秘的土地而做好充分的准备……

罗明坚见我看完信一脸凝重，便嬉皮笑脸地过来搂住我的肩膀，指着院子里一幢崭新的房子高兴地对我说："那就是我们的新家圣马谛诺，是专为我们这些随时准备进入那个神秘国度的人准备的，里面不仅有我们住的房间，还有专供我们学习中文的教室呢！"

说话间，我突然看见好几个葡萄牙商人带着他们黑头发黄皮肤的华人妻子及混血的儿女从我们的身边走过。罗明坚看见我一脸惊奇，便给我介绍说："葡萄牙人获准在这里定居已经有二十多年了，他们与当地人通婚的自然不少，没有什么好奇怪的。他们都是来这里做礼拜的。"

罗明坚见我仍盯着他们的背影看，便继续给我介绍说："这要感谢当年的两广总督属下分巡海道副使汪柏，正因为他收受了葡萄牙人的贿赂，葡萄牙人才被允许以曝晒水渍货物为借口强行上岸建房居住！"

我问："不会这么简单吧？"

罗明坚咧嘴一笑："看来，什么事都瞒不过精明的你！他们还帮助过两广总督镇压叛乱和抗击倭寇。一艘载有三百精兵的葡萄牙战舰，被总督和总兵借用，只用了极短的时间便赢得了战斗！"

我不容置疑地又问："应该还不止这些吧？"

罗明坚哈哈大笑："你如此精明，精明得就像那些葡萄牙商人一样！他们与当地人进行合法又者非法的交易时，确实暗地里给了一些当地人极大的经济利益。此外，葡萄牙人还向香山县缴纳了巨额的占用土地和船只泊位的租金。"

我沉吟道："如果不是精明的葡萄牙商人，我们也不可能来到这里。"

罗明坚又开怀大笑："的确如此！这里的葡萄牙人虽然数量不足千人，但每一位葡萄牙商人都非常富有，不仅妻妾成群，而且家中至少也有五六个黑奴仆人。正因为他们富有，有不少的当地女人愿意嫁给他们，也有不少的当地男人愿意给他们充当翻译，也就是'舌人'！"

晚饭后，黑炭般肤色虎背熊腰的印度仆人也就是黑奴收拾好餐具后带上门蹑手蹑脚地走了。大家久别重逢，不顾舟车劳顿，依然坐在餐厅里聊天。罗明坚又给大家讲述了一遍在这里数年的经历和如何想方设法进入那个神秘国度的最初尝试！大家听了，都唏嘘不已。

罗明坚说，尽管我们的人早就进入日本，但进展并不尽如人意。我们的导师范礼安先生分析说，这一切都因为我们始终不能踏足大明王朝的缘故。我们的前辈沙勿略一开始是最先到了日本的长崎的，还有日本其他的一些地方。到了日本之后，日本的政府和民众都不信任他。他费尽口舌，还是说服不了他们。日本人都问他，既然你所说的那么高尚那么好，那么为何大明帝国没有接受你们呢？然后沙勿略就转而想到中国去开辟他的事业。然而，由于大明王朝的闭关锁国，所以沙勿略始终只能在近海徘徊，最终抱憾，客死他乡。按照范礼安先生的说法，只要大明王朝的大门为我们打开，日本又者东方其他的国家，也就会纷纷效法的。所以他临行日本巡视之前，一再叮嘱澳门岛的会友不要灰心，要想方设法为越过那道关闸而努力。

罗明坚谈到范礼安先生临行日本之前的指示，谈到他学习中文的困难，谈到我们当中的一些人对我们能否进入中国所持的怀疑态度时，我激动地站起来说："这有什么可怀疑的，就拿我来说吧，我二十六岁离开罗马，从里斯本出发，经由海路到达印度果阿，又在果阿苦等了四年之后，才好不容易来到这里，这么千辛万苦为了什么？不就是为了能够进入中国吗？"

正用意大利语与大家交谈的罗明坚也激动地站起来，用稍显生硬的中文一个字一个字地说："精诚所至，金石为开！"

我用意大利语问他："你说的是汉语吗？是什么意思？"

罗明坚给我解释说："这是中国人用中文说的一个成语，意思是说人只要诚心，就能感动天地，使金石为之开裂，比喻只要专心诚意去做，什么难题都可以解决！"

"精诚所至，金石为开！"我复述一遍这个刚刚学会的中文成语，紧紧地握住罗明坚的手，斩钉截铁地说，"这中文说得真是太好了，只要诚心，就能感动天地，就能使金石为之开裂！"

罗明坚："中文确实一语双关，而中国的文化更是博大精深，是我们一辈子也学不完的。明天一大早，你们就与我们一道学中文吧！不过，你们可要有个心理准备，中文的四声可不容易掌握。"

我充满自信地对罗明坚说："我刚才不就学会一个成语了吗？精诚所至，金石为开！"

罗明坚："你的记忆力那么好，天赋又那么高，我倒相信你会很快便学得比我们好！"

我说："要想打开中国封闭的大门进入中国生活，必须通晓中国的语言和文化！"

罗明坚："所以，范礼安先生才为我们请来了优秀的中文教师！"

一宿无话。翌晨，我一大早便来到教室上课。

教授我们中文的是一位长须飘飘的老者。罗明坚说，他是范礼安先生花重金聘请来的。罗明坚还悄悄告诉我，朝廷是严禁中国人向我们这些洋夷传授汉语的。范礼安先生几次三番上门拜访，硬是凭着满腔热忱和执着打动了这位略懂葡萄牙语的老先生，他才冒险来教我们汉语。

上课前，这位老先生要求我们先把课室打扫干净，然后再把书桌整理得整整齐齐、擦得一尘不染才开始上课。他先用中文说："一室不扫，何以扫天下？"然后再用生硬的葡萄牙语给我们解释这句话的意思。我听不太懂，罗明坚就给我解释说，老先生是说，连一间屋子都不打扫，怎么能够治理天下呢？老先生还说，从一点一滴的小事开始积累，才能做成一番大事业！我听了，真对这位老先生佩服得五体投地，也就越发觉得中国文化的博大精深了。也就是在那一刻，我才终于明白，这个之前我几乎一无所知的国家，这个我之前只能从有限文字和别人只言片语讲述之中了解的国家为什么会与我们的国家完全不同。也就是在那一刻，我才彻底明白，这个国家的人为什么出门时从来就不携带任何的武器了。

据说，这位老先生的孙女嫁给了葡萄牙的商人。虽然他的葡萄牙语讲得不太好，但通过比画，还是可以猜到大致的意思的。这位老先生还坚持让我们用砚台磨墨，然后铺纸用毛笔画画和写方块字。等我们笨拙地用砚台磨好墨，用毛笔画出一个图案再写出一个歪歪扭扭的方块字时，他才用中文教我们读音和给我们解释这个字的含义。

每次磨墨，这位老者都会不厌其烦地赞叹说："这砚台呀，以肇庆府出产的端砚最为名贵！我们正在用的这些砚台便是端砚，用很少的水就能磨出香喷喷的油光发亮的墨汁，而且用这些端砚磨墨时，不论干处、腻处、轻处、重处都很均匀，用笔点墨十分圆融，没有声音，也不伤毫。"

这汉语学起来也并不如我想象中的容易。刚开始，老先生只能通过绘画来教我们认字。譬如老先生要教我们"鸟"字，他就先画一只鸟，然后在旁边写上这个汉字，再教我们这个字的发音。那些来修院礼拜的葡萄牙商人看见我们这样学习汉语，都觉得十分可笑。他们认为用这样可笑的方法去学习如此复杂的汉语简直就是天方夜谭。

当我们学会了一定数量的词汇以后，老先生就开始教我们学习简单的汉语句子。我比罗明坚年轻了十岁，学习语言也许年轻是个优势，所以很快我的中文就跟他讲得一样好了。但整个学习过程依然非常艰苦，尤其是汉语中的四声问题，这是在我们的语言里从来没有遇到过的，令我十分头疼。加之汉语一语双关，同样的字而发音音调不同，意思就完全不一样了。这对于我们来说，要在有限的时间里掌握好四声的区别，实在需要大费周折。但为了更好地了解中国文化，我下了苦功，非常虔诚地一字一句地慢慢学习，日积月累。

很快，我就可以勉强倾听葡萄牙商人的华人妻子用汉语做的忏悔，接着又学会了用汉语会话和进行简单的阅读。我知道这还远远不够，于是下决心进一步练习汉语写作，以争取将来能够用汉语向中国人介绍我们国家的文化。我希望通过我的努力，将来让隔绝已久的东西方，能够获知对方的信息，也希望两种截然不同的文明，能够因为互相接触与碰撞发生深刻的变化。

很长的一段日子里，我就这样花费了大量的时间和精力去学习中国的语言和文化。与我们的字母完全不同的方块汉字，一度令我痴迷和感到不可思议。

礼拜日不用上课，礼拜后罗明坚总是喜欢带着我到住处后面的山顶上去眺望远处的中国大陆。天边，是长长的海岸线与延绵的红土丘陵。它们就像天然的屏障，横亘在我们的面前。这时，我们就像两个惊慌失措的孩子，站在一条挡住前路的大河边，又或是站在一座挡住去路的大山前，真不知道接下来应该怎么办。

对那一片遥遥在望的神秘土地，我一无所知，自然就充满好奇和想象。同时，也就更加不知道该如何去接近它，进入它。当得知曾经去过广州城的罗明坚从一个华人的手里得到一张两广总督府管辖范围的地图，我惊喜若狂。迫不及待地让罗明坚把那张地图在桌子上摊开来的时候，我惊讶地发现，其实这根本就不算是一张严格意义上的地图。这张地图完全忽视了地球的曲度，不仅没有经纬度，而且绘制者似乎根本就不懂得什么是经纬度，更不要说如何去测量经纬度了。然而这些都不重要，重要的是罗明坚一下子就给我指认出他曾经去过的广州城。

"这就是广州城，城门口有个天字码头。我们的船缓缓驶入这个码头的时候，城墙就像突然出现在我们的面前。你看，城门口到江边的码头有一定的距离，这地图上空白的地方，就是表示有一定的距离，这个空白的地方刚好就可以写上两行小字加以说明。"罗明坚指着地图上绘制的一座城池不停地对我说。我低头仔细一瞧，果然看见城门口两边空白处写着两行小字：南至香山县界壹佰里，南至顺德县界伍拾里。

　　当这张地图一下子在我们的眼前展开时，那些远去的画面，那些镶嵌在罗明坚的脑海里早已成为记忆中一部分的画面，又似乎缓缓地在他的脑海中出现了。他绘声绘色地给我讲述："正对城门的码头两边，是热闹的水上市集。无数的船艇，多得数也数不清。远道而来的各地客商就在这里交易，不过不允许上岸，违例是要坐牢甚至是砍头的。"

　　"你看，广州城西至肇庆府界大概也就一百多里吧！两广总督府就驻扎在肇庆府，总督不但管辖着香山县治下的澳门半岛，还对邻省广西也有监管权。我们要进入大明，首先要得到两广总督的批准。"罗明坚又指着地图上那个标明"肇庆府"的城池对我说。

　　我看见地图上那些逶迤的河流不仅连着广州城，而且连着肇庆城，便急切地问他："你们的船就是经过这些河流进去的吗？"

　　罗明坚点点头："是的，没错，广州城和肇庆城的官船就是通过这些河流来到我们这里采购奇珍异宝进贡朝廷的。"

　　我充满期待地对罗明坚说："总有一天，我们会坐上一条驶向肇庆府的船！"

　　"这个肯定！"罗明坚笑着说。

　　看完那张地图，我的心潮起潮落，始终难以平复，于是便独自一个人到山下的田野去散步。

　　我一边走一边想，我的意大利姓氏是里奇，将来进入中国使用这样的姓氏与那些黑头发黄皮肤的人交往肯定不方便，也不利于更好地融入他们的生活，我得给自己起一个中文名字才行。我这样想的时候，忽然看见田间的一个农夫正手持一把镰刀弯腰在割禾，这让我想到禾苗和镰刀组成的一个汉字就是"利"字。我随即灵光一闪，马上想到这个"利"字跟我的姓氏里奇比较接近，然后镰刀和禾苗这个组合又含着一种丰收的寓意，这跟我一直梦想进入中国的愿望是相当吻合的，于是我就决定用"利玛窦"这样一个中文名字去追寻我少年时的那个梦想。

从此，我便拥有了属于自己的中国名字：利玛窦！

此后很长的一段时间里，我总是要求大家叫我"利玛窦"。老先生也叫我"利玛窦"，他竖起大拇指说这个名字好，大吉大利。老先生还说："我们除了名字外习惯还得有个字号，老夫给你想个字号如何？"我自然感激不尽，再三致谢。老先生沉吟道："不如你字西泰，号西江，如何？"我问："有什么特别的意思吗？"老先生说："西泰是说你来自西方，而西江，则暗喻你将来能够通过西江这条河流实现自己的梦想。"我听了大喜，也感觉这名字和字号都非常吉利。

日子就在大家都将我的中文名字"利玛窦"和我的字号叫顺溜了之中悄然流逝……

自从我有了一个吉利的中国名字之后，好事果然接踵而来。

这一年，新任的两广总督陈瑞到任肇庆。陈瑞刚上任，大明皇帝的口谕就来了。皇帝命令陈瑞彻查让佛郎机人居住在澳门岛是否不利于江山社稷的稳固。他们口中的佛郎机人也就是葡萄牙人，这些人不仅任命了自己驻澳的长官，而且还有属于他们的宗教首领，而澳门岛上的所有佛郎机人都听命于他们的长官和首领……这些消息就像长了腿的腥咸海风一样跑得飞快，很快便跑进了皇宫里。陈瑞接到皇帝的旨意，马上命令香山县知县冯生虞通知葡萄牙人的长官和主教前来肇庆的总督衙门把事情说个清楚。陈瑞的口气很硬，葡萄牙人觉得此行既不安全，也不方便，更不愿冒险，于是就想到让修院的罗明坚与本涅拉分别冒充他们的长官和主教前往肇庆府拜见两广总督陈瑞。这时，葡萄牙人已经被允许可以在一年之中的任何时候前往广州城做买卖，条件是一艘船上不得超过五人。为了防止陈瑞干扰澳门与广州的贸易，葡萄牙人于是不惜花重金购买了天鹅绒、骆驼毛、羊毛衣料以及水晶镜等贵重礼物，让罗明坚与本涅拉携带至肇庆府悄悄送给陈瑞，希望总督大人可以宽大处理。

休息的日子，会友常常会结伴到外面去消遣。我却很少出门，喜欢独自待在房间里练习汉语。那天，我正在卧室里用汉语自问自答地练习，罗明坚飞跑进来，兴高采烈地高声叫喊道："好消息，利玛窦，好消息！"

当罗明坚把他即将前往肇庆府的好消息告诉我的时候，我霍地从椅子上跳了起来，一把将他抱住："我可以跟你们一起去肇庆府吗？"

罗明坚从我的怀里挣脱出来，摸摸脑袋说："我看不行，因为我们这次前往肇庆府也是冒名顶替的。"

听罗明坚讲清楚事情的来龙去脉后，我不禁发出一声失望的低号。不能与罗明坚一道前往肇庆府，这令我很失望。罗明坚看见我脸上浮起的失落和无奈的表情后，为了安慰我，便邀我一起去看那些葡萄牙人为总督陈瑞准备的贵重礼物。他不等我答应，已抬脚走出门外。我这才回过神来，马上转身快步追了出去。

高贵而华丽的天鹅绒让我们惊叹不已！我抚摸着一匹光滑的天鹅绒说："难怪葡萄牙的贵族们都喜欢用这种透着高贵光泽感和温柔触感的面料来做衣服。"

罗明坚点点头说："是的，穿着天鹅绒做的衣服，再戴上金光四射的珠宝首饰，真是贵气逼人啊！"

这种面料会有一种极致的诱惑，你轻轻地抚摸它们，就像抚摸婴儿的肌肤。我的手始终不愿意离开那些光滑柔软，鱼一样在水里依依不舍地游来游去。我眯缝着眼睛陶醉地说："颜色鲜艳的天鹅绒有着一种天然的诱惑力，现在我终于明白这里的大明官员为什么离不开葡萄牙商人了，因为皇宫里的贵妃都喜欢用它来做睡衣。"

"穿着皇帝赏赐的天鹅绒做的睡衣，得到皇帝的宠幸，听说这是大明皇宫中的女人一生所梦寐以求的事情。"罗明坚也抚摸着那一匹匹色彩艳丽的天鹅绒，由衷地用圣诗一样的语言赞叹道，"如果生命是一袭华丽的睡衣，那它一定是天鹅绒做的。"

带着这些天鹅绒，他们出发了。看着罗明坚与本涅拉踏着跳板上了船，我真羡慕死了。罗明坚是知道我站在码头上看着他们登船的，却始终没有回头，一直都没有，这让我更加失望。

　　后来，罗明坚告诉我，他一上船就站在船头，直至到了肇庆府的西江码头，他还是站在船头。他不愿意自己的眼睛有一刻的闲着，他要好好地看看那些想象过无数遍的村庄、城镇和河流。大河以及大河的支流，就像一根根细小的血管，连着一片片田畴与阡陌，连着一座座村庄与城镇，连着四通八达的水网。罗明坚说，这跟我们之前看过的那幅简单的地图描绘的一模一样。

　　罗明坚还告诉我，后来他们的船转入一条名叫西江的河流后，再逆流而上，最后终于到了肇庆府。临近肇庆府码头，船果然要经过一处水流湍急的峡谷。罗明坚说当地人确实叫这峡谷为羚羊峡。罗明坚还说，船到此峡，尽管撑篙抬橹，却果然寸步难行，只好雇请纤夫拉船。

　　罗明坚之所以这么说，是因为教我们中文的老先生曾经告诉过我们，逶迤的西江河流至肇庆府的羚羊峡，河道陡然变窄，咆哮的江水有如一条桀骜不驯的巨龙以雷霆之势穿峡出谷，船行至此，需十多位纤夫拖船前行才能到达肇庆府的码头。

　　老先生还说，羚羊峡两岸南北对峙的羚山，绵延几十里，聚集着最为名贵的端砚石坑洞，他教我们中文时用的端砚就出自这里。他还故作神秘地告诉我们，这里的山其实是仙羊的化身，为什么会是仙羊的化身呢？他说这跟广州城又叫"五羊城"有着千丝万缕的关系。他说广州城为什么又叫"五羊城"呢？传说是因为很久以前有五位仙人骑着五只不同颜色的羊，手执一茎六穗的五谷到此而得名的。相传有一年，广州城连年灾害，田地失收，百姓饥荒。忽一日，天空出现五朵祥云，上有五位仙人分别身穿红橙黄绿紫五色彩衣，分别骑着五只不同颜色的仙羊，仙羊各口衔一棵一茎六穗的嘉禾，徐徐降落在城墙之上。降落在城墙上之后，仙人不但把稻子赠予百姓，还把五只仙羊留下，祝愿这里永无饥荒，然后腾空而去。从此，广州城就成了岭南最富庶的地方，也开始有了"五羊城""穗城"之称。他还悄悄告诉我们，其实广州城的五羊本是六羊，因仙人用神鞭驱赶仙羊经过肇庆府的羚羊峡正准备继续东下广州城时，见那里山川秀美，于是就将其中的一只仙羊留下，因而让那里得名"羚羊峡"的。

去过广州城的罗明坚听了，当即点头说确实听当地人说过广州城又叫"五羊城"和"穗城"，城里也确实建有一座祭祀五仙的谷神庙，庙里还有一块红砂岩石，上面有巨大的脚印状凹穴，当地人还信誓旦旦地说那就是五位仙人留下的足迹。我却不以为然，我说他们信奉的这些妖魔鬼怪和各种神仙都是子虚乌有的，都是他们想象出来的。老先生却说，你先不用这么早就下结论，等你将来进入他们的生活再说吧。后来，当真正走入他们的生活，走入他们的内心世界之后，我才彻底明白，他们之所以信奉这些，是因为他们认为人都是有前世和今生的，是有一些主宰他们生前死后所有事情的神鬼的。而我却多么想告诉他们，其实人都是有罪的，都是需要赎罪的，都是需要找到一条正道的……这些都是后话。现在，还是让我先说一说罗明坚冒充别人到肇庆府总督衙门面见总督大人陈瑞的经过吧！

罗明坚说那些赤身裸体的纤夫弓着腰、拖拉着纤绳，艰难地踏着江边的山石，唱和着号子，手脚并用才将他们的船拉出了上游的峡口。船一出峡口，眼前豁然开阔，一道望不到尽头的大坝拱卫着肇庆府城。船泊码头，他们沿着长长的石阶上了大堤，然后沿着堤上的官道一直往城里走去。

罗明坚因为第一次到省都肇庆府，讲述起来也很兴奋，细枝末节都给我仔细说来。我则一字不漏地听着，恍若亲临其境。

罗明坚说，总督府衙门口有石狮和带刀的衙役守卫，看上去显得威武莫名。

罗明坚与本涅拉站在衙门口踟蹰了下，终于走上了台阶。

刚上去就被拦住了，两柄长刀横在他们的面前，其中一位衙役大声喝道："衙门重地，闲人不得擅闯！"

这时老先生所教的中国礼仪派上了用场，罗明坚连忙恭恭敬敬地俯下身子拱手对那两位衙役道："我们是来自澳门岛的葡萄牙人，是奉令前来拜见总督大人的。"

那两位衙役似乎是第一次见到他们这样蓝瞳钩鼻的人，很是惊奇，不由得上下左右地打量他们。

洋人从天而降，而且会说官话，实为罕见。那衙役犹豫了下，问道："可有公文？"

罗明坚呈上香山县冯知县的公文："请差大哥过目！"

那衙役认真地看了公文，又忍不住看了一眼罗明坚他们两人，说："虽然有公文，但这样的事情我们还从来没有碰到过，我要先到里头去禀告一声才行。"

罗明坚又拱手施礼："劳烦差大哥啦！"

罗明坚道了谢后，便在衙门口等候。台阶下，是一辆装满礼物的马车，手执马缰绳的车夫站在车旁照看着，并不时朝他们张望。

过了一会儿，从里头走出来一个一脸横肉，像螃蟹般横着走路的带刀男人。

他扬着手中的那纸公文，高声喝问："你这公文不会是伪造的吧？"

罗明坚上前拱手道："大人，这可是杀头的大罪，你给我天大的胆子，也不敢啊！"

那人冷脸道："你知道就好。"

这时，罗明坚想起教我们中文的老先生曾经说过，衙门的门房都是些贪财的人，你不给他们钱财，他们是不肯为你通报的，更别说让你进去了。想到这些，罗明坚忙从口袋里掏出一张银票，偷偷塞到那人的手上。

那人收了礼，口气软了下来，说："你这个洋夷，还是很懂规矩的，你就跟我进去求求把总吧！"

罗明坚跟在那人身后，七转八拐，来到一个摆满武器的班房门外。那人让罗明坚先在门外等着，自己则进去禀告。里头的把总听了那人的禀告，生气地说："总督大人是想见就见的吗？"

那人低头说："大人，小的认为您还是应该让他见一见总督。"

把总生气道："你越来越不像话啦！"

那人连忙打拱作揖："小的不敢！"

把总横一眼那人，问："我为什么要让他见总督？"

那人道："他们是澳门岛来的洋夷，手里有香山县冯知县的公文，说是总督大人要召见他们的。"

把总一拍桌子："你为何不早说，差点让你给误了大事！人呢？"

那人连忙说："正在门外候着呢！"

把总听了，冲出班房，惊诧地看着罗明坚道："果然是个钩鼻蓝眼的洋夷！"

很快，罗明坚与本涅拉便被带到总督大堂之上。

罗明坚走在前面，一只脚刚踏进大堂，所有的刀剑弓箭便马上齐刷刷地对准他们。面对如此阵势，他们心下不禁凛然。两广总督陈瑞威严地坐在大堂的正中央，两旁排列着三百名全副武装的官兵，杀气腾腾。

把总出列禀告："禀总督大人，这两位就是澳门岛来的佛郎机人的长官和主教。"

罗明坚与本涅拉忙跪下去行礼："拜见总督大人！"

总督陈瑞一拍惊堂木，指着罗明坚与本涅拉大声喝道："大胆洋夷，强行上岸，盖屋成村也就算了，还竟敢擅自选举，自行任命官员，居心何在？"

罗明坚马上澄清："回总督大人，这纯属误会，我等如此，只是为了让岛上的夷人更好地接受大明王朝的管治。"

陈瑞冷冷道："难道另有隐情？快如实招来。"

罗明坚叩头作揖道："委任长官和首领，是为了方便向岛上夷人收缴租银……"

陈瑞很不耐烦，打断罗明坚的话："收缴租银？真是胆大包天啊！难道你们不知道那是我大明王朝的国土吗？"

罗明坚辩解道："总督大人明鉴，我们想方设法收缴更多的租银，纯粹是想向香山县缴纳更多的占用土地和船只泊位的租金。"

陈瑞哼着鼻子，问："果真如此？"

罗明坚掏出一张预先准备好的契约，放在地上，说："总督大人，这是我们草拟的契约，我们愿意每年向香山县多缴纳五百两租金，请大人过目！"

陈瑞仔细听着，又再三询问。问完后，他又仔细地看了一遍衙役呈上的契约，口气有所缓和："本官暂且信过你们，等上奏朝廷后再行定夺！"

罗明坚见状，连忙呈上礼单："这是我们孝敬总督大人的！"

陈瑞看过礼单和衙役一一呈上的天鹅绒、三棱镜等总值超过千两银子的礼物，立即和颜悦色起来："想不到你们佛郎机人也懂礼仪，亦知道入乡随俗。"

罗明坚叩头说："区区薄礼，不成敬意，只是向总督大人表示一种尊重。"

陈瑞哈哈大笑，轻描淡写地问："你们花了多少银两购置这些礼物呢？"

罗明坚一听，真不知道该如何回答，就随便报了一个数目。

陈瑞听了，马上说："本官就破例收下你们的礼物，但必须付给你们银两。"

罗明坚猜这不是他的真实想法，急忙摇头摆手拒绝："大人千万不可付给我们银两，这可是我们的一番心意啊！"

"不付给你们银两，我可不敢收你们的礼物。"陈瑞说着，转头对一旁的师爷说，"你马上给他们五百两银票，就在我的俸禄中扣除吧。"

罗明坚再三推辞，但陈瑞说："你不收银票，就把礼物带回去吧！"

罗明坚听他这样说，只好勉强收下师爷递给他的银票。

陈瑞见罗明坚收下银票，又说："人人都说你们是海上的怪兽，专吃童男童女，会把小孩放在锅里煮熟，剖腹挖心吃掉，本官以为都是讹化传讹。你是本官首次见到的佛郎机人，要不，你走近来，让本官好好看看。"

众人听了，哄然大笑。罗明坚也笑着走近陈瑞。陈瑞从座椅上起来，探出半个身子，一会儿看看罗明坚的蓝瞳，一会儿又看看罗明坚的钩鼻子。看着看着，他还伸出颤抖的手摸摸罗明坚的胡子。

"哈哈哈，你果然跟我们不太一样！"陈瑞说着，干脆绕过长案，来到罗明坚的身旁，亲热地拍着他的肩膀。

"走，本官请你们到后堂去喝茶！"陈瑞挽起罗明坚的手，转头招呼着本涅拉一起朝后堂走去。

穿过二堂三堂，来到府衙后院前的月形拱门。绕过萧墙，只见后院清静雅致，翠竹扶疏，假山耸峙，绿水穿绕，亭榭掩映，鸟语花香，令人赏心悦目。

陈瑞引着客人到客堂坐下，吩咐下人上茶。

下人端上茶来，陈瑞请两位客人用茶，道："想不到你们居然可以把我们的官话说得那么好。"

罗明坚道："东方是太阳升起的地方。中国人勤劳智慧，创造了煌煌中华文化，我们很敬仰。所以才不畏艰辛和危险，在船上颠簸了好几年才来到中国。为了更方便学习你们的文化，也为了更方便与你们这里的人做买卖，所以平时我们都非常注重练习你们的言语。"

陈瑞说："朝廷虽然恩准你们可以继续留在澳门岛，但你们绝不能生事！"

罗明坚摇头拱手说："请大人放心，我们绝不会惹是生非的，只想赚点银两寄回家养家糊口而已。"

陈瑞听罗明坚这么说，高兴道："希望你们好自为之。"

罗明坚见陈瑞高兴，便趁机恳求道："大人放心，我们的商人都不会惹是生非，更何况是我们这些宗教人士呢。我们这些有信仰的人，因为仰慕中华文化，总想离开澳门，离开那世俗的纷争和商海的沉浮，一心想到肇庆城这样清净之地安安静静地暂住下来，然后潜心学习中国的文化。所以，请总督大人开恩，允许我们这样的人在肇庆府居住吧。"

陈瑞搪塞道："以后再来，可以答应你这个请求。"

罗明坚甚是惋惜的样子，道："希望总督大人以后一定要成全我们啊！"

说话间，一个小女子从里屋跑了出来，连声说："爹，爹，娘说咱家来了两个会吃人的佛郎机人！"那女子冲进来，突然看见蓝眼钩鼻的罗明坚与本涅拉，惊呼一声，立马躲到陈瑞身后，又探出半个脑袋，惊恐地一眨不眨地盯着他们看。

陈瑞哈哈大笑："丫头，别听你娘乱说，他们不仅不会吃人，还给你们带来了做裙子的天鹅绒呢，那可是皇宫里贵妃穿的裙子。"

……

罗明坚的讲述没完没了，重重复复，我听得时而尖叫，进而兴奋地大笑。听到陈瑞婉拒了罗明坚要留在肇庆府居住的请求时，我又顿时感到有些失落。

罗明坚见我有点失落，说："利玛窦我再给你讲个事。"

我说："你讲吧，我听着。"

罗明坚搓了搓双手说："回来的时候，陈瑞回赠了我一些礼物。"

我说："什么礼物呀。"

罗明坚数着手指说："有银器、丝绸、书籍，还有米面、鸡鸭和酒等。"

我不屑地说："都是些最平常不过的东西。"

罗明坚又搓着手说："总督还派了一队官兵护送我们上船，一路上鼓乐喧天以示对我们的礼遇。"

我说："这有什么，礼尚往来罢了。"

罗明坚白了我一眼，继续搓着手说："事情并不像你想的那么简单。"

我听罗明坚这样说，好奇地瞪大眼睛，也急促地搓起自己的手来。

我催促道："快跟我详细说说。"

罗明坚说："上船之前，有个官兵走过来暗地里对我说，公堂上总督大人让师爷给我的银票，是要帮总督在澳门购买皇宫需要的天鹅绒等贵重货物的。"

我说："这能说明什么？只能说明陈瑞是一个精明而又贪得无厌的人。"

罗明坚又不停地搓着手说："你先听我说完吧！"

罗明坚说他回到澳门后，很快就按照陈瑞的要求购买了有关物品，并准备重返肇庆府。然而，不曾想他突然病倒了，只好让本涅拉只身前往。罗明坚修书一封，向总督陈瑞表达了歉意并称病好后会马上前往肇庆府拜见总督，届时他会送给陈瑞一座自鸣钟。罗明坚说，他在呈给陈瑞的书信里，再次表达了他想前往肇庆府暂时居住的请求，他说，如果总督批准，他即与本国脱离关系，甘做大明的子民，并改着天竺僧袍。总督听本涅拉说罗明坚病了，表现出关切和遗憾的神情。同时，他还对每隔一小时就会自动报时的自鸣钟表现出强烈的兴趣，于是让本涅拉给罗明坚带回一份批文，在批文中他召罗明坚前往肇庆府并批准他在那里居住……

罗明坚的手突然不搓了，说："我讲完了。"

我一言不发，觉得脑子里一片空白。前辈沙勿略临终前绝望地望着那片神秘的陆地高喊"岩石岩石，你何时才能裂开"的惨状，又再度浮现眼前。

我忍不住重重地擂一拳罗明坚："你竟瞒了我那么久。"

罗明坚说："这事只有我和本涅拉两个人知道，我们觉得等事情有了最终的结果再告诉大家可能会更好。"

听到这个好消息后，我说我也想趁这个好机会跟随他前往肇庆府。但罗明坚却希望我在他离开后能担负起他的工作。他说等他在肇庆府安定下来后，会想办法让我前往的。

临行前，罗明坚让我代管教会学校事务，并继续与其他的会友一起学习汉语和中国的文化、习俗、礼仪等。往后的事情是这样的：罗明坚与巴范齐抵达肇庆府后，把我从印度带到澳门的自鸣钟和三棱镜送给了陈瑞。三棱镜这种在我们家乡再普通不过的玻璃小玩意儿，在闭关锁国的大明王朝肇庆府，却因为能够折射出七色光而被两广总督陈瑞当成了无价之宝。陈瑞看到那座每隔一小时就会自动报时的精美时钟，以及那块能够折射出七彩颜色的三棱镜时，异常高兴，就令人安排他们在离他府邸不远的天宁寺中居住。陈瑞还对他们说，如果他们真能换上大明的服装，变成大明的子民，就可以考虑让他们在肇庆府建一间小屋居住生活。

罗明坚来信说，天宁寺尽管位于城外，但离城门口不远，许多好奇的人从早到晚挤进寺里来，只为看他们一眼。当地的官员和文人也来寺里拜访他们，说是坐而论道，其实也只是好奇地看一眼传说中会吃人的佛郎机人究竟长啥样而已。

从那些来访的官员和文人口中，罗明坚得知，天宁寺边上的天宁路，原来不叫天宁路，叫水街。为什么叫水街呢？因为城里的人到西江河挑水喝，都走这条路，木桶里的水装满了很容易溢出就将这条路的路面洒湿了，所以整条街整天都湿漉漉的，因此而得名。那些文人还告诉罗明坚，肇庆以前叫端州，明朝之前是元朝，而元朝往上是宋朝。宋淳化年间，端州的知州冯拯在水街修建了一座安乐寺，意为宋朝得了天下，端州百姓从此就可以安乐了。谁知，宋朝历年征战不断，端州也因土人侬智高的叛乱影响甚大。后来，节度使郑敦义到了端州，气愤地说："何来安乐？老子还要南征北战，保天子安宁呢！"于是，郑敦义就把安乐寺改名为"天宁寺"。天宁寺到了元朝，又被当地官员改名为"天宁万寿寺"，并在寺内铸有一口铜钟，意为"铜钟一响，万寿无疆"。而到了明朝，慢慢又叫回天宁寺了。罗明坚还在信中给我详细地描述过天宁寺，我也大概可以想象得出天宁寺是坐北朝南的，以山门、金刚殿、大雄宝殿、药师殿为中轴结构；门前有一块照壁，一对石狮……收到罗明坚的来信，我真恨不得马上启程前往肇庆府。我给罗明坚回信，再三要求他向总督陈瑞请求允许我前往肇庆府。不久，罗明坚来信了，还随信寄来了一纸批文。看见这纸批文，我高兴得跳了起来。罗明坚向陈瑞请求让已经学会一口流利中文的我入居肇庆府，终于获得了批准。

　　一切正如我们所憧憬的那样发展着。然而，天有不测风云，正当我跟随葡萄牙商人出发前往广州城，再从广州城乘坐小船沿西江来到肇庆府的码头时，却惊见罗明坚与巴范齐正在码头上焦急地等着我。他们非常惋惜地告诉我，陈瑞突然被罢黜了。原来，陈瑞因依附首辅张居正，被指认为同党，受牵连而被解职。陈瑞担心自己的继任者不容外国人在肇庆府居住，也担心有人告发他批准外国人入住肇庆府而罪上加罪，遂于解职北上之前命罗明坚与巴范齐迅速离开肇庆。他还另外发给罗明坚他们一纸批文，并亲自写信给驻守广州城港口的分巡海道副使朱东光，请他关照罗明坚两人，让他们在广州城暂住。我的脚刚刚踏上肇庆府的土地，便又不得不搭乘罗明坚他们的船离开折返广州城。最后，江防守卫推说海道副使朱东光不在，不允许我们上岸，我们又只好失望地返回澳门。

　　在广州城上不了岸，我们好不甘心啊！难道就这样灰溜溜地返回澳门吗？经过香山县时，我对罗明坚说，我们手上不是有公文吗？要不，我们拿着公文去试一下看能不能进香山县城。

可是，我们说了一大堆的好话，守城的官兵还是没让我们进城。罗明坚气不过，就跟守城的官兵吵了起来。我们软缠硬磨，但最终还是被赶下了码头，回到了船上。

船泊澳门码头，我的泪水，在一只脚刚踏上码头的那一瞬间，断线珍珠一般扑簌簌而落。

坐在客栈房间那把似曾相识的躺椅上，我常常会想起自己小时候，想起暮色四合的傍晚，总是喜欢独自一个人，静静地躺在书房里同样的一把躺椅上，呆呆地望着我爹挂在墙上的那把古琴。想起我爹，我突然就想起他好像曾经跟我说过香山县名称的由来。我依稀记得我爹说，岭南的香山县之所以叫香山，是因为有座五桂山，山上自古多奇花异木，这些奇花异木香飘四野，故人称香山。五桂山所在的海岛，于是也被叫作香山岛。我爹还说，他的书到处为人所诵读，甚至数千里之外的南蛮之地香山县有个叫黄佐畿的文人也非常喜欢读他的书。黄佐畿不仅喜欢读我爹的书，还喜欢写信与我爹交流读书的收获。我爹说，黄佐畿知道他返乡养老后，还曾多次来信盛情邀约他到香山县的五桂山去做客，言恳意切，说若能当面切磋苦心孤诣、精研多年的对孔孟之道的独到见解，则不枉此生矣。

按我爹的说法，黄佐畿跟他一样，从小就聪慧好学，三岁已能读《孝经》，八岁即开始研读诗词、天文、历算之书。他寒窗十载，中了进士，在翰林院待了三年，散馆就放了知县，也任过知府，后来却因淡泊仕途而弃官归养，筑室于五桂山之阳，终日潜心研习孔孟之道，过起了隐居的逍遥日子。

想起我爹和我爹的好友，我决定上五桂山去拜访黄佐畿。我既想看看黄佐畿究竟是个怎么样的人，也想请教请教他有什么好法子可以帮我找到那三个精通黄白术的洋和尚。

这日，我左右打听，登上了五桂山的南麓，找到了黄佐畿的双桂草堂。双桂草堂院墙起伏宛若龙脊，门楼左右各有一棵高大的桂树，华阴如盖。看见这两棵桂树，我心里顿时明白黄佐畿为何自称双桂先生了。我上前敲门，门咿呀一声打开，有个书童探出头来张望。

我拱手问："请问黄佐畿先生住这儿吗？"

书童上下打量我一遍，答："是的，有事吗？"

我说："久慕双桂先生大名，特从江南而来登门拜访。"

书童摆手说："我家先生甚少见客，他住在山上，就是为了找个清静的地方读书。"

我说："但求见个面，说几句话就走。"

书童仍然摇头婉拒："请公子原谅，我家先生真的许多年不再会客了。"

我着急道："家父瞿景淳，佐畿先生曾多次写信邀他来双桂草堂做客。"

"你是翰林院大学士瞿景淳先生的公子？"书童犹豫片刻，便将厚重的大门再推开一些，请我进了草堂。进去一看，里面果然如想象中的清雅，叫人神清气爽。

书童招呼我到客堂喝茶，便急急禀告主人去了。我呷过一口茶，放下茶杯，环顾客堂，见墙上挂满了字画。不承想，中堂上竟挂着一幅我爹抄录黄佐畿《春夜大醉言志诗》的书法作品。他乡偶见老父的书法，顿觉老父亲的音容笑貌宛在，立马泪洒襟前啊！看见那熟悉的一笔一画，想起自己以往的那些浑蛋事，真是百感交集。

黄佐畿听得瞿景淳之子登门拜访，急急地从后堂迎了出来："世侄，令尊大人身体可好？"

听他问起我爹，我不禁又伤心落泪，弯腰拱手哽咽道："家父两年前已仙逝……"

黄佐畿叹一声道："唉，老夫三番四次邀约景淳兄来五桂山做客，不见有回音，心里早就有种不祥之感。但真没想到我们会阴阳两隔，今世无缘再见……"

见黄佐畿伤心的样子，我劝道："先生莫伤心，身子要紧。"

黄佐畿也再三叮嘱我节哀，但提起他与我爹之间的神交以往，又一脸悲伤。

我们正说着话，这时那书童又进来告知主人，说县衙的冯知县来了，正在东边客堂喝茶呢。

黄佐畿听了，便道："你照例说我正在伏案修志，不想被别人打搅吧！"

书童点头出去后，我拱手道："既然知县大人到访，晚辈还是先行告退吧！"

黄佐畿摆手说："不必，什么知县大人，这冯生虞还是你爹的门生呢，不要管他。"

黄佐畿介绍说，这冯生虞当年中了进士，在翰林院时就拜在我爹门下，后来放了知县，却一直都没能升迁，几年前再到岭南，还是任香山县知县。这冯生虞甫一上任，便上门虔诚地请求黄佐畿出山到县衙助他治理香山县。黄佐畿摇摇头婉言拒绝说："老夫上山多年，不可能再下山啦。"冯生虞失望地说："那日后倘若晚辈在香山县任上遇到什么难题，还望先生多多提点！"黄佐畿说："香山县巴掌大的地方，能有什么难题。你赐进士出身，又在多个县任过知县，经验丰富，老夫相信你的能力。"话已至此，冯生虞无奈，只好又恳请黄佐畿："那好，但有一事，请先生务必助晚辈一臂之力。"黄佐畿："只要不用下山，什么事都好说。"冯生虞起来给黄佐畿深鞠一躬，然后说出一个打算："晚辈想请先生重修香山县县志。"

黄佐畿说，其实他早就有重修香山县县志的想法，冯生虞到任，提出县衙拨给专门的编撰经费，他自然乐意。于是他畅快地对冯生虞说："这事我倒愿意去做。"

黄佐畿答应了冯生虞后，便开始卷帙浩繁的编撰工作。他披阅历代旧志，质疑问难，订正谬误，删繁补缺，踏访民间。冯生虞也隔三岔五地上门来过问一下县志编得怎样。听黄佐畿这样一说，我心里明白了，这个冯知县，倒十分精明，说是出资请先生重修县志，实质上还是用另一种方式为衙门聘请了一位在当地有名望的饱学之士。

第五章　瞿太素

门外忽然传来那书童急速的声音："大人，我家老爷刚才确实还在书房专心修志的。"

"本官知道，故特来探望。"

书童说："大人，我家老爷吩咐，他专心修志时，不想被别人打搅！"

"本官知道，本官就是来跟先生商量如何修志的。"

冯生虞说着就径自走了进来，显然是书童阻挡不住他。

冯生虞进来，朝黄佐畿拱手拜道："先生，晚辈又来打扰您老人家啦！"

黄佐畿笑道："你来得正好，老夫正想差人去县衙请你来呢。景淳先生的公子太素来了。"

我略作迟疑，上前施礼道："太素见过知县大人。"

冯生虞回过头来还礼道："原来是太素，不必多礼，恩师对我恩重如山啊！"

说起我爹已经仙逝，冯生虞也连声说实在突然，并再三表示哀悼。

喝过茶，问过县志的编撰，冯生虞欲言又止，似还有事要跟黄佐畿说的样子。

黄佐畿笑笑，道："知县大人有什么事就请说吧，太素也不是外人。"

我这才明白过来，说："那我先回避一下。"

冯生虞把我按回椅子上，说："也没什么要紧的事，你听听亦无妨。"说着，便把这次来请双桂先生出主意的事情细细说了。

冯生虞说："先生你也知道，按照衙门的惯例，盖有总督府官印的文书一般一式两份，一份保留在衙门，另一份发出的文书办结后则需要归档，以便核对。"

黄佐畿问："那又如何？"

冯生虞脸色凝重起来："前些日子，新任总督郭应聘到任肇庆后，发现前任总督陈瑞解职北返前出具的一份文书没有办结归档，于是派衙役前往广州城询问广州分巡海道副使朱东光，朱东光却说没有见过那份文书。"

黄佐畿又问："这与你又有何干？"

070

冯生虞叹道："关系可大了，那份文书是前任总督陈瑞发给澳门岛的天竺僧人的，广州分巡海道副使朱东光说没有见过那份文书，也没有见过那两个天竺僧人，于是新任总督郭应聘就令本官彻查此事。"

我忍不住插话："不是两个天竺僧人，是三个。"

冯生虞狐疑地看我一眼，问："你怎会知道是三个天竺僧人？确实有另外一个天竺僧人也拿着之前陈瑞批的另一份文书到肇庆府找过他们的同伴，但不知道为何，这份文书也是没有办结归档。"

我想了一想，说："如此说来，事情就清楚了。这个天竺僧人到了肇庆府之后根本就没有上岸，又与另外的那两个天竺僧人一起到了广州城。他们在广州城上不了岸，只好返回澳门岛啦！"

冯生虞大吃一惊："你如何知道？"

我掩饰着说："那天，我刚从广州城到了香山县，下了船正想进城，碰巧见到守城门的官兵不让那三个天竺僧人进城。"

"原来如此。"冯生虞心乱如麻，回头又对黄佐畿说，"先生您也知道，官府的文书是不可私自打开，更不能落到洋夷手上的。"

黄佐畿问："那三个天竺僧人把文书带回澳门岛了？"

冯生虞点点头，又无奈而叹："是啊，正如先生猜想的那样。"

黄佐畿安慰道："知县大人不必着急，你让驻扎澳门岛的总兵令他们交出文书便可。"

冯生虞叹息道："问题是，他们不愿意交出文书啊！"

我听了，心中大喜，暗想那三个洋和尚不愿意交出文书，肯定还想拿着文书回来要求在广州城或者肇庆城居住，这样的话，我就又有机会见到他们了。

黄佐畿说："他们手上的文书都盖着官印，如果他们坚持按文书上所批的来要求执行，你也奈何不了他们。"

冯生虞摇头半日，说："是呀，他们坚持说要亲自将文书送达广州城的海道衙门和肇庆府的总督衙门。"

我说："那你就让他们自己送呗。"

冯生虞眼睛空洞地看着别处，说："这样一来，新任总督如何看本官？怕就怕郭总督认为本官这等小事都处理不好……"

我心怀鬼胎地将脑袋凑过去，向冯生虞献上一计："他们前往广州城或者肇庆府，必取道香山县，等他们到了香山县，大人你大可以强行让他们留下文书。"

冯生虞听了，微微点头，表示赞同。

黄佐畿突然说："老夫也认为此计可行，这样吧，太素你就随知县大人到县衙去，看有什么需要帮忙的，倘若再有什么拿不定主意的，劳烦你速来山上报我，我再想想办法。"

冯生虞向黄佐畿长揖到地，道："谢谢先生。"然后又转过身来，朝我拱手道："有劳太素。"

两扇沉沉的大门缓缓推开，现出了高高悬挂在公堂之上的"明镜高悬"匾额。公堂左右，"肃静""回避"的牌子让人肃然起敬。知县冯生虞在公堂中央那幅巨大的《海水朝日图》前正襟危坐，两旁是手持水火棍的凶神恶煞的衙役，他们齐声呐喊："威武……"

我站在公堂一角，眼睛一眨不眨地看着那两个洋和尚跪在地上。他们依然身穿绛红色的长袍法衣，果然就是那天在肇庆府羚羊峡与我擦肩而过的那两个洋和尚。再次见到钩鼻碧眼的他们，我又开始感觉自己呼吸不畅。

知县冯生虞："堂下所跪何人？"

"我叫利玛窦。"其中一个洋和尚抬头用一口带有浓郁洋人口音的中国官话答道，又指一指身旁的同伴，说，"他叫罗明坚。"

尽管还夹杂着浓烈的洋夷口音，但大致还是能听懂的，想不到他们的官话说得那么好。

冯生虞一拍惊堂木："大胆洋夷，擅自私留两份总督府文书，有违大明律例，本官令你们马上交出，否则严惩不贷。"

利玛窦："两份文书有正式签押并盖有总督府官印，按理是要办结后才能交给官府的。"

冯生虞："少啰唆，你们快把文书交出来，马上返回澳门岛，本官好向总督大人交差。"

利玛窦："文书正是两广总督签发并盖有总督府官印的，总不能朝令夕改吧？"

冯生虞："签发文书的前总督陈瑞已被解职！"

利玛窦："我也知道，你们这里一个官员刚被罢免，马上就没人理会他了，这叫世态炎凉，人走茶凉，可是……"

冯生虞打断他的话："你们知道就好，快把文书交出来。"

利玛窦："文书是要交给广州海道衙门和总督府签押房的。"

冯生虞："你把文书交给本官，本官代你们交给分巡海道副使和新任的总督大人，然后再派官船送你们去广州城。"

利玛窦："我们没了文书，再去广州城又有何用？"

冯生虞："你们还在幻想用被罢免总督签署的文书继续留在我们这里吗？简直是痴心妄想！"

任冯生虞再三恫吓，连哄带骗，那两个洋和尚始终坚持要亲自将文书送达。我真为这两个洋和尚捏一把汗，也暗地里佩服他们的勇气。心想，这两个洋和尚，真是两条不怕死的汉子。

说来说去，那两个洋和尚还是坚持己见，最后，冯生虞勃然大怒，"啪"地又一拍惊堂木，喝道："大胆洋夷！如果你们不交出文书，就即刻滚回澳门岛，本官绝不允许你们前往广州城。"

两排衙役杵着水火棍，又齐声呐喊。

利玛窦抬头看了一眼声色俱厉的县令，又扫视了一眼左右两排衙役，然后挺胸道："大人，您听我说……"

"退堂！"知县冯生虞惊堂木一拍，拂袖而起，转身就朝后堂走去。

利玛窦与罗明坚赶紧起来，追了上去，你一言我一语地恳求道："大人，大人，您听我们说……"

冯生虞根本就不理会他们，一下子就消失在通往后堂的那个门口。

众衙役又吆喝着威武之声，亦纷纷散去。

利玛窦与罗明坚无可奈何地对视一眼，互相耸耸肩，又摊摊手。

有衙役过来吆喝利玛窦与罗明坚离开公堂。利玛窦与罗明坚走出公堂，我则尾随着他们一直来到大街上。他们一开始无精打采地在大街上漫无目的地走着，后来一边走一边用洋话叽里咕噜地偷偷商量着什么似的。他们在商量什么呢？我想，也许他们是想铤而走险，背着知县冯生虞直接去广州城吧！

果然如此，他们真的往香山县码头而去。

利玛窦与罗明坚来到熙熙攘攘的码头，路人见了，无不侧目注视，好奇地指指点点。

码头停泊着一艘又一艘船，他们寻了一个船夫，问道："我们可以坐你的船去广州城吗？"船夫听了，立即摇头摆手拒绝。接连问了几个，都是如此。他们正准备离去，忽然见又有一艘船驶近码头，船上有一个年老的船夫正惊诧地打量着他们。利玛窦看见这个老船夫，就对罗明坚说，要不我们再去求求这位面目慈祥的老船夫。罗明坚点点头，利玛窦便走过去朝那个戴着草帽的老船夫拱手问道："老人家，我们可以坐你的船去广州城吗？"

老船夫把草帽掀开一角，瞪着惊奇的双眼问道："你们俩要去广州城？"

利玛窦点头道："是的，我们是要前往广州城。"

老船夫又问："你们知道洋夷去广州城是要有官府批文的吗？"

利玛窦连忙掏出身上的文书递给老船夫："知道，你看，这就是两广总督签署的批文。"

老船夫接过那盖有大红官印的文书看了看，勉为其难地说："那，你们上船吧！"

利玛窦与罗明坚大喜过望，连忙拱手作揖向老船夫致谢："谢谢老人家成全。"

见他们上了船，我也紧跟着他们上了船。我可不愿意与他们再度失之交臂。船上已有不少人，大家都指点着利玛窦和罗明坚，窃窃私语。

船头有个人终于忍不住了，找到老船夫，质问他："你怎么能让番鬼佬上船？"

老船夫："他们有总督大人签发的批文。"

那人："那也不行，你赶快让他们下船，否则我要动手扔他们的行李啦！"

老船夫怕惹麻烦，无奈地来到利玛窦与罗明坚的跟前，摇头叹息着要求他们下船。

利玛窦："我们是不会下船的,我们要到广州城去。"

这时那人走过来,恶声恶气地说:"你们不下船,我们就把你们扔到海里去。"

罗明坚:"大明是礼仪之邦,你们怎么可以这样呢?"

那人说:"你们不要再啰唆了,赶快下船。"

这时,又有好几个人围了过来,叫嚷着让那两个洋和尚赶快滚下船去。

老船夫怕出事,只好让水手将那两个洋和尚的行李强行扔下船。利玛窦与罗明坚无计可施,只好悻悻下船,拾起自己的行李。我也紧随他们下了船。站在码头上,看着那艘船离开码头渐渐远去,他们失望地在胸前画着十字,喃喃细语。

后来,他们垂头丧气地走上码头,又进城来到我住的那家临江客栈暂住了下来。客栈小二,竟将他们安排在我隔壁的房间,真是巧得让你瞠目结舌。

他们进了房间,我也进了房间。我躺在房间里的那把躺椅上,竖起耳朵用心地听着隔壁房间的动静。我听见他们把行李放在桌子上,然后还听到悲愤的利玛窦一拳重重地捶在桌面上。他们叽里咕噜地说着话,尽管我听不明白,但还是大约猜测出来,他们是非常气愤和懊恼的。

第二天一早,我突然听见隔壁传来一阵急速的敲门声。

这时,又听到利玛窦大声说:"门没有锁,请进。"

谁会找他们呢?我感到奇怪,马上走出房间一看,原来是一个衙役。

那衙役进到他们的房间,大声说:"奉知县大老爷之命,请二位到县衙说话。"

利玛窦:"知县冯大人昨天才把我们赶了出来,现在又叫我们到县衙去说话,难道是想强抢文书不成?"

衙役:"冯大人他爹昨晚去世,按例须回籍守制三年,现已返家丁忧服丧。传话让二位到县衙说话的,是代理县令邓大人。"

利玛窦一听,大喜过望,连忙向那衙役拱手道:"好啊,我们马上就去，有劳差大哥先回去禀告邓大人。"

那衙役走后，我走到走廊上，透过窗户看见利玛窦与罗明坚兴奋地抱在一起，他们大叫大喊："也许这是主的旨意，相信事情会一切向好的。"

罗明坚点点头："是的，我们就多带点稀奇的东西吧，他们都喜欢那些稀奇的东西，也许对我们有所帮助。"

"这个当然。"说着，利玛窦飞快地从包裹里拿出几样我从来就没有见过的稀奇古怪的物件放进挎包里。

我是先行一步到了县衙的。因为原知县冯生虞的引见，现在的代理知县邓思启我已非常熟悉。前吏部尚书公子的身份，常常会让很多官员都对我以礼相待。

我与邓思启在客堂里喝茶的时候，利玛窦和罗明坚才匆匆赶来。

我喝过一口茶，将茶杯轻轻地放下时，听到外面传来一阵脚步声。接着，是站在门外守候的一个衙役的声音："老爷吩咐，让你们进去。"

那两个洋和尚进来与邓知县见面，拱手施礼。

邓知县还礼："你们是远道而来的客人，不用客气，快请坐！"

那两个洋和尚坐下后，邓知县又让下人给他们上茶。下人上了茶来，邓知县请他们用茶，道："听说你们洋夷有一种镜子，可以看到五颜六色的光，不知道你们有没有？如果有，能不能让我开开眼界？"

利玛窦忙说："有有有。"

说着，他从口袋里掏出一个三棱镜。我知道这东西叫三棱镜，徐光启曾经跟我说过，洋和尚有一种这样的宝贝镜子，可以折射出太阳五颜六色的光，非常神奇。

邓知县按照利玛窦的吩咐，让人关上门窗，又在窗子上留一个小孔，于是太阳光便从小孔中直射下来。当那束太阳光透过桌子上的三棱镜时，倏地变成五颜六色的光，然后又斜斜地射到墙上。屋里的人见状，都大声惊呼。

邓知县啧啧称奇："真是宝贝啊！这就是传说中的三棱镜吗？"

利玛窦点点头，说："是的，这就是三棱镜，它不但可以折射出太阳光的五颜六色，还可以将光还原为基本色。"

邓知县竖起大拇指，赞叹道："真是太神奇了。"

罗明坚也忍不住趋前说："而我们就像三棱镜，不但可以折射现实生命的五颜六色，而且最后还可以帮助你们还原生命的本真。"

邓知县："这可是无价之宝啊！"

利玛窦见邓知县听不出他们的言外之意，只好无奈地说："大人要是喜欢……"

邓知县："喜欢喜欢，本官太喜欢这个宝贝啦。"

利玛窦把那三棱镜子装到挎包里，不紧不慢地说："下次我们再来，就给邓大人带上一个。"

邓知县听了哈哈大笑："那先谢谢您了，本官花钱买。"

罗明坚："不用不用，我们送给邓大人吧。"

邓知县笑道："这可不行，买镜子的银两是一定要付的。你们要到广州城去的事，我倒有一个办法。"

罗明坚急问："有什么办法？"

利玛窦："是的，有什么办法？"

邓知县："但要委屈一下两位。"

利玛窦："只要能去广州城，我们什么委屈都可以忍受。"

邓知县招手让他们附耳过去，小声地说着。

利玛窦一边听一边点头："就照大人所说的去做。"

商量毕，邓知县大喊一声："来人。"

两个衙役应声进来，邓知县对他们说："这两个洋和尚带着前总督陈瑞大人签发的文书，迟迟没到广州城里去拜见分巡海道副使朱大人办结文书，今日，他们经过我们香山县域，让我们给截住了。明天，你们二人，就将他们押往广州城，交给海道副使朱大人吧！但路上要好生照顾，我再给海道副使朱大人修书一封，你们一并交给他。"

两个衙役连忙低头拱手领命："是！"

见事情有了转机，一旁的我也为那两个洋和尚高兴，便对着他们咧嘴一笑。

那两个洋和尚，也冲我友好地咧嘴一笑。

邓思启之所以同意我与那两个洋和尚一道前往广州城，一来是为了让我更好地监视他们，二来也给我这个前吏部尚书公子送个顺水人情。

　　我与那两个洋和尚也是一见如故，相谈甚欢。当知道我是前吏部尚书的儿子时，利玛窦眼睛一亮，马上提出要我今后为他们做些与官府牵线搭桥的事情。这个我自然乐意，一口答应了他。我正愁没办法接近他们呢，现在他们主动提出来让我给他们做事，可把我高兴死啦。我想，从此我跟他们整天待在一起，还愁学不到他们的黄白术？

　　在前往广州城的船上，利玛窦不无担心地对罗明坚说："总算可以前往广州城啦，但到了广州城可以顺利地见到海道副使朱东光大人吗？"

　　罗明坚看一眼坐在船头的那两个衙役说："有他们领着，应该没什么问题吧！"

　　利玛窦沮丧地说："这个很难说，衙门的人脸变得比天快。"

　　我见他们忧心忡忡的样子，忍不住插话说："两位尽管放心，我认识海道衙门的朱师爷。"

　　他们听了，好不激动，都伸过手来与我相握表示感谢。

　　船到了广州城下，我们的船穿行于江面的大小船只之间，慢慢靠向码头，老船夫举起长长的钩篙，钩住码头上的一截木桩，又将缆绳抛到岸上系好。

　　我们登上人群熙攘的码头，便朝城里走去。

　　进了城，利玛窦与罗明坚请那两个衙役到茶楼里去吃饭喝酒，而我则先去海道衙门找朱师爷疏通一下。

　　到了海道衙门找到朱师爷时，他正在书房里诵读。朱师爷说，只要衙门里的公事办完了，闲着无事，他总是喜欢读一两篇经典文章。朱师爷见我来了，不失礼仪地为我沏了茶，问："瞿公子尚未北返？"见我故意答非所问，他又说："您先喝茶，让我把这篇东西默读完了，再与你聊天。"我拱手说："好的，打扰先生啦。"

　　朱师爷默读完毕，过来与我一起喝茶。喝过茶，我就将自己为何又重返广州城的经过和来意跟他说了。朱师爷听罢，沉吟良久后对我说："这要跟朱大人当面说才行，要不，你与我一起去见见朱大人？朱大人对令尊大人也是非常敬重的。"

我立马拱手道谢："有劳先生啦！"

前往后堂朱东光大人的客厅时，朱师爷悄声告诉我，说朱大人早就接报知道我们到了广州城要来海道衙门的事情啦。朱师爷说，朱大人之前对那两个洋人避而不见，本想这事就那样过去了，可没想到他们今儿又找上门来，也正为这事着急呢。朱师爷还说，我来之前，朱大人还问过他应对的办法，可他就是想不出辙来，只好回书房里默读静心再想。

我暗中打着主意，就对朱师爷说："先让那两个洋和尚见一见朱大人，然后再找个法子敷衍他们，等想到更好的办法再让他们回去澳门岛。"

朱师爷听了，哈哈大笑："经过刚才的默读静心，我也是这样想的。"

正因为如此，我很顺利地见到了海道副使朱东光大人。他听说我是前吏部尚书的公子，对我就更加客气了，一而再、再而三地请我用茶。

说起那两个洋和尚的事情，海道副使朱东光大人却说："太监总管马堂马大人很快就要来广州城巡视，如果让他知道了是本官让他们上岸的……"

我马上劝慰朱东光说："大人您大可以先见一见他们，毕竟他们有公文在手，既然他们有公文在手，那上岸的责任也就不在大人您啦。"

一旁的朱师爷也说："对对对，然后我们再想个法子敷衍他们，让他们把文书留下再回去澳门岛。"

朱东光问道："先生有什么好的办法，你仔细说来听听？"

朱师爷便附身过去小声地对朱东光言语一番。朱东光仔细听着，又再三询问。问完之后，朱东光似乎心中有数了，就回过头来对我说："你就让他们来海道衙门吧，本官见一见他们。"

听朱东光答应见一见那两个洋和尚后，我连忙掏出一张银票递给他说："这是我们的一点小小的心意。"

朱东光把银票挡了回去，笑着说："瞿公子不必客气，本官向来敬重令尊大人，令尊大人的为人处世，也是本官学习的榜样。"

朱师爷拉拉我的衣袖，示意我要告辞了。

出来门外，当朱师爷知道那张银票是洋和尚让我转交朱大人的，马上意味深长地对我说："你这样明里送银票是不行的，得让我暗中转交。"

我听了，半信半疑地又掏出那张银票递给朱师爷："那就有劳先生啦！"

别过朱师爷，我马上到茶楼与利玛窦他们会合。很快，我们便又来到了海道衙门。

海道副使朱东光在公堂里，公事公办地接见了我们。

利玛窦与罗明坚跪在堂下行礼："拜见朱大人。"

朱东光摆摆手，说："不必客气，你们远道而来，起来说话吧。"

香山县的那两个衙役亦上前行礼。其中一个衙役禀告道："大人，这两个洋和尚带着前总督签发的文书，却迟迟没到广州城来拜见朱大人您办结文书，几日之前，他们经过我们香山县城，让我们给截住啦。"

另一衙役也上前呈上邓知县的书信："这是知县大人让小的递交的书信，请大人过目。"

朱东光接过书信，展开来读过之后说："本官已了解此事，你们下去签押房办理相关手续，然后回去复命吧！"

那两个衙役退下后，朱东光又对利玛窦与罗明坚说："请把你们的文书交出来吧！"

利玛窦把文书呈上，恳求道："请大人恩准我们在广州城居住。"

朱东光很不耐烦地打断利玛窦的话："本官人微言轻，无法做主啊！这事要请示新任两广总督郭大人才行。"

罗明坚哀求道："那请大人恩准我们在广州城里之前居住过的房子等待消息吧。"

朱东光冷冷道："这可不行，太监总管马堂马大人很快就要来广州城巡视，你们还是回到船上去过夜吧！"

利玛窦着急地说：“可是，我们这次可不是跟澳门岛的商船来的。”

罗明坚叩头作揖道：“我们搭乘的船已经离开这里回香山县城啦，大人不让我们上岸过夜，我们如何是好？”

朱东光说：“天黑之前，你们就离开码头，前往上川岛过夜吧！”

利玛窦从包里掏出一个三棱镜，放在公案上，小声说：“大人，只要让我们在城里过夜，我们以后还会送上更多稀奇的东西。”

朱东光大怒道：“大胆！你把本官看作什么人啦？好了，请取回你们的东西退下，马上离开广州城到上川岛上去。”

罗明坚又掏出一张银票放在案上，悄声恳求道：“大人，请让我们留下来吧！”

我也上前劝道：“大人，您就行行好，让他们留下来吧！”

朱东光闭上眼睛，不耐烦地说：“别再说了，违例是要严惩的！”

朱师爷上来假惺惺地劝我们：“走吧，别弄得大家都不高兴。”

我们失望地走出海道衙门，背着包裹垂头丧气地走在通往码头的路上。

来到码头上，利玛窦不禁仰天长叹：“唉……原以为事情会有转机，想不到又是空欢喜一场。”

船经过香山县时，见天色已晚，我就提出倒不如到城里去住一个晚上。利玛窦和罗明坚都表示不愿意到上川岛上去，他们说上川岛对于他们来说那根本就不是一个好地方。

可是，利玛窦又不无担心地对我说：“我们手上没有了文书，还可以进城里吗？”

我说：“这个你们放心，邓知县与我们有交情，这事好办。只要跟守城的官兵说一下，让他们去禀告一下邓知县便可以了。”

我们上了码头，看见城门口贴有告示。

贴着告示的城墙下，围着好多人，闹哄哄的。告示下站着两位带刀官兵，面呆眼直，像两尊泥菩萨。我们一走上前，围观的人便躲瘟疫般四散而逃。他们走远了，还回过头来对我们指指点点。利玛窦走上前去，一字一句地读着告示上的文字：“……据查，澳门岛上之洋人为非作歹，多为其雇用之舌人所致。舌人不仅教唆洋人学习大明官话与文字，而且还协助洋人越过关闸……上述舌人如不立即停止所述诸端活动，则严惩不贷！"

听利玛窦读完两广总督郭应聘签发的告示，我问他："什么叫舌人？"

利玛窦说："舌人就是翻译。"

罗明坚瞟我一眼，说："就是整天跟我们待在一起的人，例如你。"

利玛窦故意问我："你怕吗？"

我哼哼鼻子，说："我有什么可怕的！"

这时，远处人声鼎沸。突然看见押送我们去广州城的那两个衙役跑过来对我们说："你们快下码头回到船上去吧，总督传令到县衙，不让你们进城啊！"

听了那两个衙役的话，我心想不让这两个洋和尚进城，那他们不就是要回到澳门岛上去吗？这样的话，我岂不是又要与他们分开？想到这些，我好不着急，就对那两个衙役说："两位差大哥行行好，帮忙照顾一下这两位洋和尚，我进城去跟邓知县求个情，或许可以让他们进城呢？"

其中一个衙役摇头摆手道："这没可能的，县衙的人马上就要到啦，邓知县刚下的命令，要将他们俩赶回船上呢！"

说话间，已听到一边传来凶狠的吆喝声。回头一看，见几十个衙役、官兵手持长棍大刀冲了过来，一下子把我们团团围住。

几十个衙役、官兵手持长棍大刀冲过来把我们团团围住。

他们不让我们进城，还将我们驱赶下码头。我与罗明坚就这样被遣返回了澳门岛。临上船的时候，我暗地里对瞿太素信誓旦旦地说，如果他能让新任总督郭应聘允许我们重返肇庆府的话，我们不但教会他炼金术，还会奉上一大堆金银珠宝和稀奇的礼物。不承想，这个前吏部尚书的儿子，这个痴迷炼金秘术的不务正业之徒，后来竟然做到了。我始终弄不明白，瞿太素是通过什么样的办法，竟然在那么短的时间里，让两广总督郭应聘改变主意的。

郭应聘狡猾得很，他将让我们重返肇庆府的事情交给了肇庆知府王泮去处理。瞿太素说，郭应聘这样做是在避嫌和避险，是进可攻、退可守。

事情的经过是这样的，我们垂头丧气地回到澳门岛后不久，肇庆知府王泮的侍卫官就来啦。侍卫官将一纸入境文书交给我的时候，我真不敢相信这是真的。我和罗明坚将公文看了又看，都高兴得跳将起来。文书白纸黑字写得很清楚：朝廷规定三种外国人可以进入大明王朝，一是前来朝贡的使者，二是随朝贡来的商人，三是仰慕大明文化而来的"向化人"。按侍卫官的说法，我们是被允许以第三种身份入境前往肇庆府的。他们只知道天竺国等几个少数国家，所以我们心里非常明白，只有以天竺僧人的身份提出申请，我们才有可能被批准入境。一直以来，我们是这样想的，也是这样做的。这一点，我也反复地跟瞿太素说过。肇庆知府王泮奉两广总督郭应聘之命苦寻"天竺僧"可以在肇庆府暂时居住的理由，可谓费尽心思。这个理由就是：虽然朝廷明令禁止外国人居住，但四海之内皆兄弟，所以来自远方的外国人，特别是来自天竺国的僧人，如果不能返回又或者不愿意返回，而且愿意恭顺、安宁地生活在中土，则可终老大明，这就是所谓的"柔远人"。不仅如此，为了给外国人提供终生居住在大明的便利，他们还可以提供一席之地作暂时居住。

尽管侍卫官将理由说得堂而皇之，但素不相识的知府王泮，突然派人专程送来允许我们前往肇庆府的文书，还是让我们感到颇为意外与费解的。我一直以为，这是上天的旨意。直到后来到了肇庆府，瞿太素将前因后果告诉我时，我才恍然大悟。

新任总督郭应聘起初对我们态度强硬，甚至因为我们还要问罪舌人，却又为何突然改变主意呢？他不但突然同意我们重返肇庆府，还通过知府王泮承诺会给我们一块地皮建房暂时居住，这实在有悖常理。按瞿太素的说法，这事表面上有悖常理，但内里却非常简单，是因为大明官场千丝万缕，而他正是通过这些千丝万缕的关系，才好不容易跟郭总督攀上关系的。瞿太素还说，这些官员需要我们这些洋人帮他们在澳门采购京城宫廷里所需的奇珍异物。郭应聘身处官场，自然也不能例外。然而，他对我们的戒备之心显然又重于其他的官员，始终避免与我们直接打交道，于是，肇庆知府王泮便成了他的代言人。

出发前，我们坚持要将光秃秃的脑袋再刮一次。我说，这样的话，我们就更像天竺僧人啦。两个剃头匠一只手按住我们的脑袋，另一只手则小心翼翼地举起锋利的剃刀，让刀锋紧贴着我们光滑的头皮游走。站在门外的侍卫官一再催促我们说时间不早了，要启程出发啦。我充耳不闻，纹丝不动，艰难地稍稍抬头并转动眼球，凝视着镜子中的自己和一旁的罗明坚，还有站在门外正焦急地搓着双手的侍卫官，然后慢条斯理地说："别着急，让我们把光头刮亮再起程吧！"

镜子中的罗明坚神情复杂地说："对，既为天竺僧，就应该有天竺僧人的模样嘛！"

我们穿上袈裟，背上行囊时，侍卫官又进来催促我们说要出发啦。跟在侍卫官的身后往码头走去的时候，我们两颗贼亮的光头，在矮小的黑头发黄皮肤的人群里显得格外突出，引得路人纷纷投来诧异的目光。

刚从日本巡视回来的范礼安先生正指挥着码头的苦力将几大箱货物搬到官船上，那是他专门为肇庆府官员购置的贵重而稀奇的礼物。为准备这些礼物，范礼安先生想了不少的办法。葡萄牙商人对我们的资助已经越来越少。范礼安先生说这是因为商人们的商船遭遇海难的同时又接连发生了几起海盗劫持事件所致。而我却隐隐觉得，这一切都因为我们数次进入大明的尝试都以失败告终，商人们开始觉得他们的资助都像打了水漂，自然心灰意冷。幸好，范礼安先生又成功说服了一位年轻的富商，并让他慷慨解囊资助了我们这次肇庆之行。看见我们来到码头，范礼安先生快步走过来与我们道别。他张开双臂用力地与我们拥抱过后，又握着我们的手摇头叹息说："让你们如此乔装打扮，真委屈你们啦。"

我握紧范礼安先生的手安慰他说："为了上帝的荣耀，我们在所不辞！"

幽默的罗明坚则双手合十地对范礼安先生说："贫僧这就告辞啦。"

范礼安先生忍俊不禁："等你们的好消息！"

我请范礼安先生放心，我说："我有预感，我们这次肇庆之行，会一切顺利的。"范礼安先生听了很高兴，他再三叮嘱我们要事事小心谨慎。

我们的船缓缓驶离澳门码头时，范礼安先生站在岸上一直朝我们挥手。就像以往一样，我们的船沿濠江经前山航道一路向西，然后折入西江的出海口磨刀门，再经香山县城抵达了广州城的天字码头。

船靠天字码头后，我们上岸进城到海道衙门办理前往肇庆府的手续。这一次有侍卫官为我们打点，到海道衙门办事自然畅通无阻。我们在侍卫官的引领下，不用轮候便直接进入了海道衙门的公堂。这次接待我们的是朱东光大人的副手，他似乎与侍卫官熟悉得很。尽管如此，当我递上文书时，他还是很仔细地看了一遍又一遍，又抬眼上下

第六章 利玛窦

085

左右地打量我们。看见他如此认真，我与罗明坚都紧张得额头出汗。我真担心他又在找什么借口阻止我们前往肇庆府，便操起字正腔圆的大明官话说："我们是奉肇庆知府王大人之命前往肇庆府的。"

对于我能够说如此流利的大明官话，他很明显地感到惊诧。他看一眼我和罗明坚，又看一眼侍卫官，咧嘴一笑，说："文书上有写，这个你不用说。"

说着，他伸手拿起案头的官印，在红色的印泥上用力地按了按，又举起来在嘴边哈一口气，然后嘭的一声重重地盖在我们的那张文书上。

我和罗明坚看见那个大红的官印印在文书上时，都长长地舒了一口气。

出了海道衙门回到船上，为免再生枝节，我们催促侍卫官赶快拉帆起航前往肇庆府。

船入西江，逆水而行，江面平缓而开阔。站在船头，眺望两岸景物，往事如历历在目，而之前从澳门岛出发到广州城的那一幕幕亦一一浮现脑海。

"终于到啦！"侍卫官一声大喊，便把我从冗长的回忆中拉回了现实。

下了船，刚踏上肇庆府城郊的码头，我便看见一个熟悉的身影正在人群中焦急地左右寻人。原来是前来接应我们的瞿太素。我走过去拍拍他的肩膀，他转过身来，看见我，大叫一声便抱紧了我："可把你们盼回来啦！"

上一回到肇庆府，因为总督陈瑞被免职，我还没来得及上岸，就被迫与罗明坚他们一起折返广州城。可到了广州城，我们也上不了岸，最后只好又灰溜溜地返回了澳门岛。为此，我一直耿耿于怀。这一刻，当我的一只脚离开跳板踏上肇庆府的土地时，我激动得浑身颤抖。我对自己说，一定要牢牢记住这一天。这一天，是1583年9月10日，我一辈子也忘不了。

脚夫把我们的行李搬下船，肩挑背驮着远远地跟在我们的身后往城里走去。大约走了两里多路，我们便远远地看见肇庆府城的城墙。

忽然，路边一片独特的二层楼宇撞入我的眼帘。这片楼宇很特别，前后各一座，左右又各一座，而一幢角楼则巧妙地将前后左右的四座楼房连接贯通起来，组成一个四合院式的建筑群。这片房子并不像其他大明房子那样低调地静静地蹲伏在路边，而是气势雄伟地高低起伏着。侍卫官见我对这幢楼宇感兴趣，便给我介绍说，那屋脊上装饰的鳌鱼和宝珠这些寓意吉祥的花草虫鱼砖雕，有"独占鳌头"之意。看见那幢楼宇的大门两侧还立着两只洁白无瑕的汉白玉石鼓，我于是好奇地问侍卫官："这究竟是幢什么建筑？"

侍卫官说："这就是远近闻名的崧台书院，是书生读书和文人墨客登临阅江吟诗作对的地方。"

瞿太素说："肇庆府是两广的督辕，南下游历讲学的文人雅士，都乐于在崧台书院雅聚。我的好友徐光启，就是到广西做教书先生路过肇庆时，在崧台书院听当地的文人说起你们的。"

罗明坚问瞿太素："是他告诉你我们会炼金秘术的？"

我听了不禁哈哈大笑，接着对瞿太素说："于是你就千里迢迢来找我们啦？"

瞿太素笑一笑，尴尬地点点头。

我说："这个徐光启，倒跟我们有缘，真希望将来有机会见到他。"

我觉得多认识一些当地的文人雅士，多了解一些当地的人文历史，会有助我们今后融入当地人的生活，于是便向侍卫官请教崧台书院的历史。热情的侍卫官给我们介绍说，这个地方名叫石头岗，以前石头岗上建有一座石头庵，是纪念唐代高僧石头和尚陈希迁的，庵里还有一座亭子，叫鹊奔亭。这座亭子，还有个传说。传说汉代时有个叫苏娥的女子，丈夫早死，没有依靠，于是就租了一辆牛车，到这里来卖丝织品。夜里，她留宿鹊奔亭，因饥饿和肚子疼，到亭长那里去讨一点茶水和火种。亭长叫龚寿，问苏娥从什么地方来？车上装的是什么东西？丈夫在哪里？为什么单独一个人带着丫鬟赶路？苏娥不说，龚寿竟抓住她的胳膊欲行不轨。苏娥不肯依从，龚寿就将她和丫鬟杀死，埋在亭子下面，并取走财物，又杀了牛、烧了车，车轴上的铁和牛骨，就藏在亭子东边的枯井里。后来，交州刺史何敞视察部属来到此地，夜里留宿在鹄奔亭，苏娥就托梦给他诉说冤屈。刺史何敞惊醒，早上起来检验现场，果然跟苏娥说的一样，就把龚寿抓来审查。最后，龚寿认罪被处死，苏娥的冤屈得到昭雪。

听了侍卫官绘声绘色的讲述，我感叹不已。侍卫官见我对历史感兴趣，又给我们介绍说，前几年，首辅张居正不满地方官借书院讲学之名非议朝政，于是下令封闭各地的书院，自然这崧台书院也就停办了，被用作兵营。直到去年张居正死后，知府大人王泮据理力争，四处奔走呼吁，才得以迁移兵营，复办书院。而前任两广总督陈瑞，就是因为依附张居正而受到牵连，被朝廷免职的。

罗明坚听了，这才恍然大悟，直叹官场险恶，世事难料。绕过崧台书院，又见不远处有一座寺庙。罗明坚跟我说，那就是天宁寺，他上次来就住在那座寺里。

说话间，已到了城墙之下。斑驳而厚实的四丈高城墙，巍峨矗立，高耸的二层城楼两侧，是排列有序的齿状垛堞。我抬头望去，见墙高池深的城门头镌刻着"庆云"二字的石匾额，两扇城门漆以暗红色，城门包着一层厚厚的铁皮，木吊桥横跨护城河。守城的官兵不时盘查进出城门的百姓，而那两层的城门楼上也站着很多带刀持枪的官兵。

我看见周围进出城门的百姓都垂着头，挨个接受官兵的盘查。有些运载货物进出城门的客商，则暗地里递给那些官兵铜板或者碎银。

我们走进城门，被一个手里握着长枪的官兵给拦住了。那官兵见我们是天竺僧人的打扮，警惕地问："有进城的文书吗？"

"有。"罗明坚从包里掏出文书，连同几块碎银一同隐蔽地递到了那官兵的手里。

那官兵的手一接触到银子，顿时挺直了身子，反手把银子揣好后马上换了一副和蔼可亲的笑容来，他稍稍看了一下文书便递回罗明坚说："你们可以进城啦！"

我马上招呼身后的人和脚夫赶快进城，那官兵这时才突然瞧见我们身后的侍卫官，便立即向他行礼。

侍卫官瞪了那官兵一眼，也不言语，便大踏步跨过了城门。

穿过城门，我们一行人来到一条大街上。走在这条大街上，我不禁眼前一亮。

大街两旁店铺林立，米铺、布坊、酒坊、古玩店、字画摊等应有尽有，其中又以饮食营生居多。一些打扮古怪的人，说着我们一句也听不懂的方言，正坐在那些酒楼食肆里吃着散发出独特气味的奇特食物。各种香味混杂在一起，老远就扑鼻而来。尽管早已饥肠辘辘，侍卫官也一再邀请我们进酒楼食肆里去吃点什么，但我们还是强忍住不去吃那些奇怪的食物。

侍卫官说，这条大街就是肇庆府的城中路，连接着总督府、县衙、学官和府衙，是府城里最繁荣的一条大街。大街上果然人来人往，熙熙攘攘，马车、轿子在人群中穿梭，好不热闹。

大街上的行人见我们高鼻子蓝眼睛与他们相貌不相同，都纷纷避走，指指点点。他们就像突然看见了两个从天而降的妖怪而大惊失色。这样的情形，我与罗明坚在澳门岛早就习以为常啦，也就不放在心里，更不会去理会，只顾走自己的路。

经过总督府时，罗明坚悄声问我："我们是否应该进去拜见一下郭总督？"

还没等我答话，一旁的瞿太素急忙说："万万不可，你们有什么事只需跟知府王泮大人说就行啦！"

终于到了肇庆府衙门前，只见入口处是一座红彤彤的楼宇。这座红彤彤的楼宇不但墙壁、柱子、门窗全是红色的，就连大门两侧的一对石狮子也是用红色的红砂岩雕刻而成。满眼的红色，倏地为肇庆府衙陡增了几分吉庆与庄严。

侍卫官说："这座红彤彤的彩楼，肇庆府的人称为红楼，又叫丽谯楼，原是为供奉宋代皇帝赵佶题写的'肇庆府'御书而建的御书楼。"

说起这座红楼，侍卫官自豪地说，肇庆古称端州，肇庆之名的由来，就因为宋徽宗赵佶和眼前的这座红楼。原来，端州也就是后来的肇庆曾是端王赵佶的封地，他一直认为，自己之所以交上好运，无端端登基为帝，是因为端州福地的庇荫。没有子嗣的哲宗皇帝突然驾崩，朝中的文武百官于是商议，一致同意立端王赵佶为帝。端王赵佶登上皇帝宝座后，心想没有端州就没有端王，没有端王就没有朕的兴旺喜庆，端州乃福地啊！于是，他便下旨将端州由军升格为府，并易名为"肇庆"。

瞿太素说："为什么要易名为肇庆？因为'肇'是发端的意思，而'庆'则有可喜可贺之意，两字合二为一就有'喜事是从这里开始'的含意。"

侍卫官又说："赵佶还用自己独创的瘦金体书法亲笔御书'肇庆府'三字赐给肇庆府，而当地的官员，就建造了这座御书楼来恭迎、悬挂皇帝的御书，肇庆之名也从此一直沿用至今。"

瞿太素手指红楼上悬挂着的一块竖匾说："那块竖着写，字体清瘦的匾，就是赵佶题写的'肇庆府'御书匾啦！"

我顺着瞿太素手指的方向一看，感觉"肇庆府"那三个大字写得确实好看，不但笔力雄遒，而且笔锋犀利，便由衷地赞叹道："他的字写得真好！"

瞿太素说："当然好啦，赵佶二十二岁就独造了瘦金体书法，可谓旷古绝今，无人能超越他，不世名画《清明上河图》的画名就是他用其瘦金体所题写的。"

听瞿太素这样说，我再细瞧这座巍巍挺拔，气势恢宏的御书楼，暗想："这座红色的城楼，如果没有皇帝的御书，充其量只不过是一座最普通不过的城楼，而有了一块皇上御书的'肇庆府'牌匾，则真是锦上添花啊！"

这时，侍卫官又指着楼上悬挂的另一块横着写的牌匾说："那块'丽谯楼'横匾，是前任肇庆知府黄瑜所题写的。"

罗明坚说："你们这里的官员，看来都是书法大家。"

瞿太素说："这些官员做官之前都是些读书人，读书人的字如果写得不好，考取功名的卷子就没人看啦；而仅仅字写得好还不行，还要文章写得好，文章写不好，就进不了仕，进不了仕，就当不了官。所以我们这里的官员，既是官吏，又是文学家和书画家。"

我忍不住对瞿太素道："听说你曾经也是个读书人。"

瞿太素非常感慨地说："惭愧惭愧，我只是个不合格的读书人！读书人实现个人价值的唯一途径就是入仕为官，因为读书是文人士子修身、齐家、治国平天下的不二选择，而我却无意官场，只喜欢研究道家的学问。"

罗明坚问瞿太素："道家的学问，是否就是用房中术来修炼长生不老的丹术？"

瞿太素听罗明坚这样问他，面色有些尴尬："丹术只是道家的其中一种修炼方法，而道家的学问深不可测，是关乎天地人伦，在阴阳变易之间求取协调和谐的高深学问。"

我见瞿太素尴尬的样子，便故意接续刚才的话题："那现在肇庆知府王大人呢？他的书法和文章如何？"

瞿太素由衷地赞叹说："王大人经过经年累月的读书，不仅蓄积了丰赡的学养，而且还提升了高迈的人格，他为官清廉，爱民如子，兴修水利，办学开田，政绩卓著，亦常常喜欢独自一人焚香静坐读书或者参禅，故诗词冲雅，书法甚好，尤善小楷，大幅草书亦率性洒脱，为人所喜爱。"

听瞿太素如此描述知府王泮，我真想马上见到这位批准我们重返肇庆府的文人官员。

我想，或许，我与王泮是会有些共同语言的。

我们走进府衙大门，只见大堂建在与月台相连的台基上，更显高耸壮观。大堂之上，悬着"肇庆府大堂"横匾，两侧挂有"但欲力严关节，敢云望重阎罗"的对联。堂中央设知府公堂，正中挂着"明镜高悬"匾额。一个四十出头，身穿官袍，头戴有两对翅子官帽的官员正端坐在公堂之上的公案旁。我稍稍抬头瞟了一眼，看见公案之上摆放着刑签、捕签和文房四宝等物，果真如教我们中文的老先生之前给我们描述的那样。案前左边地上有一块给原告跪的方形跪石，而右边地上则有一块给被告跪的长方形跪石。青旗、蓝伞、桐棍、肃静牌、官衔牌、放告牌、堂鼓等这些我后来才慢慢知道其名称和用处的仪仗物；由左右两侧站立的衙役或举或拿，又或静静地置于墙边，给人一种震慑的感觉，让你一踏足大堂便大气也不敢出。

我猜那端坐于公堂之上的官员定是知府王泮无疑,便与罗明坚对视一眼,两人默契地低头快步走到公案前,按老先生教授我们的礼节向他行下跪礼。

我们一边下跪,一边恭敬地说:"拜见知府大人。"

"起来起来。"王泮站起来客气地举起双手请我们起来,又装模作样地问,"你们是什么人,官话说得如此之好,来此何事?"

站起来后,罗明坚用早就熟记于心的话答道:"我们是天竺僧人,从遥远的天竺国而来,因慕中华之盛与文化之久远,而坐船在海上走了三四年才来到这里。"

我接过罗明坚的话补充说:"我们现在暂时住在澳门岛,但远离那里的喧嚣与世俗,潜心研习博大精深的中华文化,一直是我们的愿望。我们希望能够在肇庆府得到一块小地方,修一座小庙,一心研习贵国积淀了两千多年的丰厚文化,供奉天主的同时也效忠大明皇帝直到终老。"

罗明坚又大声地恳求:"希望知府大人成全!"

我看一眼高高在上的知府王泮,见他虽然态度和谐,却仍然沉默不语,又道:"如果知府大人开恩,我们一定自食其力,不求施舍,遵守律法,不惹是生非!"

为了博取知府王泮的同情,我们将乘船来澳门岛的时间夸大为三四年。我们还刻意隐瞒了从哪里来,只称是来自天竺国的天竺僧人。我们的导师范礼安先生说:"只有用这种方式,我们才有可能进入中国。因为他们只接纳天竺国的僧人,而且他们不知也不认其他更遥远的国家。"

范礼安先生一直认为,葡萄牙人以舟船破损、海水打湿了上贡物品,借地方晾晒为由上岸,并逐渐运来砖瓦木石建屋而长住了下来,这就充分说明大明的海岸开禁与否,全凭皇帝或者地方官员的个人好恶。因此出发之前,我们早就练习好了见到知府王泮时要行的礼仪与要说的每一句话。

真是皇天不负苦心人,知府王泮见我们既谦卑又诚恳,于是笑容可掬地说:"尽管我大明律法严禁容留异邦夷人居住,但倘若有不能又或者不愿意返回者，而且愿意效忠皇上并恭顺安宁地做我大明子民者，则可提供一切便利甚至给一处住所让这些人居住直至终老。"

我和罗明坚闻言又不停地作揖恳求："恳请知府大人成全！"

王泮："我看你们都是得道高僧，本官对高僧向来尊敬，也常常焚香参禅，一定会尽力满足你们，帮助你们。你们可以先在城里安顿下来，然后到处去走一走、逛一逛，一来见识一下我们这里的风土人情，二来也看一看城里有什么地方适合你们建房子的。"

我和罗明坚听了，心里狂喜，于是不停地作揖道谢："谢知府大人开恩！"

王泮摆手说："不必多礼！不过，这还要待本官上报总督大人批准后你们才能开始建房！本官亦有言在先，今后你们一定要做大明皇帝的子民，要遵守大明的律例！"

我和罗明坚信誓旦旦地保证："请知府大人放心，我们不远万里而来，就是要做大明的子民并在此度过余生的。"

王泮赞赏地点头又说："还要遵守乡规民约，服从地方官员的管治。"

我们又上前再次承诺："我们绝不会惹是生非，并效忠皇上，终生感恩的！"

王泮："你们还要按这里的习俗生活，并穿我们大明的服装。"

罗明坚趋前转一圈然后问："大人，我们穿这样的天竺僧袍可以吗？"

王泮："你们既是天竺僧人，自然可以着天竺僧袍。"

说罢，知府王泮又吩咐一直在旁边待命的侍卫官："你先安顿他们住下，再带他们到各处去走走看看吧！"

"遵命！"侍卫官跪下领命后，起来招呼我们离开公堂。我与罗明坚又向知府王泮不停地作揖道谢，然后才退出了府衙大堂。

出了大堂，便见在外面已等候多时的瞿太素迎了上来，急切地问："如何？"

我们兴奋地说："我们可以留下来啦！"

瞿太素兴奋不已："今后，我们就可以整天在一起啦！"

我笑一笑，不再言语。瞿太素一直相信我们有将水银变成银子的能力，这也是他希望能够跟我们整天待在一起的隐秘目的。他总是认为我们懂炼金术，能够将贱金属变成贵金属，比如黄金或者银子。为了重返肇庆府，我是答应过他会教他炼金术，其实这都是不得已而为之的。事实上，我已经婉转地暗示过他许多次，其实我们并不懂什么炼金术，所谓的炼金术也提炼不出金子和银子来的。但他却不相信，他总是觉得我们似乎从来就不缺银子。见他对炼金术如此深信不疑甚至已经到了如此痴迷的地步，我知道再说什么也没有用。我心里明白，如果我跟他说，我们的银子其实都是来自葡萄牙商人的赞助，那他肯定不会相信的，他肯定会认为我是在撒谎的。他实在太像我当年同样痴迷炼金术的父亲啦。

后来很长的一段时间，我发现肇庆府或者其他地方有许多像瞿太素一样的人，其实他们之所以愿意听我们逢人便讲的教义，是因为这些人始终相信我们有将水银变成银子的能力。还有就是因为我懂得一些药理和医术，对他们来说我能够起死回生，可以包治百病，包括那些他们认为稀奇古怪的不治之症。最后就是因为我还懂得记忆术，这种记忆术可以帮助他们记住所有需要背诵的东西，然后用来参加科举考试考取官职，光宗耀祖。

我正胡思乱想着，脚步自然放缓。侍卫官见状，便催促我们说："时间不早啦，你们走快一点，跟我到东门外的天宁寺住下来再说吧！"

罗明坚这次却不愿意再到天宁寺暂住，他说："尽管我们也是僧人，但总觉得与天宁寺中的僧人格格不入，也没有共同的语言。"

瞿太素听罗明坚这样说，就对侍卫官说："你看还有什么适合他们住的房子没有？"

侍卫官："有一幢宽敞明亮的房子与天宁寺相通，我倒是觉得非常适合他们暂住。"

罗明坚说："只要不住在天宁寺中就可以啦。"

侍卫官说："那好，我们先去看看房子再说吧。"走进那幢房子，罗明坚觉得既安静亦清幽，就对侍卫官说："这幢房子好，我们就住在这里吧！"

瞿太素进去把房子里里外外瞧了个遍，然后说："这房子虽然与天宁寺相通，但彼此又各有独自的空间，确实适合你们住，而且你们住在这里，对外也说得过去。"

我与罗明坚谢过侍卫官后，就吩咐脚夫和仆人将我们的行李搬进来放置好。

侍卫官说："你们安顿好后，再休息一会儿，我与瞿公子到外面去喝茶等你们吧！"

我却不愿意浪费时间，于是恳求侍卫官："差大哥，我们不需要休息，有劳您现在就带我们出去找一找看哪里有适合我们建房子的地方吧！"

侍卫官一口答应，他说他也想早点完成差事好向知府大人复命。

于是，我们一行人离开天宁寺的那幢房子，又重新入城，来到城中路大街上。

城中路是肇庆府的主干道，它将东西两个城门连接了起来。走过这条长长的街道，我们发现街道两旁已建有相魁庙、金花庙、城隍庙等庙宇，似乎很难再找到合适的地方让我们修建教堂。走过红楼也就是肇庆府衙，在城隍庙西边的不远处，我们又看见一座正门高挂"孝肃包公祠"牌匾的庙宇。我探头朝庙里一看，看见里面香客如云，香火鼎盛，就好奇地问瞿太素："这是座什么庙宇？"

瞿太素说："这是包公祠。"

"生为柱国，死作阎罗，宋代直臣第一；堂溯枕书，洲留掷砚，端州循吏无双。"读罢包公祠大门两侧的对联，我还是弄不明白包公究竟是个怎么样的人，只隐约觉得是个受百姓敬仰的好官。

我心里纳闷儿，忍不住又问瞿太素："包公究竟是个怎么样的人，为何这里的百姓会如此虔诚地拜祭他？"

瞿太素说："包公是宋代的清官，他曾在这里为官三年，因清正廉明，勤政为民，办了许多好事实事，当地老百姓都管他叫包青天。他离开肇庆府后，老百姓敬仰他，就建了这座祠来祭拜他。"

我想，果然是个受人敬仰的好官！看来，我们的教堂，是不适合建在纪念这位好官的庙宇旁边的。

侍卫官见城里没有适合我们修建房子的地方，便领着我们朝城外走去。一行人出了肇庆府城的西门景星门，来到城外的西郊。西郊农田阡陌纵横，农舍炊烟袅袅，近城门处又分别建有西校场、崧台驿、白衣庵等，可供我们选择的地方已不多。我们只好继续朝西走，忽然，一座绿树繁茂的小山冈映入眼帘。我说，这座小山冈环境清幽，隐世而独立，是个不错的选择。可是，侍卫官却摇头说："山上已建有一座名叫梅庵的禅院。"

　　听侍卫官一说，我再仔细一瞧，果然看见有粉墙黛瓦掩映于树林之中。

　　我大叹可惜，又见那院墙高大的禅院，时有梅枝斜逸而出，便好奇地问："这禅院种有如此多梅花，又叫梅庵，是何原因呢？"

　　瞿太素答我："禅宗六祖惠能，生性好梅，每到一处必插梅为记。梅庵就是纪念禅宗六祖曾在此小山冈插梅而得名的。"

　　城西找不到好的地方，侍卫官便领着我们来到了北门。我们在北门外的忠烈八贤祠、慧日寺等附近又察看了一番，觉得这一带民居和建筑物密集，也不太适合我们。

　　走了大半天，终是一无所获，眼看天色已晚，侍卫官说："我看今天就到此为止吧，你们先回住处歇息一晚。明天一早，我们再到城东去看看。"

　　我和罗明坚急忙向他拱手道谢："辛苦差大哥啦！"

　　进了城，侍卫官拱手对瞿太素说："瞿公子，有劳你将他们送回住处吧，我要先回府衙去将今日择地的情况禀告王大人！"

　　瞿太素一口答应，侍卫官便放心地走了。别过侍卫官，瞿太素领着我们出了东门，不紧不慢地朝天宁寺的方向走去。夕阳穿过高耸的城楼，映射出道道金光。金色的光芒铺在我们的脚下，也将天宁寺飞檐上的瓦面照得金光闪闪。

　　耶稣光！我心里咯噔一下，想不到竟在这里看见神圣而迷人的耶稣光，我有如神示，心里默然生出一种朝圣般的敬畏。

回到住处时，勤快的印度仆人已经做好晚饭。我邀瞿太素一起吃晚饭，他就留了下来。壮硕的印度仆人轻而易举地将屋里的几张沉沉的桌子搬到屋中央拼成长条形，并铺上洁白的桌布。见天色已经暗下来，他又拿来蜡烛点上。

我与罗明坚请瞿太素上座用餐，他客气地朝我们鞠躬表示感谢后才入座。

烛光晃动之间，印度仆人飞快地进进出出，陆续把我们从澳门岛带来的面包、火腿、面条等食物整整齐齐地摆放在餐桌上。

我一边熟练地打开餐巾包裹的刀叉，一边对站在一旁随时待命的印度仆人说："拿几个酒杯来，我们要请瞿公子喝点葡萄酒。"

罗明坚高兴地道："我们又重返肇庆府，是应该喝点酒庆祝一下。"

印度仆人答应一声，拿来了一瓶酒和三只酒杯，并为我们每个人都倒上了酒。罗明坚举起酒杯，朝坐在对面的瞿太素说："没有瞿公子您的帮忙，我们也不可能重返肇庆府。来，这一杯，我与玛窦一起敬公子！"

我也举起酒杯，对瞿太素再三表示感谢。瞿太素闻言，急忙用双手将酒杯举起来举过眉头，连声说："不客气，不客气，举手之劳！举手之劳！"

礼让过后，瞿太素惊诧地端详着手中透明的酒杯："这杯子好精致，我可从来没有见过。"

说着，他一小口一小口地慢慢品尝杯中的红色葡萄酒："这酒的味道，也很奇特，我还从来没喝过这样的酒。"

我说："这是我们从家乡带过来的红葡萄酒，喜欢就多喝点。"

"好好好！"瞿太素答应着又用双手举起酒杯，然后慢慢放下来并邀我与罗明坚一起同饮。我与罗明坚碰过杯后，一口将杯中的葡萄酒喝了。而瞿太素却喝得很慢，一小口一小口地啜饮，重复四五次才把手中的那杯酒喝完。

喝过餐前酒，我与罗明坚又齐声颂过"阿门"并画过十字后，才招呼瞿太素道："瞿公子，快尝尝我们老家上好的面包和火腿。"

我与罗明坚不约而同地拿起刀叉切开面包和火腿，然后用叉子叉起来，慢慢送到嘴里，细细地咀嚼起来。

罗明坚眯缝着眼睛说："味道好极啦！"

我见瞿太素一动不动，关切地问他："瞿公子，你不喜欢吃面包和火腿吗？"

罗明坚也问他："瞿公子不习惯吃这些食物？"

瞿太素："这干巴巴的东西，真的好吃吗？"

罗明坚："你试一试，或者你会喜欢的。"

瞿太素："可是，没有筷子，怎么吃，总不能用手抓来吃吧？"

听瞿太素这样说，我才一拍脑袋，向他道歉："哎哟，你看你看，我们把你习惯用筷子而从来没用过刀叉的事给忘啦。"

罗明坚吩咐印度仆人："快给瞿公子拿两根筷子来。"

印度仆人给瞿太素取来筷子后，他便熟练地用筷子享用起晚餐。

尝过桌子上的食物，瞿太素说："味道确实很特别，就是有点吃不习惯，感觉干巴巴的，没有我们做的饭菜汁多味鲜。"

我说："我们的食物非常有营养，以后你多吃几次就习惯啦。"

瞿太素看着我们熟练地使用刀叉，忍不住放下手中的筷子，也拿起面前的刀叉来依样画葫芦地效仿着使用。

看着瞿太素笨拙地使用刀叉的样子，我忍俊不禁："瞿公子，你还是用你的筷子吧！"

罗明坚："对，这刀叉可不是一时半刻能用熟练的。"

我说："可是，吃面包和火腿，我个人感觉还是用刀叉会舒服一点优雅一点。"

瞿太素放下刀叉，拿起筷子："可惜，我们用不惯你们的刀叉，想必你们也用不惯我们的筷子。"

罗明坚："来到澳门岛以后，我们很快就学会了使用筷子，但总是感觉没有用刀叉来得舒服。"

我又对瞿太素说："瞿公子，相信用不了多长时间，你也能学会使用刀叉优雅地进餐的。"

瞿太素举起手中的筷子："你们使用刀叉的姿势和仪态的确很优雅，但我敢肯定，就算我以后学会了使用它，也只是偶尔用用而已。

我还是习惯用我们老祖宗传下来的这双筷子！"

说到筷子，瞿太素好不感慨。他说，一双筷子，不仅仅是用餐的工具，更是承载了他们老祖宗的许多传统文化，也凝结了他们老祖宗的许多智慧。

罗明坚说："依瞿公子这么说，你们这两根小小的筷子，也大有学问啦？"

瞿太素自豪地说："当然啦！我们的筷子的标准长度是七寸六分，代表人有七情六欲，以示与动物有本质的不同。"

瞿太素的话，让我心里倏地潮起潮落。是的，刀叉只是我们有了冶金术之后才普遍使用的，而使用刀叉之前，我们的祖先其实都是在用手用餐，而相比之下，瞿太素他们的祖先使用筷子的历史显然比我们的祖先使用刀叉的历史要长很多。

我正暗生感慨，又听瞿太素说："筷子是两根，我们的称呼却是一双。我们绝不会像你们一样叫人拿两根筷子来的。为什么明明是两根筷子，却叫一双筷子呢？这里面包括有太极和阴阳的理念。太极是一，阴阳是二；一就是二，二就是一；一中含二，合二为一。这就是我们老祖宗的哲学和智慧，你们不懂啊！"

听我们谈起筷子的文化，机灵的印度仆人马上进厨房为我和罗明坚各取来一双筷子。

我摆弄着手上那双筷子，说："筷子在使用的时候，讲究配合和协调。一根动，一根不动，才能夹得稳。两根都动，或者两根都不动，就夹不住。或许，这就是你们老祖宗所说的阴阳原理吧，但其实就是我们的力学杠杆原理！"

罗明坚也把筷子举到空中比画着："听玛窦这么一说，我也觉得有异曲同工之妙啊！"

我激动地站起来对罗明坚和瞿太素说："我们的圣城罗马与大明王朝的肇庆府相隔万里，但如果我们不是远涉重洋而来，让彼此了解对方，又如何会知道这异曲同工之妙呢？"

瞿太素疑惑地问："力学杠杆？何为力学杠杆？"

我说："何为力学杠杆我一时半刻也很难跟你说得清楚，但平常我们劳作时也许会经常用到这种事半功倍的技术。简单地说，这种技术，可以让一个人的力气变成成千上万人的力气，也可以让一个人干的活顶成千上万人干的活。这样吧，以后有机会，我再慢慢教你。"

瞿太素高兴地说："一言为定，还有炼金术，你也要教我啊！"

我们正说着话，突然见一个衙役挑着一担面粉闯了进来。大家连忙站起来，帮那衙役把面粉从肩上卸下来。

那衙役喘息着说："这是知府王大人让我给你们送来的一担面粉。"

罗明坚从怀里掏出一些碎银，悄悄地塞到那衙役手里："有劳差大哥啦！"

我请那衙役跟我们一起吃点东西，那衙役看了一眼餐桌上的食物，摆摆手说："不用客气啦，我吃不惯你们这些干巴巴的干粮，都是自己带来的吧？王大人还担心你们没面粉做吃的呢！"

那衙役不愿意留下来用餐，我们就将他送到门外，并再三叮嘱他要向知府大人表示谢意。送走那衙役，我们重回屋里继续用餐。

罗明坚："王泮大人真是客气，给我们送来这么多面粉，够我们吃好一阵子啦。"

我问瞿太素："一担有多重？"

瞿太素说："一担挺重的。"

我更加一头雾水："一担挺重的？"

瞿太素涨红着脸解释："唉，我该怎样跟你说呢？"

瞿太素比画着，见我还是不明白，就一跺脚说："反正我们这里是十六两为一斤，而一百斤就是一担，那一担有多重你自己算吧！"

我一听，算了算，就明白一担到底有多重啦。

但我又有点疑惑了，再问瞿太素："那你们为什么要定十六两为一斤呢？"

瞿太素："这说来话长，我们的老祖宗之所以定十六两为一斤，这里面也是有大智慧的！传说我们的祖先观察到天上的北斗七星、南斗六星，再加上旁边的福、禄、寿三星，正好是十六星。北斗七星主亡、南斗六星主生，福、禄、寿三星分别主一个人一生的福、禄、寿。"

我追问他："那又如何？"

瞿太素故作神秘地说："它们都在天上看着尘世间的芸芸众生！据说做买卖的人，如果称东西，短斤少两，都会受到惩罚。卖东西少给人一两，福星就减少这个人的福；少给二两，禄星就给这个人减禄；要少给三两，寿星就给这个人减寿。"

我点头沉吟道："你们的老祖宗之所以定十六两为一斤，其实是在暗中提醒做买卖的人不要做短斤缺两昧良心的事，要时刻知道人在做、神在看是吧！"

瞿太素点头不止："对对对，就是这样。"

罗明坚："瞿公子，你们的传统文化真是博大精深啊！一字一词，一句一事皆意义深远！"

我非常感慨地用意大利语对罗明坚说："如此看来，我们彼此的文明都像是从神话发源的。而后来，我们的祖先将人神分家啦，做事靠科学技术，做人靠宗教信仰。而瞿太素他们的祖先却没有，他们什么都合在一起，他们的神都从他们的茫茫人海中来，也就是说他们的神都曾经是人，人人都可以得道成为神仙。他们的理想和现实、灵魂与肉体也是合二为一的，譬如每天使用的筷子里面就有信仰，举手投足都是理念，这是一种通达和智慧啊！"

罗明坚也用意大利语说："所以，他们至今都还没有专门的地方清洗灵魂，我们来到这里，就是为了帮助他们！"

我若有所思地说："可是，他们从小就有长辈告诉他们如何做人做事，知道只有做好人才能做好事！"

罗明坚："我们也会教他们向善，最后完成主的旨意。"

我不无担忧地说："问题是，我们彼此的文明各有特色，而且他们的文明是人类唯一的不断史文明，其文化博大精深，不但有信仰，而且有大智慧；他们表达信仰的方式尽管与我们不同，但他们生活在自己的信仰里，也没有丢掉老祖宗的智慧，这一切都在告诉我们，我们彼此接触、交流、碰撞时，切不可轻举妄动啊！"

瞿太素听我们用意大利语窃窃私语，不满地表示抗议："说官话，别说你们的洋话，我可一句也听不懂。"

第七章 | 瞿太素

　　那两个洋和尚，尽管平常跟我们交往也说我们的官话，但很多时候，我都会听见他们悄悄地用他们的洋话在秘密地商量着什么，叽里咕噜的，你一句也听不明白他们究竟在说些什么。这就很让人生疑，我曾经一度怀疑他们其实根本就不是什么僧人，也不是来自天竺国。我甚至怀疑他们来到我们这里的真正目的其实并不如他们所说的那样。难道他们来我们这里有什么不可告人的目的？我虽然心生疑惑，但又不敢跟其他人说。我生怕一说出来，他们便因此而被赶回澳门岛。他们被赶回了澳门岛，我又如何跟他们学炼金秘术呢？

　　我们鼻子不太高，眼窝是平的，从侧面看，高低起伏不大，而他们却不是这样，他们高鼻深目，你与他们的目光一接触，便会不寒而栗。说实在的，单凭这一点，我更觉得他们真的不像僧人，反而更像领军打仗、攻城略地之人！

　　有一次，见四下无人，我忍不住问利玛窦："大师可曾领兵？"

　　利玛窦："瞿公子为何会这样问？"

　　我盯着他深陷的眼睛说："善用兵者，可以为将；善用将者，可以为帅。大师的眼神告诉我，你似乎是可以统领兵将之人啊！"

　　利玛窦："何以见得？"

　　我眼睛一眨不眨地与他对视："你犀利的眼神告诉我，你胸中似有丘壑，可见是经天纬地之才，不为开疆辟土，却又为何？"

利玛窦哈哈大笑："我精通地理学，擅长绘制地图，自然胸中有丘壑！"

我步步进逼："大师不远万里而来我中土，有何所图？"

利玛窦稍稍一怔，随即从容而答："只为告诉你们，其实不仅天是圆的，而且地也是圆的！"

我仍不罢休，又问："就这么简单？"

利玛窦微微点头笑道："就这么简单！"

我依然不太相信地追问："再没有其他的目的了？"

利玛窦答："有！那就是让隔绝已久的我们能够互相了解，让两种截然不同的文明能够互相碰撞继而发生深刻的变化！"

利玛窦的回答，让我一头雾水。我一直以为，他这样的回答，其实是在故弄玄虚、欲盖弥彰。直到后来，当那幅他应肇庆知府王泮的请求亲手绘制的中文地图在我们的面前缓缓展开的时候，当所有人都第一次发现，其实我们的中土，我们的大明王朝并不处在世界的中央时，我才彻底明白了他当时如此回答我的原因所在。

这都是后来发生的事情。哎呀！你看你看，我又说远啦，还是说回那天晚上跟他们吃过面包火腿、喝过葡萄酒之后发生的事情吧！

晚饭后，罗明坚提出要带我们去拜访当地的一位儒生陈理阁。罗明坚说，这位陈理阁学识很高，是上次他来肇庆府时结识的一位当地文人，就住在天宁寺后面的一幢房子里。上次罗明坚来肇庆府，总督陈瑞也把他们安排在天宁寺居住，而住在隔壁的陈理阁常到寺中找老和尚聊天，不承想与罗明坚偶遇，竟成了知己。陈理阁经常听罗明坚坐而论道，一来二去，慢慢接受了他们的教义。有一天，陈理阁来找罗明坚，恭敬地在胸前画了一个十字，恳求道："请先生为我施洗吧！"罗明坚说，当时他听陈理阁竟然提出这样的要求，高兴得有些语无伦次，激动得不停地画着十字，嘴里不迭地念叨着"上帝啊圣母玛利亚啊"。罗明坚说，他之所以如此激动，是因为陈理阁是肇庆府第一个接受他们教义的人。可惜的是，罗明坚还没来得及为陈理阁施洗，就突然意外被逐。罗明坚匆匆离开时，还把十字架等圣坛物品托付给了陈理阁暂时保管，说等将来有机会回来时再为他洗礼。

利玛窦听完罗明坚的介绍，便迫不及待地说："太好啦，那我们这就去为他施洗吧！"

我们打着灯笼出了门，直奔陈理阁府上而去。罗明坚在前面引路，拐过一条巷子，便到了天宁寺后面的一幢房子前。罗明坚上前敲门，有个男子在屋里答应着出来把门打开。

门咿呀一声被打开时，罗明坚举起手中的灯笼冲开门的人大喊："理阁，我们又回来啦！"

陈理阁借着微光，瞧了好一会儿才回过神来，继而兴奋地冲过来抱着罗明坚一个劲地说："哎呀！想不到你这么快就回来啦！"

罗明坚把我和利玛窦介绍给陈理阁认识，然后高兴地告诉他："这次我们能够重返肇庆府，是得到了新任总督郭应聘同意的，还受到了知府王泮的礼遇。"

利玛窦生怕人家不知道地补充道："官府不仅给了我们入境的文书，还承诺让我们选一块地建教堂呢！"

我纠正说："是修一座小庙让你们居住。"

罗明坚心领神会："对对对，知府王大人让我们选一块地修一座小庙居住。"

利玛窦冲我一笑，耸耸肩："对对对，让我们修一座小庙，供奉天主，效忠大明圣上。"

陈理阁问罗明坚："你们什么时候到的？"

罗明坚抱歉地说："我们今日刚到，还没来得及通知你，便在侍卫官的带领下到处去择地。"

陈理阁："那找到合适的地方了吗？"

罗明坚叹息道："在城里城外转了一大圈，还是找不到合适的地方。"

陈理阁一边把我们领进屋，一边说："城东有一处地方，我看比较适合你们。"

利玛窦闻言，立即拱手道谢，并恳求陈理阁："明天一早，可否带我们去看一看？"

陈理阁："当然可以，你们的事不就是我的事吗？尽管我还没来得及施洗。"

罗明坚不好意思地说："理阁，真委屈你啦，我们今天晚上来，就是专门为你施洗的。"

陈理阁鞠躬致谢："谢谢先生！"

进了屋，陈理阁亲自为我们泡茶。喝过茶，罗明坚问陈理阁："上次托付给你的圣物呢？"

"都在里屋。"说着，陈理阁起身将我们带到最里面的一个房间。这个房间很隐蔽，中央摆着一个小小的香案。

香案上，昏暗的烛光下供着一尊抱着婴孩的女神像。女神像旁边，还摆了观世音菩萨等神像。

看见这个香案，我不禁脱口而出："想不到这里还有个香案。"

陈理阁说："不是香案，是圣坛。"

罗明坚看了看圣坛，不由得皱眉问陈理阁："圣像十字架呢？"

陈理阁指一指门后，答："在那，我这就拿过来！"

说着，他从门后抱出来一个四尺高的让人看上去有点心惊胆战的木架子。一个跟罗明坚和利玛窦一样高鼻深目满脸虬须的男人被残忍地钉在上面……

罗明坚不悦地指责陈理阁："圣像十字架怎么可以不供在圣坛上而藏在门后呢！"

陈理阁一边把那个木架子恭恭敬敬地摆到香案的中央，一边解释道："没办法啊！来的人都说圣像十字架血淋淋的好残忍，好吓人！他们都喜欢慈眉善目的圣母像，见了都恭敬地礼拜。"

我走上前去仔细再瞧一瞧那抱着婴儿的女神像，倒觉得真有点像我们的观世音菩萨，不由得说道："这不就是我们的送子观音吗？"

陈理阁："对对对，他们都将圣母像当作送子观音像来拜。"

利玛窦低头略思："那我们以后就让人从澳门岛多带些圣母像过来。"

罗明坚闻言摇头叹息，不再说什么了。他们朝圣坛和十字架画完十字礼后，就开始为陈理阁准备施洗。

罗明坚用铜盆打来一大盆清水，利玛窦则找来一大把蜡烛点亮。他一边点着蜡烛一边给我们介绍说，这一根根点亮的蜡烛，代表着一

第七章　瞿太素

105

个人一生的不同阶段，看着这一点点烛光，接受洗礼的人就仿佛看到自己不同人生阶段的种种罪孽，以便今后更好地赎罪……

一切准备妥当之后，罗明坚与利玛窦分别手捧一本翻得有些发黄卷角的书，站在圣坛的上首，然后示意陈理阁站在他们的对面。

罗明坚神情肃穆道："在教堂施洗是要施浸水礼的，但在这里我们的教堂还没有建起来，条件不允许，就将就着施点水礼吧！"

陈理阁画着十字虔诚道："一切听从主的安排！"

罗明坚左手拿着那本发黄的书，右手则伸进水盆里沾了沾水，口中念念有词。

"圣子圣子圣子！"他一边念念有词，一边将沾过水的右手举起来，在陈理阁的额头上挥了三下："奉圣父及圣灵之名为你施洗……"

由始至终，陈理阁都是闭着眼睛的。水洒在他的脸上时，我清清楚楚地看见他打了三个寒战。打完三个寒战，他一下子睁开眼睛，便发现洗礼已经结束了。

礼毕，利玛窦过来向陈理阁表示祝贺："从此，你就是我们的教友啦。"

罗明坚："而且，你还是我们历尽千辛万苦进入肇庆府之后的第一个教友。"

我趋前悄悄问陈理阁："你真希望自己成为他们那样的人？"

陈理阁的回答既犹豫又模棱两可："成为他们那样有学问的人，将是我一辈子的梦想！"

陈理阁既犹豫又模棱两可的回答，让我一下子陷入了沉思。我仿佛看到了那个始终相信洋和尚有将水银变成银子能力的自己。

从陈理阁府上出来，已是深夜。

这个时辰，城门早已关闭，我正为进不了城回不去租住的客栈就寝而犯愁，这时利玛窦说："瞿公子，如果不嫌弃，你今天晚上就在我们的屋子里将就一宿吧！"

罗明坚："干脆搬来跟我们一起住，何必浪费银子住客栈！"

我连忙拱手向罗明坚与利玛窦道谢："那我就不客气啦。"

罗明坚邀我跟他们一起住，正中我的下怀。我想，如此一来，不是更方便我跟他们学习炼金秘术吗？

第二天，我们刚刚吃过早饭，陈理阁便过来了，接着侍卫官也来了。

他俩原来都是相熟的，侍卫官看见陈理阁，便拱手道："理阁，你是'肇庆通'，要不，今天跟我们一起去看看哪里有适合他们建房子的地方？"

陈理阁爽快地答应："好呀，城东有一处地方，我看比较适合他们。"

侍卫官："城东？什么地方？"

陈理阁："跃龙岗？"

侍卫官："跃龙岗？那可是块风水宝地，不是正在建崇禧塔吗？"

陈理阁："正因为跃龙岗是块风水宝地，也正因为这块风水宝地在建崇禧塔，我才觉得适合他们。"

侍卫官："为何？"

陈理阁："崇禧塔是谁组织兴建的？"

侍卫官："当然是我们的知府大人啦！"

陈理阁："那这两个天竺高僧是谁同意他们进入肇庆府修建寺庙居住的？"

侍卫官："当然是我们的知府大人啦！"

陈理阁："那崇禧塔建成之后，老百姓会感激谁？"

侍卫官："自然是感激我们的知府大人啦！"

陈理阁："倘若崇禧塔旁边再建一座天竺高僧的寺庙，那'给地柔远'的政绩又会记在谁的名下？"

侍卫官："这样呀……不妨先去看看再定。"

听了侍卫官与陈理阁的一问一答，利玛窦与罗明坚相视一笑。我却假装没看见，暗想，陈理阁这个人不简单，机灵得很。

出了门，沿江堤朝东往跃龙岗走的时候，我想，仅从"跃龙岗"这个地名便可隐约感觉此地的确是块风水宝地，就更不要说知府王泮为何要在此地修建一座宝塔啦。

我曾经听我爹说过，塔有镇妖和风水的作用，是一种神圣的存在，甚至是一种希望和图腾。知府王泮为何要在跃龙岗上兴建一座崇禧塔呢？听侍卫官说，是因为城外的西江每年都会发大水，肇庆城几乎年年都会外洪内涝，百姓深受其害，苦不堪言，于是王泮便想到要建一座宝塔来镇住河妖，以保平安。为什么建一座宝塔就能镇住河妖呢？侍卫官说，因为西江流过肇庆城西的三榕峡与大鼎峡之后，就一分为二成了两条支流，主干流经城南出羚羊峡滔滔东去，而另一条支流则沿北岭山山脚逶迤东流。如此一来，肇庆城便处于两条水道之间的一块庞大沙洲上，而这块庞大的沙洲就犹如一只大竹排浮于水面。城里的老百姓认为，肇庆城有如此地理格局，人气财气都会随江水流走，从风水的角度上说是不吉利的。而在沙洲上建塔就像在竹排上插上一支竹篙，是可以化解的。这支"竹篙"，不仅稳住了肇庆这个"竹排"，更能够昌文运、聚人气，有"文运兴旺，洪福无疆"之意。

想到这些，我悄声对并肩而走的利玛窦说："跃龙岗这个地方的确适合你们。"

利玛窦："我们还没到跃龙岗，瞿公子就这么早下定论啦。"

我将知府王泮之所以组织兴建崇禧塔的来由跟利玛窦一说，他便笑逐颜开道："原来如此。"

说罢，他又不无担心地问我："如此重要的一块风水宝地，他们能让我们占一席之地吗？"

我朝利玛窦肯定地点头说："你们有我们认为有用的技艺，譬如可以将水银变成银子，医术又高明，还懂得记忆术，能帮助那些志在科场的当地文人记住所有需要背诵的内容，然后用来参加科举考试，这不正合他们要昌文运的初衷吗？"

我见利玛窦仍然忧心忡忡，便劝慰他："大师请放心吧！据我了解，跃龙岗有"跃在渊"之深意，按《易经》的说法，跃在渊，无咎，意即神龙或飞腾或潜伏地升隐于大洋深渊之间，不正如你们此时此刻的境况吗？所以说，择此地而建庙，不但不会有阻滞，反而会心想事成。"

利玛窦："当真？"

我顾左右而言他："假以时日，便知分晓！"

利玛窦："如果真如瞿公子所说的那样，今后我倒要好好研究一下你们这些博大精深的传统经典学问。"

走了大约四里路，我们来到江边一处忙碌的建筑工地上。有一个粗声大气的工头正在大声吆喝着一群工人在搬砖运石。

这个建筑工地南临西江，北枕郁郁葱葱的北岭山，东边不远则是民居，而西边有一条河涌与西江相连。河涌与西江相连的窦口处，茂林修竹，一派清幽。

来到窦口处的绿荫下，侍卫官指着一块刻有"跃龙窦"三个大字的巨石道："跃龙窦这三个大字是我们知府王大人所题。"

陈理阁："跃龙岗原本叫石顶岗，后来因为知府王大人在此筑堤开窦之后，才改称跃龙岗的。"

说起这个跃龙窦，陈理阁大赞知府王泮是个好官。

原来，西江绕山过岭，流至肇庆府时形成西江小三峡：三榕峡、大鼎峡和羚羊峡。而位于三榕峡和羚羊峡之间的肇庆府实为冲积平原，古称"两水夹洲"，唐以前北郊原是西江分流故道，经淤塞形成沥湖，地势低洼，常年渍水，加之每逢暴雨，北岭山洪汇入，就更难排出，常成一片汪洋。到了宋朝，包拯包大人为扩大耕地，开始让老百姓筑堤防渍，围塘造田。到了明朝，尽管王泮的前任知府也都筑堤围塘造田，但更多的只是从围塘造田出发，各处堤围没有接连起来，因此堤围时溃时筑，水患频频。两广总督府驻扎肇庆府之后，朝廷为了镇压西江沿岸瑶民，下令西江百里水路两岸，皆开山伐木深入四十里，安营督兵固守。并在西江沿岸屯田，鼓动当地老百姓及营兵砍伐树木、开山造地。因西江沿岸山林被毁，水土流失，河床不断抬高，于是洪水更泛滥成灾。每发大水，必有人畜遭殃，不计其数。每遇决堤，按以往民堤民修的惯例，先由官府倡议捐助，仍不足时，始从国库补。年复一年，百姓不胜重负，终导致"岁有筑堤之苦，家无半菽之储"。知府王泮到任的第二年，又遇西江发洪水，不仅淹没了大片的农田，还冲毁了无数的民房，人畜死伤无数。知府王泮痛心疾首，决心将堤围连成一线，并在临江的石顶岗西开凿排水涵窦，名曰"跃龙窦"，以导沥水入西江，排除渍水，治理水患。跃龙窦建成后，终于清除了府城内涝外洪的隐患，老百姓无不拍手称颂。

听陈理阁说罢，利玛窦由衷地点头赞道："如此看来，知府王泮的确是位好官！"

陈理阁道："如果王大人不是个好官，老百姓又如何会在建塔的同时，专门预留一块地将来为他建造一座生祠呢？"

利玛窦疑惑地问陈理阁："何为生祠？"

陈理阁解释道："按照我们的惯例，老百姓如果认为自己的父母官为官一任，的确造福一方，会在这位官员离任前，为他建造一座宏伟的寺庙，并在庙里安放他的塑像，隔三岔五地焚香跪拜。"

利玛窦闻言，瞪大双眼："一个还活生生的人，便让人造像焚香跪拜？"

我点头道："是的，所以这种寺庙才叫生祠，而且生祠还会以这位官员的名字冠名，而这位官员履新的那天，老百姓会敲锣打鼓聚集到这座生祠里来为他送别。这时，一位年长的父老会代表老百姓向这位官员送上新鞋一双，并恭敬地请他脱下脚上的官靴，然后恭恭敬敬地摆放在一个雕花盒子里，连同写上他在任时的德政的文稿一并上锁，再安放于生祠的正中央。自始，祠里长年焚香点灯，昼夜不熄，由专人料理，是对官员的最高礼遇和褒扬。"

侍卫官手指忙碌的工地，说："正在修建的崇禧塔旁边，已经预留一块地日后为王大人修建生祠。"

陈理阁："崇禧塔是去年九月开工修建的，现已建好台座和第一层塔身，正往第二层上建。"

侍卫官："王大人在肇庆府所属的十一个县里筹得了一笔建塔的款项，还专门成立了一个建塔机构，并恭请城中德高望重的谭瑜老先生出任建塔机构的总管，具体操办建塔事宜。"

罗明坚问陈理阁："理阁，我记得，你好像曾经给我说起过这位谭老先生。"

陈理阁点头道："对，举人出身的谭老先生曾任直隶凤阳府五河县知县，年老辞官回归故里后就专事肇庆府学等城中建筑的督建，上次你来肇庆，我还曾想领你去拜见他呢。"

罗明坚摇头叹息："可惜的是，他始终不愿意见我。"

陈理阁安慰罗明坚："待会儿我们不就可以见到谭老先生了吗？"

罗明坚皱眉道："希望他不会为难我们。"

利玛窦拍拍罗明坚的肩膀，安慰他说："不会的，谭老先生举人出身，知书识礼。"

罗明坚："但愿如此！是啦，玛窦，你看谭老先生正在督建的这座崇禧塔，与天竺的佛塔有何不同？"

利玛窦："天竺的佛塔是用来埋葬佛舍利子的，对佛教徒来说是至高无上的，而这座崇禧塔，却似乎并没有这个用途。"

罗明坚："没错，他们的塔不光是为了埋葬佛舍利子。"

见罗明坚一语中的，我忍不住给他们介绍说："天竺的佛塔是用来埋葬佛舍利子的，后来传入我们中土后，就变成不仅仅用作埋葬佛舍利子啦，还有镇妖和风水的作用，而正在修建的这座崇禧塔就是一座风水塔。据说，天竺的佛塔层数多为双数，而我们中土的塔层数却一般不用双数，多为单数，这是因为阴阳五行中双数为阴，单数为阳。"

利玛窦听罢我的介绍，道："阳贵而阴贱嘛！教我们中文的老先生给我们说过，你们的君臣、父子、夫妇之义，都取自阴阳之道。"

听利玛窦这么说，我不禁目瞪口呆。这个洋和尚对我们老祖宗的东西竟然如此熟知，真出乎我的意料。这还不算，想不到他还知道三纲五常。他竖起大拇指对我说："你们的三纲五常真是最伟大的创造！君臣之间有礼义之道，故应忠；父子之间有尊卑之序，故应孝；兄弟手足之间乃骨肉至亲，故应悌；夫妻之间挚爱而又内外有别，故应忍；朋友之间有诚信之德，故应善，真是太棒啦！"

说着，已来到那塔基下。陈理阁指着塔基说："塔基全部选用上等花岗岩砌建，台基的八个角专门请雕刻端砚的工匠精雕托塔力士，力士之间夹有几组浮雕图案，很气派。我听谭老先生说过，这座崇禧塔准备建十七层，但外观只有九层，高十八丈，塔内可直通塔顶，每建一层都会减低减窄，选上好的木料做楼板。塔的第二层至第九层准备砌佛龛，供奉四十六个佛像。每层瓦面用名贵琉璃瓦铺盖，塔檐悬挂七十二个风铃，顶部塔刹准备用铁来铸造。"

工地上的工人突然见来了两个相貌怪异的洋和尚，都好奇地停下手中的活，惊恐地站在远处瞅着。陈理阁连忙跟他们解释说，大家不用怕，这是来自天竺国的高僧。陈理阁与谭瑜老先生熟悉，常常来工地找谭老先生，大家都认识他，听他这么说，也就慢慢散去。

六尺高的塔台座八个角果然都镶嵌着用花岗岩精雕细琢的托塔力士，这些托塔力士有的用头顶，有的用肩扛，有的用手托，栩栩如生。陈理阁见工人散去后，又领着我们走到托塔力士石雕之间的一组浮雕图案前指点着介绍说："这里雕的是吉祥图案《鲤跃龙门》，因鱼与余谐音，所以象征着富足，又因鲤鱼的鲤和利谐音，故又把它比喻成得利；而鲤跃龙门是根据鲤鱼跳过龙门变成龙的传说来比喻学子高中状元或者当官者得到升迁的意思。"

那两个洋和尚很用心地听着陈理阁的介绍，并不停地赞叹。陈理阁见他们如此感兴趣，又把他们带到雕刻着"麒麟献瑞"的图案前，继续介绍道："我们视麒麟为送子神物，这图案是祈求和祝颂早生贵子。据说我们的大圣人孔老夫子就是麒麟所送的，所以称为麒麟儿。"接着，陈理阁还对《二龙戏珠》《双凤朝阳》等石雕图案也一一做了介绍，只听得那两个洋和尚意犹未尽。

特别是那个名叫利玛窦的洋和尚，听得尤为仔细，他甚至蹲下身去仔细察看工匠们熟练地在花岗岩石上镂刻的那些浮雕图案。他感叹地说，这些石雕图案线条简练、明朗，刀法精湛，一点都不逊色于他们家乡罗马工匠的雕刻。

看罢石雕，我们正想去拜访谭瑜老先生，孰料他刚好外出办事去啦。罗明坚听闻，再次大失所望。

谭老先生不在，侍卫官和陈理阁就一边安慰那两个洋和尚一边说，没关系的，如果这里适合你们建寺庙居住的话，将来你们跟谭老先生打交道的机会可多着呢！

那两个洋和尚转了一圈，都说看中了这个地方。

陈理阁听他们说相中了这个地方，高兴地说："知府王大人在修建这座塔之前，曾召集谭老先生等父老乡亲来商议过，是最终才选定了这块风水宝地的。"

利玛窦："这里地理位置优越，离码头又近，方便我们出入，好。"

罗明坚："关键是将来这座崇禧塔建成后，人来人往，方便我们认识更多的朋友。"

侍卫官："既然你们看中了这个地方，那么，我建议你们就用塔北侧那块地吧，那块地也足够你们建寺庙和居所啦。"

利玛窦："好，我们就向王大人申请用这塔北侧的那块地吧！"

他们决定明天一早就进城去拜见知府王泮，并向他提出在崇禧塔北侧划地修建寺庙和居所的请求。可是，洋和尚罗明坚却有点担心未曾谋面的谭瑜老先生会阻挠他们，便请陈理阁私下里跟谭瑜好好说一下。陈理阁一口答应，说这事请他们放心，他一定会尽力。那两个洋和尚还是不放心，又转而请我和侍卫官在知府王泮王大人面前美言一番，以促成此事。

侍卫官承诺说："请放心，我定当尽力。"

我也拍着胸膛说："请两位大师放心吧，你们的事就是我瞿某人的事，明儿我陪你们一同去拜见知府王大人。"

我是先去找的知府王泮。当时，他刚吃过午饭，还没有升堂，正独自一个人坐在后衙的禅室里焚香静思。我不敢打扰他，示意领路的下人离去后，便蹑手蹑脚地进禅室，坐在墙角的一张椅子上静静地看着那一炷袅袅上升的清香。

"独坐闲无事，烧香赋小诗。"听说，王泮常常邀约文人雅士来此闻香作诗，尤爱吟作赞颂城郊七星岩的诗词歌赋。肇庆城北郊有人间仙境七星岩，据说可与"兰亭、西湖、凤台、燕矶比雄于中原"。来到肇庆府后，我去看过，果然是如仙境一般的美景，山是自然的山，水是自然的水，走在山水之间，就像走在一幅水墨淋漓的山水画中。王泮到任肇庆府之后，实感这是一块天赐宝地，不仅主持了为七星岩的七座岩峰命名，开辟了环湖与登山通道，铺设蹊径石磴，方便攀登，无虞安全，还亲自点题命名了二十景，并为"含珠洞""蛟龙窟"等景点题字刻石。他还为二十景亲笔赋诗，这些诗作，都是他在这禅室里焚香静坐之后创作的。七星岩二十景的命名，尤其是王泮为其所赋诗篇面世后，不但引来了各地的游客，而且引得诸多官员墨客、文人才子诗兴雅趣大发。游罢七星岩，他们都会纷纷前来知府后衙的这间禅室，吟诗作对，挥毫泼墨。在王泮的感染下，他们或单为某一景点作句，或为几处景观同时作诗，又或为王泮的二十景诗附和。这些诗文日积月累，加之王泮的二十景诗，也就令七星岩越来越远近闻名啦。

空气中弥漫着令人神思恍惚的浓香。凝视着那一点如神灵般闪烁的红光，那一缕如灵魂般盘旋的曼妙，我不禁浮想联翩。正盘腿坐在罗汉床上的王泮，也许早就习惯了让身体静静不动而灵魂却四处游荡，他的神思，也许此刻正附于袅袅上升的烟柱上，飘在半空中。

看着如高僧入定般的王泮，嗅着那动人心魄的浓香，想起连日的劳累与奔波，疲倦一阵阵袭来。恍惚间，那香气忽然若断若离，一激灵，才倏地发现，原来那香已燃到了尽头。

王泮睁开眼，看到我，笑了笑，说："让瞿公子久等啦。"

我连忙抱拳道："打扰知府大人清幽啦，实在抱歉。"

王泮摆摆手，起来泡茶。泡好茶，他招呼我一起喝茶。

喝茶时，我将那两个洋和尚相中崇禧塔北侧那块地的事跟他说了，他点点头，正想说话，这时，有衙役进来禀告，说天竺僧人来访，正在二堂候着呢。

王泮放下茶杯，说："知道啦，我马上过去，你先招呼好他们。"

看着那衙役应声而去，我心里七上八下的。那两个洋和尚相中了崇禧塔北侧的那块地，知府王泮心里是如何想的？他是否会同意划地给他们？我心里可真没有底。尽管陈理阁一再跟我说这事王泮肯定会同意，可是，我心里还是有点担心。毕竟，决定"给地柔远"真不是一件小事情啊。这常常会关乎其仕途是否顺畅！

茶汤变淡，王泮站起来对我说："走吧，瞿公子，可别让天竺高僧久等啦。"

我们并肩而行，礼让着进了二堂说话。

二堂的结构与大堂的大殿大致相同，两柱之间同样设置着格扇屏风，两侧仍放着笞杖、夹棍等刑具。

走进去，恰好听见陈理阁正细声地给利玛窦与罗明坚介绍："这是知府大人在大堂审案时暂时退思和小憩的地方，一些预审案件常在这里进行，东厢是茶水间，西厢是招房。这二堂也是知府大人行使权力的地方啊！"

"府台大人到！"他们听到衙差的吆喝声，马上转过身来跪地迎接。

王泮一一扶起众人，道："不必多礼，不必多礼，我们还是到三堂去说话吧！"

说着，他领着我们到了三堂东厢。

三堂是知府大人的内邸，与大堂、二堂完全不同，回廊宽阔，气势雄伟。西间是知府大人的起居室、更衣室，东间是接待室，是知府大人接待上级官员、商议政事和办公起居的地方，一些事涉机密的案件也在三堂审理。

大家坐定后，衙差又奉上新沏的茶来。

侍卫官先开口向王泮禀告："这两天，小人陪着两位高僧到城中各地去择地建庙，都找不到合适的地方。后来，到了崇禧塔的工地，两位高僧都认为那地方最适合他们。"

利玛窦站起来拱手向知府王泮作揖道："崇禧塔那地方离城不远，不仅清静，而且出入便利，是个理想之地，恳请府台大人恩准，在那附近划一块地给我们建庙居住，如蒙恩准，则感激不尽。"

王泮和颜悦色地说："这座塔是由本官主持兴建的，而周边的用地和布局也是由下官决定的。你们想在那里修建寺庙，本官认为可以！"

我简直不敢相信自己的耳朵，心中一阵惊喜。听王泮一口答应，陈理阁、利玛窦、罗明坚也是激动不已。

他们不迭地向王泮行礼道谢："谢谢知府大人成全！"

王泮示意他们不必多礼，又道："你们放心，本官马上向总督大人呈禀，你们回去等候好消息吧！"

回到住处，我们仍然激动万分，不停地谈论着这件事，不停地商量着教堂该如何修建。

利玛窦也顾不上休息，他兴奋地拿来纸和笔飞快地绘画起教堂的建筑式样来。

眨眼两天过去，他们还没有收到王泮的任何消息。正当他们感到忧虑之时，侍卫官奉命前来传令他们到府衙去。

利玛窦与罗明坚跟随侍卫官急急赶到府衙，进到三堂接待室，见到王泮满脸笑容地坐在那里，紧张的心顿时放松。

客气过后，王泮正色道："总督大人已经批准你们在这里建庙居住啦！"

利玛窦与罗明坚高兴得几乎跳起来高声欢呼，但在知府大人面前不敢失礼，便一齐上前向王泮跪揖道谢。

王泮："不过，本官仍然重申，你们要承诺：第一，要做大明天子的臣民，遵守大明的律例；第二，要服从官府的管治，遵守乡规民约；第三，要穿中土的服饰，遵从中土的习俗；第四，不能再把其他夷人带进肇庆府来。"

利玛窦与罗明坚自然满口答应，表示一定会按知府大人的要求去做。

王泮满意地点点头道："这样很好，明日本官就与你们一起到崇禧塔去商议划地事宜。"

这些都是利玛窦过后详细地给我描述的。期望已久的愿望终于可以实现，多年的努力总算没有白费，能够获准在大明建造第一所教堂，利玛窦和罗明坚都明显地感到高兴和激动。

第二天一大早，我们一行人来到崇禧塔的工地等候知府大人王泮。

罗明坚来回踱步，不时朝西边的官道上眺望。他希望那顶期待已久的轿子早点出现在官道上，但一炷香的时间过去，仍然没见知府王泮的轿子出现。

罗明坚问利玛窦："玛窦，为何还不见知府大人的轿子？是否应该叫人进城去打探一下消息？"

利玛窦："明坚，少安毋躁，我始终认为王大人是位一言九鼎的父母官。"

我发现利玛窦尽管心里也焦急，但神态自若，眉宇间散发出一种淡定与自信。就在这时，远处传来一声锣响，一乘轿子终于出现在官道上。那乘轿子前后由四名衙役护卫着，眨眼间就到了我们的跟前。

轿子停下，便见知府大人王泮掀帘探身出来。工地上的民众见知府大人来了，都纷纷停下手中的活，或躬或跪地向王泮行礼。王泮也不断地拱手还礼，果真是个亲民的父母官。我想，传说王泮"性恬淡，自奉如寒士；与民接，未尝疾言遽色"，看来一点不虚啊！

忽见一名年逾花甲的老者分开众人上前向王泮施礼。王泮恭敬还礼后，便拉着那老者来到我们的跟前，介绍说："这位便是谭瑜谭老先生，乃督建崇禧塔的主事。"

王泮也给谭瑜介绍我们。我们见他皓首银须，目光炯炯，精神健旺，亦颇为斯文，便相继拱手拜道："见过谭老先生！"

客气过后，王泮便直奔主题，他客气地请谭瑜将崇禧塔北侧的那块地皮让给天竺僧人用作建造寺庙。

不料，谭瑜听了却不说话，倒是紧随其后的几个人似乎很不情愿的样子，七嘴八舌道：

"若让这些番鬼佬留在这里，日后他们可能会招惹更多的番鬼佬进来！"

"都说这些番鬼佬很可怕，专吃童男童女！"

"那时，肇庆府的百姓就永无宁日啦！"

"请知府大人慎重考虑啊！"

……

王泮笑道："他们乃天竺国的高僧，慈悲为怀，并不是什么番鬼佬。"

始终一言不发的谭瑜老先生终于开腔了："肇庆府在知府大人的治理下，风调雨顺，民风淳朴，老夫最怕他们在此居留会陡生祸端啊！"

　　站在王泮身旁的同知董石听到这些众口一词的反对意见后，拉拉王泮的衣袖小声道："此事我们还是慎重一些为好。"

　　王泮回过头来对利玛窦和罗明坚说："昨日你们在公堂之上承诺，会做大明天子的臣民，遵守大明的律例；会服从官府的管治，遵守乡规民约；会穿中土的服饰，遵从中土的习俗；也承诺不会把其他洋夷带进肇庆府来，果真能做到？"

　　利玛窦在胸前画了一个十字，答："请大人放心，我们一定会遵从大人之命，绝不会再带其他洋人进来。"

　　罗明坚也朗声说："我们保证在此遵纪守法，绝不惹是生非！"

　　见利玛窦与罗明坚当场做了保证，王泮不顾众人的反对，大声道："好，既然如此，本官就做主，将塔北侧的那块地划给你们！"

　　谭瑜忽然道："非我族类，其心必异！"

　　事后，利玛窦和罗明坚掏心窝地一再跟我说，说他们非常庆幸能够在肇庆府遇到如此开明、如此担当，敢力排众议的知府大人。他们还跟我说，其实他们心里非常清楚，谭瑜这些建塔的人都反对他们在崇禧塔旁边建造另一座寺庙和居所，只是由于地是知府大人所赐，不好当面反对，以免王泮当众难堪而已。最后，利玛窦不无担心地对我们说："也许，他们还会为难我们。"

　　罗明坚有点沉不住气了："有知府大人为我们撑腰，不会吧？"

　　利玛窦的脸色突然变得难看起来："就怕他们暗中使绊子！"

果然，他们都在暗地里给我们使绊子。

我已明显地觉察到，他们已经开始出手阻止我们了。

为免夜长梦多，我与罗明坚商量，决定加紧修建我们的教堂。我们迅速地在靠近崇禧塔工地附近租了一间简陋的民房，便把行李搬了过去。我们是这样想的：以最快的速度，先把地基打起来，然后加快修建的速度。这样的话，也就既成事实了，任他们再反对和阻止也无济于事啦。于是，除了礼拜天做礼拜，我们把其他所有的时间都花在了筹备修建教堂的事情上，以求能够尽快开工奠基。

修建教堂的物料陆续购置好。砖瓦木材等越堆越多，我们就在那间简陋的房屋旁搭了个临时工棚来放置。物料备好，我想该尽快破土开工。

陈理阁听说我们马上就要开始动工修建教堂，瞪大眼睛说："怎么那么快啊！按照我们这里的习惯，是要择个黄道吉日才能破土动工的。"

罗明坚云里雾里，问："要择个黄道吉日才能破土动工，什么意思？"

瞿太素给他解释说："黄道吉日，就是我们老祖宗传下来的历法，俗称皇历，就是诸事皆宜的日子。"

罗明坚给弄糊涂了，又问："诸事皆宜的日子？"

我略作沉思后若有所悟："诸事皆宜的日子，也包括适宜破土动工的日子？"

　　瞿太素点头道："是的，皇历以十二神煞中的'青龙、天德、玉堂、司命、明堂、金匮'为六黄道，又以十二值日中的'除、危、定、执、成、开'为小黄道日，这黄道六神值日之时，诸事皆宜、不避凶忌，即为黄道吉日。此外，我们的老祖宗还依据天上的星象运行变化对我们的影响规律制定了黄黑道日，从而对我们平时的用事择日趋吉避凶提供了一定的参考与选择。"

　　经瞿太素如此一说，我彻底明白过来了，便拱手请他帮忙："那请瞿公子为我们破土动工修建教堂择个黄道吉日吧！"

　　瞿太素摇头摆手道："这我真帮不了忙，择个黄道吉日，非有经验的择日高人不可！"

　　罗明坚问瞿太素："那肇庆府谁才是最有经验的择日高人？"

　　瞿太素："这得问一问理阁兄才知道。"

　　陈理阁："肇庆城里的择日高人，大家最信服的莫过于谭瑜谭老先生啦。"

　　听了陈理阁的话，我一下子愣住了。我愣住的时候，始终一言不发的谭瑜终于开腔说"肇庆在知府大人的管治下，风调雨顺，民风淳朴，老夫最怕他们在此居留会陡生祸端啊"的样子倏地浮现面前。

　　谭瑜突然说话的样子始终在我的脑海之中挥之不去。我快刀斩乱麻地说："我们从来就没有那样的习惯。明天是礼拜天，礼拜过后，我们就破土动工吧！相信主会保佑我们一切顺利的。"

　　陈理阁支吾道："入乡随俗啊！就怕他们会因此而无风起浪……"

　　瞿太素也表示担忧，而我与罗明坚却坚持要明天一早就动工修建教堂。陈理阁与瞿太素见我们如此坚持，也就不再吭声了。

　　翌晨，做过礼拜后我们便匆匆来到工地上。简单的开工仪式过后，我便催促雇请来的泥瓦匠："有劳大家动手吧！"

　　这时，一个工头过来说："今日不准开工！"

　　瞿太素急了，上前问道："为什么呀？"

　　工头说："今天不适宜动土！"

瞿太素又问："谁说的？"

工头有点不耐烦了："问那么多干吗！反正谭老先生说啦，今天不适宜动土。"

我上前对那工头说："我们天竺国不讲究这些的。"

工头："你们番鬼佬不讲究我们可要讲究。"

工头身后的那些泥瓦匠也就跟着起哄：

"我们做这一行，最讲究这个啦。"

"是呀，一点也马虎不得，不然会出事的。"

"去年，有个同行，接了个建新房的活，不知道主人家没择日，结果，出事啦。"

"干活的从房顶上摔下来啦。"

"动工前，邻居都说破土动工是大事，要请人看看。"

"请谭老先生看啦，谭老先生说，今年不宜动工，等来年吧！"

"那人问谭老先生动了会怎样，谭老先生说，肯定会出事。"

"那人的儿子当年要等新房娶亲用，结果就没听谭老先生的。"

"后来怎么样？盖房子的时候，就出事啦。先是我们的同行从房顶上摔下来摔成重伤，然后是新房的主人去赶集，走到半路，一头栽倒，没啦！"

大家这样一说，其他的泥瓦匠也就都不敢开工了。

罗明坚咬咬牙，对那些泥瓦匠说："我给大家加工钱，请大家帮帮忙吧！"

那工头说："加工钱我们也不干！"

陈理阁："那怎么样才肯干？"

工头："除非请谭老先生择个黄道吉日再开工吧！"

说罢，那工头领着那些泥瓦匠走了，任我们怎么叫也叫不住。

我们明明知道这是谭瑜在暗地里耍手段使绊子，但也无可奈何，只好让陈理阁引路去谭府登门拜访，请他另择一个所谓吉利的日子。

进了城，从城中路拐进一条叫福星巷的巷子，我们来到一座大宅前站住了。陈理阁说："这就是谭府。"谭府院墙高大，院里是一幢又一幢的镬耳屋。

陈理阁指着那一幢接着一幢的镬耳屋介绍说，镬，也就是大铁锅。镬耳屋，也叫"锅耳屋"。镬耳屋具有防火、通风好等特点。火灾时，高耸的镬耳状高墙可阻止火势蔓延和侵入。微风吹动时，那墙也可以挡风，让清新的空气集中，经门、窗悉数进入屋内流通，把不好的气息带走。这些镬耳屋是家境殷实的象征，因为镬耳屋不但有官帽两耳、"独占鳌头"之意，还蕴含着富贵吉祥、丰衣足食的意思。

　　"谭府的镬耳屋，用的是水磨青砖，造工精细，若非大富之家，是用不起也住不起的。"陈理阁一边说一边走上前去敲门。听见有人敲门，门房从里面推开门，拱手问有何贵干。陈理阁说明来意，门房似乎也认识他，便把我们一行带到客堂坐下，再到里面去传话。没多时，谭瑜谭老先生拱手出来，直道有失远迎。

　　我们纷纷拱手拜道："晚生拜会谭老先生。"

　　谭瑜拱手一一还礼，招呼我们坐下，又吩咐下人上茶。

　　陈理阁与谭瑜早就熟悉，加之瞿太素父亲瞿景淳的官声谭瑜也早有所闻，心生敬重，因此他对我们的到访还是很客气的。喝过茶，陈理阁恭敬地向谭瑜又拱手道："谭老先生，晚生今日陪同两位天竺高僧前来，是无事不登三宝殿啊！"

　　我也朝他拱手道："知府大人给地我们修建居所，想请老先生给择个黄道吉日动工。"

　　谭瑜搪塞道："择日的话，首先要了解这房屋的坐向才行。"

　　陈理阁："那地方老先生最熟悉不过啦，不用到现场去看了吧？"

　　谭瑜："这个……看看图纸也行，最起码要知道大门的朝向呀！"

　　在大明修建的第一座教堂和居所，我可是花了很多心血的。单单设计图纸，我就几易其稿。我有意识地利用尖肋拱顶、飞扶壁和修长的束柱，营造出一种轻盈修长的飞天感。框架结构增加了支撑顶部的力量，赋予了整幢建筑直升的线条，雄伟的外观和教堂内空阔的空间，再配以镶上彩色玻璃的长窗，无不给人一种神秘与崇高的感觉。尖塔峭拔、拱门高耸，饰以繁复的雕刻、大窗户及绘有《圣经》故事的花窗玻璃，使这座教堂产生一种浓厚的宗教气息。这样的图纸，能给谭瑜看吗？如此哥特式尖挺外形的建筑，一点都不遵循他们大明的建筑语法，也不像大明王朝南方那些含蓄而内敛的房子一样低调地静静蹲伏在路边，谭瑜能够接受吗？说实在的，我心里可真没有底。我极不情愿地从包里掏出图纸递给他。他接过图纸一看，果然双眼就瞪得如铜铃般大："想不到你们要建这样的房子！"

我心里直敲鼓，连忙拱手施礼道："我们家乡的房子都是这样的。"

谭瑜冷冷一笑："在我们这里，建这样的房子，似乎不太吉利啊！"

我内心着急，知道他又在故意找碴儿，于是辩解道："在我们的家乡，这样的房子，是以卓越的建筑技艺表现一种神秘与崇高，又何来的不吉利呢？"

谭瑜正色起来，高声道："在我们这里，特别是在关乎肇庆府城将来是否能够人才辈出的风水宝地上，这种像剑一样竖起来的房子，是绝对不允许修建的。"

瞿太素委婉道："崇禧塔不是又高又尖吗？再在塔旁建一幢这样的尖顶房子，也许风水会更好。"

陈理阁也附和道："对对对，有道理，有道理。"

谭瑜生气道："胡说八道，崇禧塔就像一支文笔，而你们的房子就像一把利剑，岂可混为一谈！"

罗明坚气不过，大声道："这可是知府大人允许我们建的房子。"

谭瑜慢慢转身，对罗明坚怒目而视："知府大人是允许你们建房子，但不是允许你们建这样的房子。"

瞿太素忙上前打圆场："好商量，一切好商量。"

陈理阁也说："老先生督建过很多好建筑，给他们指点指点。"

谭瑜似乎不再生气，语气平和了些，但一点都不容置疑："要建就建我们中土那样的房子！"

坐在工棚里，我眼睛一眨不眨地盯着那些堆得老高的建筑物料出神。脚下，陈理阁家的一条黄狗静静地陪伴着我。这条黄狗第一次看见我，便亲热地黏着我，任你赶也赶不走。陈理阁干脆就让它待在工棚里，给我们看护那些砖瓦木材，以防被盗。看罢那些建筑物料，我又去看雨，和雨中西江河两岸的田野。天空在早饭的时候晴了一下，现在又开始阴沉下来，零零星星的丝丝雨线，织成细密的水网，从阴沉沉的天空飘洒下来。雨中的田野迷迷蒙蒙，深深远远。瞿太素说，他们不管做什么事，都喜欢讲究一个吉利，其实就是为了趋吉避凶，因此也衍生了许许多多的求吉方法，其中黄道吉日就是最著名最常见的一种。那些泥瓦匠以没有择个黄道吉日为借口而不愿意开工，我心里明白，其实是有人在暗中耍手段使绊子。谭瑜不但不给我们择日，还不允许我们建有尖挺外形的房子，说要建就建他们中土那样的房子！这让我们一下子陷入了困境。一阵大风刮过西江河面，水波倏地此起彼伏，一如我的思绪……瞿太素、陈理阁都劝说我们妥协一下，将教堂改建成像他们中土一样的房子，可罗明坚却不愿意，他坚持要将教堂建成我们原来设计的那样。

听见一阵踩踏泥水的声音由远而近，我回过神来。

啪叽啪叽，罗明坚踩踏着泥泞向我走来，一直走到我的身后。我不用回头便知道是他。他比这里的人高大，脚步也特别的沉重。

他淋着雨而来，宽大的僧袍全湿透了，紧贴在身上。水珠从他光秃秃的脑袋上流下来，一串串淌过他精瘦的脸，泛出明滑的水光。

我与罗明坚久久地对视，久久地，谁也没吭声。

大概是看雨和雨中的田野久了，在罗明坚打了一个喷嚏之后，我终于忍不住眨了一下眼睛，然后对他说："理阁刚走，说他根本就说服不了那些泥瓦匠来开工。"

罗明坚："有没有跟他们说再加双倍的工钱？"

我说："理阁说了，那些泥瓦匠讲不是工钱的问题。"

罗明坚又问："那太素呢？"

我说："太素也说服不了谭瑜。"

罗明坚听了，苦笑一下，笑声很空洞。

我问："你笑啥？"

罗明坚精瘦的脸抽搐了下，答："没笑啥，只是想笑，也觉得奇怪，奇怪为什么知府大人同意的事情，却让一个告老还乡的老头给阻挡住啦。"

说过后，就无语。我不忍再看罗明坚失望的表情，便低头去看屁股下坐着的那块大石头。我想，这块大石头也许是从西江河里挖上来的，而且这块大石头已经挖上来有好些年月了。墨绿的青苔从石缝里疯了似的爬出来，又爬过石面，一直延伸至我的脚底下。

雨不停地下着，空气就像凝固了一般。我们就那样僵持着，长时间的谁也没有吭声。

最后，罗明坚忍不住了，突然说："要不，我们让太素又或者理阁到外地去雇请些泥瓦匠来？"

我好像没听见般懒得答罗明坚。其实这个办法我早就想过啦，也跟瞿太素和陈理阁商量过，可他们却说，外地的泥瓦匠来揽活，又如何有不拜"码头"的道理呢？他们说，这个办法是行不通的，因为每一行都有每一行的行规，都有他们不成文的规矩，这种规矩，也不管你是本地的还是外地的，都得遵守。

罗明坚见我不答话，又追问："你觉得这个办法行吗？"

我摇摇头，答："这个办法不行！"

罗明坚："不试过怎么知道。"

我说："我跟太素和理阁商量过啦，他们都说这个办法行不通。"

罗明坚吼道："这也不行，那也不行，难道我们就这样坐着干等吗？"

我慢条斯理地一个字一个字拖长腔调说："解铃还须系铃人！"

罗明坚听了，也就不再吭声，只是涨红着脸呼哧呼哧地喘气。

"你是说又去求那姓谭的老头？"罗明坚抹了抹脸上的雨水，甩甩袖子，要走。

我朝罗明坚的背影喊："不记得你教我的第一个中文成语了吗？精诚所至，金石为开！"

罗明坚一下子愣住了，缓缓地回过头来。我看见他两眼发红，眼里明显地还有些湿润并且泛着水光，一个劲地眨巴着。

我说："或许会有转机。"

罗明坚："如果他依然固执己见呢？"

我说："再见机行事。"

见罗明坚不再反对，我就说："雨一停，我们就去找他！"

罗明坚："好，雨一停我们就出发！"

说罢，罗明坚默默地回屋里换衣服去了。看着他湿漉漉的背影，我的眼泪差一点就落下来。

我最终还是压抑住自己。远处的天空正在退云，铅色的云层缓缓地涌动，雨小了，停了。

我想，这时，罗明坚应该换好衣服了。我缓缓地站起来，打算回屋里去与他商量一下该如何说服谭瑜不再阻止我们。脚下的黄狗惊觉，站起来摇头摆尾地舔着我的脚踝。它多像给一个受伤的人在舔伤口啊！我不禁又蹲下身去，爱怜地抚摸着它，不停地抚摸着它。

我再站起来时，黄狗又绕着我打圈，又不停地摇头摆尾，还伸出湿润的舌头来不停地舔我的脚踝。

不能再耽搁啦！雨停了，罗明坚应该早就换好衣服坐在屋里等着我进去啦。我用脚甩开黄狗，朝屋里走去。黄狗依依不舍地跟在我的身后，像我的影子一样。

进到屋里，我对罗明坚说："与其坐以待毙，不如去找谭瑜老先生谈谈，让他别再想法子来阻止我们施工。"

罗明坚："问题是，该如何跟他说。"

我说："晓之以理，动之以情。"

罗明坚："也不行呢？"

"妥协"这两个字就要蹦出喉咙时，我又硬是把它们连同口水一块儿咽进了肚子里，转而说："相信主吧！"

我的想法很简单，把教堂和居所建成他们那样的房子也没关系，只要我们能够留在这里就一切都会慢慢有所改变的。但是，这个想法我真不敢跟罗明坚说，我怕他一时半会儿转不过弯来。

雨淅淅沥沥，宽阔的西江一片烟雨迷雾。

叫上瞿太素与陈理阁，我们打着伞，踩着泥水，又来到谭瑜的府上。

下雨天，谭瑜没到工地上去，正待在书房里看书写字。见我们来访，他尽管心中不舒服，但还是不失儒者风度，礼貌地请我们坐下，又吩咐下人给我们上茶。然后道："下这么大的雨，你们来，有什么事吗？"

罗明坚："下大雨，闲着无事，特来拜访先生，请教先生。"

谭瑜："不敢当，不敢当啊！"

罗明坚拱手说："我们被大明的盛名和光辉吸引，不远万里而来，希望能够在这里建一座小庙静住，抛开一切纷扰与喧哗，终生参悟佛理禅机。"

我亦施礼道："我们得到官府的恩准，被允许在肇庆府暂住。肇庆人杰地灵，钟灵毓秀，我们希望能够在这里与老先生您这样的智者一起生活，并得到您的多多指教。"

罗明坚："请老先生多多指点，我们将感恩不尽。"

我又诚恳地说："常言道，入乡随俗，我们不了解这里的风俗习惯，也许有很多不对的地方，恳请老先生指出来，我们一定会加以纠正。"

谭老先生听了我们这一番言辞恳切的话，脸色似乎好了许多。我们之间的距离，也似乎一下子拉近了。

谭瑜确实是一位深明事理的人，他被我们诚恳的态度和彬彬有礼的举止感动，便也以诚相待道："说句心里话，我们反对你们在崇禧塔旁建庙是有原因的。"

罗明坚拱手道："愿闻其详！"

我也说："请谭老先生明示！"

谭瑜："我们现在建的这座宝塔是风水塔，这个太素和理阁应该知道。"

瞿太素和陈理阁见谭瑜问他们，连忙点头不止。

陈理阁拱手恭敬地说："肇庆府水口空虚，灵气不聚，于是老先生就带头费心尽力建造这座宝塔来固地脉、壮景观，不仅镇风镇水，驱邪造福，而且祈求文运财运亨通，可谓造福一方啊！"

谭瑜拱手谦逊道："众人拾柴火焰高呀！都是乡贤的大力支持和知府大人的信任，老夫只是略尽微薄之力。"

瞿太素插话："晚生也有听闻，说肇庆府被两条水道夹在中间，宛如漂浮在水面上的一个大竹筏，于是便有风水大师提议，要修建这座宝塔。而这座宝塔，就像一条大竹篙一样，把肇庆府这个大竹筏插住，不至于让它给江水冲走。"

谭瑜："确实如此，修建此塔，是想锁住山川灵气，留住江水财气，让肇庆府从此文运兴旺，百姓安居乐业，故此塔我们美其名曰'崇禧塔'。"

听他们这样一说，罗明坚这才彻底明白过来："原来如此！"

谭瑜又道："知府大人给你们的地，正好与这座塔同在一条中轴线上，而你们要建的房子，又高又尖，就像一把高悬的利剑一样，明显地破坏了我们祈求文运、财运并固地脉的风水格局，我们又如何会让你们建造呢？"

罗明坚："但这可是知府大人亲自应允给我们的地呀！当天，老先生您也是在场的。"

谭瑜听罗明坚这样质问他，便从书柜里取来一张图纸，招呼我们过去看。

谭瑜指着那张图对我们说："请看，崇禧塔位于跃龙岗的正中，正是龙脉之所在。塔的北面，我们准备建一座庙宇，而塔的西侧，我们则准备建一座知府大人的生祠。"

罗明坚脱口而出："塔的北面空地，不就是知府大人答应给我们的地吗？"

谭瑜点头道："正是，知府大人之所以答应将此地给你们，是误以为你们想建寺庙，供人礼佛。老夫猜想，知府大人当时的想法大概是这样的，这寺庙与塔同在一条中轴线上，塔在前，可供人登临阅江，寺庙在后，能供人烧香拜佛，而这寺庙由你们来建，官府也可以节省些银两。可知府大人压根儿就没有想到，你们建造的所谓寺庙，却与我们大明的寺庙不一样。"

谭瑜最后说："你们所谓的寺庙就像一把利剑一样竖立在那里，我们会答应吗？"

谭瑜把话挑明，我们这才恍然大悟。

瞿太素："老先生您不说，我们还真不知道。"

陈理阁："这一层我也没有想到。"

罗明坚："那该如何是好？"

128

我又拱手请教谭瑜："请老先生给我们指一条明路。"

　　谭瑜不容置疑地说："你们的房子不能建成利剑一样的外形，要建就建与我们这里一样的房子，还要偏离中轴线！"

　　罗明坚听了不快，涨红着脸，但见我不停地给他使眼色，也就忍住了，没有发作。

　　从谭瑜府上出来，天有点放晴，一束阳光从云层里透射出来，照在我们的身上。空气中仍然弥漫着雨水潮湿的气息，让人有点喘不过气来。一路上，大家谁也没有说话。走到城门口时，罗明坚看了眼守城的官兵，忽然说："要不，我们去找知府大人评评理？"

　　瞿太素愣了愣，眉头微微皱了起来，劝道："万万不可呀！"

　　罗明坚问："为什么？"

　　瞿太素答："我听理阁说过，这建塔的银两，有很大一部分是谭瑜老先生发动乡绅们捐助的。"

　　罗明坚："那又如何？"

　　瞿太素："肇庆府所属十一个县的乡绅自愿捐建宝塔，还专门成立了一个建塔机构，并恭请德高望重的谭瑜老先生出任总管，那你说总管提出的一些建塔意见，这知府大人难道不应该慎重考虑吗？"

　　罗明坚哑口无言，愣了半天也回不过神来。

　　长久的沉默之后，瞿太素又道："你去找知府大人评理，你说他会偏袒谁？"

　　罗明坚无言以对，只是摇了摇头，苦笑一下，然后大踏步走出了城门。我们跟在罗明坚身后往工地走，谁都不再说话。

　　回到住处，面对工棚那些堆得老高的砖瓦木材，罗明坚的神情更是沮丧不已，叹息不止。

　　之前，当"妥协"两个字蹦到喉咙口时，我硬是将它们连同口水一并咽进肚子里，也不敢将自己心中真实的想法跟罗明坚说，怕他一时半会儿转不过弯来。但此时此刻，见他如此沮丧，终于忍不住跟他说了我的想法。

听我缓缓讲完，罗明坚的眼神里掠过一丝无奈。罗明坚将自己关在卧房里，一整天都没有出来。他将卧房的窗户也关上了。我知道他不愿意和我多说话，是因为他的内心正在痛苦地挣扎着。

推开卧房的木门时，看见罗明坚仍然呆若木鸡地面朝门口而卧，我的心不由得隐隐地痛了一下。

我走到罗明坚的床前时，他才坐了起来。我们面对面地对视着，都感觉到了江风飞快地掠过了西江河的河面，然后撞到了紧闭的窗户上。撞到窗户上的风进不来屋里，便拐了个弯从敞开的门洞窜了进来。我们都看到那些风从我们的身边钻了过去，然后在卧室里四处奔窜。

我说："明坚，我们还是妥协一下吧！"

罗明坚坐在床边，搓了搓双手，不说话。

我说："明坚，你老是搓手干吗，你得说句话呀！"

罗明坚还是不说话，仍然不停地搓着手。

我又说："明坚，我们还是妥协一下吧！"

罗明坚还是不说话，还是不停地搓着双手。

我狠狠心说："你不吭声，我就当你同意啦！"

罗明坚什么话也没有说，只是终于不再搓手了。

我知道罗明坚心里其实已经感到无可奈何，便倏地转身，飞快地跑出了卧室。到了屋外，我望了一眼那个堆满建筑物料的工棚。天边正挂着一轮血红的落日，将工棚周围的一切都染成了红色。落日的余晖斜照在起伏的河面上，浮光跃金，像极了那幅我们带来的涂满了红色油彩的油画。

不得已，第二天我们只好再去找谭瑜重新交涉建造教堂的地点。罗明坚不愿与我们一同前往，他说："你们去吧！我留在工棚里照看这些砖瓦木材。"说罢，他还嘟囔一句，这些砖瓦木材安安静静的，没人那么复杂，我宁愿跟它们待在一起。我说："你不去，那我就自作主张啦。"罗明坚知道也只能如此，便摆摆手道："一切依你所说的办吧！"

结果，谭瑜同意重新划一块靠近路边的地给我们建教堂，他说，你们的寺庙向路边开门吧，这样进出时就不必经过我们的塔啦，也方便。

130

进出方便倒是方便了，但我们教堂的地盘却小了很多。罗明坚挺不情愿的，但在我的劝说下，他最后还是妥协了。

罗明坚说："我们的教堂不建尖挺的外形也就算了，但拱门和彩色玻璃的长窗必须保留！"

果然是"解铃还须系铃人"，在得到谭瑜的首肯之后，一切事情都好办多了。我们换地的请求也很快就得到了知府王泮的批准，而谭瑜也认真地查了好几遍皇历，掐指一算，给我们选择了一个开挖地基的黄道吉日。

告别谭瑜，来到大街上，我嘀咕一句："什么待我掐指一算，谭老先生这样说，还不是装模作样！"

与我并肩而行的瞿太素听了，笑一笑，说："掐指一算，乍看确实有点装模作样，但其实也是我们利用天干地支来计算年、月、日、时的方法。"

听瞿太素这样一说，我陡生兴趣。我突然很想了解一下他们是如何计算年、月、日、时的，也很想知道他们的天文历法与我们的天文历法有何不同，便恳求他："你给我详细说一下。"

瞿太素说："好吧，我也只是略知一二，并不一定说得清楚。我们的祖先数千年以前就利用天干地支来计算年、月、日、时了，就是把每一个天干和地支按照一定的顺序而不重复地搭配起来，用来代表纪年、纪月、纪日、纪时。"

我问："那何为天干，又何为地支？"

瞿太素："甲、乙、丙、丁、戊、己、庚、辛、壬、癸等十个字为天干；子、丑、寅、卯、辰、巳、午、未、申、酉、戌、亥等十二个字为地支。"

我瞪大眼睛又问："那又如何推算？"

瞿太素："起先，我们的祖先仅是用天干来记日，因为每月天数是以日进位的；用地支来记月，因为一年十二个月，正好用十二位地支来相配。可是随之不久，他们感到单用天干记日，每个月里仍然会有三天为同一干，所以，便用一个天干和一个地支分别依次搭配起来的办法来记日期，再后来，干支记日的办法就被渐渐演变为记年、记月和记时啦。"

我简直不敢相信自己的耳朵:"太素,如何依次搭配?你再说仔细一点。"

瞿太素:"把天干中的一个字摆在前面,后面配上地支中的一个字,这样就构成一对干支。如果天干以'甲'字开始,地支以'子'字开始顺序组合,就可以得出'甲子'为一,而乙丑为二,依此类推,正好六十为一周,而一年十二个月三百六十五天,而一天十二个时辰,周而复始,循环往复,这就是我们的年、月、日、时啦……"

听瞿太素如此一说,我再用我们的数学方法心算了一下,不禁脱口而出:"妙啊!你们祖先真是太聪明啦!"

想一想,我又问瞿太素:"那掐指一算,也就是心算了?"

瞿太素点点头:"没错,掐指一算,看起来神秘,其实非常简单,也就是计算天干地支的一种方法,就是将手指的三节分别代表天干,然后十天干与十二地支相配合时就按指节念地支,这样就可以飞快地计算出年份与月份的天干地支啦。"

我伸出右手,也想效法谭瑜来个掐指一算,但却有些疑惑,问:"就算算出年、月、日、时,也不知道哪天哪个时辰吉利呀?"

瞿太素哈哈大笑,把我的右手按下去,继而拉起我的左手说:"算出年、月、日、时,自然就知道哪天哪个时辰吉利与否啦。不能用右手,请伸出你的左手,注意一定是左手,看自己左手的食指、中指和无名指。每根手指都分三节,给这三节分别标上名称:食指的下节叫大安,代表最大的吉利;食指上节叫留连,代表运气平平,凡事拖延;中指上节叫速喜,代表喜事就在眼前,算各种事情都是上吉的好卦;中指的下节叫空亡,这是最凶的卦,所占事宜均有很大的不利;无名指的上节叫赤口,代表多争执有官讼,事态不和;无名指下节叫小吉,代表将要有好结果,所算的事情值得等待和坚持。这六个手指节刚好在手指上绕成一个圆,在推算时就是绕这个圆圈数过去的……"

我按照瞿太素说的方法一算,果然推算出谭瑜给我们选择的开挖地基的日子确实是个黄道吉日。可是,我心里并不认同那就是个黄道吉日,我倒为他们的祖先数千年以前便懂得用这样的方法来记年、记月、记时而惊叹不已。

尽管不太相信那天就是个黄道吉日，但我们还是在那一天的吉日开挖新地基。在肇庆府，破土是件大事。所以，开挖地基时，吸引了城中许多人前来围观。围观的人议论纷纷：

"破土咁大件事，番鬼佬和尚香都唔烧一支，真系风吹皇帝裤裆——孤鸠寒！"

"真系太监骑马——无得顶啊！"

"番鬼佬和尚的寺庙建成后，会不会有更多的番鬼佬涌入肇庆府呀？"

"咁就不得了咯，肇庆府岂不是成了鬼城。"

"你少担心啦，肇庆府有总督重兵把守，又岂会似无掩鸡笼！"

"话唔埋，拿人家的手软，吃人家的嘴软呀！"

……

围观的人说的都是些当地的土话，我根本就听不懂他们在讲些什么，幸好陈理阁用大明官话给我解释了一遍，我才大概知道他们在说些什么。我正担心人言可畏，担心这些围观的人众口一词，最后将黑的说成白的，这样的话我们以后就更加举步维艰啦。正担心之际，忽然听到远处传来一阵吆喝声。围观的人迅速地分开，便见两个身圆膀粗的衙役冲了进来。一个衙役在驱赶围观的人，另一个衙役则在墙上张贴告示。告示一贴出来，四散的人又围上来看，闹哄哄的。两位带刀的衙役，一左一右站在告示两侧，面呆眼直，一言不发。我走上前去，踮起脚尖，目光越过众多黑头发的脑袋，飞快地看了一遍告示，才长长地舒了一口气。原来，那告示是这样写的，官府将这块地拨给天竺僧人，是因为他们不远万里来到大明。在告示中，知府还赞扬了我们的德行，并警告说如若有人胆敢骚扰或者伤害我们将受到严惩……

这张告示，似乎有很大的震慑作用，地基总算顺利开挖完工，再也没有生出其他事端来。但妥协让我们不得不放弃了教堂原本尖挺的外形而将其改建成两层，于是地基也就要挖得更深了，这也远远超出了我们原来的预算。为有别于这里的寺庙，我们只好在门窗的细节上保留一些教堂的装饰，譬如门窗的拱形和修长的束柱，又譬如镶上彩色的绘有《圣经》故事的玻璃长窗，尽量给人一种神秘与崇高的感觉。

因为远远超出了我们原本的预算，地基打好后，我们的教堂建了一半，钱便花光了。这时，澳门岛的会友也传来不好的消息，说他们亦正遭遇经济上的困扰，无力再支援我们在肇庆府建教堂。他们说，赞助教会的葡萄牙商人正焦急地等待着发自日本的商船到达澳门岛，他们大部分的货物和投资都指靠这艘船了。然而，这艘商船不知道为何却迟迟没有抵达澳门码头。教堂被迫停工，罗明坚不得不返回澳门岛筹措经费。

前往知府衙门办理进入关闸文书时，知府大人王泮得知罗明坚要返回澳门岛，便拜托他帮忙在澳门订购一座自鸣钟回来，并答应会安排一艘官船送他回澳门岛。

罗明坚正为没有回澳门岛的盘缠而发愁，当听到知府大人说会让一艘官船送他回去时，激动得热泪盈眶。

西江渡头的河面宽阔平稳，波澜不惊。河里不时有船驶过，像一条条悄无声息的鱼一样，一下子出现在你的面前，又一下子消失了。

西江源远流长，流经四省而至肇庆府，出羚羊峡后又至下游而与东江、北江交汇，再汇珠江三角洲诸河而合称珠江，在磨刀门出海口注入浩瀚的南海。我看过那张所谓的大明地图，地图上那些弯弯曲曲的细线，表示河以及河的支流，就像一根根细小的血管，连着一座座城池，也连着城池外四通八达的水网。我想，如果没这张四通八达的水网，我们也不可能轻易地来到肇庆府。

河水终归是要流入大海的，就像人终归要到天堂或者地狱一样。人也像这些河水一样，不管流到什么地方，不管它是否干净、是否肮脏，最后都会归入大海。

一滴水，唯有汇入江河，流入大海，才会保有永久的生命力。事实上，从踏上船进入大海的那一刻起，我们就已经准备好将自己的才智献给心中的信仰……

站在码头上，目送着罗明坚依依不舍地走上船，我心如潮涌。

罗明坚站在船头，用我们的家乡话动情地对我说："真不应该让你一个人留在肇庆府独自面对困难！"

我说："回去筹措资金，你所面对的困难可能会更大。"

罗明坚："相信一切都会迎刃而解的，主会保佑我们的！"

我说："是的，我们已经有了一个好的开始，这里又有太素和理阁在帮助我们，相信我们的教堂很快就可以竣工的。"

罗明坚："这可是这片神秘土地上的第一座教堂，意义非同凡响！"

……

船慢慢离岸，罗明坚仍然站在船头上朝我不断地挥手。我也默默地挥着手。天有些灰暗，让人的心情感到压抑。船越来越小，最后终于看不见了。这时，我看到了一群大雁在头顶上飞过。总是有这样的鸟不知疲倦地飞来飞去，就像我们，从遥远的西方漂洋过海而来，只为来到东方这片神秘的土地上。我突然觉得自己的目光也变成了一只大雁，它飞起来了，飞到了故乡的上空。它看到了与小伙伴们藏身于教堂高处大钟下那个正俯瞰故乡小镇的我，还看到了正静静地站在海边举起单筒望远镜朝东方的海平线眺望的我。不由得想起离开故乡的那天，也看到这样的一群大雁。那天，我至今仍然记得十分清楚。与家人逐一拥抱告别之后，我就拎着一个简单的行李箱，快步登上了那辆驶往罗马的大马车。大马车的巨大车轮开始转动的时候，我把大半个身子都探出了车窗外，并使劲地挥动着手臂与家人告别。父亲突然快步追了上来，把一本《药学处方》递给我。我接过那本书时，竟将父亲拖行了几步。真担心父亲会因此而摔倒，我挥舞着手中的那本书让他小心点。父亲也踉跄着一边跑一边向我挥手。母亲、奶奶、兄弟姐妹也全都向我挥手。他们的身影变得越来越小……那天，我坐在马车靠窗的位置上，一声不响地看着车窗外的景物，也看到一群大雁在头顶上飞过。我知道它们会飞越重洋，然后朝遥远的东方飞去。当时，我多么希望，自己有一天也能像那些大雁一样，朝遥远的东方飞去。现在，我果真站在东方这片神秘的土地上了，而天上的那群大雁，多么像那天我离开家乡时见到的那群大雁。

我突然冲动地朝天边越飞越远的那群大雁大声喊："出发得太久，可别忘了当初你出发时的方向啊！"

第九章 瞿太素

　　我闻讯赶到码头时，正看见利玛窦失态地朝天边越飞越远的那群大雁大喊大叫。

　　这个洋和尚给我的感觉一向都是很沉稳的，现在突然看见他如此冲动，脑袋便嗡的一声响，心想难道真如陈理阁所说的那样，他们的银两全花光啦？

　　我总以为他们都懂炼金术，能够将贱金属变成贵金属，比如黄金或者银子。利玛窦也亲口跟我承诺过，说如果我能帮他们重返肇庆府的话，他会教我炼金术的。后来他们终于得以重返肇庆府，我亦多次请求利玛窦兑现诺言，传授我炼金术也就是黄白术。可他总是在敷衍我，还暗示我说其实他并不懂什么炼金术，所谓的炼金术也提炼不出金子和银子。我哪里会相信他的鬼话呢？我想他之所以出尔反尔肯定是想过桥抽板。肇庆府的人都说，这些番鬼佬既不化缘，也不赚钱，可似乎从来就不缺银子花，肯定会黄白术。我也觉得确实如此，他说他不懂炼金术，打死我都不相信！

　　陈理阁却不这样认为，他悄悄地告诉我，说他们的银子其实是来自澳门岛那些做生意赚了大钱的佛郎机人的资助。听陈理阁这样说，我一下子愣住了。陈理阁还告诉我，那些原本资助他们的佛郎机人因为最近生意上出了点问题，于是也就不再资助他们，而这时他们建教堂的银子又恰好花光了，于是便陷入了困境，只好让罗明坚独自一个人回澳门岛筹钱。我说你骗我的吧？陈理阁说我骗你干吗，不信你去码头看看，利玛窦正送罗明坚坐船回澳门岛呢！

我匆匆赶到码头时，正看到利玛窦失态地朝天边越飞越远的那群大雁大喊大叫。而罗明坚所乘坐的那艘前往澳门岛的官船，已驶入羚羊峡口。看见利玛窦这个样子，我的心倏地凉了半截。

抬头看看那群大雁远去的天际，我看见有云在不停地翻滚着朝码头这边涌过来。

我远远地问利玛窦："为什么会有那么多大雁？它们要飞到哪里去？"

利玛窦神情黯然："它们要飞回出发时的地方，那个地方，就是我的家乡，马切拉塔。"

听他的语气，再看他的表情，我明显地感觉到这个洋和尚正愁眉不展。是为思乡之情所困，抑或为突然陷入窘迫而烦恼？一时之间，我还不好判断。

我跑到利玛窦的身边，拉着他的手，本来想安慰一下他的，却不知该说些什么好，最后反而问："理阁说你们的钱都花光了，是真的吗？"

利玛窦无奈地点点头，说："是的，都花光啦！"

我又问他："那你们是真的不懂炼金术？"

利玛窦反问我："你说呢？"

我失望地松开利玛窦的手，低号一声。我真想抬起一只脚，把这个洋和尚一脚蹬到西江河里去。可是，我始终不敢踢出这一脚。这个洋和尚，总会给你一种神圣不可侵犯的感觉。就算他真的欺骗了你，你仍然会觉得他是不得已而为之的。

知道这个洋和尚根本就不懂什么炼金术，我差一点就气疯了。本来，我打算一走了之的，可是，当目睹他真的能够让一个人的力气变成成千上万人的力气时，我还是决定留下来。我隐约觉得，这个洋和尚虽然不懂炼金术，但似乎身怀其他绝技，而这些绝技倘若能学会一二，是完全可以受用一生的。

事情是这样的，洋和尚的银两花光了，他们在建的教堂也因此而被迫停工。实在没有办法，利玛窦只好厚着脸皮再去登门拜访谭瑜，想求他借点建材应急。

是我与陈理阁陪他一起到谭府求的谭瑜。本来，我是不愿再出手帮他的，但经不住陈理阁的劝说，结果还是去了。不料，谭瑜也正愁眉苦脸："我们也被迫停工啦。"

利玛窦瞪眼问："这么巧？你们也缺银两？"

谭瑜说："银两倒不缺。"

利玛窦问："那为何停工？"

谭瑜唉声叹气："水缸般粗的香樟木过不了跃龙桥呀！"

叹息过后，谭瑜说，这崇禧塔外观九层，内里却是十七层，呈八角形，虽为砖木结构，但楼阁式的穿壁绕平座建筑甚为复杂，每层的梁柱与楼板均需精选百年香樟原木，再由老木匠焚香祭拜之后，在现场按尺寸裁切后再吊到高处嵌接。

利玛窦好奇地问："为何要如此大费周章？"

谭瑜："因为西江之水滔滔东去，其气不聚，人才遂如晨星，我们唯有建此塔而聚气，使人才辈出；又因西江水患频仍，建此塔可镇'祸龙'，使堤围永固，洪水之患根除。"

我沉吟道："百年香樟神木的香气，的确可以驱蚊虫与邪气！"

谭瑜："没有这些百年香樟神木，这塔又如何能千年不倾不塌，保肇庆府从此文运兴旺，洪福无疆呢？"

陈理阁："水缸般粗的香樟神木，又如何能过窄小的跃龙桥？"

利玛窦："可以考虑让老木匠在桥头将神木裁切之后再运到塔下。"

谭瑜："这百年香樟神木，必须在已开光的托塔力士塔基前由老木匠焚香祭拜后再裁切使用方有灵气。"

"这样子呀！"利玛窦略作思考后，又说，"也许，我可以帮你们运神木过桥。"

谭瑜脸露不屑："什么办法我们都试过啦，你还是省省吧！"

利玛窦："姑且让我试试无妨！要不，我们一起去跃龙桥那里看看？"

谭瑜："又窄又小的老石桥，根本就承受不了神木的重压！"

陈理阁劝道："看看无妨，说不定会有奇迹出现！"

见谭瑜还是不以为然，利玛窦又道："我们的力学杠杆技术，或许可以将神木运过桥。"

我一听，马上弹跳起来朝利玛窦惊呼道："是否就是那能让一个人的力气变成成千上万人力气的绝技？"

利玛窦笑一笑，不置可否。

谭瑜见我一惊一乍的，看一眼利玛窦，又转过头来看一眼我，问："他真有如此绝技？"

我说："去跃龙桥一趟便知！"

谭瑜眨了几下眼，突然大呼来人。一直站在门外候命的谭府管家，答应着进来。谭瑜吩咐管家："赶紧备轿，我们要去一趟跃龙桥。"

轿子很快备好。大家来到院子里，正要上轿出发。突然，一个女子从屋里跑了出来，连声喊着："阿公，等等我，阿公，等等我！"

见了生人，那女子非但没有半点羞答答的样子，反而盯着那洋和尚一眨不眨地看。谭瑜笑道："映红，别胡闹！"

那女子撒娇道："阿公，我也想去看看你建的塔。"

尽管在说着话，但那女子的目光却始终没有离开过那洋和尚高鼻蓝瞳的脸。

谭瑜："放肆！一个黄花闺女，抛头露脸，成何体统！"

谭瑜斥责过后，又笑道："快来见过几位大哥。这位是瞿太素大哥，这位是陈理阁大哥，而这位是来自天竺国的高僧。"

那女子向我们施过礼后，又盯着那洋和尚痴痴地看。谭瑜只好摇头笑道："这是老夫的小孙女映红，早就过了说亲的年龄了，还是这么没规没矩的，让你们见笑啦。"

谭映红拉着谭瑜的手，噘起小嘴，嗲声嗲气恳求道："阿公，你就让我随你们去看一眼你建的塔吧！"

谭瑜故意板起脸："不行！"

谭映红："我不下轿，就坐在轿里悄悄看一眼。"利玛窦朝谭瑜拱手道："老人家，您就让她待在轿上悄悄看一眼吧！"

谭映红见利玛窦竟为她求情，心里高兴，盯着他又一个劲地抿着嘴笑。

谭瑜无可奈何地："越来越不像话了，你哪里有个千金小姐的
样子！"

谭映红也不搭腔，掀开轿帘，抢先上了谭瑜的轿子："我跟阿公
坐一顶轿子。"

我们的轿子出了福星巷，飞快地拐进城中路，便风一般朝东门而
去。出了东门，不多时，就到了跃龙桥。

运送香樟木的工头早就候在桥边，见轿子停了下来，立马迎上
前来。

那工头一边扶谭瑜下了轿子，一边说："谭老先生，什么办法都
试过啦，这香樟木就是过不了桥，如何是好？"

谭瑜指一指利玛窦："这洋和尚说他有办法。"

工头不太相信地看一眼利玛窦："行吗？"

谭瑜："让他试一试，死马当活马医。"

工头："我们就是用活马来拉的！"

利玛窦端详着那些香樟木沉吟道："要是能给香樟木装上轮子就
好啦。"

工头没好气地说："这还用你说，我们做了七八根圆滚木垫在香
樟木的下面，不就相当于装上轮子了吗？就你会想办法！"

利玛窦："这样都不行？"

工头："不行，一大群人在前面用绳子拉，又一大群人在后面用
杠子撬，还是不行。这香樟木太重啦，大伙都吃不消。"

利玛窦："所以你们就套马来拉？"

工头："套马来拉呀，可一上桥就出问题了！"

利玛窦："那么多匹马挤在狭窄的桥上，不易驾驭。如果马匹统
一不了步调，拥挤蹦跳，还会产生难以估计的巨大震动，说不定会把
这桥给震塌了！"

工头："确实如此，我们担心把这桥震塌了，也就放弃了这个
方法。"

利玛窦："我认为改用绞盘来牵引最为稳妥。"

工头："绞盘？"

利玛窦："对，绞盘。"

说着，他蹲下身子，随手捡起一根树枝，在沙地上画起来。我们围拢过去，他就一边画一边给我们解释。谭瑜和那工头看了地上的图，又听了利玛窦的详细解释，都认为他的方法可行。

工头："哎，什么绞盘，这不就是我们打井水时用的辘轳吗？"

陈理阁："我们打井水时用的是小辘轳，而他画的这个是大辘轳，还是横着拉的。"

谭瑜："你让我直接从井里打水，估计像老夫这样一把年纪的人一桶水都提不上来。但有了这辘轳，就变得轻而易举啦。"

听他们如此一说，我也一下子恍然大悟，便惊喜地拍着利玛窦的肩臂说："我看这个办法行！为什么我们就想不到呢？"

利玛窦笑道："辘轳的把手转的圈比绕绳子的木头转的圈要大，所以省力，而我们做一个大绞盘来拉香樟木，就更省力了！"

那工头这时也彻底明白，马上喊人过来，让他们听从那洋和尚的差遣。他们纷纷给利玛窦打下手，开始做绞盘。

轿子前，忽然多了一个女子的身影。原来，不知何时，谭映红已走出轿子，正站在不远处目不转睛地注视着忙碌的利玛窦。那洋和尚，似乎也倏地感受到了那女子炽热的目光，他偶尔一回首，目光正好与那女子的目光触碰。我明显地感觉到，电光石火之间，利玛窦如遭电击，慌忙避过脸去，又忙活开了。

那女子含情脉脉的神情，蓦然唤醒了我那因长时间节欲而潜藏心底的微澜。我想，那个洋和尚也肯定如我一样，心生涟漪。

恍惚间，我再定睛细看，那女子却倏忽不见了。原来，谭老先生已牵着小孙女上了轿，打道回府了。

不几天，绞盘便做好。利玛窦将绞盘架在树干上，用绳子绑好转盘上的四根大木，又将长绳系到桥上的香樟木上，便迫不及待地以树干为支点，转动大木。大木吱吱呀呀地响，慢慢地转动，香樟木也奇迹般地在桥上缓缓移动。大伙一阵狂喜，遂将大木转得越来越快。吱呀吱呀的声音，似乎一直响在那工头的心里，让他心惊胆战。他唯恐绳子断掉，不停地在旁边跑来跑去。他一边跑一边大声喊："慢点，慢点，别把绳子搞断啦。"

那根原本在桥上动弹不得的巨大香樟木终于被拉到绞盘附近，大家手忙脚乱地解下绳子，又牵着绳子跑到对岸去拉另一根香樟神木。

垫上圆滚木，再用绞盘来拉，可省力多了。转动绞盘时，大家轻松得居然还有空拌嘴取乐。众人的兴头越来越高，干得热火朝天。不消几日，所有的香樟巨木都被拉到了塔下。

等木匠裁切好那些香樟木，利玛窦又制造了一台高大的起重架。这台起重架庞大而巧妙，只需一些绳索和绞盘就能轻而易举地将那些沉重的香樟木搬到了塔上。

看着那些香樟木被源源不断地输送到塔上，谭瑜老先生舒心地笑了。他回过头来的时候，正看到我若有所思地站在他的身后。

我很是感慨地说："这，就是传说中的绝顶聪明！"

绝顶聪明的利玛窦令谭瑜刮目相看。

为答谢这个聪明绝顶的洋和尚，谭瑜让工头给利玛窦送去几千块砖瓦和大量的木材，好让他们被迫停工的寺庙尽快复工。

利玛窦朝雪中送炭的谭瑜拱手致谢："老先生可解了我们的燃眉之急！等过些日子筹到钱，我们一定双倍奉还！"

谭瑜摆摆手道："这些砖瓦木材无须归还，就当是我们答谢你帮忙运送神木的酬劳吧！"

面对豪爽的谭瑜，利玛窦嘴巴张了很久都不知道该说些什么好。我突然看见他的眼里，明显地泛着泪光。送走谭瑜，利玛窦感激他的仗义，便与我掏心窝地说："真多亏了谭老先生，帮我们解了难题！"我轻描淡写地说这都是小事，毕竟你帮了他们的大忙。而他却说，正是通过这样的小事，才让我看清楚你们都是大方豪爽、与人为善之人。

可好事总是稍纵即逝。不几日，谭瑜奉送的砖瓦木材又用完了。这让独力支撑教堂建设的利玛窦再度陷入了绝境。我反复安慰愁眉苦脸的利玛窦说，这叫好事多磨。利玛窦问，什么叫好事多磨？我说，从来好事多磨难呀！意思是说，好事情在实现之前，常常会遇到许多波折的。利玛窦点点头说确实如此，但他还是宽心不起来的样子，因为不好的消息接踵而来。他悄悄告诉我，说罗明坚返回澳门后一直筹不到修建教堂的资金。那些原本资助他们的商人正焦急地等待着满载货物的商船抵达澳门码头。然而，因为海上有战事，商船迟迟未到。那些资助他们的商人大部分收入都指靠这些商船，而这些商船在茫茫大海杳无音信，商人们自然也就没可能再资助其他人了。筹不到钱，自然答应给知府王泮代购的大自鸣钟也就没法子买到。这事不能再拖了，罗明坚在信中对利玛窦说，运送自鸣钟的官船还在码头等着呢。实在没有办法，罗明坚只好找到一个印度工匠，让这个印度工匠带着必要的造钟零件，先搭乘知府的官船返回肇庆府交差。罗明坚的想法很简单，他希望印度工匠可以在肇庆府协助学过自鸣钟制造技艺的利玛窦造出知府王泮想要的大自鸣钟来。

为报答知府大人的帮助，也为了日后能更好地与肇庆府的官员打交道，其实罗明坚和利玛窦之前已经送过一座小自鸣钟给知府王泮。这新奇的洋玩意儿自己能走动，时辰一到就会报时，实在神奇，比我们正在使用的那些铜壶滴漏可方便多了。知府大人的家人也出来看那两个洋和尚带来的珍奇物件，王夫人看见三棱镜和一条精美的绣花手帕，非常喜欢。尽管王泮对那座小自鸣钟也爱不释手，可这位一贯清廉的知府大人还是托我将这些昂贵稀罕的礼物退还给了那两个洋和尚，其中就包括王夫人很想留下的那条精美的手帕。那两个洋和尚哪里肯收回已经送出去的礼物，又抱着那座小自鸣钟匆匆跑去求见知府大人。他们请求知府大人务必收下这些仅仅象征友情的礼物，孰料知府大人却说："这座自鸣钟太小啦，我想要一座更大的自鸣钟，可以吗？"

知府王泮的话，让那两个洋和尚如石雕泥塑般瞪大眼睛愣住了。

王泮："请你们帮我在澳门代购一座大自鸣钟，我要将它摆放在御书楼上，代替那些为城中百姓报时的铜壶滴漏！"

原来王泮不是为自己索要一座更大的自鸣钟，而是想把这座大钟放置于御书楼上好为城里的百姓更准确地报时。罗明坚于是拍着胸膛说："请大人放心，这事包在我身上，下次回澳门岛，我一定为大人选购一座更好的大自鸣钟！"

王泮高兴地拱手道："本官先行谢过大师！大师下次回去，请提前告诉我，我让我们去往澳门岛的官船送你！"

罗明坚谢过王泮后，又试探着问："那这座小自鸣钟，我们想请大人转送给总督大人如何？"

王泮摆手道："万万不可，总督大人是不会收受的。"

从王泮府上出来，利玛窦仍不死心，提出要去拜访一下总督大人郭应聘。我说总督大人是不会见你们的，他或许是这里唯一不愿意公开接见你们的官员。他们不相信我的话，坚持要去拜访总督大人。见他们如此固执，我就不好再说什么了。心想，让他们去试一试，死了这条心也好。于是，他们就去总督府衙门求见总督大人郭应聘。结果，正如我猜想的那样，总督既不接受他们的礼物，也不让他们进去。总督只让人出来传话说，不必拜访他，也不必费心送他礼物，只需安分守己地在指定给他们的地方居住就可以了。

罗明坚确实是搭乘肇庆府的官船回去筹措建造教堂的资金的，这让他节省了一大笔的路费。接受妥协的意见之后，他们仍想修建一座两层教堂，这跟肇庆府普遍只有一层的大明建筑大为不同。可是，一层还没有建起来，他们便因银钱紧缺而被迫停工，甚至连罗明坚回去澳门筹钱的路费也无力支付。幸好，这时知府王泮又旧事重提，请罗明坚帮他在澳门代购大自鸣钟，而购钟的银两则由他自付。他还让罗明坚搭乘肇庆府去往澳门的官船，为他节省路费。正打算回澳门募集建造教堂资金的罗明坚大喜过望，马上启程出发。而利玛窦则留在肇庆府等待罗明坚的好消息。没有等来什么好消息，只等来了一名印度工匠和一大堆的造钟零件。罗明坚在信中除了向利玛窦再三表示歉意之外，还对澳门修道院院长神父提出的意见表示愤慨。院长神父看了罗明坚带回去的肇庆教堂图纸后，建议他们放弃建两层楼房的计划。他说："反正都不能按教堂的样式建设了，在得不到任何援助的情况下，放弃盖两层楼房的想法最为妥当，这样也可以消除那些天性多疑的黑头发黄皮肤人的顾虑。"利玛窦早就不把我当外人了，他竟将罗明坚让印度工匠带回来的那封信念给我听。他说，罗明坚为使打了两层地基的教堂不至于功亏一篑最后变作一层，决定继续留在澳门想办法筹款。最后，利玛窦说："短时间内，罗明坚根本就没办法筹到款，所以我决定卖掉一只三棱镜。"利玛窦背手踱步，琢磨再三之后对我说："太素，请您帮我打听一下，看肇庆府哪个富家大户愿意购买我们的三棱镜。"

我沉吟半晌说："你们这些闻所未闻、见所未见的稀罕之物，谁不希望拥有？问题是，谁才有足够的钱购买呢！"

利玛窦笑笑说："所以才请你帮忙四处打听一下嘛！"

我说："也请理阁帮忙打听一下吧，毕竟他是这里的人。这城里谁家有多余的钱，他最清楚不过啦。"

利玛窦听了我的话，着急起来："好，我这就去找他说说。"

看着利玛窦急匆匆而去的背影，我不禁想，他们带来的那些我们闻所未闻、见所未见的稀罕之物，你说用来打点官员，并借此与官员建立关系可以，但要找个富家大户来花真金白银购买，还真不是件容易的事情。若非官员有来路不明的钱购买这些稀罕之物赠送给顶头上司博取好感，试问这肇庆府，谁又有足够多余的钱来购买这些外来之物呢？

买主果然不太好找。陈理阁帮忙找了好几个富家大户，他们都表示爱莫能助。

利玛窦急得团团转："太素，看看还有什么好法子没有？"

我略作思考后说："要不，我们再去找谭瑜老先生试试。"

利玛窦点点头，认为也只能如此，便道："那我们只好再去谭府啦！"

我们走在暮色渐浓的福星巷时，炊烟正从黑漆漆的瓦顶上袅袅飘升。饭菜的香味夹杂着缓缓流淌的空气，在巷子里四处游走。正是晚饭的时候，此时登门拜访，我觉得不太合适。可利玛窦急于要将身上的三棱镜、小钟表等物件卖出，也就不再顾及这些礼节啦。露水随着黑夜的到来慢慢打湿了巷子里的青石板，福星巷越发显得古朴与凝重。这条巷子，我们已走过多次，心急的利玛窦轻车熟路地大踏步走在前头。显然，他是想尽快见到谭瑜，他已将最后的一线希望，全寄托在这个豪爽的老人身上。谭瑜是否是教堂的最后一根救命稻草？利玛窦不停地这样问我，我都有点烦他啦。

看门老张正坐在门房里吃晚饭，看见我们进来，连忙放下碗筷："又是你们呀！"

陈理阁朝看门老张拱手致歉："真不好意思，这个时候还来打扰您。"

"没事没事！"看门老张嘴里虽说不碍事，但脸上却写满纳闷儿。也是的，有什么急事不能等人家吃完晚饭再来呢。

看门老张："请几位先到客堂用茶，老奴去看看老爷吃完晚饭没有。"

陈理阁："有劳有劳！"

我们在客堂里喝完一杯茶的工夫，看门老张才回来。

看门老张抱歉地对我们说："你们来得可真不是时候，老爷昨晚偶感风寒，身体不太舒服，刚才晚饭都没吃，现正躺在床上休息呢！"

利玛窦一听，急得冷汗直淌："可我们有急事，非得请谭老爷帮忙不可啊！"

看门老张很勉强地说："这样呀，要不……我再去跟管家说一下，看能不能请几位到老爷的卧室去，就怕委屈大家，也不合礼数……"

利玛窦忙不迭地说："没关系没关系，只要能见到谭老爷就行啦！"

看门老张去了一会儿便与管家回来了。那管家跟我们已非常熟悉，客气的话也就不多说，领着我们便去了谭瑜的卧室。

躺在床上的谭瑜看见我们进来，气喘吁吁地起来要下床跟我们说话。我连忙过去按住他，劝道："谭老先生身体有恙，不必如此多礼！"

利玛窦与陈理阁连忙向谭瑜拱手致歉，说这个时候还来打扰老人家，真不应该！

谭瑜吃力地坐了起来，半躺着靠在床头上，道："没事，郎中说啦，服几服中药调养调养，很快便可痊愈。"

说话间，看门老张已搬来几把椅子，请大家在谭老先生的床前坐了下来。

利玛窦精通医术，他摸一摸谭瑜的额头，又看一看谭瑜的脸色，便关切地对他说："老人家，我看您病得不轻，要不，我开点西药给您吃，如何？"

洋和尚精通医术，这在肇庆府已是尽人皆知。据说有一回，知府王泮的夫人得了重病，吃了城里最好的孔郎中开的好多中药，还是不见好，眼看不行了，碰巧这个洋和尚登门拜访知府大人，连忙从挎包里取出几粒白色的药片，让丫鬟喂夫人吃了，结果一下子就好转过来。

谭老先生始终对洋和尚的医术半信半疑，加之他吃惯了中药，现在你让他改吃西药，他真一下子接受不了，便夸张地摆了摆自己的左手，故作轻松地摇摇头说："不用啦，老夫还是觉得吃中药会更好。"

利玛窦着急起来："你这病，我看吃中药可能不行，得吃西药！"

谭瑜摆手道："万般皆是命，半点不由人，岂是药石可以医治？老夫谢谢您的好意！"

说罢，谭瑜问利玛窦："你们那么急找我，有何急事？"

利玛窦说明来意之后，谭瑜面露难色："这样呀！要不……把东西先拿出来让老夫开开眼界再说。"

利玛窦从挎包里掏出那些宝物，一件件摆在床前的一张茶几上。

谭瑜将一只三棱镜拿到手上，仔细地打量着，又对着灯笼欣赏着，并啧啧称奇。

很明显，谭瑜对三棱镜非常感兴趣。

利玛窦趋前给谭瑜介绍说："这只三棱镜，不但晶莹剔透，而且非常奇特！"

谭瑜好奇地问："说来听听！"

利玛窦："白天将它对着阳光，可以变幻出五光十色！"

谭瑜："如果真能变幻出五光十色来，真可谓旷世奇宝！"

陈理阁："晚生见过，真是太神奇啦。"

谭瑜："这宝物能将七彩霓虹收入囊中，真是无价之宝！好，我将它买下来，置于家中，图个吉祥。"

利玛窦拱手道谢："谢谢谭老先生。"

谭瑜将三棱镜放回茶几，问："不知道你这宝物多少钱才能转让？"

利玛窦听谭瑜这样子问，有点感到为难了。他似乎从来就没有做过这样的买卖，一下子真不知道该说个什么价钱才好。

我见利玛窦如此难为情，便探身过去对谭瑜说："天竺僧人是因为建造寺庙遇到困境才把此宝物忍痛割爱的，谭老先生您就当帮助一下他，支持他一点善款，而这只三棱镜，我看就当作向您老人家表示的一种尊重吧！"

听我如此一说，向来豪爽的谭瑜便道："那我就出二十锭金，如何？"

利玛窦一听，大喜过望，马上对谭瑜千恩万谢！

忽然听到身后帘子一动，我倏地回头，便看见那张精致的脸。是谭瑜的小孙女谭映红，那个大大咧咧的女子。她一直在帘子后面笑着，眼波里漾着一层又一层的笑意。

见我回头看她，她的脸红了一红。我还看到她朝房间里妩媚地笑了一下，然后就转身而去……

印度工匠抵达肇庆府之后，按理说利玛窦应该马上去拜见知府大人。没有购回大自鸣钟而只带回一大堆造钟的零件，他必须向知府王泮做个交代。利玛窦不知道知府王泮是否会因此而恼羞成怒，所以一直不敢去见他。我安慰他说，没事的，你只需阐明自己研制的自鸣钟会比购买的自鸣钟更精准就可以啦。

利玛窦忐忑不安地问我这样行吗？我说你总不能告诉他们因为没钱了所以不能为他购回一座大钟吧！我始终认为，知府王泮是个心存敬畏、行有所止之人，他不会因此而怪罪利玛窦他们的。而利玛窦却不这样认为，他说，你总不能仅凭他不收受我们赠送的礼物就妄下定论吧！我说，你看他性格恬淡，自奉如寒士，平时里与民接触，未尝有疾言遽色，加之为官廉洁，又爱焚香静坐参禅，便可知一二。

利玛窦在我的劝说之下，最终还是硬着头皮去拜见了知府王泮。

148 当知府王泮听利玛窦说准备为肇庆府亲自研制一座更大更精准的自鸣

钟时，果然高兴不已，非但没有怪罪他，反而表示会尽一切办法协助他们造钟。

这让利玛窦对知府王泮既敬重又感激。从知府衙门回来后，利玛窦喜滋滋地对我说："太素，真如你所说的那样，知府大人并没有因此而怪罪我们。"

我说："我都说啦，他学的是孔孟之道，自然心存敬畏、行有所止，又如何会怪罪你们呢！"

说到心存敬畏，我还将有关知府王泮考取功名的一个传闻说给利玛窦听：一日，王泮的邻居抱着幼子在门边玩，不慎遗失了戴在幼子手臂上的金手镯。王泮他爹碰巧在旁，就被人怀疑为其所窃。王泮他爹因而愤恨不平，在佛像前发誓说没有偷窃，并气急败坏地用脚踩踏《金刚经》。事后，大家都不在意，但王泮为儒生，屡次应试，成绩虽佳，却始终不能中举。他中不了举，也就成不了举人，成不了举人，也就没有资格赴京参加春闱。又一日清晨，王泮走到他家对面的寺庙，无意中听到两个老和尚正在大殿里悄声谈论："寺前的秀才王泮，本来是能考中的，只因他爹亵污《金刚经》，所以才被削去名籍。"王泮听了，马上回家去问他爹是否真有此事。果然有此事，遂在佛前忏悔，手写《金刚经》一部，终于中了乡试。他想再写一部，尚未写完，就到了春季。他便匆匆赴京参加春闱，也就是会试，结果，不尽如人意。到了甲戌年，他继续写完了那部尚未写完的《金刚经》，才进士及第，后来外放做官，才辗转到了肇庆府任知府。

利玛窦听了目瞪口呆，又疑惑地问："心存敬畏？孔孟之道？"

我说："对，就是孔孟之道，我们老祖宗传下来的儒家学说，有'四书''五经'等经典著作存世。"

利玛窦颇感兴趣，恳求道："我想听听你对儒家学说的一些看法。"

我突然非常感慨："孔子尚仁，孟子重义。他们都提倡仁义、忠恕、中庸、礼仪、诚信、孝悌、民本和内圣外王之道。孔子说过，君子有三畏，畏天命、畏大人、畏圣人之言。畏者，也就是要保持敬畏之心。头上三尺有神明呀！无论是对法度、对规则，还是对世人，对自我良心，都得有敬畏之心。唯有常怀敬畏之心，才会约束自己的行为，规范自己的言语，才会净化自己的灵魂。而孟子也曾用'仰不愧于天，俯不怍于人'来表明自己对上天的敬畏之情！"

利玛窦："对上天的敬畏？"

我说："是的，上天是我们崇拜的最高神祇。皇帝是天子，而我们这些普通老百姓则是天子的子民。正所谓'普天之下，莫非王土；率土之滨，莫非王臣'，也就是说，苍天之下，没有一块土地不是天子的辖地，四海之内，没有一个人不是天子的臣民。"

利玛窦听了我这一番话，若有所思道："现在我终于明白，为何你我的国家会如此地截然不同了。我们的国家经常打打杀杀，疆界从来就没有明确过，而你们的国家却稳定而盛平，原来是有了这儒家的学说在暗地里起作用呢！你们这里的女人守妇道、重贞操，而男人则聪明勤劳并遵从朝廷的命令，原来统治他们的都是些深受儒家学说影响的智者和哲人！"

听利玛窦如此一说，我不由得想起我爹，他不就是这样的一个人吗？于是就更加深有感触了，道："大师善于观察和思考，太素实在佩服！"

利玛窦发自内心地说："往后有空，我要好好研读一下'四书''五经'这些儒家经典才行。如有可能，将来我还要做一回'舌人'，将你们的四书五经翻译成我们的语言文字，让我们那里的人也好好读一读。"

我想不到他会有如此想法，惊喜不已："除了儒家的经典以外，我们道教与佛教的学问也是非常值得你好好研读的，更何况你现在还以天竺僧的面目在示人呢！常言道，道根儒茎佛叶花，儒释道本来就是一家啊！"

利玛窦点头不止："听你这样一说，加上之前的略有涉猎，我觉得你们儒家学说比较注重人格的修养，既讲究仁义礼智信，也讲究中庸之道，稍偏于入世，它顺乎天而应乎人，其实出发点和落脚点都在一个'人'字上！"

利玛窦不远万里而来，用了很多年才抵达澳门。他经历过海上的风暴海难等艰难险阻，甚至身染重病差点毙命，但直到困于澳门，才发现最大的困难并不是这些，而是大明王朝的海禁。正是在澳门的这段困难岁月，他学会了我们大明的官话。他不光会说，还因为不停地看我们的书早就达到了著述的水准。这个洋和尚实在太聪明啦，我不由得恭敬地向他拱手道："想不到大师会有如此独到的见解！"

利玛窦谦虚地笑道："这些都是我进入肇庆府之前的读书心得，谈不上见解，只是复述贵国圣人之言而已。未与知府大人、谭瑜老先生这样的智者接触并加以印证，这些所谓的读书心得，我还真不敢乱说。"

我忍不住又拱手道："大师过谦了，听君一席话，胜读十年书啊！"

利玛窦哈哈大笑："太素言重啦！你们的道家学说我还不太了解，这方面你可是行家，日后再向你好好请教。但对于传入你们中土的佛家学说，我从印度一路走来，还是稍有了解的，佛家彻悟诸法本缘，以慈悲救度一切六道众生为己任，说到底还是以人的心性为究竟，最终揭示的还是宇宙人生的实相！"

听他这样一说，我若有所悟："道家亦追求人格的超越，略偏于出世，以自然宁静、清心寡欲、无为而为，以修仙修道为追求。其实正如大师所言，儒释道三者都是让人明白人生的真谛，不把自己等同于动物。儒释道三家的学说，可谓相辅相成，相得益彰啊！"

利玛窦沉吟片刻，然后才点头赞同道："其实我们所信奉的，也与你们的儒释道有些异曲同工之处，同样既讲爱人如己，也讲宽恕之道。"

再说利玛窦将一只三棱镜卖给谭瑜，得了二十锭金之后，便马上购置砖瓦木材，又给工人支付工钱。于是，被迫停工的教堂又复工修建了。

很快，教堂的第一层便建好。迟迟未见罗明坚从澳门携款返回肇庆府，利玛窦只好暂时放弃修建第二层教堂的计划。因为教堂仅建了一层，一些西式的装饰还没来得及装上，于是这座建筑与当地的建筑并没有多大的差别，因而也没有引起当地人太多的非议。一层的教堂是这样布局的：中间是一个大厅堂，两侧各有两个房间。一侧的一间被利玛窦用作寝室，一间被用作图书室。而另一侧的一间被利玛窦用作陈列室，以展示他们带来的那些"稀奇古怪"的玩意儿，譬如什么天球仪、地球仪、象限仪等各种各样的天文仪器及三棱镜。利玛窦说，他还准备在这个房间与印度工匠一起为知府王泮研制那座大自鸣钟。最后一间利玛窦则用来作为地图展示室和绘制室。中间的大厅堂则设置祭台与供龛，墙上挂着一幅惟妙惟肖的"送子观音菩萨"像。

布置好仅有一层的教堂后，利玛窦便去拜访知府王泮和其他的肇庆府官员。他希望这些官员能够给这座好不容易建造起来的教堂办理一份房产文书。他已经学会了如何讨好这些官员。他会在不同的场合送给这些官员各种各样的小礼物，而这些小礼物又是这些官员见所未见、闻所未闻的。所以，利玛窦很快就拿到了那份房产文书。知府王泮不但给利玛窦办理了房产文书，还将另一份允许他们到其他地方旅行并盖有大红官印的文书交给他。这让利玛窦如获至宝，喜不自禁。

教堂开门迎客，便吸引来众多看稀奇的人。利玛窦站在门口向人拱手作揖，表示欢迎，并不厌其烦地领着大家到各个房间去参观。人们看见大厅中央手抱婴孩的"菩萨"像，都误认为是送子观音，纷纷下跪叩拜。

跪拜的人还喃喃自语："观音娘娘，大慈大悲，保佑我们生个一男半女！"

他们都说，这观音菩萨像真好看，跟活的一样。他们都认为这是一座寺庙，而且寺庙里的观音菩萨非常灵验。于是一传十、十传百，来的人就更多啦。那些蜂拥而至的善男信女来了还要烧香，以至于大厅里整天香烟缭绕的。大家都把僧人打扮的利玛窦当作寺中的和尚，这让他感到非常尴尬。他想向众人解释，但又不知道该如何解释。他想制止那些跪拜的人，但又不敢贸然而为。这让他感到十分难受。

后来，专门跑来看稀奇的人越来越多。利玛窦依然穿着僧袍光着头，满脸堆笑地应酬着前来道贺又或者看稀奇的人。他们都说从来没有看过如此逼真的"菩萨"像，那样和蔼可亲，那样安详平静。他们看着看着，同样地，都会情不自禁地跪在大厅的地上，然后啪啪地磕头叩拜。这种情形持续了很久，甚至有些虔心诚意的人还去而复返，说自从叩拜了这"菩萨"像回去之后，都得偿所愿，不是生了个儿子便是生了个女儿，现在是回来叩谢菩萨的。

利玛窦对我和陈理阁摇头叹息："其实挂在墙上的是圣母玛利亚像，哪是什么菩萨像，真是以讹传讹！"

我记得非常清楚，知府王泮将牌匾送来的那天，利玛窦正领着几个造访的读书人在看他那些"稀奇古怪"的玩意儿。他用三棱镜对着阳光，将一束五颜六色的光投映到洁白的墙壁上，引来众人惊呼。他还将那些仪器一个个演示给他们看，并细心讲解，大家都惊叹不已。有个叫蔡锦龙的年轻人还好奇地拿起桌子上的望远镜问利玛窦："大师，这又是什么？如何使用？"

利玛窦："望远镜？"

蔡锦龙一头雾水："望远镜？"

利玛窦："对，望远镜，能看清楚远处的景物，你来试一试。"

利玛窦让蔡锦龙走到窗前，手把手教他举起望远镜对准江对岸隐隐约约的山峦，慢慢帮他调好镜头。

蔡锦龙突然惊叫起来："怎么会这样，怎么会这样，真是太奇妙啦，竟然可以看清那么远的东西！"

那个望远镜，利玛窦之前教我用过。你只要将它放在眼前，稍稍调一下镜头，便可让远处的山峦在镜子里显得很近。你如果将它对准近处的人又或者桌子上的一只茶杯，那么那人或那只茶杯便会一下子变大和扭曲起来，让你猝不及防。

这时，外面突然传来喧天的锣鼓声。我们不知道发生了什么事，急忙走到屋外去看，便看见远处有一大群衙役朝这边而来。众衙役不停地燃放着鞭炮，正簇拥着一顶四人抬的官轿由远而近。长长的队伍后面，有人抬着用红绸子盖起来的两块匾。噼里啪啦的鞭炮声越来越密，也越来越响。一只鞭炮弹到我的身旁爆响，震得我的耳朵嗡嗡作响。鞭炮炸响后发出那种难闻的气味，让我的喉咙有些发痒。我正咳嗽着，便看见那顶轿子在门前停了下来。衙役示意鼓乐停止，又掀开轿帘子。轿子里的人探身出来，原来是知府王泮。

利玛窦急忙迎了上去，向知府大人施礼。知府王泮拱手还礼，连声说："贵寺落成，本官特来道贺，恭喜恭喜！"

一旁的衙役说："知府大人亲笔题写了两块匾，特意送来给你们。"

说着，那衙役便让人将覆盖住两块匾的红绸掀去。

有人把其中一块匾的红绸掀去，只见上面刻着"仙花寺"三个苍劲有力的大字，旁边的落款是"山阴王泮题"。接着，又有人掀去另一块匾上的红绸，只见上面刻着"西来净土"四个大字，同样是王泮的落款。

利玛窦连忙躬身向知府王泮致谢："谢知府大人厚爱！"

王泮还礼："大师寺中的菩萨像栩栩如生，恍如活佛，可谓仙界圣花，故本官才为贵寺题写这'仙花寺'一匾。"

利玛窦再次弯腰致谢："谢知府大人赐名！"

王泮又还礼道："大师莫客气！我们都习惯将寺庙称为'佛门净土'，而大师来自天竺，常以西僧自称，故本官又题写了这一块'西来净土'匾赠予贵寺。"

再次谢过知府王泮，利玛窦便上前去接过那两块匾。

利玛窦悄悄吩咐陈理阁拿些银子去打赏衙役和那些送匾的人后，便陪知府王泮到屋里各个房间去参观。

来到地图室，知府王泮在一张挂在墙上的世界地图前停住了脚步。他问利玛窦："这张是什么图？上面的文字本官可从来没有见过。"

利玛窦："这是一张用我们的文字标注的世界地图。"

王泮："我们大明也有这样的地图，那是一张《大明混一图》。"

跟在知府王泮身边的一个师爷也说："《大明混一图》我见过，在我们大明的周边，画有天竺、大食等其他国家和岛屿。"

我忍不住说："我们的《大明混一图》与他们这张世界地图相比，可简单多了！"

王泮惊奇地端详着墙上那张巨大的世界地图，真不敢相信自己的眼睛："我们的周围还有那么多国家和岛屿呀？"

第一次看见这张世界地图时，我与王泮同样感到震惊和疑惑。在我的心目中，普天之下，莫非王土，而我们邻近的几个小国，也都是大明的朝贡国。就像《大明混一图》给我们描绘的那样，经过艰苦卓绝的南征北战，大明早就一统天下，而我们的皇上也自称为"天子"。可是，当利玛窦将这张巨大的世界地图展示给我看时，却告诉我，其实并不像《大明混一图》所描绘的那样，除此之外，竟然还有一个庞大得令人吃惊的世界。

利玛窦见王泮一脸疑惑，便指着地图给他介绍道："这是中国，也就是你们大明，这是与大明邻近的大食国和天竺国，这是我们的国家。我就是从这里经过这些海洋和国家，然后去往天竺最后才来到大明的。而在我们的国家周围，还有其他众多的国家。"

王泮半信半疑："还有那么多国家呀！本官可从来没有听说过。"

利玛窦肯定地说："我不远万里而来，花了数年时间，才来到肇庆府，你可以想象一下，世界该有多大啊！而这个世界就像一个巨大无比的地球，我们在地球的这一面，而你们则在地球的另一面。"

王泮："地球？"

利玛窦："没错，就是地球。"

说着，利玛窦转动着桌子上的一个地球仪继续给知府王泮介绍道："这就是地球的样子，也就是整个世界的样子。"

王泮也转动着地球仪："对照墙上的地图，也就是说，你们的国家在这里，而我们的国家在这里。"

利玛窦："是的，有了这个地球仪你就更容易理解啦，所有的海洋和陆地组成一个巨大的圆形球体，而在这个巨大的圆形球体上，既没有开端，也没有结尾。你如果像我一样，从自己的家乡出发，只要一直往前走，最终是会回到原来出发的地方的。"

王泮："真不敢相信！我们一直以为天是圆的，而地是方的！"

王泮没有再说话，他一下子陷入了沉思。

第十章 利玛窦

对于擅长记忆术的我来说，抹去不愉快的记忆而只保留美好的记忆，可谓轻而易举。然而，在肇庆府，在仙花寺不断地受到的骚扰和一些麻烦事，却总是挥之不去。

罗明坚还是迟迟没回来。他没有回来，却派了个印度钟表工匠来为知府王泮制造自鸣钟。本来，他是要为知府王泮购买一座大钟的，但因为手头拮据，只好变买钟为造钟。

知府王泮不仅给仙花寺亲笔题赠，还选派了当地两位能工巧匠来协助我造钟。于是，仙花寺那个原本用来展示各种仪器的房间便变作临时的造钟作坊。我们不仅要为知府王泮造钟，而且还要应他的请求，绘制一幅用中文标注的世界地图。瞿太素说，知府王泮的想法很简单，他只是想知道，洋和尚眼里的世界，究竟是什么样子的。

按知府王泮的要求，我们将"仙花寺"大匾挂在教堂的正门上方，而将"西来净土"大匾挂在大厅也就是圣堂里。我们把这中国的第一座教堂命名为"圣童贞院"，但是因为"仙花寺"毕竟是官赐的名，加之知府王泮亲笔写的大匾赫然就挂在正门的上方，所以人人都称我们的教堂为"仙花寺"。

据说赐匾在大明王朝是很高的礼遇，上至皇帝下至地方官员都喜欢给人赐匾。当一位官员对他认可的人表示尊重时，就会赐给这个人一块制作精美的匾。这样还不够，赠匾的时候还要有很大的排场。

按瞿太素的说法，这是官员采用一种特别的方式来关照他要给予保护和支持的人。我一直以为，知府王泮之所以赠匾给我们，是因为发现我们不但精通医术，而且在学术和文化方面远比他想象的还要更为先进。瞿太素却不这样认为。我说，又或许知府王泮感激我正用西药努力医治他久婚不孕的夫人吧！瞿太素咧嘴一笑，意味深长地说："这里头太微妙了，微妙得就像大明的官场，一言难尽啊！"

听瞿太素这样说，我就更加搞不明白了。这些黑头发黄皮肤人非常含蓄，他们说的话可能有很多层含义，常常不能只按字面意思去理解。他们做的每件事都有可能是在为某个目标做铺垫。他们的思维比较玄虚，而我们的思维则比较精确。他们偏重精神感受，而我们则注重理性精细。他们喜欢把问题复杂化，而我们则喜欢简单。所以很多时候，瞿太素和陈理阁都觉得我们简直有点傻，一点城府都没有。但无论怎么样，知府大人亲笔为我们题匾的事还是很快就尽人皆知，仙花寺于是名声大噪，各地官员和文人雅士也纷纷效法知府大人与我们交往。似乎只是一夜之间，通往仙花寺的路上挤满了轿子、马车，江面拥塞着外地来的大小船只。来访的客人络绎不绝，大家都想开开眼界。

印度工匠与那两个当地工匠整天坐在造钟作坊里敲敲打打，没完没了。没人来访的时候，我也会帮他们一起造钟。看着印度工匠正专心致志地埋头磨制自鸣钟的一个小轴承，我忍不住对他说："在澳门，从教我中文的老者口中，从众多的书籍当中，我惊奇地发现，中华民族是一个有着数千年历史文明的民族。中华文明值得炫耀，但它对其他国家甚至毗邻的小国却从来没有侵略过。在这样一个几乎具有无数人口和无限幅员的国家，而各种物产又极为丰富，虽然他们有装备精良的陆军和海军，很容易征服邻近的国家，但他们的皇上和臣民却从未想过要发动侵略战争。他们很满足于已有的东西，没有征服的野心。在这方面，他们和我们很不相同……"

印度工匠正使劲地磨着那个小轴承，他懒得搭理我。我知道他只一门心思想尽快将钟造好，然后早点拿到工钱，好回澳门去与他的妻儿好好过日子。而那两个本地工匠也听不懂我们的话，所以很多时候，基本上都是我在自言自语。只要我一自言自语，那两个本地工匠就会用他们的土话悄悄说这个番鬼佬和尚又念经、讲耶稣啦。其实他们说的土话也就是雅语我早就能听懂了。陈理阁告诉我，以前大秦帝国的军队一向所向无敌，但南征百越也就是现在的肇庆府这一带时却"三年仍未解甲驰弩"。要使战争转败为胜，秦始皇认为唯有"以卒凿渠而通粮道"，于是便下令开凿灵渠引湘水入漓水，由漓水再接西江和珠江，不但沟通了长江和珠江两大水系，而且为中原文化进入岭南百越提供了历史上第一条通道。陈理阁说，灵渠的横空出世，抵得上百万雄师，它不但使秦军的粮草得以源源不断地运往征服百越的前线，也因此孕育了肇庆府这座古老的城池。从灵渠出、四海一，到汉武帝平定南越国后在肇庆府的封开设立管辖岭南九郡的首府并颁布圣旨"初开粤地，宜广布恩信"，大量的中原移民，不仅带来了汉代的雅言、汉代的文化，也带来了他们的生活方式，并与当地的古越人也就是肇庆府的人交融在一起，从而形成了汉民族在南方的一支最古老、人口最多的民系，这便是"越人"也就是肇庆府这些讲雅语土话的本地人。

印度工匠终于将那个小轴承磨好了，又拿起小铁锤叮叮当当地敲打着大钟的另一个零件。

我们送给知府王泮的那座小自鸣钟，非常精美，是经过精心挑选的。钟门两侧镶有线条流畅的铜雕花纹，钟盘上刻着醒目的罗马数字，简直就是一件完美的艺术品。而且每到一个时辰，这座小自鸣钟便会自动报时，声音浑厚而清脆。我们原以为，知府王泮得到这座钟时，肯定会像前任总督陈瑞那样兴高采烈。可是，事实并不是这样，知府王泮看见这座钟时，惊奇倒是惊奇，但异常平静，这出乎我们的意料。

等闻讯而来看稀奇的女眷返回后院之后，王泮将那座自鸣钟端放在桌子上，然后整个人趴在钟前，竖起耳朵仔细地聆听那嘀嘀嗒嗒的走动声。

又考究过一番不停地摇摆的钟锤和走动的指针之后，王泮道："我们平常计时，不是用沙漏，就是用日晷，但说实在的，都不太方便。后来，总督大人为方便城中百姓的起居劳作，才在丽谯楼上设司壶校尉用铜壶滴漏来给百姓定更报时。本官就想不明白啦，你们这座自鸣钟，究竟用什么样的方法来报时的呢？"

之前，我已经仔细地研究过他们的计时方法，并与我们的计时方法进行过认真的对比，当听到王泮这样问时，我便跟他解释说："你们一个昼夜分十二个时辰，而我们一天一夜则用二十四个小时来计算，也就是说，你们一个时辰，就相当于我们两个小时，其实道理都一样，只不过我们的计时更加精准而已。"

王泮是个聪明人，他听我这样一解释，似乎全明白了："听大师这样一说，我倒是有点明白了，但可否更具体一点，告诉我你们这钟的指针走多少圈，才是我们的一个时辰？"

我说："这钟的长指针走一圈，短指针便会移动一格，也就是一个小时，钟会响一下。长指针走两圈，短指针便会移动两格，也就是两个小时，钟会响两下，即相当于你们一个时辰。"

罗明坚也帮忙解释说："也就是说，你们的一个时辰，就等于我们的两个小时。那么，这短指针也就是时针就要转两格，而长指针也就是分针就要转两圈。而两个小时就是一百二十分钟，一分钟六十秒，那么它下面不停地摇摆的钟锤就要摆动七千二百下。"

王泮恍然大悟："你们这样一说，我终于弄明白啦！"

说罢，他还按我们所教的方法，打开自鸣钟的玻璃门，用那把铜钥匙一下一下地拧着自鸣钟的发条，然后一个钟点一个钟点地对着时辰。于是，自鸣钟便不停地敲击着，不停地报着时辰。自鸣钟每报时一次，他就大声念："午时一刻……午时两刻……"

最后，王泮由衷地说："这钟真好，也方便，不用人敲就自己会响。"

罗明坚："所以才叫自鸣钟嘛！"

……

往事总会在印度工匠叮叮当当的敲打声中一幕幕回放。尽管王夫人对我们赠送的礼物爱不释手，但知府王泮还是将自鸣钟、三棱镜和那条精美的绣花手帕退还给我们。当瞿太素把这些东西抱回仙花寺时，我和罗明坚都感到惊诧。我们哪里肯收回已经送出去的礼物，又提着这些东西急急忙忙跑去拜见知府大人。我们请求知府大人务必收下这些仅仅象征友情的礼物，孰料，王泮却摆摆手说："这座自鸣钟太小了，本官想要一座更大的自鸣钟，可以吗？"

听他这样说，我们差点就笑出声来。我与罗明坚相视一笑，都认为知府王泮其实比其他的官员都贪婪。谁知道，事实却并不是我们所想的那样！

当时，知府王泮抚摸着那座小自鸣钟接着对我们说："说句心里话，本官实在太喜欢你们这座自鸣钟啦。"

罗明坚："大人喜欢就留下吧！"

王泮随手拿起桌子上的一个沙漏，然后问我们："你们听过沙漏的声音吗？"

我答："一进来坐下，我就听到沙漏里细沙往下流的声音了，它缓慢而持久。"

王泮非常感慨地说："没有铜壶滴漏之前，我们是用日晷和沙漏来计时的，但它们使用起来既不方便也不太准确，而且也只有官府和富户人家才能使用，普通的老百姓，就只能靠日出而作、日落而息了。"

我忍不住说："肇庆府的丽谯楼上不是有专人负责每天准时悬牌公布时辰吗？"

王泮点头道："府署丽谯楼上确实有专门的司壶校尉负责每天准时悬牌公布时辰。此外，司壶校尉还会按时往铜壶滴漏里添水，以保证水量恒定避免误差。晚上，更夫还会根据铜壶滴漏确定的时辰到街上去打更，告知城中百姓夜里的时辰。"

王泮说着，似乎不经意地竟将那只沙漏倒过来放在桌子上。

我看见了，便提醒他说："大人，你将沙漏倒过来啦。"

王泮微微一笑："倒过来更好，倒过来的话，过去就变成了未来！"

罗明坚朝王泮拱手道："知府大人为何如此感慨？"

王泮："突然看见你们如此精准的一座自鸣钟，竟可精准到分秒的程度，本官又如何不感慨呢！"

我说："大人过奖啦！虽然我没见过你们的铜壶滴漏，但据说也非常精妙绝伦！"

王泮摇头道："精妙倒是精妙，可惜庞大而笨重，一点都不像你

160

们的自鸣钟那样，既精准又能自动报时，更重要的是，它如此小巧，也便于携带，将来或许可以进入平常百姓家。"

我想不到知府王泮竟会有如此想法。王泮如此喜欢这座自鸣钟，却又将它退还给我们，并提出想要一座更大的自鸣钟，我想他肯定会有另外的目的。那天接下来发生的事情现在回想起来，才惊觉果然如我当时所想。

当时，我还没来得及细想，便听罗明坚对知府王泮道："说到铜壶滴漏，我倒想见识一下。"

王泮一听，高兴地邀请我们："本官正想邀请你们去看一看呢！"

说着，他便请我们移步到丽谯楼上去。出了府衙的后院，来到红彤彤的城楼下，知府王泮一边领着我们走上长长的楼梯一边说："你们瞧一瞧我们是怎样报时的，就会明白本官为什么会想要一座更大的自鸣钟啦！"

其时，我不禁就想，知府王泮果然有其他的想法。

登上丽谯楼，首先映入我们眼帘的是一座大铜钟。王泮指着那座大铜钟给我们介绍说："这座唐乾宁年间的大铜钟，是从城西龟顶山上的致道观移到这里来作为报时用的。官府置钟、鼓和铜壶滴漏于丽谯楼上后，还设司壶校尉专门负责打理和准时悬牌撞钟，击鼓报时。"

罗明坚问："白天悬牌，晚上则撞钟击鼓报时？"

王泮微微颔首，赞叹道："没错，大师可真聪明！"

王泮接着又给我们详细介绍说："我们通常将一个晚上划分为五更，每更等于一个时辰，即相当于你们所说的两个小时。我们一般晚上七点定更，又称起更，而晚上九点则称为二更。如此类推，晚上十一点就是三更了，也就是我们俗语所说的'三更半夜'和'子时'。"

我说："你们的子时，也就是我们所说的晚上十一点至凌晨一点？"

王泮答道："对，凌晨一点我们称为四更，三点称为五更，五点称为亮更，也就是天亮的意思。司壶校尉夜里要司更筹，定时会先击鼓、再撞钟，提醒百姓要睡觉休息了。从二更到五更，就只撞钟不击鼓了，以免影响人们休息。到了亮更，再击鼓撞钟，表示起床时间到啦。”

罗明坚不由得竖起大拇指赞道：“你们想得真周到！”

王泮笑道：“没办法啊！老百姓都不知道时间，如果每家每户都有一座你们那样方便的自鸣钟就不用如此大费周章了。”

说着，他又给我们介绍：“定更时，我们一般以‘对灯’为号，钟声响起，城门关闭，我们叫‘净街’。这时，城中大小街巷的更夫们便会手持铜锣、梆子和护身用的器具开始上夜，一为报时，二为防火防盗。肇庆府城里的官员百姓均以这丽谯楼上的钟鼓声为准，听到二更的钟声就上床睡觉，听到亮更的钟声就准备起床，开始一天的生活与劳作。击鼓定更，撞钟报时的钟鼓声太重要啦，也就是我们常说的‘暮鼓晨钟’。”

我说：“官员与百姓倒是方便了，但这司壶校尉和更夫可就辛苦啦。”

王泮脱口而出：“所以，我才想到向你们要一座更大的自鸣钟嘛！”

说着，他又领我们去看那座庞大而笨重的铜壶滴漏。那是一组四个呈阶梯排列的铜壶滴漏，大小、高低不同的四只铜壶之间不停地依次往下滴水。

王泮让我们看那些不停地滴落的水滴：“你们看，这水滴的滴落有一定的规律和间隔，正是根据这样的原理，我们的祖先才发明了铜壶滴漏。城里的老百姓，就是依靠它来安排每天的起居劳作与婚葬祭祀的。不过，即使再精巧绝伦的铜壶滴漏，也难免有误差。”

这铜壶滴漏我还是第一次见，便好奇地问知府王泮：“大人，它是怎样计时的？”

王泮：“这套滴漏主要由四个铜壶组成，自上而下依次是日壶、月壶、星壶和受水壶。最上面的三个壶下端均有滴水龙头。日壶装满水，通过龙头滴水，逐渐滴入月壶、星壶和受水壶。最下面的受水壶铜盖中央插一把铜尺，上刻十二个时辰，自下而上分别为子、丑、寅、卯、辰、巳、午、未、申、酉、戌、亥。铜尺前插一把木制浮箭，下为浮舟。当水由最上面的壶沿龙头滴下，随着受水壶中的水逐渐增加，水位升高，浮舟便托起木箭缓缓上升，指向铜尺上的时辰。

司壶校尉查看铜尺知道时辰后，除了准时悬牌撞钟击鼓公布时辰外，还要负责往漏壶里加水，以保证时辰的准确。"

突然想起刚才知府王泮说过，即使再精巧绝伦的铜壶滴漏也难免有误差，我不由得问他："那假如这月壶滴下的水多了，时间不就不准确了吗？"

王泮："你看这星壶的上部不是有一个小洞吗，如果月壶滴下的水多了，那么多余的水便会从这个小洞流出，使星壶的水量始终一样，以便均匀地滴水给受水壶，最终保证时辰的精准。"

我略作思考，又问王泮："但滴水的速度受冷热与天气的影响肯定会有所不同，加上水滴滴落时的累积损失，这铜壶滴漏的计时也就难免有误差，除非有专人不时地为其校准。"

王泮："确实如此，晴天的时候，司壶校尉就会用日晷来校正它，以保证时辰的准确。"

罗明坚点头道："不时地用日晷来校正铜壶滴漏，这个方法好。"

王泮："我们的日晷你们已经见过，是个大圆盘，晷面上刻着子丑寅卯辰巳午未申酉戌亥十二个时辰，晷面中间插着一根铜针，在阳光的照射下，铜针的影子随着太阳的移动在晷面上慢慢地移动。移到哪个刻度上，就是到了哪个时辰，准确多了。"

我说："日晷的原理和我们自鸣钟的原理倒非常相似，问题是到了晚上和阴天，这日晷可就不起作用啦。"

王泮："所以，我们才有了铜壶滴漏，而你们才有自鸣钟嘛！"

听王泮这么一说，我不禁竖起耳朵仔细地聆听那滴滴答答的滴水声，心里久久难以平静。说实在的，我真打心眼里佩服他们祖先的聪明与创造力。

我由衷地赞叹道："你们这铜壶滴漏的滴水声，不就是我们自鸣钟的嘀嗒声吗？"

王泮："可是，你们的自鸣钟不但可以精准到分秒，而且能自动报时，而我们的铜壶滴漏，却只能在十二时辰的大划分下均匀再细分刻度而已。"

罗明坚："而且，你们还要用人工来报时。"

王泮："这还不算，更重要的是，它庞大而笨重，始终难以进入平常百姓家。"

罗明坚开始有点明白王泮为什么想要一座大自鸣钟了，他忍不住对王泮说："所以，大人想要一座更大的自鸣钟，安放在这城楼之上，以方便司壶校尉更加准确地为城中的百姓报时？"

王泮哈哈大笑："没错，本官就想要一座更大的自鸣钟来代替这城楼上的铜壶滴漏！不知大师可否帮忙代为购买？"

罗明坚拍着胸膛道："没问题，这事包在我身上。"

王泮朝罗明坚拱手致谢："谢谢大师，这购钟的银两我们付，你什么时候回澳门岛，告诉我，本官派官船接送你！"

罗明坚与知府王泮互相客气着，而我却隐约觉得，王泮似乎并不仅仅想要一座大自鸣钟那么简单！可当时我一时之间又实在想不明白他究竟有什么样的想法和打算。直到后来，罗明坚因为手头拮据，变买钟为造钟，知府王泮不但没有责怪我们，反而还选派了当地两位能工巧匠来协助我与印度工匠造钟，并提出这座大钟的钟面数字不用阿拉伯数字而按他们的习惯用子丑寅卯等十二个时辰来标示，我才一下子明白过来。原来，知府王泮制作一座大自鸣钟来代替丽谯楼上的铜壶滴漏只是权宜之计，他最终的目的其实是想让那两个当地工匠偷偷学习我们的造钟技术。他们学会我们的造钟技术之后，就可以大批量生产，这样就可以让平常百姓也能用上这些小巧而方便并能够自动报时的自鸣钟了。那两个本地工匠以为我听不懂他们的土话，有时候说起知府王泮交给他们的秘密任务时，也就无遮无掩。当知道知府王泮的最终目的，我真发自内心地佩服他。通过一段时间的接触，我开始慢慢觉得知府王泮这个人真不简单。当了解到我们不但有许多他们不知晓的知识，而且掌握了许多很实用的技术时，他竟然会想到要暗中学习，这实在令人不可小觑。而事实上，这些黑头发黄皮肤的人也真的不容小看，就拿那铜壶滴漏来说吧，许多年以后，我突然想到要复制一套一模一样的铜壶滴漏时，结果却没有成功，可见其工艺的复杂与精密。它与自鸣钟相比，除了庞大而笨重之外，其实一点都不逊色。

我们开始不断地受到骚扰。

接连发生的一些烦恼事，总是让我内心苦不堪言。每当这个时候，我便会悄悄地拿出父亲那封皱巴巴的信来读。读完信，我还会翻一翻父亲临行前送给我的那本《药学处方》。每当我感到疲惫的时候，心生厌倦的时候，我都会读一读父亲的那封信，翻一翻父亲的那本书。每次展读父亲的那封信，往事又会一幕幕地重现。父亲的那封信，会让我一下子安静下来。这种习惯，一直伴随着我。不仅在肇庆府，甚至许多年以后到了韶州、南京，甚至到了皇城北京，这种习惯仍然如影随形地伴随着我。

当然了，让我选择继续坚持的，自然还有后来不断遇到的像知府王泮那样清廉而又开明的大明官员。这些读书人出身的官员，从我们送给他们的那些闻所未闻、见所未见的礼物背后，似乎隐隐地察觉到了一种不一样的知识与文明。正因为如此，他们对我们，开始从最初的仅仅出于礼貌上的尊重，发展到后来想与我们建立一种真正的友谊。

我一直认为，知府王泮对我们的帮助和保护，就是这样一种发自内心的真挚情谊。这种发自内心的真挚情谊，在一次小孩朝仙花寺投掷石头的事件中显露无遗，也让我颇受感动。

这事说来话长，也许先从崇禧塔说起会更容易接近事实。正在加紧修建的崇禧塔上有许多精美的雕刻，我习惯叫这塔为"花塔"。结果，这就出事了，有些人误听为"番塔"，就说这崇禧塔与仙花寺一起修建，肯定是我们这些番鬼佬暗中资助建造的，不叫"番塔"叫什么呢？这些闲言碎语传到知府大人的耳朵里，王泮很生气。他让官差在仙花寺门外张贴告示，向城中的百姓言明这仙花寺是天竺僧人自己出资修建的，而崇禧塔则是由众乡绅集资和官府出资建造的。最后，告示还措辞严厉地警告那些无中生有的人，说如果再有人造谣中伤，则官府将严惩不贷。官府的告示贴出来后，那些流言蜚语便销声匿迹了。这事平息之后，我竖起大拇指称赞道："知府大人如此为我们澄清事实，真是个难得的好官！"

瞿太素咧嘴一笑，意味深长地说："如果不这样澄清，崇禧塔不仅成不了他的政绩，反而成了他的不是啦！"

陈理阁也说："是的，如果不这样澄清，那你们'为了进入肇庆府而花钱建造一塔'的传言不就成事实了吗？"

听他俩这样一说，我不禁又陷入了深思。想到他们习惯的含蓄，想到他们所说的每一句话有可能有许多层含义，又想到他们所做的每一件事都有可能是在为某个目标做铺垫，我不禁对知府王泮亲笔为我们题匾这件事重新进行思考。这一思考不打紧，还真让我隐隐觉得知府王泮允许我们进入肇庆府的立场其实是非常微妙的。正如瞿太素所说，这里头的微妙，就像大明的官场一样！按瞿太素的说法，允许我们进入肇庆府的其实并不是知府王泮，而是总督大人，总督大人是想通过我们在澳门岛得到京城宫廷里所需要的那些稀奇之物。现在想来，似乎瞿太素所说的都是事实。就拿"仙花寺"和"西来净土"那两块匾来说吧，那两块匾似乎要告诉这里的所有人——我与罗明坚都是西来的高僧，我们在肇庆府修建的仙花寺其实就是从天竺迁移到大明的寺庙。尽管我们不拜佛，而拜我们的神，但我们仍然是从天竺迁移而来的僧人。有时候静下来仔细想一想，感觉"仙花寺"与"迁华寺"的读音确实非常相似。不过，我还是宁愿相信，知府王泮对我们的帮助和保护，是出于真心实意的。但瞿太素却始终不这样认为，他说："知府王泮之所以要帮助你们保护你们，是不得不执行他的顶头上司也就是总督大人的指令，而且他本人也会从你们那里得到不少好处。"

我反驳瞿太素说："事实是，他并没有收受我们的礼物。"

瞿太素笑道："这就更加证明王泮这个人不简单，他要的不是小恩小惠，他要的是常人看不到的东西，比如——政声！"

陈理阁微微点头道："还有，你们不是正努力地为他能够晚年得子而整天祈祷吗？不是正想方设法用西医西药医治他久婚未育的娘子吗？"

尽管他们这样说让我一度感到疑惑，但接下来发生的一连串事情，知府王泮的出手相助，还是令我感动万分。肇庆府的人，也包括后来我一路北上接触到所有黑头发黄皮肤的人，其实他们对于我们这些西洋人还是心存顾虑的。他们对于自己经验以外的世界，还是比较怀疑的。他们曾经将葡萄牙人称作佛郎机人，他们甚至认为这些佛郎机人其实就是海上的怪兽，而且这些海上的怪兽是专吃童男童女的。他们认为这些怪兽会将小孩放在锅里煮熟，然后剖腹挖心撕开来大口大口地吃掉。后来我想，他们之所以如此恐惧，之所以对我们这些西来的僧人也如此地心存恐惧和顾虑，以至于想方设法地骚扰我们、恐吓我们，其实是想通过这样的方式来让我们知难而退。而事实上，你只要仔细想一想，是完全可以理解这些黑头发黄皮肤人为什么会这样做的。先不说因为外族的入侵令他们的宋朝灭亡从此有人大呼"崖山之后再无华夏"，就说两广总督所管辖的沿海范围吧，生活在这里的人因为常年遭受外敌的威胁和侵扰，而对外族人抱有成见是完全可以理解的。

在所有的骚扰事件当中，因邻居教唆小孩而朝仙花寺屋顶投掷石块所引起的官司至今想起来仍然让我心有余悸。这是我们进入大明遭遇的第一场官司，这场官司倘若不是知府王泮秉公办案，也许，我们早就被驱逐出境了。

事情是这样的，我们整天在仙花寺里敲敲打打造钟，叮叮当当的声音让邻居感到不快。于是，邻居就唆使一个小孩爬到在建的崇禧塔上朝我们的屋顶投掷石块。

那天，那两个当地工匠领着我进城里去买点造钟材料，而印度工匠则一个人在仙花寺里埋头磨制一个小轴承，忽然听见屋顶上传来一阵噼噼啪啪的响声。印度工匠一抬头，便看见被石头砸碎的瓦片从屋顶上掉下来，刚好就砸中了他的手。印度工匠痛叫一声，手里的锉子应声落到地上。

印度工匠很生气，立刻跑到屋外去看个究竟。他看见邻居家的小孩，正站在高高的塔上朝仙花寺的屋顶上不停地投掷石块。印度工匠暴跳如雷，大声制止塔上的小孩。那小孩非但没有住手，还不停地朝印度工匠掷头。小孩一边掷一边大骂："掷死你这个番鬼，掷死你这个番鬼！"

印度工匠一边左闪右避，一边呱呱大叫着冲上塔去。那小孩见印度工匠上塔来要抓他，拔腿就逃。他们在塔里追逐着，忽上忽下。小孩逃到塔下时，被脚下的一根木头绊倒了。印度工匠扑过去，一把抓住小孩。

印度工匠并没有打那个小孩，只是将他拎回仙花寺关在一个房间里。

那小孩拳打脚踢房门："你个乌鸠嘘嘘的番鬼，快放我出去！快放我出去！"

印度工匠："关你一两天，看你还敢不敢！"

那小孩听说要关他一两天，急得哇哇大哭："你个摩罗叉，不得好死！"

信教的印度工匠在澳门岛已学会了大明官话，但他平时在肇庆府念经，还是多用梵语。这个邻居小孩子和一帮顽童经常听印度工匠整天在仙花寺里"摩罗摩罗叉"地念经，就背地里给他起了个"摩罗叉"的绰号。不但给他起绰号，他们还为印度工匠的家伙是否也是黑色的而争论不休。面红耳赤地争论来争论去都没有结果，于是这群顽童便纠集起来去偷看印度工匠拉尿。印度工匠掏出自己的家伙正在尿尿，突然发现有一群小孩躲在茅房外偷窥他，急得破口大骂。那群小孩一哄而散，还一边跑一边齐声大喊："摩罗叉屙尿，乌鸠嘘嘘！摩罗叉屙尿，乌鸠嘘嘘！"

为了让这个小孩以后不再投掷屋顶和偷看别人尿尿，抓住这个淘气的顽童后，印度工匠决定将他关在房间里吓唬吓唬他。

印度工匠见那小孩被关在房间里还在骂人，就大声喝道："你再骂人，我就送你去官府，让知府大人打你屁股！"

那小孩听说要送他去官府，要打他屁股，吓得又大哭不止。

我回来的时候，那小孩还在号啕大哭。听见小孩的哭声，我就问印度工匠事情的来龙去脉。听完印度工匠的讲述，我赶紧对他说："快把这小孩子放了！"

印度工匠问我为什么不好好教训一下这个顽劣的小孩，让他长长记性。我说他还小，不懂事，放了吧，以免招来不满，又起事端。

我正与印度工匠商量着赶快把那小孩给放了，这时修建崇禧塔的工头急急进来。他朝我们拱手道："大师，听说你们抓了一个小孩。"

印度工匠手指正在大哭的小孩子气愤地说："这小子真可恶，竟然爬到你们的塔上朝我们的屋顶扔石头，你看，我们的屋顶都让他给砸穿啦。"

工头面露担忧："他是你们隔壁家的小孩，年纪尚小，你们千万不要为难他。"

我知道工头是在为我们着想，他一直感激我帮他们运神木过桥，所以特意赶来提醒我们把小孩子放了，以免对我们不利，于是赶紧拱手道谢道："我们正准备将那小孩放了，你就来了。"

工头："那就好，你们要想在这里立足，还是息事宁人为好，俗语说得好，多一事不如少一事啊！"

我让印度工匠赶紧去把小孩子放了，又客气地朝那工头拱手致谢："谢谢兄台提醒。"

印度工匠把小孩子送出门口时，教训道："这次就这样算了，如果还不改，下次可不轻饶你，一定送官府把你屁股打个皮开肉绽！"

印度工匠一松手，那小孩子便抽泣着飞奔而逃。

工头见我们放了小孩子，就说："这我就放心啦，工地里忙，有空再聊！"

我将工头送到门外，再三表示感谢。

我以为这事就这样过了，没事了，孰料，在一些别有用心的人的怂恿下，那小孩子家里一个游手好闲的远房亲戚还是上官府报了案，诬告我们将那小孩子扣押了三天三夜。他们说我们用自己调制的麻醉药将那个男孩子麻醉了，然后我鸡奸了他三天三夜。甚至他们还说我们之所以扣押那个小孩子，是想鸡奸之后偷偷运送到澳门岛去卖给那些佛郎机人剖腹挖心吃掉。

衙役来传唤我上公堂的时候，我正专心致志地研究如何组装那座自鸣钟。当时，我还以为是知府大人有事请我去商量，便头也不抬地对那两个衙役说："你们先回去禀告大人，我稍后就到。"

不承想，其中一个衙役大声喝道："大胆，奉府台大人之命，传你上公堂，岂容你拖延，马上走！"

我大惊，抬起头来，便见另一个衙役晃动着手中的枷锁道："再不走，我们可就不客气啦。"

我一头雾水地问道："为什么要带我上公堂？"

那个手拿枷锁的衙役没好气地说："有人将你们告到公堂上了。"

我瞪眼问："是谁把我们告到公堂上？"

另一个衙役不耐烦地说："别啰唆了，到了公堂不就知道了吗？"

印度工匠后悔死了，他一个劲地跟我说这事因他而起，是他连累了我。我安慰他说，没有你这件事，也会有其他的事，没事的，莫担心，主会保佑我们的。衙役要将我带走，印度工匠心里内疚，也跟着到了公堂上。

公堂上挤满了人。穿过围观的人群时，我听到他们在小声议论，他们说，听说知府大人要升堂审问番鬼佬，他们就来看热闹了。两旁的衙役见我们被带到，马上齐声高呼"威武"。知府王泮威严地坐在公堂之上，原告已跪在左边的方形跪石上，而我与印度工匠则被衙役按倒在右边地上的一块给被告跪的长形跪石上。

我们刚跪下，知府王泮便用力一拍惊堂木，大声喝道："大胆西僧，你们可知罪？"

我磕头回话："贫僧向来安分守己，真不知道犯了什么错。"

知府王泮："本官允许你们在肇庆府建寺居住，可你们不仅不知道知恩图报，反而惹是生非！"

我又磕头重复道："贫僧向来安分守己，真不知道犯了什么错。"

知府王泮："现在有人控告你们私自扣押小孩，还想拐卖出境，可有此事？"

知府大人如此斥问，引得围观的人议论纷纷。

印度工匠忍不住从怀里掏出带来的小石头和碎瓦片申辩道："大人，莫听他们的一面之词呀！其实是他们家的小孩子爬到崇禧塔上去朝仙花寺的屋顶投掷石块，屋顶都被砸穿了，这些小石头和碎瓦片就是证据，请大人明鉴。"

别看人高马大的印度工匠平时粗粗鲁鲁的，关键的时候还挺细心和冷静，他竟然将那些小石头与碎瓦片悄悄地带到了公堂上。我不由得赞赏地朝他点点头，表示感谢。印度工匠也朝我点点头，并会心一笑。

跪在左边的原告忍不住了，他一边磕头一边大声道："大人，请莫听这番鬼狡辩。"

知府王泮反问他："你说他狡辩，有何证明？"

原告："我们有证人可以做证。"

几个邻居从围观的人群中走了出来，跪到地上，齐声说："对，我们可以做证。"

其中一个领头的胖邻居说："那天我刚好路过崇禧塔，确实看见那小孩只是在塔下玩耍，并没有到塔上去，更不要说在塔上朝仙花寺投掷石块了。"

另一个瘦邻居接着也说："那天我进城里去办事回来，原本已走过了仙花寺的门口，忽然听到小孩子的哭声，才回过头来一瞧，刚好就看见这个鬼佬正拎着那个小孩朝寺里走去。"

那个胖邻居又补充道："这鬼佬力大，一手拎着小孩，还腾出另一只手来狠狠地打那小孩的屁股。"

围观的人听他们这样说，都怒气冲冲地纷纷指责印度工匠。我见势不妙，急忙磕头申冤道："大人，冤枉啊！事实并非如此！"

印度工匠也磕头道："大人，那小孩确实是站在塔上朝我们屋顶投掷石块，我大声制止他，他不但没有住手，还不停地朝我掷石头呢！"

我又磕头说："这位天竺工匠将小孩拎回寺里，只是想教训教训他别再这样淘气捣蛋，又如何会拐卖小孩子呢！"

双方各执一词，你一言我一语地争论不休。围观的人也是交头接耳，不知道该相信谁。知府王泮静观其变，一言不发。

那原告见群情汹涌，以为官司赢定了，又示意几个人出来无中生有地做证。

说实在的，当时我非常担心会因此而被驱逐出境。幸好，那个修建崇禧塔的正义工头此时挺身而出，说他是当天的目击证人，黑人工匠所说的都是事实，而且这两个西洋人一向安分守己，并没有做过犯法的事，更没有拐卖人口。其实知府王泮也十分清楚我们的为人，只是苦于缺乏有力的证据，现在见有人出来为我们做证，便一拍惊堂木，大声叱喝那原告："大胆刁民，竟敢诬告洋人！"

那原告还想抵赖，又在公堂上煽风点火，以为这样可以逼迫知府大人治我们的罪。不曾想，谭瑜老先生这时拄着拐杖来到了公堂上。谭老先生是举人出身，德高望重，在公堂上是不需要行跪拜礼的，他只是朝知府王泮拱手行礼道："大人，老夫当天也在现场，愿意为这位洋人做证！"

谭老先生现身，彻底扭转了局面。原告自知理亏，只得承认是诬陷。知府王泮大怒，命人将诬告者拖下去狠狠地打板子。我为息事宁人，恳求知府大人饶恕他。然而，知府王泮却说，这人冤枉无辜者，罪无可恕！于是，那人就被衙役当场按在地上打了板子。虽然他不断地挣扎，但被好几个力大无穷的衙役死死地按着，也只是无力地挣扎。板起板落之间，伴随着阵阵惨叫声，那人好好的屁股渐渐变得皮开肉绽。胆小的都不敢看那血肉横飞的惨状，纷纷将头转到另一边去。

打罢诬告者，知府王泮转而对我们说："尽管是他们诬告你们，但倘若不是这位天竺工匠将小孩子拎到仙花寺里去，也不会惹起事端。"

印度工匠磕头道："小人下次不敢啦！"

我也磕头保证："以后我们会注意的！"

为了保护我们，又能对民众有所交代，知府王泮最后判决道："这位天竺工匠也有过错，本官令你三天之内立刻离开肇庆府返回澳门岛去！"

我一听要驱逐印度工匠出境，急了，正想恳求知府大人开恩，可还没来得及开口，已听惊堂木一响，王泮大声道："退堂！"

临走之前，印度工匠将组装自鸣钟的技术毫无保留地传授给了那两个当地的工匠。那两个当地的工匠非常感激印度工匠，便依依不舍地将他送到码头去坐船回澳门岛。临上船，我又额外给了印度工匠一些钱。我是这样想的：如果没有他的急中生智，悄悄地把那些石头和碎瓦片带到公堂之上，也许我也会像他一样被驱逐出境了，这点钱算什么呢。我并没有受到这起官司的影响，而且能够继续留在肇庆府，很大程度上是因为印度工匠，还有那个正义的工头，以及谭老先生的仗义出手相助。当然了，如果没有知府王泮的暗中保护，我也没有可能继续留在肇庆府的。正因为感谢知府大人，所以我与那两个当地工匠没日没夜地加紧造钟。

我们费了很多工夫，终于完成了任务，将一座崭新的自鸣钟组装好。那座自鸣钟差不多有一个人那么高，造型也十分美观，更加难得的是，这座钟不仅可以每个小时准确报时，而且每隔三十分钟还会特别响一下，提醒你时间。大钟造好之后，我用日晷和其他精准的计时器反复调试过多次，确认分秒不差之后，才将它运送到丽谯楼上。

知府王泮十分高兴，围着那座大钟转了好几圈，赞叹不已："这可是大明王朝的第一座自鸣钟啊！"

那两个当地工匠也兴奋地说："相信不久的将来，我们会拥有更多这样的钟……"

知府王泮闻言，不断地给那两个工匠打眼色。那两个工匠马上醒悟过来，不再说话了。因为高兴，知府王泮也没有再责怪那两个因为得意忘形而说漏了嘴的工匠。我亦装聋扮哑，假装糊涂。

知府王泮客气地要付我造自鸣钟的钱，他说："大师，你好好算一算，本官该付你们多少银两？"

我客气地对知府王泮说："承蒙大人的关照，我们才可以在肇庆府定居，这座钟就当是我们送给城中百姓的礼物吧！"

知府王泮却不愿意，他说："我们可是有言在先的，购置这钟的银两必须由我们来付！"

我拱手道："小小意思，聊表心意，何足挂齿！"

知府王泮："言而无信非君子，既然是有言在先，这银两就一定要付，本官身为父母官，就更应该率先垂范，以身作则！"

见知府王泮如此坚持，我就象征性地报了数，收了他的银票。接过银票，我向知府大人告辞："大人如果没其他吩咐，贫僧先行告辞了。"

知府王泮忽然说："等一等，本官还有一事要跟大师说呢！"

　　我拱手道："大人请讲。"

　　知府王泮："这钟造好了，你看这地图是不是也该绘制了？"

　　我爽快地答应："大人放心，回去之后，我马上开始绘制地图。"

　　按照知府王泮的吩咐，手把手教会了丽谯楼上的司壶校尉怎样给自鸣钟上发条之后，我又将全部精力投入地图的绘制上。

　　丽谯楼上的大钟不但用来给城中的百姓报时，而且还供大家欣赏。大家纷纷跑来看稀奇。每个看到这座大钟的人都啧啧称奇，他们听说这座大钟是仙花寺里的天竺僧人所造，又前来参观我们的住所和其他稀罕之物。许多年以后，我到了京城向万历皇帝进贡了同样的一座自鸣钟。两座自鸣钟都是用齿轮来带动的，同样的精巧，以至于什么稀奇之物都见过的万历皇帝亦爱不释手。对着那座自鸣钟，万历皇帝痴迷不已。很长的一段时间，他几乎每时每刻都要看到它，甚至连吃饭睡觉的时候也要看到它。有一天，那座自鸣钟突然不走了，万历皇帝以为钟坏了，就连夜命太监急召我进宫去修理。其实我心里明白得很，那座钟并没有坏，只是又到了要给它拧紧发条的时候而已。在京城，我可留了一手，我只教会了宫中四个太监如何保养那座自鸣钟，而从来没有教他们该如何给那座自鸣钟拧紧发条。我怕教会他们给自鸣钟拧紧发条，万历皇帝就不需要我了。我每次给宫中的自鸣钟拧紧发条之后，自鸣钟又重新开始嘀嘀嗒嗒地行走。听说躲在帘子后面的万历皇帝只要一听到嘀嘀嗒嗒的声音就会龙颜大悦。为此，万历皇帝不但允许我们在京城居住，还令人给我们发放丰厚的俸禄。直到临终的那一年，远在京城的我才听说肇庆府的人终于造出了属于他们自己的钟。听说他们的钟是黄铜造的，加之始终没有学会用钟摆上的钟舌来敲钟，所以他们造出来的钟在音色上还是比不上我们的钟。这些都是后来发生的事情，这些事情，以后有空，我再慢慢跟大家说吧，现在我还是说一说我是怎样应知府王泮的要求绘制那幅中文世界地图的。

　　没有人来参观仙花寺的时候，我就会静下心来研究该如何绘制

那幅中文标注的世界地图。之前，知府王泮看见仙花寺墙上的那幅世

界地图后感到十分地好奇和惊诧。他说他一直以为天是圆的、地是方的，而他们的国家，也就是大明王朝，是位于大地的中央的，占据了整个世界的绝大部分的。他说他一直深信，大明王朝四周的海洋就是世界的尽头，而分布在大明王朝四个角落的一些其他小国，比如暹罗、爪哇、满剌加、天竺等也多半是他们的藩国。我想，他们之所以认为他们的国家很大而世界很小，是因为他们的朝廷长期实行非常严厉的海禁政策。我跟瞿太素探讨这个话题时，他说："你的分析非常有道理，也许，正是因为我们的朝廷曾经长期实行非常严厉的海禁政策，所以我们才慢慢地闭上了自己的眼睛。"

我说："现在看来，你们历朝历代的皇帝所谓的君临天下，其实就是仅仅局限于这海内之域而已！"

瞿太素长叹一口气道："普天之下，莫非王土啊！而那海外之域，则干脆把它视作微不足道的番邦小国了。"

我疑惑地问瞿太素："兄台所言，似乎话中有话？"

瞿太素欲言又止："说白了，就是皇帝知道世界很大，而我们的国家很小，只是官员和普通老百姓都被蒙在鼓里。"

我恳求瞿太素详细说来听听。瞿太素说，你这不是为难我吗，这可是要杀头的。最后，他还是拗不过我的死缠烂磨，一股脑地全给我说了。他说，秦王嬴政一统天下，不仅焚书坑儒，禁锢思想，还在东海的朐山之上竖立界石、关闭国门的同时，也让国人的眼睛紧紧地闭上了。可秦始皇为了得到长生不老的仙药，却又先后派人出海去寻找那所谓的仙人，显然，这正说明他其实是知道海外那个庞大无比的世界的。瞿太素最后总结说，百代皆行秦制，秦始皇对世界的态度，也就为后来的历代君王所效仿。

我问瞿太素，那后来呢？瞿太素说，没有后来了，我不是说了吗，后来的历代君王全都效法秦王，他们为了自己的君权，始终拒绝海洋，也拒绝世界。瞿太素又说，最后到了我们的大明永乐年间，尽管明成祖朱棣令心腹太监郑和七下大洋，也熟知了那个海外的世界，但他还是很纠结该如何去面对这个庞大的世界！是开海抑或禁海，他还是很纠结很犹豫的。也正因他的纠结与犹豫，我们的眼睛只开了一丝细小的缝随即又紧紧地闭上了。

我说，正因为你们闭上了眼睛，我们才感到遥远的东方是如此的神秘。这种神秘，经过我们那里的一个战俘在监狱里的讲述，而变得更加神秘。用讲故事的方式来消磨牢狱时光的是一个叫马可·波罗的人，而记录下马可·波罗神奇经历的则是住在同一个监狱的狱友鲁思悌谦，他们出狱之后出版了一本叫《马可·波罗游记》的书，正是这本书，向人们描绘了你们的神秘，也正是这本书，激起了人们强烈的好奇心。越是神秘，也越令人神往；越是神秘，也越被深深吸引；越是神秘，也越让人无法自拔。而我，就是其中的一个无法自拔的人。

瞿太素说："所以，你就千里迢迢地来到了肇庆府。"

我没有答他，只是像往常一样摸摸自己光秃秃的脑袋，然后咧嘴对他一笑。

瞿太素又像往常一样喃喃自语：

"我爹不让我炼丹，让我好好读书，我没有离家出走。"

"我爹让我为他生个大胖孙子传宗接代，我也没有离家出走。"

"可是，我听好友徐光启说岭南肇庆府有个懂炼金术的西洋人，我就离家出走了。"

我还是不说话，只是一个劲地傻笑，并且不停地抚摸自己光秃秃的脑袋。

瞿太素继续梦呓般说：

"后来，我就来到了肇庆府，见到了您。"

"再后来，我发现你其实真的不懂什么炼金术。"

我依然不说话，依然只是一个劲地傻笑，依然只是不停地抚摸自己光秃秃的脑袋。

瞿太素突然抬起头来对我说："你别再摸你的脑袋了，我真担心你这样子摸下去，会把自己的头皮给摸破了。"

说着，他站了起来，然后闭上双眼梦游般一步步缓缓走到那幅巨大的世界地图前站住。也不知道站了多久，反正他最后深深地吸了一口气，然后突然睁开眼睛去看墙上的整个世界。

我盯着瞿太素的背影说："你与知府大人一样，每次看这幅世界地图时，脸上露出的都是同样的表情！"

第一次看到那幅世界地图，第一次通过地球仪看到整个世界的缩影，知府王泮惊叹不已。知府王泮说，他一直以为，大明就是中国，也就是位于大地中央的大国，而中国就是天下。他压根儿就没有想到，在中国之外，竟然还有一个庞大得令人吃惊的世界。

为了更加清楚地了解那个令他惊诧的世界，知府王泮问我："可否为本官绘制一幅用中文标注的世界地图？"

我爽快地答应他："当然可以。"

知府王泮很高兴，又提出另外一个要求："你绘制中文世界地图时，可否将大明画在地图的中央？"

对于这样的要求，我感到有点为难："这个，好像不太好办……须知，大明确实不位于世界的中央。"

知府王泮转动一下桌子上的地球仪，问我："你说过，地球是圆的，对吗？"

我点点头答他："是的，地球确实是圆的！"

知府王泮盯着我说："好，假设大明真的不位于世界的中央，但地球既然是圆的，只要我们转动它，不就可以随时将大明转动到中央的位置了吗？"

真是一语惊醒梦中人啊！听知府王泮这样一说，我一下子恍然大悟："对对对，绘制地图的时候，只要做一些小小的改动，是完全可以把大明画在地图的中央的。"

知府王泮见说服了我，甚为欢喜，拱手道："那就有劳大师了！"

我理解知府王泮他们的想法，所以在一些事情上我总是尽可能地做出妥协。譬如修建仙花寺，我们不将其修建成教堂的样子而让它更像中国的寺庙。我知道他们一直以来都相信天是圆的、地是方的，他们也一直坚信地球的中央就是中国也就是大明，你一下子告诉他们天是圆的、地也是圆的，而且中国也就是大明其实并不位于地球的中央，那么他们肯定无法接受。他们更加无法容忍中国也就是大明，被绘制在一幅中文世界地图的边缘。有时候，你又不得不佩服他们的想象力，他们竟然可以想到圆形的地球是可以转动的，既然地球可以转动，那么中国也就是大明，自然就可以随时转动到地球的中央位置！为了将中国也就是大明，画在中文世界地图的中央，我只好抹去了福岛的第一条子午线，在地图两边各留下一道边，这样就巧妙地使中国也就是大明，正好出现在画面的中央。

画了又改，改了又画，草图撕了一张又一张，那幅以中国也就是大明为世界中央的中文世界地图终于画好了。白色表示陆地，黑色代表海洋。用汉字标出了所有的国家与地名，还有赤道、经纬度、子午线等等。每个国家和每个地方的信仰与风俗，我都注释了，甚至每个国家和地方的大小我都计算出来标在地图上。由于汉字是方块字，写起来所占的空间比我们的文字要大，所以这幅中文世界地图尺幅更大。地图画好后，我还特意让陈理阁找来一方上好的端砚，研了一池好墨，然后用楷书端端正正地写上"山海舆地全图"几个大字。我想，在肇庆府绘制的这幅中文世界地图，一定要用肇庆府特有的端砚研的墨来题名才更有意义。

知府王泮会相信世界真的那么大吗？他是否会满意这幅中文的世界地图？说实在的，我心里真没有底。

当这幅中文世界地图在知府王泮的面前徐徐展开的时候，我紧张地盯着他。

与知府王泮接触多了，我发现他虽然是个温良谦让的人，也从来不摆官架子，见人总是笑眯眯的，但毕竟是个官场中人，城府似乎也很深，往往喜怒不形于色，脸上总是一副有事好商量的表情，不会轻易让你看出他的真正想法。可是，当这幅中文世界地图在知府王泮的面前徐徐展开的时候，我分明看到，他的脸上露出了和之前同样的惊诧表情。很明显，他是被我绘制的这幅世界地图深深地吸引了，就像一个懵懂的少年，正用好奇的目光打量着一个陌生的世界。那一刻，我心头的那块大石落地了。那一刻，我知道，中国也就是大明王朝的第一幅世界地图从此诞生了！

我还看见知府王泮找来了他们原有的地图，与这张刚刚绘制好的地图进行认真的比对。知府王泮是个细心的人，你轻易骗不了他，我知道他是想知道大明周边的邻国和一些岛屿的名称两张地图是否一致。比对过之后，他最后高兴地笑了。

后来，这幅巨大的世界地图受到了知府王泮和其他的一些官员士大夫的极力推崇。王泮亲自督促雕版刊印了一批《山海舆地全图》，除了在府衙和家中张挂，也不愿意卖给任何人，而只是把它当作最为珍贵的礼物，赠送给官场上有地位的人。这些有地位的人，包括应天巡抚赵可怀，镇江知府王应麟，礼部尚书王忠铭，等等。据说，是王应麟把这幅世界地图转赠给应天巡抚赵可怀的，赵可怀最后把它刻在了苏州的一块石碑上，同时刻上自己撰写的序文。这幅世界地图经知府王泮的刊刻传播，影响甚大，众人都以能一睹为荣，因此我的名字也传遍各地。这幅世界地图，也为我后来一路北上并最终走进紫禁城而大开方便之门。这幅世界地图，也让我有缘结识了徐光启，并与之成了莫逆之交。有时候我仔细想想，觉得其实人世间的许多相遇都讲缘分，冥冥之中似乎早就做好了安排。你看，瞿太素因为听好友徐光启说岭南肇庆府有个懂炼金术的西洋人，他就不顾一切地千里迢迢而来认识了我。而徐光启也因为瞿太素，因为这幅世界地图与我最终相遇并成了最好的朋友。有时候，你不得不喟叹，其实所有的不期而遇，都像故友重逢。

罗明坚终于回来了。

罗明坚回来的那天，我们去码头接他。罗明坚从船上走下来的时候，利玛窦激动地上去与他拥抱。利玛窦一边跟罗明坚拥抱一边说："终于把您盼回来了，明坚。"

罗明坚拍拍利玛窦的肩膀，说："葡萄牙的商船终于回来啦，他们给了我们一大笔捐赠！"

利玛窦高兴地说："太好了，今后，我们再也不用靠变卖东西来维持了，相信，教堂的第二层也会很快建起来的。"

听到这样的好消息，我和陈理阁都替他们俩高兴。回到仙花寺，利玛窦领着罗明坚走遍了教堂的每个角落。看到知府王泮亲笔题赠的那两块匾，罗明坚不由自主地竖起了大拇指，继而又抱歉地对利玛窦说："玛窦，我回来迟了！"

利玛窦只是微微一笑，默默地与他再次拥抱。

罗明坚带回来的捐赠，让教堂的第二层很快便竣工并交付使用。有了足够的钱，他们还按照原来的设想，对教堂的大门、窗户都进行了精心的装饰。窗户镶上了从澳门带过来的彩色玻璃，大门两侧竖起了罗马柱子，门窗贴上了繁复的浮雕和十字架。此时，教堂尽管仍然高挂着"仙花寺"的大匾，但与中国传统的寺庙已大相径庭。

手头有钱，罗明坚还为教堂添置了不少家具。站在教堂二楼的阳台或者打开那些镶有彩色玻璃的窗户，东面的羚羊峡、南面的西江、西面的肇庆府城、北面的北岭山和七星岩，都一览无余。他们还出了二十多两银子，将紧邻教堂的几间房屋盘了下来，拆建成教堂的花园。当商量应该在花园里种些什么花木时，利玛窦对罗明坚说："在印度的果阿我曾听一位高僧说过，寺院里必须种'五树六花'，我们是不是应该也种一些这样的花木，这样的话我们的教堂看起来就更像一座寺庙了。"罗明坚问他："哪五种树、六种花呢？"利玛窦就告诉他："五种树就是菩提树、高榕、贝叶棕、槟榔和糖棕，六种花就是鸡蛋花、荷花、文殊兰、黄姜花、缅桂花和地涌金莲。"罗明坚听后，恍然大悟："难怪你让我将那么多鸡蛋花树苗从澳门带过来了，原来有这样的用途。"于是他们便在花园里种了许多这样的树木和花草。种菩提树时，罗明坚说仙花寺是应该要种些菩提树。利玛窦点头表示赞同，他说菩提树梵语叫"毕钵罗树"，因释迦牟尼在菩提树下悟道，才得名为菩提树，"菩提"意为"觉悟"，直到现在印度也就是天竺的僧人们还经常在菩提树下思考。种贝叶棕时，罗明坚说我知道寺庙为什么要种这种树，因为传说佛教赫赫有名的"贝叶经"就是用这种树叶抄写的，问题是，这种树不知道能不能适应这里的水土。正在挖树坑的利玛窦说据讲只要心诚就能种活它。种鸡蛋花时，利玛窦说这种花在果阿的寺庙里广泛种植，故又名"庙树"或"塔树"。罗明坚还告诉一起帮忙种树的我和陈理阁说，这可是利玛窦好不容易从果阿引种到澳门然后再让他从澳门带过来的。花园里种满了花草树木，香气扑鼻，我呼吸着空气中的清香感慨地说："花本是普通的花，树本是普通的树，但与佛教扯上了联系，仿佛就有了佛性。"

那家教唆小孩子朝仙花寺屋顶投掷石头的邻居，本来就觉得紧邻寺庙风水不好，在得到一大笔补偿后马上欢天喜地地搬走了。花园种满了花草，围墙也建起来了，将教堂与崇禧塔隔离开来，互不影响。谭瑜对他们说，仙花寺与崇禧塔用围墙相隔也好，不是说亲戚要好结远方，邻居要好打高墙吗？此时，崇禧塔也已竣工。崇禧塔竣工的大喜日子，知府王泮很高兴，还邀我们一起登塔观光。上至塔顶，王泮兴致很高，忍不住赋诗一首："九层巀嶪控羚羊，日射金轮散宝光。

危构不烦千日力，灵成应与万年长。悬知窟是龙蛇蛰，会见人题姓字香。极目五云天阙近，双凫直欲趁风翔。"

大家都拍手称赞知府大人文采好，诗词冲雅，不愧为进士出身。王泮拱手谦虚地说："哪里哪里，雕虫小技而已，赋诗一首，就算天竺高僧也易如探囊取物！"听王泮这么说，众人于是又起哄让天竺僧人也和诗一首。利玛窦推辞不了，只好和诗一首："役采星岩白石羊，构成宝塔现金光。擎天柱国三才正，巩固皇图万寿长。檐绕云霞霄汉近，顶闯月窟桂花香。日移影射端溪水，惊动腾蛟海表翔。"

知府王泮拊掌道："好诗，好诗啊！"

一群白鹤从塔前翩然飞过，朝府城里高耸入云的披云楼飞去。原来，谈笑之间，不知不觉已近黄昏。从塔上下来，知府王泮又邀大家到仙花寺里去。原来，他早已让利玛窦和罗明坚提前备好酒席招待大家。

走到仙花寺的大门前，大家看见王泮题写的"仙花寺"大匾，又大赞知府大人的书法好，龙蛇天矫，世皆宝之。知府王泮又拱手连连说："谬赞了，谬赞了！请大家进寺中喝酒吧！"

进入教堂，见酒席已经布置好，王泮于是招呼大家就座，并恭请谭瑜坐在自己右手的主要位置上，然后拿起酒杯，高声道："如果没有谭老先生费心督建，加上诸位的同心协力，本官纵有三头六臂，也成不了事。今日趁这宝塔落成之机，特借天竺高僧的宝刹，略备薄酌，请诸位尽兴！来，本官先敬大家一杯！"

酒至半酣，几个读书人又风雅起来。有人提议："今日宝塔落成，实乃盛事，知府大人刚才在塔上赋诗一首，而天竺高僧亦和诗一首，可谓珠联璧合，要不，我们请知府大人挥毫泼墨，将这两首好诗抄录下来，亦好让我们开开眼界！"

大家附和道："好呀好呀，知府大人的书法卓然一家，难得可以在现场亲睹其笔走龙蛇啊！"

王泮又谦虚道："谭老先生在此，本官岂敢班门弄斧！"

谭瑜连忙站起来说："知府大人过谦了，谭某已是老朽，早就力有不逮，而知府大人才是如日中天啊！"

知府王泮高举酒杯，道："好，既然这样，本官敬过谭公此杯后，就斗胆献丑了！"

利玛窦连忙吩咐我与陈理阁赶快笔墨侍候，我们俩便匆匆去置办。

少顷，文房四宝备好，大家簇拥着知府大人来到书案前。王泮一手拿着酒杯，一手提笔题写自己刚才在塔上所作的那首《崇禧塔成志喜》诗。

一口气写完，众人又赞叹不已。王泮自个儿端详半日，略为点头，说："还行！"说罢，让人换上另一张纸，又写了利玛窦的那首和诗。

王泮全神贯注地写着，全然不觉那为他换纸抻纸的竟是谭瑜老先生。写毕，谭瑜赞道："好，知府大人的字确实好！"

王泮这才发现谭瑜竟站在书案旁帮他拉抻着宣纸，急忙掷下手中的笔，走过去拉着他的手，连声道："谭公如此，让王某人如何是好！"

说着，王泮挽着谭瑜的手回到座上，又恭恭敬敬地向他敬酒。

正在兴头上，一个小吏走到王泮身旁，俯身与知府大人耳语几句，又呈上一封官府的信函。王泮拆信一看，喜道："看来，王某又要多敬大家一杯了！"

原来，崇禧塔成了知府王泮在肇庆府的又一重大政绩，他刚刚接到调令，已被升任为广东按察司副使兼分巡岭西道。

众人都说宝塔落成之日，王大人便官升一级，真是喜上加喜。

谭瑜亦举杯向王泮道贺："看来，这崇禧宝塔，真是吉祥啊！"

大家又纷纷端着酒杯过来敬王泮。王泮心里高兴，来者不拒。喝酒的时候，王泮重重复复地对人说："说是升官，可按察司副使的治所仍在肇庆府，往后还要请大家继续鼎力相助啊！"喝到最后，王泮酩酊大醉。

是应该要开怀痛饮大醉一场的。王泮总算可以松一口气了，他原本还在为是否可以得到晋升而整天担忧不已。他生怕让洋人在肇庆府居住而受到朝廷的惩处。最后，他不仅没有因为与洋人交往而受到惩处，反而在洋和尚的帮助之下喜得千金，这不是应该值得高兴吗？王泮娶有一妻二妾，三十多年了仍未得一男半女。为这，他一直耿耿于怀。这是他年岁不小时才有的第一个孩子，自然老怀大慰。更加令人感到高兴的是，他另外的一个年轻小妾亦已怀胎十月，马上就要生育，幸运的话，那即将诞生的第二个孩子也许就是个儿子。

其实，在闭关自守的大明王朝允许洋人定居是有很大的官场风险的，如果没有风险，总督大人郭应聘就不会与那两个洋和尚始终保持距离。就算不得已而为之的知府王泮，也是一见有什么风吹草动就随时准备脱身自保的。许多年以后，朝廷下旨明令各地不准再修建新的寺院时，听说自己马上就要升任湖广参政的王泮便悄悄令人铲去了"仙花寺"和"西来净土"那两块匾上的落款。同时，他还让人铲掉了《山海舆地全图》木刻版上自己的署名。这一切都似乎说明，当初他替总督大人出面与洋和尚交往是诚惶诚恐的，确实是感到有风险的。

这样的风险似乎无处不在。我估计，尽管已经得到升迁，但每当午夜梦回睡不着觉的时候，王泮肯定是会感到后怕的。这也是我一直无意于官场的其中一个重要原因。我是个喜欢自由自在的人，也是个不愿意让自己委屈的人，这一点我爹真的不了解我，还死命逼我读书考取功名做官。结果，我爹一逼我，我就犯糊涂了。我一犯糊涂，就迷上了炼金术跑到肇庆府来跟西洋人学黄白术了。而事实上，世上根本就没有什么炼金术。可是，还是会有人像我一样固执地认为西洋人是懂炼金术的，比如那个利玛窦教会他使用望远镜的年轻人蔡锦龙。蔡锦龙是个游手好闲之徒，本来一贫如洗，但因为有人暗中支使他去接触那两个洋和尚，不但供他吃喝，还花钱给他娶了老婆，目的就是利用他假装信教而间接地获取黄白术。蔡锦龙一有空就来仙花寺帮忙并伺机窃取黄白术，他还偷偷带着那两个洋和尚去山上看过矿，看能不能从矿石中提取黄金或者白银。我听利玛窦说蔡锦龙带着他们去山上看过矿回来，差点笑弯了腰。那两个洋和尚不懂什么炼金术，自然就守口如瓶，蔡锦龙也就一无所获并认定是他们不愿意教他。蔡锦龙一气之下，就谎说有个想入教的远房亲戚要看看三棱镜。洋和尚信以为真，就把一枚三棱镜交给蔡锦龙。蔡锦龙骗到三棱镜，马上就销声匿迹了。那个幕后资助蔡锦龙的人不甘心人财两空，就拿着蔡锦龙之前写下的欠条告到官府。官府派人去搜捕蔡锦龙，好不容易才将他捉

184

拿归案。是知府王泮审的案，他将蔡锦龙变卖三棱镜的银两判还给仙花寺的洋和尚，那个告官的人就不服了，说那些银两应该用作还他的欠款。那人说如果不把那些银两判给他，他就告到总督衙门去。知府王泮大发雷霆，最后将那人与蔡锦龙一起投入监狱，这事才算摆平。我知道这件事后，不禁为王泮捏了一把汗。我想，这对于王泮来说，应该也算是一件有风险的事情吧！如果处理不好，谁知道后果会如何呢？可话又说回来，有风险，自然也就有回报！王泮帮助那两个洋和尚，还是得到了不少好处的。那两个洋和尚不断地在圣母像前为他祈祷，又不断地用西药医治他和他的妻妾，竟让他生了个女儿，接着又生了个大胖儿子！他的兄弟是个丝绸商，那两个洋和尚又帮助他的兄弟向葡萄牙商人出售过大量的丝绸，这些，也应该是好处吧！

　　王泮的儿子出生时，那两个早熟习了如何与官员打交道的洋和尚自然悄悄登门道贺。不仅送了厚礼，利玛窦还赋诗一首，以示庆贺。那首诗是这样写的："十月初三上得儿，小僧初十贺迟迟。奇逢天主慈悲大，圣泽淋头万福宜。"知府王泮给儿子摆弥月酒那天，我恰好去了外地，但事后读了利玛窦给我看的那首贺诗，我隐约觉得他们似乎是给王泮的新生公子洗了礼的。利玛窦悄悄告诉我，知府王泮再三说，如果没有仙花寺的送子娘娘保佑，他是不可能老来得子的。

　　现在回想起来，感觉那两个洋和尚来肇庆府也真是时候，可谓正赶上了好时机。你看，他们来的时候，知府王泮正为膝下无儿无女而愁眉不展；你看他们来的时候，知府王泮正雄心勃勃想干出一番政绩来。他大兴土木，不仅在七星岩建文昌阁，还在城东建崇禧塔。而这个时候，那两个洋和尚要在崇禧塔旁建寺庙居住，不正中了知府王泮的下怀吗？那两个洋和尚也算精明，他们在修建寺庙抑或修建教堂的问题上竟做出了艰难的妥协！其实他们早就知道这里的老百姓都不喜欢屋顶尖尖的房子，倒是对寺庙有着千年的感情积淀，所以他们来之前就改穿了僧袍，以一副和尚打扮示人。我也是后来才明白过来，事实上他们并不是什么和尚，他们与和尚根本就是两回事。他们不仅讨得了知府王泮和总督大人的欢心，还把房子给修好了。这房子修好了，他们自然就有了私产。有了私产，他们不就可以长期在肇庆府居住了吗？不就可以慢慢地开始传播他们所谓的福音了吗？看来，他们的算盘还是打得很周全的。

知府王泮更精明，他既为总督大人暗中办了事，也得到了外人无法知晓的好处。不然，他又如何肯去承担那些官场上的风险呢？前任总督陈瑞跟西洋人交往被罢免不就是前车之鉴吗？说是因为首辅张居正的事情受到牵连，但谁又敢保证这跟陈瑞与西洋人的交往没有半点关系呢？所以，我常常想，知府王泮一路走来还是如履薄冰的。那么，当他得到晋升的时候，如释重负、一醉方休也是可以理解的。

罗明坚这次从澳门返回肇庆府，又带回来许多书籍和其他一些新奇的物品。他们将更多的书籍与新奇物品陈列出来，希望能够吸引更多好奇的人来观看，进而希望更多的人受到影响慢慢地接近真理。其实他们之前已经带来了许多印刷精美的书籍，而这些书籍无一例外都配有许多插图。他们说之所以选择带这些图多字少的书籍来给我们看，主要是考虑到我们都不认识他们鸡肠子一样的文字。那些书籍画册，都公开让人观看。对于前往观看稀罕物品和书籍的官员文人，又或者普通的老百姓，那两个洋和尚都不分贵贱地给予讲解。王泮虽已升迁广东按察司副使兼分巡岭西道，但因其治所仍在肇庆府，所以平时只要一有空闲，依然喜欢到仙花寺里来坐坐，与洋和尚聊聊天，看看那些远来之异物，翻翻那些印刷精美的书籍。尽管不会读书上那些如鸡肠般弯弯扭扭的文字，也不知道那些文字的意思，但王泮还是喜欢随手翻一翻，看看书上那些逼真的图案。那些书我也翻看过，正是从那些逼真的图案当中，我才了解到许多西洋的风景名胜与民情风俗。我想王泮也应该如此。

新的肇庆知府很快到任。因与新任知府郑一麟同籍，所以王泮也喜欢到府衙去拜访新知府，又或与昔日僚属叙旧。正因为王泮的缘故，新任知府郑一麟到任肇庆府之后，也很快就来仙花寺与崇禧塔看过。甚至，郑一麟还专门在仙花寺设宴宴请王泮，以祈得到他的鼎力支持。

那次宴请，我也受到邀请。酒足饭饱之后，自然又参观仙花寺里那些远来异物和书籍。大大小小的书整齐地摆放在书架上，一本巴掌大小的书引起了知府大人郑一麟的好奇，他拿起来仔细地翻看："这

186

本书怎么这么小？"

利玛窦给他介绍说："这书虽然小，但印刷特别精细，主要是方便携带。"

王泮也拿起一本书翻看着道："你们的书印得太精美了！"

郑一麟："他们的书不仅字迹清晰，而且图案也逼真。"

王泮："我们尽管很早就发明了印刷术，但一直都只是在沿用这种传统的技术，都只是用简单的刻板印成散页然后再用细线装订成线装书，大小尺寸都是约定俗成的，严谨之余也显得异常刻板！"

郑一麟赞叹道："而他们的书籍，大小各异，文字不模糊，图案也清晰，更加难得的是，那些景物人像都如真的一般！"

利玛窦："我们的图案运用透视、素描等写实技巧，自然给人逼真的感觉。"

王泮唏嘘道："可是，我们的印刷术比你们的早。"

利玛窦："我也是后来才知道，是怛罗斯之战的阿拉伯帝国士兵绑了你们的印书工匠才获得了印刷术，最后才辗转到了我们那里。"

罗明坚："正是你们的造纸术、指南针、火药和印刷术辗转传到我们那里后，才改变了一切也颠覆了一切！"

王泮长叹道："改变了你们却未能改变我们！"

罗明坚听出王泮的意思，便谦虚道："我们只是将你们的技术改良了而并非发明。"

王泮低头寻思后，又摇头叹道："如果不是你们来了，我还真不知道！我们发明了指南针，你们拿去用于航海，而我们却只用来看风水；我们发明了火药，你们拿去制造枪炮，而我们却只用来制造焰火和鞭炮。"

郑一麟突然惊叫起来："哗，这书的封面竟然镀了一层黄金！"

众人听郑一麟这样大叫大喊，都围拢过去，果然见他手上那书封面的文字金光闪闪。

利玛窦却轻描淡写地说："其实真不是黄金，只是一种泥金粉饰的装帧工艺而已！"

可是，仙花寺竟有黄金印的书这个消息还是不胫而走。来仙花寺看稀奇的人越来越多。利玛窦兴奋不已，就将这盛况用笔记记录了下来。这个洋和尚有个记笔记的习惯，我看见他每天都在用洋文记录，就好奇地问他写些什么。也许是高兴吧，他就用中文将记录的内容念给我听。他一字一句地给我念："我们的图画和塑像，我们的数学和地图，吸引了他们。尽管他们都不认得我们的文字，但我们的那些书，还是大受称羡！因为书的装帧不同寻常，而且镀金美观，这是他们从来没有见过的！我们把附有描绘性地图的书或者用图表和草图说明的建筑模型拿给他们看时，他们都惊诧不已……"

仙花寺里常常人满为患，用那个洋和尚利玛窦的话来说，就是那些人刚开始是出于对稀罕事物的好奇，然后是受到了更有用的东西即灵魂得救的吸引而来。因此，很长的一段时间，通往仙花寺四周的道路和街道常常挤满轿子，江面上拥塞着官员的大小船只。

当知道那两个洋和尚确实不懂什么炼金术的时候，我曾经想过一走了之。可是，在目睹利玛窦用自己的方法运送神木过桥与上塔之后，我决定留下来，并决心拜他为师跟他学习那些神乎其神的绝技。当发现他竟可用仪器准确地测量出两地的距离与崇禧塔的高度时，我就更加觉得拜他为师是非常明智的。我甚至想过，等生了儿子完成爹娘的传宗接代任务之后，要一辈子追随他。

至今回想起来仍然激动不已。那天，利玛窦突然跟我说，他说他可以准确地测量出从仙花寺到远处渡头村江边码头的距离。我说这不可能，除非你让人拉着绳子去丈量。他也不跟我争辩，就用他带来的仪器进行了测量，然后通过运算，把两地的距离给算了出来。我不相信那个数据是准确的，就找人拿着绳子，从仙花寺一直量到渡头村的江边码头，最后把利玛窦测出来的数据和我们用绳子量出来的数据进行对比。结果，竟然丝毫不差！

我正感到惊诧时，他接着又对我说："我还可以利用这个象限仪，准确地测出崇禧塔的高度。"

说罢，他还手把手地教我如何利用象限仪来测量与计算高度。谭瑜曾经告诉过我崇禧塔的高度，所以当利玛窦教我如何利用象限仪准确地测量与计算出塔的高度时，我真不敢相信自己的眼睛。

而后来知道他竟然还可以准确地推算出日食的时间，则更让我惊为天人！现在回想起来，我仍然觉得不可思议。

那天，我与利玛窦进城里去办点事。办完事从城里出来，却看见东门的城墙上贴着官府的告示。许多人在围观，闹哄哄的。我们好奇，便走上前去看个究竟。仔细看过那张贴出来的告示后，我告诉利玛窦："是官府在公布日食的时间。"

利玛窦不解地问："日食只不过是一种天文现象，为何要如此大张旗鼓地公布？"

我就给他解释："我们通常将这种异象叫作天狗食日，认为是不祥之兆。我们都认为，天狗食日之所以会发生，乃上天欲降罪于人间，警示君王，才把日头吞灭；而日不食、星不悖才是太平盛世。因此每当有天狗食日发生时，朝廷都会提前张贴文告告知天下百姓。等到了天狗食日之时，上至皇上下至地方官绅与庶民，则会在同一时间举行祭祀以救日。"

利玛窦听我这样一说，马上好奇地问："那由谁来预测日食的准确时间呢？"

我说："钦天监！"

利玛窦："钦天监？"

我答："对，就是朝廷命官钦天监，他们不但观测天象变化，占定吉凶，而且推历法、定四时。"

利玛窦思忖半晌道："还有这样的官员？"

我说："怎么没有，这样的官员可重要了，还是正五品呢！皇上认为自己是天子，而钦天监则可帮助皇帝在治理天下时上承天意、顺应天意，从而保证天地人三者之间的平衡与和谐！"

利玛窦又寻思道："如此看来，这钦天监还挺受重用的。"

我说："皇上对钦天监所奏天象是很重视的，如果钦天监奏说'或有战事'，那么朝廷就会下令提前戒备。还有大赦天下，很多都是根据钦天监所占天象而下旨的。"

利玛窦略略点头后又问："这钦天监真能准确预测日食的时间？"

我说当然可以，我们的祖先历来重视天象，很早就有日食预测的记录。有书记载，夏代一位天文官因沉湎酒色，漏报日食，结果被砍了脑袋。据说，当时书上是这样记载的：原本晴朗的天空阳光刺眼，忽然被一个阴影遮蔽，天空渐渐暗淡下来。太阳完全没入阴影后，天上现出点点星星，大地一片昏暗。毫无准备的百姓不知道发生了什么灾难，有人以为是末日来临，惊恐得匍匐在地；有人以为是天降处罚，纷纷跪地求饶；有人不知所措，奔走号呼；有人举着火把，有人鸣锣击鼓，连鸡犬也不得安宁。没过多久，天色渐明，太阳重现，就像什么事也没有发生过。人们悲极而喜，又纷纷跪下叩谢上苍，也有人依然忧心忡忡，不知道什么时候会天降奇祸。

利玛窦笑笑说："如此看来，这钦天监确实是朝廷的重臣，也应该是皇上身边的红人。"

我说："当然了，事无大小，只要皇上觉得不妥，都会亲自询问钦天监是否天象有异；是否有什么事情惹怒了上天，要降罪下来。问罢，还会在宫中祈祷、斋戒，甚至向天下臣民颁发罪己诏！"

利玛窦："那这钦天监应该可以经常见到皇上了？"

我点点头答他："这还用说吗！"

利玛窦满脸憧憬道："也许，我就可以胜任钦天监的工作！"

我知道他心中所想，故意泼他冷水："你一个洋夷，算了吧！况且很多钦天监都是世袭的。"

利玛窦不服气地说："我精通天文地理，相信没人能比！"

我知道他之所以如此激动，是因为有一个更大的野心，那就是要将万历皇帝变成一个像知府王泮那样与他真心交往的人。我跟他说这是没可能的，皇帝毕竟是皇帝，不是一个普通的地方官员。可是，他说皇帝也是一个人，一个像王泮那样饱读诗书的人。他说他肯定可以做到，他始终固执地认为，一个有信仰的人，是可以做到常人难以做到的任何事情的。见他如此坚持，我就不好再说什么了。许多年以后，他果然就踏上了北上之路。他希望自己能够叩开皇宫的大门，最后可以见到万历皇帝。他给万历皇帝准备了数十件贡品，其中就包括一座肇庆府那样的大自鸣钟，还有一本精美的地图册。他说他要告诉万历皇帝，这本地图册里，有一张中文的世界地图，那是他在肇庆府应知府王泮的要求绘制的一张中文世界地图。他说他还要告诉万历皇帝，自己从万里之遥的西方来到大明的路线，他已经给皇上在地图上特意标示出来了。他说他还想给万历皇帝讲述他是如何穿越浩瀚的大海，如何经历无数的艰难险阻而来的。听说，那一扇扇紧闭的宫门，确实为他一一打开，然而，他却始终没能见到万历皇帝。万历皇帝早就不上朝了，他只见到万历皇帝的宝座。最后，他只沦为万历皇帝的一个修钟匠。尽管可以领到丰厚的俸禄，可他仍然一度感到绝望。他后来对我说，如果不是遇到了你的好友徐光启，他真怀疑自己所做的一切是否值得！他还非常感慨地对我说："太素，正是你的好友徐光启，让我重新站了起来！"

我记得很清楚，那天看罢官府的文告，从东城门返回仙花寺的路上，利玛窦一直都沉默不语。也许，他一路上都在思考怎么样才可以成为一名钦天监，怎么样才可以见到万历皇帝。

晚饭后，见月华如水，满天星斗，利玛窦突然对我说："太素，这样的夜晚，正适合观天，我们用仪器好好看一看！"

昂首看看夜空中浩瀚如海的星斗，我兴奋地说："好，机会难得呀！"

进到摆放着各种仪器的房间，利玛窦教我如何用星盘等各种仪器定位和预测太阳、月亮与各种星座的位置，如何确定时间与经纬度。他还拿着单筒望远镜，教我如何透过窗户观测天象。

利玛窦一边指点着我一边说："当月球运行到太阳与地球的中间，三者正好处在一条直线上时，月球就会挡住太阳射向地球的光，而月球身后的黑影这时正好落到地球上，就会发生日食！"

我一边慢慢地调着那个正朝向月亮的望远镜，一边道："你这样一说，我终于明白了，原来是月亮挡住了太阳的光，哪里是什么天狗食日，更不是什么阴阳失衡！"

利玛窦越说越有兴致："日食分为日偏食、日全食和日环食三种，观测日食时不能长时间直视太阳，否则眼睛会瞎的。日食虽难得一见，特别是日环食，有时候要上百年才可以看到，但都是可以推算的。"

望远镜里的月亮越来越清晰，我兴奋地说："对，我们朝廷的钦天监就能测算出日食的时辰。"

利玛窦："晚饭的时候听你说过，这些钦天监一代代传承下来，已有两千多年连续观测天象的记录，也许，这些记录就是他们制定历法，推算日食又或者月食的重要依据。"

望远镜镜头里月亮上那些灰色的阴影越来越清晰，可我就是看不到嫦娥与白兔的踪影，于是心不在焉地答他："是的，他们都说，日食必发生在朔日，也就是农历的初一。"

利玛窦用稍显疑惑的语气问我："问题是，他们是如何准确地测算出日食时辰的？如果单凭经验，那肯定是会有误差的……"

真佩服这个洋和尚，什么事都逃不过他的眼睛。的确，传说有许多钦天监都是抱残守缺、吃老本的。随着时间的推移，果然就有钦天监的测算出现过失误。据说，皇上就曾经因为日食和月食的推算差错而大发雷霆。皇上为此让人传下圣谕，严词谴责说："天文重事，这等错误，卿等传与他，姑恕一次，以后还要细心推算，如再错误，则重治不饶！"想到这些，我放下手中的望远镜，转过头去问利玛窦："听大师这样说，想必你有更准确的推算日食的方法？"

利玛窦拿起一个黄铜浑天仪对我说："我们推算日食的方法，科学而准确！"

说着，他就给我演示如何用那些仪器推算日食的时间。他比画着说："你看，地球是圆的，当太阳和月亮绕着地球旋转到这个地方又或者这个地方时，便会发生日食的现象。我们用仪器观测行星位置的变化并进行运算，就可以准确地推算出日食的时间。"

我忍不住说："那你就用你说的方法，推算一下今日官府公布的日食时间是否准确呗！"

利玛窦说："这个容易，我们一起来测算一次吧！"

不算不知道，一算吓一大跳。利玛窦几乎大喊起来："今日官府公布的日食时间，竟然是错误的！"

我说："真错啦？"

利玛窦说：“真错啦，我们快去禀告官府吧！”

我一听大惊失色，连忙制止道：“万万不可呀，私习天文已是杀头的大罪，我们这样去禀告官府岂不是自投罗网？”

利玛窦着急地说：“那如何是好，我们总不能明明知道是错的而眼睁睁看着不告诉他们吧！”

我低头寻思道：“让我好好想一想，这事应该如何处理会更好！”

见我想了许久还是想不出一个好办法，利玛窦急得团团转，他扯着我的袖子问：“想到什么好法子没有？”

我说：“容我再想一想。”

利玛窦：“是知府大人郑一麟出的告示，我们去找他说说。”

我摇头道：“万万不可，郑大人刚到任，与我们还只是泛泛之交！”

利玛窦：“如果王大人还在知府任上就好办了。”

听他这样说，我一拍脑袋，脱口道：“那就先去听听王泮王大人的意见。”

见到按察司副使王泮，我们说明来意之后，他的脸色一下子凝重起来。

我见气氛不对，便拱手朝仍在左思右想的王泮说：“大人，这事让您为难了！”

王泮摆摆手：“瞿公子，钦天监的推算真的有误？”

我坚定地说：“依天竺高僧的推算，确实有误。”

王泮仍然有疑惑：“天竺高僧的推算就肯定准确？”

见他仍然将信将疑，我就跟他说了那洋和尚如何用仪器准确地测量出两地的距离与塔的高度，然后又道：“如此看来，其推算确实有理有据！”

王泮仍然犹豫不决：“此次日食尽管只在两广一带才能看到，但朝廷还是令钦差太监马堂前来督办设在肇庆府的祭天救日，倘若钦天监的推算真的有误，还须从长计议该如何禀告。”

利玛窦这会儿忍不住了，拱手道：“在下前来，只是知会一下大人，是否上报，悉听尊便！”

王泮踱步苦思后对利玛窦道："祭天救日之时，大师可敢亲自禀告钦差大人？"

利玛窦凛然道："有何不敢！"

王泮："好，但愿你的测算不会有误！"

突然间，咣咣的锣声响彻肇庆府的大街小巷。

三名衙役，一人敲锣，一人举榜，一人大声吆喝："今日午时，天狗食日，官府祭天，百姓救日，人人击鼓，个个敲盆，不得有误……"

路人纷纷围观，街道两旁店铺，还不时有人探头出来看热闹。听着那锣声，我心里发慌，又不得不掩饰着对利玛窦说："这跟更夫打更报时没有什么两样。"

利玛窦毫无惧色，平静地看着那三个衙役渐渐远去，道："走，我们赶快进城去，祭天的时辰很快就到了。"

总督府的校场上，已设好祭坛。长长的神案上，已摆满三牲祭品和香烛，当中的案台上还摆着日晷和沙漏等计时之具。案前，九只装满清水的金盆一字排开，静静地摆放在九个精致的几架上。

平日里在丽谯楼上当值的司壶校尉，此时正在香案前调校着日晷和沙漏。校场上的人越来越多，里三层、外三层地围满了人。兵丁、捕快、衙役全出动了，在维持着秩序。谭瑜等乡绅鱼贯而入，来到香案前。他们与几个和尚和道士一边寒暄着，一边等待官员的到来。和尚是鼎湖山庆云寺请来的和尚，道士是七星岩道观邀请的道士，据说都法力高深。

两队骑兵护卫着几顶八抬大轿从远处而来，到了校场上陆续停下。一众官员从轿子上走下来，簇拥着一把艳丽的罗伞走向祭坛，原来是知府、总督等一众官员。围观的百姓早就让兵丁驱赶着让出一条宽阔的大道。我与利玛窦夹杂在乡绅里，远远便看见那把罗伞下，走着一位穿着华丽、说话像女人一样尖声细气的官员。几个带刀的卫士如临大敌般护卫着那把罗伞。一个人擎着那把罗伞，正迈着碎步吃力地为伞下的人遮挡刺眼的阳光，一众官员则紧随其后。那把罗伞经过我们身边时，伞下的人突然瞥了我们一眼。我与利玛窦急忙低下头，像其他乡绅那样朝那把罗伞跪下行礼。

行过跪拜之礼后站起来，利玛窦悄声告诉我："这就是钦差太监马堂，我在澳门岛见过他。"

我惊诧道："不会吧，这么巧！"

利玛窦说："就是这么巧，当时罗明坚还告诉我，他就是皇帝钦命的收税太监总管马堂，也是皇帝派到各地暗中监视地方官员的密探，而那些带刀的卫士就是宫廷的锦衣卫。"

我说："这些锦衣卫个个武功高强，都不好惹！"

利玛窦有点紧张地说："似乎那钦差大人更不好惹！"

听利玛窦这样说，我真不知道该如何答他。他冒死来祭天救日神坛，纠正朝廷钦天监测算的日食时辰有误，真不知道是吉还是凶。

我有点担忧地问他："你真的确定自己的测算准确？"

利玛窦在胸前画了个十字，小声说："主会保佑我的！"

烟雾弥漫，烛光闪耀。钦差太监马堂神情肃穆地点燃香烛，庄重地插在祭天的香炉上。上罢香烛，接着他又高声诵读祭文："天上神，施洪恩！赐大明百姓风调又雨顺，赐大明黎民五谷又丰登……"

读毕祭文，钦差太监马堂又恭敬地再施礼，神态虔诚。

沙漏里的细沙静静地流淌，晷面上的铜针影子也在慢慢地移动。铜针的投影终于移到午时二刻的刻度上，司壶校尉马上出列大喊："午时二刻到！"

一阵呼喊声敲打声骤然响起。有人打钹，有人敲锣，又有人打鼓，更多的人在击打手中的盆子。一时间，鼓乐喧天。戴着大头佛面具的少年手执葵扇，随着鼓点引领着"醒狮""麒麟""春牛""五马"等来到神案前不停地朝拜。

可是一点动静也没有，阳光并没有暗下来，烈日依然明晃晃地刺眼。

呼喊声敲打声渐渐消去，接着鸦雀无声。

九个壮汉急步上前去察看那九只金盆，日影依然清晰地映在镜子般的水面上。

围观的百姓开始低声议论。议论声此起彼伏。总督大人郭应聘见状，马上示意身旁的知府郑一麟。知府大人走到围观的人群前，大喊三声："肃静！肃静！肃静！"之后，那暗涌的议论声才戛然而止。

利玛窦使劲往挤到前面，向站在离他不远处的王泮示意自己要上前说话。王泮却假装没看见，始终面朝钦差太监和神案的方向。

总督大人郭应聘上前责问司壶校尉："是日晷和沙漏没校正准确吗？"

司壶校尉："小人用脑袋向大人担保，已反复校正过！"

总督大人："那究竟是怎么回事？"

这时，那钦差太监马堂缓步走了过来，尖声细气地斥责道："一定要查个水落石出！"

利玛窦按捺不住了，大步跑向祭坛。刚刚跑近总督大人与钦差太监，几个带刀卫士已经扑过来将他拿下。

两个锦衣卫把利玛窦按倒在总督大人与钦差太监的跟前时，引起人群一阵骚动。

跪在地上的利玛窦挣扎着大声道："大人，贫僧有要事禀告！"

钦差太监马堂冷声问："何人如此大胆？"

利玛窦："大人，贫僧有要事禀告！"

钦差太监马堂定睛细看地上的利玛窦，惊诧地说："竟然还是个洋夷！"

总督大人郭应聘示意站在身旁的王泮上前回钦差大人的话，王泮无奈，只好硬着头皮上前拱手道："禀钦差大人，此人乃天竺高僧，云游至肇庆府，现正在城东的仙花寺中暂居修行。"

钦差太监马堂面露不悦："既是佛门中人，为何不好好待在寺中拜佛念经，却跑到这里来冲撞祭天神坛！"

利玛窦忙不迭磕头道："只因贫僧测算到此次日食绝非午时二刻，而是午时三刻！"

总督大人对利玛窦精通天文地理早有耳闻，闻言不禁低头急问："当真？"

利玛窦昂头道："大人，贫僧反复推算过，确实是午时三刻初食，三分内食毕。"

总督大人听罢，上前去与钦差大人耳语一番之后，又回过头来问利玛窦："可敢以性命担保？"

利玛窦深吸一口气，豁出去道："如有误差，可取贫僧这秃头。"

钦差太监马堂冷冷道："午时三刻阳气最盛，阴气消散全无，最宜砍杀罪大恶极、连鬼都不得做之重犯，难道你就不怕此时取你脑袋？"

听了钦差太监马堂那一番话，我真替利玛窦出一身冷汗。须知，斩刑是分时辰开斩的，也就是说斩刑是有轻重的，一般斩刑是正午开刀，让其有鬼做；重犯，甚或十恶不赦之犯，则会选午时三刻开刀，不让其做鬼。而皇城的午门阳气也最盛，尽管不是午时三刻，但若被推出午门外斩了，也是无鬼可做的！

我正为利玛窦暗自担心，不承想，却听他凛然答那魑魅魍魉般的太监道："贫僧不怕！"

钦差太监马堂阴恻恻地道："好，马上便知分晓，本公公倒要看看你这个番僧所言孰真孰假。"

利玛窦迎着那钦差太监马堂如刀的目光，脸无惧色："立等便知！"

这时，司壶校尉上来禀告："大人，午时三刻马上就到！"

钦差大监马堂朝总督大人郭应聘点点头之后，郭应聘便招手让司壶校尉附耳过去吩咐一番。随即，已见那司壶校尉领命站到前面来，大声宣布："午时三刻初食，三分内食毕。时辰一到，人人击鼓，个个敲盆，不得有误！"

钦差太监马堂再次神情肃穆地来到神案前焚香祭拜，又高声诵读祭文："天上神，施洪恩！赐大明百姓风调又雨顺，赐大明黎民五谷又丰登……"

仪式过后，众官员纷纷走到那九只盛满清水的金盆前，凝视着水中的日头影子。围观的百姓，则个个举起手中的盆子，一边遮挡着阳光，一边昂头看天上日头。他们如木雕泥塑般，只等时辰一到，天狗一吞日，便马上鸣锣击鼓，敲盆呼喊救日。日晷的投影刚刚移到午时三刻的位置上，突然就听那司壶校尉高声大喊："午时三刻——！"

话音刚落，便见那明晃晃的太阳开始被一个阴影慢慢遮蔽。随即，四周倏地响起一片呼喊声与敲打声。钹打响了，锣敲响了，鼓擂响了，人人手中的盆子也敲响了。戴着大头佛面具的少年又手执葵扇舞动起来了，"醒狮""麒麟""春牛""五马"等又舞到神案前朝拜起来了……

光线渐渐暗了下来，太阳完全被遮挡住了。四周一片昏暗，众人一边呼喊着、敲打着，一边纷纷跪地。

没过多久，天色渐明，太阳重现，就像什么事也没有发生过。大家纷纷磕头叩谢上苍，众官员亦逐一上前去一一上香。司壶校尉察看日晷后，向众官员禀告道："果真是午时三刻三分——！"

我长长地舒了一口气，接着便见众官员不迭地点头，脸上全是叹服的神色。总督大人恭敬地扶起地上那洋和尚，拱手道："大师之名，本官早有耳闻，今日一见，果真名不虚传！"

利玛窦连忙还礼："大人言重了！"

这时那钦差太监马堂忽然对利玛窦道："这次就恕你无罪，倘若真有本事，日后有机会，本钦差再举荐你为朝廷效力！"

利玛窦大喜，又跪下不迭地磕头答谢。王泮俯身扶起利玛窦，并趁机向钦差大人道："大人，这位天竺高僧不远万里而来，就是要做我大明的子民！"

钦差太监马堂一听，先是愕然，继而又道："尽管我大明律法严禁容留异邦夷人居住，但倘若有不能又或者不愿意返回者，而且愿意效忠皇上并恭顺安宁地做我大明子民者，还是可以允许的！"

利玛窦又感恩戴德地行礼并再三谢过那钦差大人。

钦差太监马堂摆摆手道："既是大明的子民，就要好好遵守大明的律例！"

利玛窦又像以往那样信誓旦旦地说："我们一定效忠皇上，终生感恩！"

这时，忽然听有人大声吆喝："鸣炮！"

旋即，三声土炮冲天而起，震得人人耳朵嗡嗡响。

又见有人扛来状如车轮的爆竹，撕开包装纸。有人爬上长长的高杆，挂起了长长的爆竹。爆竹被点燃，响起了噼啪之声，炸开的纸屑纷纷扬扬。锣鼓又响起来了，"醒狮""大头佛""麒麟""春牛""五马"绕着高杆不停地起舞。

平安回到仙花寺，罗明坚拉着利玛窦的手道："玛窦，你这次真是太冒险啦！"

利玛窦："正因为这样，才不让你跟着去！"

罗明坚："建教堂时最艰难的时候，你独自一个人面对；现在有杀头的危险时，你还是一个人独自去面对。我真惭愧啊！"

利玛窦拍拍罗明坚的肩膀说："我们好不容易才有这样的成绩，总不能两个人都有什么事呀！"

说实在的，经过这件事之后，我更加觉得他们真了不起。我觉得他们都是有信仰的人，都是值得尊重的人。他们常常说，我们都是大地上的过客，人生苦短，因此我们要努力寻找超越生命的东西。有时候仔细想一想，觉得他们说的也不无道理。他们毫无保留地教会了我用铜和铁制作天球仪、地球仪、象限仪、日晷等各种西洋奇器，则更加让我感激不尽。我越来越觉得，我已经离不开这两个洋和尚了。尽管后来我也慢慢明白，他们之所以如此，是因为要以这些西洋奇技结交更多的人，争取更多的支持。可是，我仍然说服不了自己离开他们，我发现自己，自然还有其他像我一样的人，对他们的那些奇器与奇技还是十分感兴趣的。正如我的好友徐光启后来所说的，他们的这些东西，都是我们所缺乏的。

祭天救日的事情一下子传开了，有更多的人纷纷慕名而来参观仙花寺。仙花寺里的那些书籍、仪器、绘画、乐器，还有三棱镜等稀罕之物，无不让人啧啧称奇。

这些好奇的人不乏远道而来的大小官员，以至于知府大人郑一麟和按察司副使大人王泮不得不经常在仙花寺里宴请客人。那两个洋和尚还将我制作的一些仪器以及其他的一些小礼物分赠给那些远方的客人。客人高兴，自然主人也高兴。有次喝酒喝得高兴，郑一麟顺口说："下次回乡省亲，本官请两位高僧一同前往！山阴那个地方不错，值得一游，还是王大人的老家呢！"

利玛窦与罗明坚自然高兴，客气地道了谢，又接着喝酒。

第十一章 瞿太素

王泮觉得郑一麟的这个酒后邀请明显欠考虑，便使劲地给他打眼色。可郑一麟正在兴头上，根本就没有察觉。王泮见郑一麟糊涂，况且其邀请的话已出口，难以收回，也就不好再说什么了。我明白王泮是担心郑一麟带两个洋和尚到他们的老家去会给自己招来麻烦，便笑一笑也举起酒杯去给他敬酒。

第十二章　利玛窦

　　我们为山阴之行准备了许多礼物。这些礼物都是麦安东神父从澳门带过来的。我们向知府大人提出要让麦安东神父来肇庆府这个请求时，郑一麟竟一口就答应了，真想不到他会如此轻易地答应了我们。

　　郑一麟之所以如此爽快地答应了我们，是因为恰好总督大人郭应聘要求我们帮他购买皇帝需要的天鹅绒。郑一麟不但派出一艘官船前往澳门运载需要购买的物品，还让麦安东随船前来肇庆府。麦安东从船上走下来时，激动地抱着我们说："我真不敢相信自己已经脚踏这片神秘的土地！"

　　总督大人对我们的采购很满意，不但支付了所需的银两，还额外多给了我们一些银子作为打赏。

　　罗明坚与麦安东前往山阴，而我则留守肇庆。出发之前，瞿太素不无担心地对我说："我觉得王泮大人并不愿意你们前往他的老家。"

　　我说："我真不这么看，只怕是你多虑了。"

　　瞿太素听我这样说，也没再说什么，只是嘀咕一句"但愿如此"。后来罗明坚返回肇庆，讲述他们在山阴的经历，再仔细想一想，还是觉得瞿太素说的有道理。

　　有时候觉得瞿太素这个人太聪明了，他如此聪明却不做官真浪费了。如果他做官，肯定会做到他爹那样的大官。只可惜，他无意官场，他只愿意做个逍遥自在的名士，就算让人说他是个浪荡之徒，他依然我行我素。他现在决心跟我学一些实用之术，我就很用心地教他如何制作日晷，如何测量高度和距离。他也学得很用心，有时候甚至到了着迷的程度。

瞿太素跟我说，大明王朝的官场是有风险的，如果没有风险，总督大人郭应聘就不会一直与你们保持距离。想想也是，如果没有风险，那日在总督府校场，当我向王泮示意要上前告诉钦差太监马堂日食时辰有误时，他就不会假装没看见了。正如瞿太素所说的那样，如果没有风险，后来朝廷下旨明令各地不准再修建新寺院时，王泮就不会又悄悄地让人铲去"仙花寺"和"西来净土"那两块匾上的落款了。后来，他甚至还铲去了《山海舆地全图》木刻版上自己的署名。有时候我会想，倘若当时王泮是任总督而不是任知府，又会如何对待我们，他会像郭应聘那样始终与我们保持距离，抑或像后来的总督刘继文那样将我们驱逐？我想，依他的性格，他肯定会选择像郭应聘那样。我太了解王泮了！王泮这个人还算是个比较真的人。他与我们的交往，还是很真诚的，有时候为了自保，也是情有可原的。王泮后来的仕途经历，也证明我的判断是正确的。他从肇庆府知府升迁广东按察司副使兼分巡岭西道之后，因成功剿灭了广东开建、广西怀贺的动乱，而受到朝廷的奖赏，从而再度升任湖广右参政兼佥事，整饬岳州、九、永等处兵备。此后，他不但任过湖广参政、河南按察使，还转任广东布政使司左布政使。然而，王泮在广东左布政使任上时间并不长，只是一年多的时间。据说是御史顾龙祯巡按广东时，因盐场事务一言不合而殴打了王泮。王泮遭到顾龙祯的殴打，愤而弃官。

王泮是否真的因盐场事务与巡按御史顾龙祯言语不合而遭到殴打，我不得而知，但王泮性格温和、为人谦逊我倒是知道的。他离任肇庆府之后，昔日同僚说起他，无不说他"慈爱和易，甚有恩惠，未尝疾言遽色于人"。也就是说，王泮并非性格乖戾、脾气暴躁之人，又怎么会一言不合便顶撞巡按呢？虽说巡按的权力很大，在外几乎可暂代天子，大事奏裁，小事立断，可巡按即便权力再大，皇上也没有说他可以一言不合就能殴打朝廷命官呀！王泮弃官，仕途就此终结，此后，我再也没有见过他。但对于这个曾经帮助过我们的人，我还是念念不忘的。即便许多年以后，在京城的住所南堂，在入主怀抱的那一刻，我仍然不由自主地想起他。

罗明坚与麦安东是乘坐王泮弟弟的商船前往山阴的。

王泮的弟弟王汗，是个经营丝绸的商人。不久前，王汗从老家运来大量的丝绸，准备卖给葡萄牙商人大赚一笔。结果，原本联系好的买主临时变卦，急得他团团转。最后，实在没有其他的办法，只好去求他在肇庆府为官的哥帮忙。王泮出面，让我们帮助他。很快，王汗的丝绸便以更高的价钱卖给了曾经资助过我们的葡萄牙商人。事后，王泮非常感激我们，跟我说："这事麻烦大师了，也让大师见笑了……"我说："举手之劳，何足挂齿！"王泮又说："我这弟弟，从小顽劣，不好好读书，才落到如斯地步，唯有经商苟活。"我说："经商也不错呀，只要以诚实守信赚取利润，不坑蒙拐骗，也是受人尊重的。"王泮却不这样认为，他说："大师这你就有所不知了，自汉高祖刘邦'令贾人不得衣丝乘车，重租税而困辱之'始，市井之后辈子孙如果不好好读圣贤之书，尽管有万贯家财亦终将不能仕宦为吏啊！"

罗明坚与麦安东乘坐王汗的商船，走了差不多一个月才到达山阴。罗明坚回来后给我描述，说山阴城跟水城威尼斯差不多，一样的小桥流水，一样的运河交错。

我问他："是先到郑一麟大人府上还是先到王泮大人府上？"

罗明坚："先到郑一麟大人府上。"

我又问他："受到热情的款待了吧？"

罗明坚说："别提了，一言难尽。"

再三追问之下，罗明坚才极不情愿地将在郑家的遭遇详细地说了一遍。

事情是这样的，入住郑家的当天晚上，罗明坚夜里起来到茅房解手，经过书房时，竟无意中听到郑一麟与他参郑老爷正在里面说话。

郑老爷责备儿子："儿呀，怎么可以将这两个洋夷带到家里来呢？"

郑一麟："应该没什么事吧！是王泮让他们在肇庆府定的居，他们还帮总督大人购置过贡品呢！"

郑老爷："你不是说过总督大人一直都不愿意跟他们直接打交

道吗？"

郑一麟："这个倒是，郭应聘真是个老狐狸！"

郑老爷："明儿赶快把这两个洋人打发走！"

郑一麟："爹，他们是我邀请来的，恐怕不好打发，怎么好意思说呢？"

郑老爷："让他们到王家去，你不是说他们曾经帮助过王汗吗？"

郑一麟为难地说："让我好好想一想……"

第二天午饭过后，郑一麟突然对王汗说："我刚接到吏部的通知，明日就要进京述职，两位大师，只好劳烦兄台好好招待了。"

王汗是个生意人，向来豪爽，也没有多想，就拱手道："郑大人放心去吧，我会安排好两位大师的。"

罗明坚忍不住揶揄他："大人快去，不然的话，只怕会影响高升呀！"

郑一麟尴尬地拱手道："在下邀请你们来，却又碰上这样的事情，实在对不住。"说着，他又朝王汗拱手道，"那就有劳王兄了！"

王汗拱手还礼道："两位大师也是我的客人，王某一定以礼相待！大人放心赴京吧！"

郑一麟匆匆而去，罗明坚与麦安东也就收拾行李随王汗到了王府。

罗明坚说，或许王家的人都知道他们在生意上曾经帮助过王汗，又或许王家的人都知道他们曾经为了王泮不停地祈祷并且最终让他喜得千金与儿子，王老爷对于他们的到来倒是非常热情，还叫家人泡了最好的龙井茶来招待客人。寒暄过后，王老爷道："两位大师先去洗漱，晚饭时老朽再陪你们说话。"

晚饭时，王老爷说起他小时候曾占一卜，算命的言之凿凿地说他七十一岁时会多一孙子一孙女，七十二岁时会见到两个洋夷。王老爷昂头喝了一大杯酒后高兴地说："老夫去年七十有一，犬子王泮得天竺高僧相助喜得一子一女。"

一旁的王汗搭腔道："今年我爹七十二，果然今日两位西僧就到我府上来做客了，你们说巧不巧？"

说罢，父子俩哈哈大笑，连声说难得难得、高兴高兴，要敬两位每人三杯喜酒。

罗明坚说："真不知道他们父子俩说的是真话抑或是假话。"

我笑一笑说："假亦真时真亦假啊——！"

罗明坚说："你说假吧，王老爷确实非常客气，不但视我们如恩人如天人，留我们在他们家长住，而且还三番四次说要加入我们的教会。"

罗明坚说，我们到了王家，甚至惊动了山阴的官员，前来拜访的人络绎不绝。罗明坚说，尽管如此，我们仍然没能获得在当地居留。几个月之后，远在肇庆府的王泮收到一封家书之后，开始担心这样下去会给他带来麻烦，便写信回家让弟弟王汗火速将我们送返肇庆。罗明坚说，我们就这样又回到了肇庆府。

罗明坚与麦安东回来之后，王泮对我们的态度开始发生变化。他不止一次地暗示我们说，仙花寺里有三位西僧而不是两位，这似乎违反了当初的约定。罗明坚听他这样说，为了能让麦安东留下来，他就独自去了广西的桂林。桂林总督吴善尽管收了罗明坚赠送的三棱镜等礼物，最后还是把他驱赶出了桂林城。罗明坚在外面躲了几个月，最后无功而返，只好又回到了肇庆府的仙花寺。罗明坚回来的时候，正好王泮升任湖广右参政，还有人开始给王泮建生祠，至于仙花寺里有两位抑或三位西僧，他也就不再太关心了。

本来，我以为这事就这样过去了，不承想桂林总督吴善突然调任两广总督。澳门方面担心新任总督吴善对罗明坚印象不好，就让他返回了澳门。罗明坚返回澳门后不久，又被派回了我们的老家罗马委以重任。罗明坚回去之后，就再也没有回来过。此后，我再没有见过他。许多年以后，远在北京、亦已垂垂老矣的我突然收到一个消息，说罗明坚已与世长辞。听到这个消息，我感到莫名的悲伤，眼泪一下子就涌了出来。不由得想起我们一起取中国名字的往事，当时我问罗明坚为何会想到要取字"复出"呢？他说他之所以要取字"复出"，有"复兴"之意，是提醒自己要铭记前辈沙勿略的遗愿。事实上，罗明坚一直以来都是兢兢业业的。

罗明坚走了，虽然麦安东一直在肇庆府协助我，可我仍然时不时地会想起他，想起他与我曾经为了信仰而不懈努力的那些日子。

与罗明坚在澳门一起学习汉语的往事总会蓦地浮现眼前——刚开始接触汉语我们都感到头疼，方块的象形文字，写起来的时候就像画画，辅音特别少，词形也没有什么变化，学起来特别困难。于是罗明坚就鼓励我说，尽管汉语在发音上有许多同音义异字，许多字词还会有不同的意思，除掉无数的发音外，还有平上去入四声，非常难学，但只要你用心去学、努力去学，还是可以掌握的。我们一起交流学习汉语的情景，仍然清晰如昨。我用端砚研磨的墨汁在写汉语，罗明坚进来对我说："玛窦，写得不错呀！"我叹一口气说："不容易呀！"罗明坚："你学汉语的日子不长，就已经学到这个份上，不简单了！"我说："不努力学不成呀，不然如何踏上那片神秘的土地，如何与那些黑头发黄皮肤的人交流。"来到肇庆府之后，罗明坚仍然非常注重学习汉语和汉文化，他请陈理阁和瞿太素帮我们搜集各种各样的名著典籍来阅读并讨论。我们不但学习官话，还学习肇庆府的方言。我们还常常一人说母语而另外一人则说汉语进行交流训练。后来，我们不用翻译，就可以直接与任意一个黑头发黄皮肤人进行交流。我们甚至还尝试用汉语去翻译我们的经文，而"天主"一词，就是那时的收获。在遍读历代儒家经典之后，我们终于发现先秦的典籍早就有"上帝"的概念，如《论语》就有"天下贤人，皆上帝之臣"一句。我说上帝不就是至高无上的君王及帝王吗？皇帝是天子，而百姓是天子的子民，这不正符合他们对天的尊崇吗？而这不正说明我们彼此信奉的都是同一个神吗？于是我们便将上帝翻译成天主，并慢慢为人所接受。因为这事，罗明坚深有感触地说："不同文化的交流是双向的，而这种双向的交流往往只有在找到一个个词义精确的词语时才可以实现。"我说："倘若有一本双语词典多好。"罗明坚一拍桌子说："对呀，就是要编一本双语的词典。"我问他："那这样一本辞典该怎样编呢？"罗明坚说："编一本一问一答的词典，里面多一些附录和注释，这样就更浅显易懂了。"在编哪国语言与汉语互译辞典的问题上，我尤为佩服罗明坚。我们都是意大利人，按理应该编一本汉语与意大利语的互译辞典，可罗明坚却说，在澳门、在肇庆府，意大利人少得可怜，而葡萄牙人却非常多，我们应该编一本《葡汉辞典》。我说葡萄牙人不但跟中国人交流很多，而且跟其他国家也常有来往，编《葡汉辞典》确实最为实用，也最易于推广和普及。我们都学过葡萄牙语，说干就干，几经努力，终于将《平常问答词义》也就是后来的《葡汉辞典》编好……想起罗明坚，想起与罗明坚在一起的那些日子，往事总会历历在目。

　　雨一直都没有停。麦安东说，岭南水乡的雨是不太容易停得下来的。

　　这个时候，我看见许多人在河堤上来回奔跑。我叹一口气，说，西江发大水了，他们正忙着加固堤坝。

　　雨落在了仙花寺的屋檐上，落在了院子里的芭蕉叶上，噼噼啪啪地响个不停。隔着厚重的雨帘，我突然看见一顶轿子从窗前经过。轿里的人忽然撩开轿帘子看了一眼崇禧塔与仙花寺，我觉得眼熟，仔细一瞧，发现竟是谭瑜谭老先生。

　　看见谭老先生，我心里咯噔一下。每有大事发生，又或有什么难事解决不了，官府都会请谭老先生出来商议。如此看来，这次西江发大水，也许就是百年一遇的洪水。

　　昨天就看见知府大人在这一带江堤上巡查，有个衙差还拿着条小竹竿来到郑一麟跟前比画："大人，只一个时辰，江水就上涨了这么多！"

　　郑一麟吩咐身边的人："加强巡查！"

　　又有人匆匆跑来禀告郑一麟："大人，不好啦，不好啦……"

　　郑一麟："别慌，又出什么事啦？"

　　衙役道："发现堤坝渗水，渗的还是浊水！有泥沙和水一起渗出。"

　　郑一麟："急报总督府，请总督大人立即派兵到堤上来加固堤坝抢救堤围！"

　　那衙役刚领命飞跑而去，郑一麟又让另一衙役去叫更多的百姓来扛沙包。

第十二章　利玛窦

郑一麟匆匆赶去查看渗漏的堤坝，便听梆子声由远而近，并传来衙役的吆喝声："官府有令，所有青壮男丁，一律上堤抗洪，不得有误……"

昨天还有人涌进仙花寺里来，说要搬东西去加固堤坝。来者急急忙忙，也就难免出言不逊，印度仆人气不过，就不让他们搬。那些人大叫大嚷，说堤坝都要崩了，你这番鬼佬还敢阻拦，你信不信我们把庙都给你拆了！见势不妙，我与麦安东马上出来请他们进寺里搬能用的东西。我甚至还把自己的床板都拆下来给他们拿去抗洪。

看见谭老先生也被请到了堤上，我知道大事不好了，便与麦安东、瞿太素每人拿一把油纸伞跟着去看个究竟。

我们正匆匆地在堤上走，忽见按察司副使王泮也来了。

看见我们，王泮过来对我们说："你们到堤上来干吗？赶快回去，这里危险。"

麦安东说："仙花寺就在堤边，能跑哪里去？"

瞿太素说："干脆，我们也来看有什么可以帮忙的。"

王泮："城中的妇孺老少，都往七星岩、北岭山等地势高的地方逃命了，你们还不快点走！"

我说："我们航过海，不怕洪水，看看有什么能帮忙的。"

正说着话，又见有衙役拿来有刻度的小竹竿禀道："大人，水又上涨了五寸！"

有个把总匆匆跑来，朝王泮抱拳道："大人，峡口的堤坝已经崩溃，洪水正倒灌进羚山涌！"

王泮焦急起来，问："总督大人来了吗？"

把总气喘吁吁地答："早来了，正在堤路尽头的羚山涌跟知府大人等在商量对策呢！"

王泮："大小官员、差役一律上堤，你清点一下，看有没有没来的？"

把总答应一声，转身急急去了。王泮吩咐我们注意安全后，便先行赶去堤路的尽头与知府、总督大人会合。

堤下，一群士兵正有气无力地往堤面传送沙包。有扛着沙包的士

208

兵昏倒，我马上跑过去，飞快地从背包里掏出药片塞进他的嘴巴。

麦安东焦急地问："有水吗？谁带水了？"

有个士兵过来，大声道："这么紧急，谁还会带水，让他喝洪水吧！"

说着，便拿了个平时随身携带的空酒葫芦到江边去取了一葫芦浊水来。

我说："这么浑浊的水，怎么能喂他喝呢？"

那士兵说："都什么时候了，还这么讲究？救命要紧。"

麦安东见再没其他办法了，唯有接过酒葫芦喂那昏倒的士兵喝浑浊的江水。

瞿太素也蹲下来帮助捏着那士兵的嘴巴。喂过水，那药下了肚子，那昏倒的士兵悠悠醒来。醒过来后，他揉揉眼睛，又喘息着挣扎起来要去扛沙包。

江面浊浪汹涌，打着漩涡。我看着那刚刚醒过来的士兵又回到扛沙包的队伍当中，不无担忧地说："这样下去，这些士兵非累死不可！"

瞿太素道："知府、总督、按察司副使大人不是全来了吗？不是把谭老先生也请来了吗？也许他们已经想好应急的办法了！"

我说，赶快过去看看。

来到堤坝的尽头，看见知府、总督、按察司副使大人等一众官员与谭瑜老先生都在，我的心才稍稍安定下来。我想，堤上的百姓，只要看见这些官员都在堤上，特别是看见连谭老先生都在堤上，是会像吃了定心丸般安心的。就因为谭老先生曾经任过直隶凤阳府的五河县知县。瞿太素说，五河县因境内淮、浍、漴、潼、沱五水汇聚而得名，五水亦常常泛滥成灾，谭老先生就曾以防洪保堤而名震大江南北。

谭老先生正在宽慰众官员，说自己会想尽一切办法堵住堤坝缺口的。

渡头村的疍家佬也闻讯全来了。谭老先生看见那些疍家佬，突然想到了一个堵住缺口的办法，便朝领头的一个老疍家拱手道："老人家，这次要你们救救全城的百姓了！"

老疍家连忙拱手还礼说："谭公莫这样说，有什么吩咐你尽管说！能做的我们一定会做！"

谭老先生："你们的船现在都在哪？"

老疍家："洪水一来，官府便严禁我们出船，说怕出事故也怕船只冲崩堤坝，于是就令我们把船全停在渡头村的码头上。"

谭老先生："现在河堤崩啦，必须尽快堵住缺口，不然真不知有多少人遭殃，所以老夫想请你们驶几条船过来，如何？"

老疍家闻言，大吃一惊："想用船堵住缺口？"

谭老先生点点头："没错，用船装满沙包，再用绳子拴住船头和船尾，慢慢放到缺口上去，然后让人把船凿沉。"

老疍家身后的年轻疍家听这样说不愿意了，纷纷道："把我们的船凿沉了，以后我们如何过日子？"

知府郑一麟上前大声保证："征用你们的船，官府日后会予以补偿的。"

总督大人："朝廷的赈灾款一到，本官马上令知府大人兑现给你们。"

年轻疍家："就怕日后不认账。"

知府郑一麟："本官以人头担保！"

年轻疍家还想说什么，老疍家扯扯他的衣袖，咬咬牙问谭老先生："需要几艘船？"

谭老先生："五艘吧，应该可以堵住缺口啦，不行再说。"

老疍家："好，我们马上就去将船驶来。"说罢，招呼其他人急急走了。

几艘船很快便驶来羚山涌的江面。这时，雨渐渐停了，士兵和百姓开始往船上扛沙包。缺口两边亦已备好大量沙包，只等一声令下，马上投入水中。

装满沙包的船陆续被人用绳子拉到缺口处，每艘船上都有一个熟习水性的年轻疍家蹲在船尾。那几艘船挤在缺口处时，蹲在船上的年轻疍家马上动手凿船。

很快，船底就被凿穿，开始慢慢进水。船上的人飞快离船，而两边岸上的人亦旋即将早已准备好的沙包投入水中。眨眼之间，缺口慢慢被填堵缩小，溃堤终于合龙，众人一阵欢呼。

这时，又有衙役来报，说各处管涌亦已堵塞。众官员闻报，松了一口气，纷纷向谭老先生拱手致谢。

知府大人："谭公辛苦啦！"

总督大人："多亏谭公啊！"

按察司副使王泮："谭公真是肇庆府的中流砥柱啊！"

谭老先生一一还礼，又道："夜里还需派人在堤上留守才行。"

众官员纷纷说："这个当然！"

谭老先生又叮嘱道："必须守到水退了才能撤退啊！"

众官员答应着，又听谭老先生说："还需拜祭龙王！"

知府郑一麟道："早让人准备好了，请大家移步崇禧塔江边拜祭吧！"

崇禧塔旁的江边早已备好香案，摆上了祭品和香炉。又见有把总提来一条两尺长的大鱼。有衙役打钹敲锣，堤上百姓听见锣钹声，陆陆续续往锣钹声响处走来。

听见锣鼓声，陈理阁从仙花寺里走了过来，瞿太素迎上去问他："陈兄，家人都安置好了吗？"

陈理阁："安置好了，全上了七星岩暂避。"

我责备陈理阁："你应该跟家里人在一起，这样才可以互相有个照应。"

陈理阁："仙花寺建在江边，我怕你们有什么闪失，实在放心不下，就匆匆赶过来了。"

麦安东忽然问陈理阁："理阁，为什么要拜祭龙王？"

陈理阁："这是我们肇庆府的一种风俗。"

麦安东不屑地说："真想不明白你们为何会信奉各种妖魔鬼怪！"

听麦安东这样说，我便给他解释："尽管这些都是他们想象出来的，可他们都是心甘情愿的，就像他们将我们的圣母像当作送子观音像来跪拜一样，都是非常虔诚的。"

麦安东："而事实上根本就是两回事！"

陈理阁微笑道："非也，按利神父与罗神父的说法，其实我们的上

第十二章 利玛窦

211

帝跟他们的上帝都是一样的，这样的'天主'也更易于让他们接受。"

见我们忽然争论起来，瞿太素打圆场道："拜祭龙王的仪式马上就要开始了，有什么话还是等拜祭完再说吧！"

麦安东："我真看不下去，要不，我先回仙花寺？"

见麦安东要拂袖而去，我一把拉住他，劝道："安东，我们要入乡随俗呀。有时候，学一学他们的中庸之道，对我们今后要走的路，或许会更有帮助。"

麦安东听我这样说，也就不再坚持了。

这时，一个舞动着木剑的道士停了下来，走到香案前口中念念有词，然后突然手起刀落，砍下了刚才把总提来的那条大鱼的鱼头。

锣钹声响得更密，道士双手捧起鱼身，向四方祭祀，口中仍旧念念有词。接着，又捧起鱼头，依然向四方祭祀。鲜红的鱼血随着道士拜祭的动作大滴大滴地滴落在地上。道士祭祀完毕，众官员亦神情肃穆地来到香案前，各自点燃香烛，庄重地插在香炉上。

八音锣鼓手见众官员上香，吹打得更加起劲，一时间，鼓乐喧天。

拜祭完龙王，回到仙花寺，我找麦安东好好谈了一次。我知道他心里的想法，我觉得必须好好跟他聊一聊。我对麦安东说，我们这样子融入他们，并且常常做出一些妥协，看似不可理解，也会给人感觉这跟我们来时的使命相去甚远。而其实真不是这样，给一些感兴趣的人譬如瞿太素这样的人讲授天文地理知识与数学知识，看似是小事而实则也是大事。

说了一大通之后，我见麦安东还是沉默，便问他："那你觉得瞿太素这个人怎么样？"

麦安东想一想后答："确实想跟我们在一起。"

我说："这就对了！"

知府郑一麟调离了肇庆府，真不知道他兑现了自己的诺言没有。倘若那些疍家佬得不到赔付，船又没有了，日子真的会无法过。瞿太素说，但愿新官不会不理旧事。

212

这些年，熟悉的肇庆府官员一个个得到升迁，我们一则为他们感到高兴，一则也有点担心，担心新来的知府大人或者总督大人会为难我们。郭应聘升任工部尚书，后来的两广总督吴文华与吴善都似乎对我们不太友善。吴善就是那个将罗明坚逐出桂林城的总督，王泮担心他不愿意看到我们，就悄悄前来仙花寺试图说服我们返回澳门。我说怎么可能呢，我们是不会返回澳门的。王泮以为我们心疼修建仙花寺的银两，就说："你们放心，我会想办法付给你们修建寺庙的所有费用。"我说："这不是钱的问题，这是诚信的问题。"王泮这些读书人，最怕人家跟他讲诚信道德了，我就故意这样跟他说。果然，我这样一说，他就不那么强硬了，以商量的语气说："要不，你们先返回澳门，等新总督态度明朗了，再回来如何？"我害怕从此一去不返，自然不答应，又低三下四地哭求他看在朋友一场的分儿上帮帮我们，请他看能不能说服新任总督让我们留下来。我说："我们会送给新总督一块最好的三棱镜的。"王泮还是感到为难，他说："这事不好办呀，况且你们现在不是两个人，而是三个人留在肇庆府。"我说："真不行，先让刚来的孟三德回去。"最后，孟三德回了澳门，新总督在王泮的暗中说服之下，让知府大人在仙花寺外张贴布告，讲述了我们哭求留下的理由与情形，并申明鉴于我们没有违反大明律法才最终允许我们留下来的。

铁打的衙门流水的官，这些年，这样的事情我早就习以为常、见惯不怪。

我问瞿太素，总督为什么会换得那么快？瞿太素说，总督总督，就是用兵时派部院官总督军务，事毕即罢，自然会换得勤些。瞿太素说两广总督一开始是为了镇压土民造反与防倭寇才设的，后来才成了定例。瞿太素说肇庆的总督府驻军据说有上万人，究竟是多少，没有人知道，因为是军事秘密。而总督的权力也很大，按瞿太素的说法就是大到奏折咨请、制定省例、升调黜免与弹劾、监督文武官员、节制绿营、监督藩库，还兼管关税及对外交涉事务等，小到祭祀、典礼、旌表、粮饷、盐务、赈恤等都管。

有一天，我正在仙花寺里给瞿太素讲授丁先生的《几何原本》，忽然看见谭瑜谭老先生的管家走了进来。

谭府管家看见瞿太素正在专心致志地打着算盘，不好打扰我们，就站在一旁等待。

一道我也觉得很难很复杂的数学题，瞿太素只花了很短的时间，便准确地算出了答案。瞿太素这个人太聪明了，如果不是走上了邪门歪道，沾染了种种恶习，沉迷于炼金术，他是可以在朝廷做大官的。幸好，他现在迷途知返，不但跟我学习制作许多仪器，如日晷、天球仪、六分仪、测象仪、星盘、罗盘等，还跟我学习数学。他学得非常认真，也学得非常快。有时候，连我都不得不佩服他。看见他在那么短的时间，就算出一道那么难那么复杂的数学题来，我不禁由衷地赞他："太素，你可真聪明！"

瞿太素："如果不是借助于我们老祖宗发明的算盘，我是不可能那么快就算出来的。"

谭府的管家这时也搭话道："太素说得对，我们这些替主人家做事的，就靠这只算盘，不然，那么多生意那么多收入支出如何计算得过来。"

我说："你们的算盘真了不起，而我们却一直只能用笔在纸上计算。"

瞿太素说："用笔算跟用算盘来算，可是天渊之别啊！"

说着，瞿太素拨打着手中的算盘，一边念着口诀一边飞快地示范着。

我说："太素，有空我倒想拜你为师学一学如何使用算盘。"

站在一旁的管家又说："非常简单的，你只要把口诀背下来就行了。"

瞿太素把一张抄写好的口诀递给我说："老师，这就是口诀，给您。"

我幽默地谢他："谢谢老师！"

瞿太素谦虚道："老师你倒过来说啦，您才是我的老师啊！"

我说："孔子不是说过，'三人行，必有我师'吗？"

瞿太素："话虽这么说，可您别忘啦，学生可是正式拜过您为师的。"

听瞿太素这么说，我不禁想起了他拜我为师的情景。他确实以他们的习惯，非常隆重地给我叩过三个响头，然后再恭恭敬敬地敬上一杯香茶之后才喊我老师的。想起他拜师的郑重其事，我一下子真不知道该如何回答瞿太素，只好敷衍道："我们这些番鬼佬，可没有你们那么多繁文缛节！"

我这样一说，逗得大家都哈哈大笑。

我忽然想起管家找我可能有事，便拱手问道："兄台，今日登门，有何指教？"

管家这才回过神来，说了自己的来意。原来，是谭瑜谭老先生请我到他府上去一趟，说是有要事商议。

听说谭老先生有请，我便急忙随管家到了谭府。

进到客厅，见到谭老先生的孙女映红从里头出来，眼睛有些红肿，像是刚刚哭过。原来凿船堵塞堤坝缺口那天，谭老先生淋了雨，回到家里当晚就发病，第二天就病倒了。听了映红的哭诉，我不禁想起谭老先生那天在堤坝上忙前忙后的情景。他深一脚浅一脚地跑来跑去，当时我就担心他一脚踩空跌倒。

映红对我说，阿公回来后，打了好多喷嚏，晚上睡在床上老是觉得口渴。管家也说，老爷喝了好几壶茶，还是觉得口渴。按映红和管家的说法，就是谭老先生躺在床上，一宿都没有合眼。天亮了，谭老先生起床时嘀咕道，撞鬼了，怎么回事，舌头和脸都有点发麻！他伸手拍拍自己的左脸，又伸手拍拍自己的右脸，还是觉得脸有点麻。不仅觉得脸麻，他眨一眨眼，一只眼睛竟还不能正常闭合，舌头还不停地打战。

管家说，他当时听老爷嘟哝一句"坏了……"之后，就大喊映红进来照料，自己则飞跑去请郎中。管家跑到城中路孔郎中的中药铺，看见孔郎中正在挥毫泼墨。孔郎中极懂养生之道，早睡早起，晨早就习字，据说这样可以延年益寿。管家火烧火燎跑进来的时候，孔郎中正好练完字，刚把手中的那支长锋羊毫搁到笔架上。管家说他跑到那张长长的酸枝书案前，拉风箱般喘着气，根本就说不上话。孔郎中笑

第十二章　利玛窦

睬睬地看着他，只等他缓过气来。

管家说他好不容易才缓过气来，然后断断续续地述说了老爷的病情。孔郎中听清楚之后，马上背起那个出急诊时才背的小医囊。管家这才回过神来，转身快步跑了出去，追上早已出了门的孔郎中。

孔郎中给谭老先生号过脉，皱眉说，谭公这次真大意啦！管家说谭老先生当时听孔郎中这样讲，也想说句话，可就是说不出话来。孔郎中把药方交给管家的时候说："先喝三服培元通脑汤加上好人参试一试吧！"管家说，吃了孔郎中开的三服中药之后，谭老先生的脸不麻了，舌头也不打战了，但右手还是抬不起来。在家里躺了两三天，慢慢恢复过来了，可右手像平常一样拿起笔写写字这样简单的动作，做起来还是有点困难。谭老先生一下子懵了，又病恹恹地在床上躺了好几天。

管家问他，是不是请仙花寺精通西医的天竺高僧来看看？谭老先生想一想说，看倒不用看，就是想请他来商量个事。

就这样，我就随管家来到了谭府。

我随管家进到谭老先生的卧室时，他正有气无力地躺在床上。见我来了，谭老先生挣扎着要起来跟我说话。我急忙过去按住他，说："谭老先生身体有恙，不必起来，我坐在床前跟您说话就行了。"

谭老先生还是坐了起来，半躺着靠在床头上，有气无力地说："没事，孔郎中说啦，服药调养调养，慢慢会好起来的。"

说话间，管家已搬来一把椅子，让我坐在床前跟谭老先生说话。

谭老先生见我坐好了，便对管家说："你先去忙吧，老夫和大师在这说会儿话。"

管家知道老人有话想单独跟我讲，便出去了。见管家掩上房门出去了，谭老先生也不客套，直接说："大师，老夫特意叫你来，是想托你件大事。"

我不知道是什么大事，便道："老先生请讲，玛窦定当尽力。"

谭老先生说："老夫想把孙女映红托付给你。"

我大吃一惊："老人家，你身子还硬朗，只是淋雨着凉病了而已，莫说这样的话。"

谭老先生突然就不再说话了，不眨眼地望了我许久，才说："大师没听懂老夫的话，老朽是想帮自己的孙女找个孙女婿！"

我大惊失色道："老人家，你知道贫僧可是出家之人啊！"

谭老先生："大师尽管身着僧袍，可依老夫看来，却并不像出家之人。"

我吓了一大跳，吞吞吐吐道："可我们还是有规定要一生独身和守斋的！"

谭老先生叹息道："唉，这个……老夫明白！"

我如释重负："老先生明白就好，那我就放心了。"

不想，谭老先生接着又道："可老夫独子早逝，膝下就只有这么一个孙女，却又从不愿意谈婚论嫁，实在放心不下呀！"

想起大大咧咧的谭映红，我真不知道该如何宽慰老人家，只好随口道："儿孙自有儿孙福，老先生您也不用太操心。"

谭老先生又叹息道："不用操心是假的，老夫自问亦是个看透之人，但见孙女年龄一年年渐长，早就过了找婆家的年纪，而我的身子却又一日不如一日，真怕映红这孩子今后没依没靠啊！"

见谭老先生如此伤感，我忍不住劝他："你们家殷实富足，映红自然会一辈子衣食无忧的。"

谭老先生长吁短叹地又道："话虽这么说，但她一个妇道人家，如果没个男的依靠，终是不行的！"

我皱眉道："可我也爱莫能助呀！"

谭老先生："如果你们没有独身的清规戒律就好啦。说实话，老夫真打心里喜欢你，也欣赏你，尽管你是个夷人。"

我说："问题是，我已决心将自己奉献给一生的信仰。"

谭老先生："所以老夫才放心将映红托付给你这种有信仰之人，让你帮她找个可以依靠的男人。"

我这才明白谭老先生的意思，道："问题是，我也是个外地人，又如何知道肇庆城哪个青年才俊适合映红呢？"

谭老先生道："老夫觉得，瞿太素这个人倒是不错，既是名门之后，亦是个不拘世俗之人。"

我说："老先生，你是知道的，太素可是早有妻室之人。"

谭老先生："这个老夫知道，他虽早有妻室，但一直膝下无儿无女，早就想纳妾生子。"

我说："只怕委屈了映红这孩子。"

谭老先生："委屈什么呢，映红年龄也不小了，况且老夫觉得瞿太素这个人也聪明，更加难得的是现在已改邪归正，正拜你为师立志学有所成！"

我听了他的话，却暗想，怕就怕心高气傲的谭映红看不上瞿太素。但见谭老先生话已至此，只好说："好，我回去跟太素说说。"

谭老先生听了，再三表示感谢，连声说："那劳烦你这个大媒人啦！"看着时间不早了，我要告辞回去，谭老先生又客气地起来要送我。我连忙按住他，道："老人家您就不要下床啦，要多躺在床上休息才行。"

这样一折腾，谭老先生又气喘半日。他喘息着道："大师，老夫一生从没为自家的事求过人，刚才跟您说的事，就拜托你了。"

我拱手说："老人家，莫这样说，您有恩于我，有恩于仙花寺，我一定尽力！"

从谭府出来，走在那条熟悉的麻石铺就的巷子里，我突然百感交集。人啊，总是放不下自己的孩子，即便马上就要离开这个世界了，心里最牵挂的还是自己的孩子。拐入一条巷子，我又从另一条巷子里出来。这些巷子，与我老家的巷子多么像啊，都一眼望不到尽头。走在这些似曾相识的巷子里，我就不由自主地想起了奶奶，想起了父母，想起了弟弟妹妹。不知道他们可好？不知道奶奶的身体是否还硬朗？多么想此刻就走在故乡的巷子里，多么想沿着那条幽深的巷子一直走下去，一直走回自己的家乡，走回自己的童年。忽然就看见，小时候的自己正把草药放进小铜臼里，然后操起杵杆咣当咣当地捣起来……

第十三章
瞿太素

其实后来我已经非常明白，那些洋和尚前来大明的真正目的只是为了自己的信仰。他们展示各种各样的西洋异物与官员士大夫甚至与我这样的人交往，归根到底都是为了信仰。譬如利玛窦不但自己动手，而且还教我用铜和铁制作各种各样的仪器，又譬如他把这些仪器以及从澳门带过来的三棱镜、印刷装帧精美的书籍等贵重的礼物赠送给一些官员或者其他读书人，其实都是为了信仰。他们觉得这些人都是举足轻重的人，是可以说上话可以影响别人的人，是可以帮助他们甚至让他们不再受到骚扰的人。

能够折射出太阳七色光的三棱镜，确实让我们感到十分新奇；那些据说采用金属活字印刷的、硬面烫金的书籍确实比我们雕版印刷的书籍精美；他们的自鸣钟不仅计时更加精确，而且能自动报时……这些都让我们惊叹不已。

尽管后来我越来越觉得他们所做的这一切，如果仅仅是为了信仰的话，那无疑是失败的，但我还是固执地认为，正因为他们的到来，正因为他们在做这些看似徒劳无功的事情，才让我与王泮这样的人获知：其实大明并不处在世界的中央。

利玛窦总是在做这样一些看似无用的事情，包括他有一天突然跟我说："谭老先生想将孙女谭映红嫁给你。"

利玛窦说来说去，说了半天，我却故意不吭声。

利玛窦见我始终不吭声，便急了，他敲着桌子说："太素，你好歹说句话呀！"

我说："你说啥都没用，谭映红是不会喜欢我的，况且她嫁给我也委屈了她。"

利玛窦："你这话倒是真话，她嫁给你，就是做妾啦。"

我说："她不是一个愿意做小妾的人。"

利玛窦："你们不是讲究父母之命吗？你只要认下这门亲事就行啦。"

我笑笑说："这话对其他女子说有用，但对谭映红说，没用！"

利玛窦略作深思然后道："映红确实是个不同一般的女子。"

我又笑笑说："更重要的是，她喜欢的不是我，而是老师您！"

利玛窦气急败坏道："瞎说，她怎么会喜欢我！"

我说："我一个过来人，我还不知道她喜欢谁？我发现她看你的眼神，就跟其他人不同！"

利玛窦霍地站起来，连声道："瞎说，简直就是瞎说！你知道我是要独身的，她怎么能喜欢我！"

我故意停顿片刻之后才说："我说的不算，你稍稍留意便知。"

利玛窦情急之下，大声道："满口谎言，莫坏了人家好好一个女子的名声！"

我道："老师你平日不是教我毋道非礼之言吗？我可没有说谎。"

利玛窦接受不了这个事实，语无伦次地拂袖而去："胡说八道，简直就是胡说八道！"

不承想，当晚谭映红忽然来访。也许是白天我说谭映红喜欢他的缘故吧，利玛窦竟避而不见，只吩咐麦安东好好接待她。

利玛窦吩咐麦安东去接待谭映红的时候，我刚好走到地图室的门外。我听见他们在屋里说话，便停住了脚步。想想这洋和尚之所以不愿意见那女子，也许是因为白天听了我的话。为免让其尴尬，我转身去了仪器室。

回到仪器室刚坐下，透过洞开的窗户，借着明亮的月光，我看见麦安东将一顶轿子迎了进来。轿子左右站着的，分别是谭府的管家和丫鬟。

轿夫将轿子停在院子里，丫鬟挑起轿帘，便见谭映红弯腰从轿子里走了出来。

　　这是一个多么令人心悸目眩的女子啊！她弯腰从轿子里走出来的时候，我惊喜地看到了她胸前那一片洁白的坚挺。那片久违的洁白的坚挺轻轻地晃动了一下，又是那么的柔软。我突然间觉得自己的脸很烫，胸口怦怦地，跳动得也越发地激烈，像是要跳到明亮的月光里去似的。忍不住就想，如果她喜欢的是我而不是那个洋和尚多好，那么，那片洁白的柔软，那片洁白的坚挺就完全属于我了。有时候就是这样，你喜欢的人不喜欢你，而喜欢你的人你却不喜欢。

　　我正胡思乱想，忽然听见麦安东客气道："欢迎谭小姐夜访仙花寺。"

　　谭映红嫣然一笑："打扰大师了。"

　　丫鬟："仙花寺远近闻名，我家小姐早就想来看看了。"

　　管家："白天看稀奇的人实在太多了，多有不便。"

　　麦安东："是的，你们家小姐年轻貌美，白天抛头露脸确实不妥。"

　　管家拱手道："只怕耽误大师就寝！"

　　麦安东拱手还礼道："不会不会，没那么早，请诸位先到大堂用茶。"

　　我怕麦安东一个人招呼不过来，就到大堂去看看有什么可以帮得上忙的。

　　印度仆人早就把茶煮好，我就给客人上茶。麦安东给谭映红介绍说："这位是瞿公子。"

　　谭映红掩嘴笑道："小女子之前已在府上见过瞿公子！"

　　我对麦安东说："是的，在下很早就在谭府见过谭小姐。那时，大师你还没来肇庆府呢！"

　　说话间，我发现站在谭映红身后的丫鬟正目不转睛地盯着我看，就故意也端给她一杯茶说："你也请坐下来喝杯茶吧！"

　　"不必客气，我得站着随时听候小姐的吩咐。"那丫鬟接过茶，却不敢再看我，脸还突然就红了。看样子，这丫鬟像是谭小姐的贴身丫鬟。我想，既然是贴身丫鬟，也许就知道了谭老先生要将她家小姐嫁给我的消息，不然的话，也不会先是一眨不眨地盯着我看，而后又不敢看我，更不会莫名其妙地红了脸。

管家："我们家小姐夜里专门前来仙花寺，是想看一看你们那些新奇的宝贝。"

麦安东谦逊地说："哪里是什么宝贝，都是我们从家乡带来的一些最平常不过的东西。"

谭映红："阿公说，那都是些无价之宝。"

麦安东："既然小姐要看，那我就领你们去看看。只怕夜里灯光昏暗，没有白天看得清楚。"

我说："没事，我这就去多点几盏大灯。"

看到三棱镜，谭映红说："这个宝贝我见过，我阿公就有一块这样的神奇镜子，可以将七彩的阳光照到墙上。"

管家："那宝贝，还是利玛窦大师忍痛割爱让给我们家老爷的呢！"

谭映红突然轻描淡写地问道："怎么不见他呢？"

我连忙道："刚才还在的，不知道是有事外出，还是去了后面的花园。"

趁我们由客堂到各个房间去看那些奇器异物的间隙，利玛窦确实蹑手蹑脚一闪身去了后面的花园暂避。谭映红听了，似并不在意，只顾低头欣赏着那些异域方物。

倒是那丫鬟，�’着嘴巴嘀咕一句："怎么那么巧呢？"

谭映红随手拿起一本硬面烫金的书翻了翻赞叹道："这书，真漂亮。"

丫鬟："镶金子的呢，自然漂亮。"

谭映红抚摸着那些小自鸣钟、望远镜以及各种各样摆满桌子的仪器，由衷地说："难怪仙花寺白天人满为患，原来是这些宝贝在吸引人呢！"

我真想跟谭映红说，洋和尚携带这些奇器异物而来，除了作为"敲门砖"赠送给官员外，其他的都摆放在这里陈列展出，不就是为了吸引更多的人来看吗？但这话还真说不出口，也就只好作罢。

麦安东给她们讲解这些宝贝的制作方法与用途，那小姐与丫鬟听了都说真是大开眼界。其实这样的讲解，麦安东与利玛窦白天不断地重复着，早就倒背如流，因为前来仙花寺看稀奇的人实在太多了。他们的讲解，总是让人惊叹不已。

管家："肇庆府的仙花寺，现在可谓远近闻名，而寺中的天竺高僧，亦尽人皆知。"

丫鬟心有余悸地看一眼麦安东道："老实说，之前听人讲我们肇庆府来了两个金发蓝眼的番鬼佬时，我还真以为是会吃人的怪兽呢！"

麦安东扮了个鬼脸道："那你看我像怪兽吗？"

丫鬟抿着嘴笑道："不但不像怪兽，还挺英俊呢……"说罢，便红着脸躲到了小姐的身后。

众人见状，忍不住大笑起来。

看到那幅圣母玛利亚的油画时，谭映红愣住了。她在那画前站了很久才说："真像他们说的那样，与《观音送子图》相似极啦。"

丫鬟："依我说，更像真人，乍一看，还真以为是观音菩萨在显灵呢！"

管家："所以，才会有那么多人来跪拜。"

麦安东："这就是透视的力量，也是上帝的力量。"

谭映红又凑上前去仔细看一遍那画说："这画不仅色彩富丽，而且有明有暗，跟雕像一般，自然便像真的一样啦！"

我曾经听谭老先生说过自己的孙女琴棋书画样样精通，便道："这西洋画跟我们用宣纸画的中国画确实大不相同。"

谭映红："倒跟我们的工笔画有点相似，但又更胜一筹。"

管家："小姐，我看可以考虑给老爷画一幅这样的画像。"

丫鬟："对对对，这样将来小姐的儿子、孙子、曾孙子……就都可以见到他们的老祖宗啦。"

谭映红忽然怒道："去去去，知道你想嫁人都想疯啦，回去我马上让人给你找婆家！"

那丫鬟吐了吐舌头，马上噤若寒蝉。

一架西洋琴静静地摆放在墙角，引起了谭映红的注意。

谭映红围着那琴转了两圈，好奇地问："这琴纵约三尺，横约五尺，有弦有柱，却从未见过，也是你们带来的？"

麦安东："是的，这架琴确实是我们带过来的。"

谭映红："这琴真雅，不知叫什么名字？"

麦安东："此琴叫击弦古钢琴，也叫楔槌键琴。"

谭映红忍不住伸手按一下琴键，不想竟发出天籁般的琴音。

谭映红："这琴音，听起来清、和、淡、雅，若能熟练弹奏，肯定可以自我放松，摒除杂念，安泰宁静。"

麦安东点头道："这就是普世之音。"

谭映红："大师可否教我弹奏？"

麦安东连连摆手："尽管我亦喜欢这普世之音，但弹得并不好，这琴，玛窦弹得最好，也只有他才能教小姐您。"

我忍不住插话说："安东大师所言极是，在下曾有幸听过玛窦大师弹奏此琴，琴音似淙淙流水，又像雪中飞落的梅花，清澈而拨动人心，更加难得的是，他还用我们的文字写了好几首优美的歌词。"

谭映红惊羡地问："真的吗？"

我言之凿凿地答她："真的！"

确实，利玛窦不但会弹这琴，而且还用我们的文字写歌词。写好了，他还会给我弹唱，并征求我的意见。他常问我好吗？我说太好啦。他又问我，好在哪？我说，你这些歌尽管别有深意亦赞美上帝，但听来令人陡生人生的感叹，殊为难得。

我正回忆利玛窦写的那些感人的歌，忽然又听谭映红道："安东大师，可否请玛窦大师给小女子弹奏一曲？"

麦安东支支吾吾地："可……就是不知道他什么时候回来。"

谭映红："没事，我们等他。"

管家："小姐，可时间不早啦！"

丫鬟也劝道："小姐，要不……我们明日再来？"

谭映红："闭嘴，就算等到天亮，也要等他回来。"

大家见她发小姐脾气，也就不再说什么了。

我见气氛不对，就对麦安东说："要不我出去看看玛窦大师回来了没有？"

麦安东正感为难，听我这样说，便一边朝我使眼色一边答："好好好，你快去快回。"

我明白麦安东的意思，他是让我传话给利玛窦，好尽快回来将这个千金小姐给打发走。也是的，一个黄花闺女，夜访仙花寺，如果让外人看见，又不知道会惹来多少闲言碎语。

鸡蛋花开的夜晚，月光格外地明亮。

即使闭上眼睛，淡淡的花香也会告诉你它们所在的位置。月光如水，茂盛的树影打在晃眼的白色围墙上，映着满园的鸡蛋花。利玛窦弯腰捡起一朵刚刚被风吹落的鸡蛋花，然后才对我说："你带她来这，我要先与她聊聊，再回去教她弹琴。"

谭映红与那丫鬟来到寺后的花园，但见山石嶙峋，池漾清波，花木扶疏，又有花香扑鼻，不禁感叹道："想不到这里还有个那么好的花园。"

我笑道："这些花草树木都是大师们从澳门带来并亲手栽种的，不容易啊。"

这时，两个女子忽然发现花园小径两旁尽是鸡蛋花树，外白内黄的花朵正竞相开放，缀满枝头。

谭映红问："这花可从来没见过，外层是白色的，润润的很像鸡蛋白，而里层却是黄色的，黄黄的像极了鸡蛋黄，太漂亮啦，不知叫什么名字？"

我说："鸡蛋花呀。正因为这花像鸡蛋白和鸡蛋黄，所以才叫鸡蛋花。"

谭映红："啊！好别致的花。"

丫鬟抽动一下鼻子，道："还挺香呢！真想一口把它吞到肚子里。"

我说："这花还真能吃，也能泡茶喝，也是玛窦大师从澳门带过来的，是寺庙必种的'五树六花'之一。"

绕过一座假山，已见利玛窦站在一棵高大的鸡蛋花树下等着我们。

见我们走来，利玛窦拱手相迎："欢迎映红小姐夜访仙花寺。"

第十三章　瞿太素

　　谭映红与那丫鬟款款上前，向利玛窦盈盈作福。我忽然觉得，自己在花园里多有不便，也是多余的，便悄悄地躲到了假山后面。我远远看着他们，也想听听他们在聊些什么。隐约觉得，利玛窦极有可能会问谭映红是否愿意嫁给我。尽管早就知道谭映红喜欢的是他而不是我，尽管早就知道结果，可我还是忍不住想亲耳听一听。

　　谭映红满目含情道："很长时间没见先生啦，依然一样的飘逸儒雅。"

　　利玛窦怔然望着那眉目传情的月下美人谭映红，一时竟无言以对。

　　那丫鬟则掩嘴悄悄地偷笑，想必也知道自家小姐早就钟情于这个金发蓝瞳的洋和尚了。

　　谭映红见利玛窦手足无措，便弯腰捡起一朵鸡蛋花问道："听说，这花叫鸡蛋花？"

　　利玛窦似仍未回过神来，语无伦次地答道："是的，是叫鸡蛋花。"

　　谭映红："听说还可以泡茶喝。"

　　利玛窦："是的，泡出来的茶味道很特别，也香。"

　　谭映红俏皮地一笑："是先生从澳门带过来栽种的？"

　　利玛窦："是的，这花被天竺国的寺院定为'五树六花'之一因而被广泛栽植，故又名庙树和塔树，是我从果阿引种到澳门，再从澳门移植到这花园之中的，想不到眨眼之间，亦已花开满树。"

　　月光之下，盛开的鸡蛋花树被映照得格外妩媚与梦幻。月光穿过那些如鹿角般的花枝肆意洒落，洒落在地上，也洒落在树下正昂头赏花的人身上。

　　谭映红："这花在月光之下，自然之中透着一种质朴。"

　　利玛窦甚为惊诧："想不到小姐还是个懂花之人！确实如此，这是一种非常质朴、非常安静、非常平淡的花，连名字也平凡得如我们身边之物。"

　　谭映红："这种花虽然平常，但却又给人一种不一样的强大感觉！"

　　利玛窦真有点不敢相信自己耳朵似的，惊叹道："你从没见过这种花，却又对这花如此有感觉，实在不可思议。也许，这就是神的力量。那我来告诉您吧，这花真的就代表着希望与复活。它就像我们的人生一样，多半都是平淡的，但却又是对未来充满希望的。"

谭映红："这花还会不断地提醒我们，不可放弃心中的梦想。"

利玛窦："是的，真的是这样。"

谭映红："那先生的梦想是什么？"

利玛窦："让上帝也就是天主爱的种子落入你们这片神秘国度的土地……"

谭映红："先生，这样的爱，包括人世间的情爱吗？"

利玛窦："这种爱，是超越生死的爱，自然就不包括那人世间的情爱啦。"

谭映红："那当这两种爱同时降临的时候呢，先生又会做何抉择？"

利玛窦坚定地说："如果这样，那就只能选择超越生命的普世之爱啦。"

谭映红两眼含泪道："可小女子真的希望一辈子跟随先生学琴。"

利玛窦吓得脸都白了，连连摆手道："小姐莫这样，谭老先生早就跟我说啦，要将小姐您许配给太素。"

谭映红悲戚道："可是，映红心里却没有他。"

利玛窦在胸前画了个十字："小姐，万万不可让老人家担心啊！"

谭映红却是铁了心，幽幽道："映红只愿意跟随先生学琴。"

利玛窦叹息道："这是没可能的，况且，上帝也不会答应。"

谭映红伤心道："可是，胡乱配个人，这样的日子如何过下去？"

利玛窦劝道："小姐，谭老先生年事已高，你做晚辈的，真不可再让他老人家操心啊！说句不好听的话，你应该让老人无憾才对啊！"

谭映红听了这话，泪流不止："那我就佯装答应阿公，等他百年之后，再在这仙花寺旁找个房子独居，种一院子这样的鸡蛋花，一生陪伴先生……"

听了他们的对话，我心里也是暗自叹息，却又不好现身说些什么，以免大家难堪。

利玛窦听了谭映红那一番话，急得长吁短叹。谭映红见他如热锅上的蚂蚁，于心不忍，便故意转移话题道："先生，可否为小女子摘一朵新鲜的鸡蛋花？"

利玛窦如释重负，一边答应着，一边飞快地爬到树上去为谭映红摘花。谭映红见利玛窦如此爽快地答应了她，立马愉悦起来，抬头对树上的人说："刚才，在寺中见一架琴，听说先生弹得极好，不知可否教我？"

树枝似乎支撑不了牛高马大的利玛窦，他站在树上摇摇欲坠地答："当然可以，稍后我就为小姐弹奏一曲，给您示范示范。"

谭映红："那我以后就拜先生为师啦。"

利玛窦："不敢当，我可不能好为人师啊！"

谭映红："瞿太素不是已经拜你为师了吗？"

利玛窦："您一年轻貌美女子，我如何教您，实在多有不便！"

谭映红："那我就搬来仙花寺旁边住，把房子买下来，也种一院子的鸡蛋花。"

树上的利玛窦听谭映红又在说这样的话，脚下一滑，险些从树上掉下来。

谭映红惊叫："先生小心！"

那丫鬟也回过头来朝树上的洋和尚道："大师赶快下来！"

利玛窦吃力地稳住自己摇晃的身体，看一眼树下的两个女子，说："没事的，马上就好。"

说着，他又探出半个身子，将手伸向离自己最近的花朵。

利玛窦摘了花，从树上跳下来。

细心的利玛窦竟多摘了一朵花，他下来第一时间先送一朵给那丫鬟："美人月下赏花，见者有份，也送你一朵。"

那丫鬟接过花，拿在手上，开心地将那花儿旋了一圈，抿嘴笑道："谢谢大师。"

利玛窦将另一朵鸡蛋花送给谭映红时，显然无意间碰到了她的纤纤玉手。他火烧火燎般一缩手，那花便飘然落地。那花，正静静地躺在一双绣花鞋旁，噘起嘴巴，发出无声的抗议。

利玛窦失声道："哎哟，掉地上啦，如何是好？"

谭映红道："没事没事，捡起来就是。"

说着，谭映红就去捡地上的花。利玛窦也急忙蹲下去捡，并劝道："这花莫再要了，莫再要了，我给您再摘一朵。"

手忙脚乱之下，不经意之间，两人的手竟又相触。利玛窦一缩手，那花就让谭映红拿到了手上。

那丫鬟见状，连忙过来将手中的花递给主人："小姐，莫要那落地上的花啦，这花给你。"

谭映红："这花是先生送你的。"

丫鬟："拿着，这花本来就是先生为您摘的。"

谭映红披一身月光，驻足于花下，就是不接那丫鬟递过来的花。她幽幽道："丫头，此花不同彼花呀！"

那丫鬟懵懂道："不是同一棵树上摘下来的吗？"

谭映红："确实是同一棵树上的花，一样的月下，一样的花前。"

丫鬟皱眉道："就是嘛，有什么不一样的。只不过是一朵掉地上了，一朵没掉地上而已。"

谭映红："可是，丫头，此月下花前，已非那花前月下啦……"

那丫鬟这时才回过神来，急得眼泪就要落下。

寺外传来更夫的梆子声，随即，寺里也突然响起自鸣钟的钟声。

听到钟声和梆子声，利玛窦连忙说："时间不早啦，小姐您不是说还要听我弹琴？"

谭映红低头垂泪道："好呀，有劳先生。"

望着他们绕过假山渐渐远去，我也急急跟了上去。

……悠悠琴声飘扬在夜里清凉的空气中。利玛窦正在弹琴，优美的旋律在屋里委婉回旋。寺外，西江河缓缓流淌，流水和着琴声的曲调，如泣如诉，仿佛正在诉说着一种若隐若现的情愫。琴声时急时缓，时乐时怨，使人有种隔世之感。

弹罢一曲，我们都鼓掌大赞他弹得好，利玛窦却谦虚地说："过奖啦，过奖啦。"

谭映红："这琴音低沉而宽广，真好。"

利玛窦："承主眷顾，让我拥有了这架琴。"

谭映红："先生为何如此感慨？"

利玛窦："因为这琴有一种魅力，可以令弹奏的人慢慢地冷静下来。没有这琴，我真不知道如何打发在异乡寂寞的日子。"

我忍不住插话道："弹琴忘却身外事啊！我们的古人，不也是不断地通过抚琴来追寻天人合一吗？"

利玛窦语气中透着愉悦："是的，每当我感到疲惫的时候，心生厌倦的时候，除了读一读父亲的信，翻一翻父亲送给我的书，此外，就是弹这琴。只要一弹这琴，我的心就会立即安静下来。"

谭映红却说："倘若弹奏的是相思之曲呢，是不是也就弦肠一时断？"

利玛窦拨拉几下琴键，道："这取决于弹琴的人，倘若不以世事为怀，弹着弹着或许就会忘记身边的烦恼事啦。"

谭映红："所以，小女子才想到要跟先生学琴啊！"

利玛窦："这琴学起来容易，但是要弹出自己内心的声音，却又很难。"

谭映红："关键还要有一架好琴！"

利玛窦："一架好琴，可遇而不可求，例如我这琴。"

我说："做一架好琴也不容易，《诗经》就说，斫琴如斫玉，如切如磋如琢如磨。"

谭映红："真希望有一架这样的琴。"

利玛窦："人无完人，琴也就不可能有完美的琴，小姐何必执着于寻找一架想象中的琴呢！"

说着，利玛窦故意让谭映红也试一下弹奏那琴。谭映红上前弹了两下，那琴这次发出的，竟是无比低沉的声音，似乎正被无数力量压抑着。

谭映红情不自禁地低呼一声："怎么会是这样的声音。"

利玛窦："琴仍然是那架琴，可弹奏的人心境不同，其琴音也就不同啦。"

谭映红："什么时候，能够像先生那样，焚炷香，泡壶茶，弹奏出淡雅、豁达的音符……"

听他们这样说，我亦陶醉道："几时归去，做个闲人，这是多么惬意的状态啊！"

230

谭映红羡慕地对我说："太素哥有幸跟随先生，不正过着这样的逍遥日子吗？真希望像您一样，能够以先生为师，对着一架琴，一院花，弹奏出心中至爱的琴音……"

管家看看桌上的自鸣钟，催促道："小姐，已经很晚啦，我们应该告辞啦！"

谭映红答应着，却又对利玛窦说："先生不是说过，还要给我们弹唱一曲自己写的歌吗？"

利玛窦说："那好，在下就为大家弹唱一首我写的《西琴曲意》之二《牧童游山》吧，唱罢这首歌，都回去就寝。"

说罢，他清了清嗓子，便弹唱起来："忧乐由心，心平随处乐，心幻随处忧……固不及自得矣，奚不治本心……"

利玛窦美妙而婉转的歌声深深地打动了大家，众人纷纷说，真是余音绕梁啊！

我说："这歌词写得真好。"

麦安东也道："这曲也妙！"

利玛窦见谭映红不吱声，便问她这歌曲感觉如何？谭映红这才从美妙的歌曲意境中回过神来。她沉吟片刻，才说："依小女子看，这既是一首歌也是一首抒情诗，歌和曲都同样意境优美。我仿佛感受到了牧童内心的动静呼应着山的远近，亦给人一种循环往复的流动韵律。这歌似乎想告诉我们，一个人对外物的欲望是无穷无尽的，是永远也不会满足的。"

利玛窦点头不迭道："对对对，我就是想通过这样的歌声告诉大家，人应当不做非分之想，而应当加强内心的修炼……"

一旁的丫鬟，突然哈欠连连道："你们还有完没完呀，我都困死啦！"

接连几个晚上，谭映红都来仙花寺，硬是让利玛窦将《西琴曲意》余下的几首歌给她唱了个遍。

第二天晚上，谭映红来时，利玛窦略作迟疑，给她弹唱了《西琴曲意》的第一首歌《吾愿在上》："谁识人类之情耶？人也者，乃反树耳。树之根本在地，而从土受养，其干枝向天而竦。人之根本向乎天，而自天承育，其干枝垂下。君子之知，知上帝者，君子之学，学上帝者，因以择诲下众也……常使日月照，而照无私方矣！常使雨雪降，而降无私田坐兮。"

这首歌说教的味道很浓，利玛窦原以为如此乏味的一首歌唱罢，那谭映红也就不会再来。谁知，谭映红听后，甚是佩服。她说，这首歌将人区别于草木禽兽，非常值得一听。说着，又缠着要利玛窦教她如何弹唱这首歌。

夜色渐深，谭映红道了打搅，起身告辞。我们将她与管家、丫鬟送到寺门外。

谭映红上了轿，又撩开轿帘子对利玛窦说："先生，我明晚还要来。"

等那轿子远去，利玛窦对我说："想不明白，真想不明白这样的歌她都喜欢。"

我一边关上厚重的寺门，一边嘀咕道："还不是爱屋及乌……"

利玛窦没听清楚，大声问我："太素，你说什么？"

我笑一笑，道："我说这门太重啦！"

翌日晚上，谭映红再次不请自来。这次，利玛窦又故意给她弹唱另外一首更为乏味的《善计寿修》："善知计寿修否？不徒数年月多寡，惟以德行之积，盛量己之长也。不肖百纪，孰及贤者一日之长哉！有为者，其身虽未久经世，而足称耆耄矣……呜呼！恐再复祷寿，寿不可得之，虽得之，非我福也。"

听罢，不想谭映红却道："歌声哀婉，琴声凄切，歌词尽管乏味，但听来却甚为动人。"

利玛窦听她这样说，忍不住道："愿听听小姐对此歌的看法。"

谭映红道："听罢此歌，你会瞬间明白，人活着，追求长寿终是徒劳无益，而真正的幸福不是长寿，而是道德修行。"

利玛窦激动地站起来道："是啊！肉身必死，而灵魂永存这个道理，又有多少人能够明白？"

利玛窦原本只想弹唱一曲，便打发谭映红走的，想不到的是，她竟对自己这些殉道传教的人生感叹之词理解得如此透彻，忍不住又弹唱了另外一曲《德之勇巧》："琴瑟之音虽雅，止能盈广寓，和友朋，径迄墙壁之外，而乐及邻人，不如德行之声之洋洋，其以四海为界乎？寰宇莫载，则犹通天之九重，浮日月星辰之上，悦天神而致天主之宠乎？勇哉，大德之成，能攻苍天之金刚石城，而息至威之怒矣！巧哉，德之大成，有闻于天，能感无形之神明矣。"

唱罢，利玛窦便迫不及待地问谭映红感觉如何？

谭映红思忖一会儿道："这首歌以琴瑟之音起兴，述说道德修行的力量，是想告诉人们，琴瑟之音尽管美妙，可其感染力毕竟有限，是会止于人间的。而德行的感染力却没有止境，无可抵御，不仅悦人，而且悦神……"

我听了她这一番话，亦忍不住赞叹道："姑娘真是位六艺贯通的奇女子！"

利玛窦点头良久，热情道："姑娘明晚再来，在下再为您弹唱其他的歌曲。"

谭映红很是高兴，道："好，一言为定。"

我记得非常清楚，那晚利玛窦唱罢他写的最后一首歌《定命四达》，接着谭映红开始评说道："这首歌最长，而铺陈得也最为流畅，紧扣人生的短促而唱……"这时，便见谭府的管家跌跌撞撞地冲了进来哭着说："小姐，不好啦，老爷刚刚走啦！"

谭映红听了，却显得异常平静。她问管家，阿公是什么时辰走的，临终时又说了些什么话。管家哭着一一细诉，最后说："老爷临走时断断续续说，婚姻之事，再也不逼迫小姐……"

谭映红听了这话，这才流泪不止。

我们随谭映红匆匆赶到谭府，只见已经开始布置灵堂。谭映红扑通一声跪倒在地，泣不成声："阿公啊，孙女不孝啊！您走的时候，孙女都没能陪在您身边，真是不孝啊……"

谭府上下顿时哭作一团。我们念及谭老先生的为人，也是泪流满面。揩干眼泪，我去给谭老先生烧香叩头，利玛窦也学着我的样子去给谭老先生烧香叩头。我悄声对他说，老师你大可以用你们的方式来祭拜谭老先生。利玛窦却摇头道，在下一直感恩于谭老先生的帮助，此时此刻，觉得应该以你们的方式来祭拜会更显尊重。听他这样说，我也没再坚持。

祭拜过谭老先生，我们劝谭映红节哀顺变。利玛窦说，出殡之日，我们会再来送老人家最后一程的。谭映红叩头致谢，又是伤心落泪。出来巷子，见已有闻讯而来的亲朋好友陆续朝谭府奔去。陈理阁感慨道："由此可见谭老先生的为人与德高望重。"

出殡之日，谭府里里外外灵幡猎猎，法乐声声。利玛窦见肇庆府的官员也来送别谭老先生，不由得说："谭老先生真是个人人敬重的老者啊！"

麦安东却不愿意去送别谭老先生，他说，他不能容忍那样的送别仪式，焚香上烛，叩拜烧纸，荒谬至极。我说，我们常常认为死者为大，因此丧礼就显得尤其沉重而且受到重视。不仅如此，每年的清明节，我们还要祭拜去世的先人。麦安东却不这样认为，他鄙视道，为什么我却觉得你们只是基于对死者灵魂的畏惧而不是敬意呢。利玛窦劝他说，你与谭老先生没有接触过，我可以理解你的决定。可是，我也希望你能够理解我，理解我与谭老先生的交情，理解我对他的敬意。通过与谭老先生这样的老人交往，我越来越觉得，他们不仅有自己久远的历史，而且也有自己独特的文化，我们不可以太急，也不可以一成不变！听了利玛窦这番肺腑之言，麦安东一时语塞，也就不好再说些什么了。

料理完阿公的后事，谭映红又守孝七七四十九日。然后，她就果真在仙花寺后面购置了一处院落独居。她向利玛窦索要了不少的鸡蛋花树，种了一院子的鸡蛋花。

谭映红说，她不但要将鸡蛋花种到院子里，还要将鸡蛋花种到七星岩的岩壁上。利玛窦问她为何要将鸡蛋花种到七星岩的岩壁上，她说："我要让岩石上也长出一棵棵这样神奇的树，花开如蛋，黄白有致；我要告诉世人，这里之所以开满这种神奇的花，是因为这里有一个女子，曾经用一种以卵击石的方式来对待自己的婚姻大事。"

利玛窦暗自叹息，却再也不敢去看谭映红那双泛着泪光的眼。

后来，我随利玛窦去看过谭映红的院子，那院子远离尘嚣，异常僻静。谭映红将慈祥的观音画像挂在大厅的正中央，并告诉我们说她这院子就叫观音堂。观音堂的大门外，却又另外悬挂了一块她亲笔书写的"永远堂"牌匾。

我不知道她为何要将自己独居的院子唤作永远堂，也许是想永远记住一些人和事吧！许多年以后，被迫远走韶州府的我们因为一起官司而重返肇庆府，我与利玛窦还专门前往永远堂寻访谭映红。不巧，谭映红有事刚好外出而未遇。接待我们的，竟是一院子的上了年纪的女人。这些女人个个将自己的辫子拆散，再把长长的头发盘起梳成髻。她们平静地告诉我们，她们都是些像谭映红一样决心"梳起"不嫁的女人。她们说，幸好谭映红好心收留了她们。她们还说，肇庆府的女子出嫁，按惯例是要由自己的长辈为其梳髻的，但她们这些过了婚龄并且立心不嫁的女子，则到"永远堂"来自己亲手梳起。她们说："到了这里，我们就跟谭映红一样成了'自梳女'。成为'自梳女'以后，我们自己的头发就自己梳，自己的衣服就自己缝，自己的生活就自己理，自己的苦乐就自己尝啦！"我问她们，为什么要这样呢？她们说，唉，一言难尽啊，梳头唔好一朝过，嫁人唔好一世挨啊，何必呢，倒不如到这永远堂来反觉得自由自在。利玛窦听了，唏嘘不已。从永远堂出来，忽然看见大门两侧竟还悬挂着一副木刻的对联："一尘不染清修界，众善同修自在天。"

我说："怎么我们来时没有注意到有这样的一副对联呢？"

利玛窦道："许多年没见映红啦，也许我们心急要见到她才一时没有留意吧！"

我又说："那没见到她，老师觉得遗憾吗？"

利玛窦仰天长叹："这都是天意，那就顺其自然吧！"

不禁又想起谭老先生去世之后的那些日子。那些日子，仙花寺里好长时间都听不到琴声啦。利玛窦总是伏案至深夜，不是看儒家的经典，就是教我数学或者制作各种各样的仪器。

有一天，他对我说："太素，你有想过吗，你们为何总是不擅长我们那样的经世致用之术？”

我说：“我们人人都埋头于‘四书’‘五经’考取功名，却没有将‘四书’‘五经’之中的大道理用于现实之中，也就是说，始终没有掌握一门安身立命之术。”

利玛窦：“是的，你们总是在研究治人的学问，却连静下心来观察一条鱼的心思都没有。”

我说：“我们总是在想象鱼在嘴里的味道。”

利玛窦：“你们需要一把打开神秘世界的钥匙。”

我说：“这样的一把钥匙，也许只有老师才能帮助我们找到。”

利玛窦：“而你们也必须取长补短，从而反省自己超越自己。”

我说：“那就先让我来尝试一下吧！”

时光荏苒，转眼已在肇庆府待了数年。我努力地去寻找利玛窦所说的那把钥匙，可还是始终觉得遥不可及。随着岁月的老去，我也越来越觉得如利玛窦那样的孤独与寂寞。我一直弄不明白，自己明明身在大明，并没有如老师那样独在异乡为异客，为何会有他那样的孤独与寂寞呢？甚至有时候还发觉，就算是自己最尊重的老师，也不可能完全是自己真正可以倾诉的对象。我为此一直感到苦恼也一直在左右摇摆，我不知道自己选择的这条路是否可以继续走下去，是否也会像痴迷黄白术那样，到最后发觉原来都不是真实的存在。

每次想到自己曾经答应过爹娘要给他们生个大胖孙子，我就会无端地自责起来。我跟老师掏心窝地说：“我必须纳个小妾，然后生个大胖儿子，如果幸运的话，生两个儿子则更好，不然的话我真觉得对不住爹娘。”老师说：“你如果真这样想就离我们越来越远啦。”我争辩道：“你们不是也提倡要繁殖后代吗？人总要传宗接代吧！”老师却不这样认为，他说：“你大错特错啦，这是两码事，你要生儿育女大可以找你的原配夫人生啊！怎么可以纳妾？”我说：“她年纪大啦，而且也许会像王泮的夫人那样身体有恙再也生不出一男半女来。”老师说：“真那样的话，我们为她祈祷，我们为她医治。”我说：“不可能的，她远在老家，一时半会儿也不可能过来。”老师见我不听劝，便气呼呼地走了。

其实，我不是存心要惹老师生气的。我想找个机会跟老师解释解释，让他消消气。可是，我还没有找老师解释，老师就遇到了难题。老师遇到了难题，我就没有机会跟他解释啦。因为，这个前所未遇的难题，让他一度感到悲观和绝望。

　　真是晴天霹雳，新任的两广总督刘继文，竟然下令要驱逐他们离开肇庆府。

　　老师问我："太素，这该如何是好？"

　　我安慰他说："总有办法的，老师您莫太担心。"

　　利玛窦说："不担心是假的，不过想一想也算幸运，如果最初遇到的不是郭总督而是今日的刘总督，那样的话，我也许就永远无法踏足肇庆府，永远不可能遇见你、认识你啦。"

　　我知道事态凶险，只好继续宽慰他道："没事的老师，不是说'山重水复疑无路，柳暗花明又一村'吗？"

第十四章　利玛窦

　　每当夜深人静的时候，每当感到无奈和寂寥的时候，我都会拿出父亲那封皱巴巴的信来读。往往这个时候，也是我长时间收不到任何回信的时候。茫茫大海，阻隔了漫漫邮路。有时候，我写一封信寄出去，需要等上好几个月，甚至一年半载才能收到回信。等待回信的日子是最难熬的，收到回信的日子又是最快乐的。

　　我将一封又一封信寄给家人、朋友、老师，自然也寄给耶稣会那些与我一样常常感到寂寞而又有信仰的人。只有他们，才愿意听我不厌其烦地讲述。我告诉他们这里的人总是相信我们会炼金术，能够将贱金属变成贵金属如银子或者黄金。我还告诉他们，我们越是跟这些人说真不懂炼金术这些人就越不相信，总是怀疑我们在撒谎。自然要告诉他们，这里的人是如何不信任我们、恐惧我们，又是如何包容我们；自然要告诉他们，我们在这里所面对的挑战，我们为什么要将上帝叫作天主，为什么要绘制中文的世界地图，为什么要制造一座自鸣钟；自然要告诉他们，我们的信仰始终没有变，哪怕难以为继的时候，哪怕危在旦夕的时候，还是没有变……有时候想想，真应该感谢我们耶稣会的创办人罗耀拉，如果不是他要求我们这些被派出去的传教士都要经常写信回去告诉总部的人我们所在的地方，所做的一切，我真怀疑我们这些人如何能在异国他乡度过一个又一个不眠之夜。

　　对于我们这些孤立无援的人来说，那一封封信，已然是一种思念，更是一种渴求。

父亲终于来信啦。父亲在信里说，家里一切都好，只是老祖母已经离开了我们。读到这一句的时候，我忍不住泪流满面。我忽然听见了自己的哭声。我怕惊醒了熟睡的麦安东与瞿太素，所以我的哭声就像被人捂在一个闷罐子里，低沉而压抑。就像小时候受了委屈那样，将头深深地埋在慈祥的老祖母怀里，耸着肩呜呜地哭泣着，但又怕让严厉的父亲听到……

真是屋漏偏逢连夜雨啊！还没有从老祖母去世的悲痛中缓过气来，我又接到一个更不好的消息：新任的两广总督刘继文，竟然下令要驱逐我们离开肇庆府。

我知道事态的凶险，我也知道瞿太素说"山重水复疑无路，柳暗花明又一村"只是在宽慰我。

"这该如何是好？"我一遍遍地问自己。最后，我决定去找王泮商量对策。

见到王泮，他高兴地告诉我说："在下已升任湖广布政使，明日就要赴任，大师你来得可真是时候，如若明天再来，也许就见不到本官啦。"

我连忙拱手向王泮道贺，我说："我早就知道大人会步步高升的。"王泮问："何以见得？"我说："大人口碑那么好，老百姓还为您建了座生祠来褒扬您敬重您，不就认为您为官一任，造福一方吗？大人这样的官员，朝廷又如何会不加以重用呢！"王泮拱手道："那都是老百姓的厚爱与包容啊！其实本官一直以来都常常感到有愧于他们。"我说："大人怎么能这样想呢，须知老百姓心中都有一把秤。"王泮连连说："过誉啦，过誉啦。"见王泮高兴，我就将我们遇到的难题跟他说了。我恳求王泮帮我们出出主意，看应该如何应对，或者有什么好的办法能让新任总督刘继文改变主意，允许我们继续留在肇庆府。

王泮给我分析道："也许，是太监马堂将你们在肇庆府居住的消息上奏了皇上。"

我说："不会吧，上次天狗食日，他不是很赞赏我们的精准预测吗？"

王泮又道："或者你们的动静太大啦，让朝廷的人都知道了。须知你们在肇庆府暂居，始终是没有得到皇上的圣许，也没有得到礼部许可的。"

我想一想说："如果真因为这样才驱逐我们，大人又如何会得到朝廷的重用呢？"

王泮沉吟道："又或者是因为近日沿海一带海盗猖獗，新任总督准备出兵剿灭，而担心你们会走漏消息……"

我气愤地说："大人，你也知道，那些说我们是间谍，在西江边建寺只是为了藏快艇，以奇技淫巧诱惑百姓只是为了收集情报，其实都是些恶言中伤。"

王泮："本官知道你们都是无辜的，可本官还是认为你们最好先行返回澳门，等以后风声没那么紧时再想办法回来为妙。"

我恳求道："大人，在您的鼎力帮助下，我们花了那么多银子，好不容易才把仙花寺建好，刚刚安居下来，怎么可以离开呢？您就行行好，帮我们想办法留下来吧！"

王泮无奈地说："本官……实在无能为力啊！"

我哀求道："大人您再想想办法……"

王泮："新任知府方应时倒是与本官有点交情。这样吧，我让他暗中助你们一臂之力。"

我大喜过望，连忙拱手致谢："谢谢大人。"

不想，王泮又道："只是你们寺中那两块本官题写的牌匾，还是让人先将落款铲去为好……"

听了王泮这话，我就知道大事不好啦。

告别王泮回到仙花寺，麦安东见我垂头丧气，便问："王大人肯出手相助吗？"

我摇摇头，叹息着将王泮的话原原本本地告诉了他。麦安东听了，跺脚道："唉，官场中人，个个都是明哲保身的啦！"

我说："也许，他亦有自己的苦衷吧！"

麦安东："我真怀疑他以前的出手相助是不是真心实意的……"

我又叹了口气，缓缓道："再说这些亦是徒劳无益，我们唯有静观其变吧，愿上帝保佑我们。"

静观其变只是说说罢了，我最后还是决定主动出击，去拜访新任总督刘继文。我让瞿太素找官场上的朋友打听一下，看看新任总督刘继文究竟喜欢些什么，以便为他准备一份大大的见面礼。我越来越觉得，与这些官员打交道，习惯性的礼貌拜访或经常性的馈赠礼品是非常重要的。按照瞿太素的说法，就是我已经越来越懂人情世故，也越来越深谙此道。我还让瞿太素想办法帮忙牵个线、搭个桥，看什么时候可以登门拜访刘总督。结果，瞿太素回来告诉我，刘继文通过中间人说，只要我们答应他三件事，他就考虑让我们留在肇庆府。

第一件事是为他的官邸驱魔。

前任总督吴善住进总督府衙门官邸不到一年便病故，这让迷信的刘继文心有余悸，认定那是凶宅。刘继文的师爷懂点风水，他看过那官邸的布局，就对总督说，一命二运三风水，四积阴德五读书，这风水真是非常重要的。刘继文说风水重要谁不知道，你别那么啰唆，告诉本官那吴善搬进去不到一年便丢了性命，是不是跟这房子的风水有关就行啦。师爷就说，关系可大了，这房子的布局本来就不好，加之历任总督杀戮太多，冤魂怨气积聚，阴气也就越积越重，结果……刘继文问，结果如何？师爷说，结果就是住进去的总督，如果像吴善那样正行衰运的话，就会把小命也给搭上啦。原来如此！刘继文点点头又问，那有什么化解的办法吗？师爷说，改一下房子的布局吧，先让阳气积聚，找高人驱魔后再住进去方可保平安啊！于是，刘继文听信了师爷的话，就命人对官邸进行改建与装修。

刘继文到任后，一直都没有住到那官邸里去。他要等那官邸改建装修好，再找高人驱魔之后，才肯住进去。刘继文又听师爷说我们这些洋和尚法力高强，最擅长驱魔，不仅能精准地预测天狗食日的时辰，还可以为人祈祷助人生子，便让人放出风声说要驱逐我们出肇庆府。他让人放出要驱逐我们的风声，目的很明确，就是要让我们主动上门去求他，为他办事。这些，都是后来瞿太素从其他人口中得知的内幕。

为了能够留在肇庆府，我们只好去给刘继文驱魔。

总督衙门后院的官邸尽管装修一新，但两个衙役推开朱红大门时还是不敢越雷池一步。另外的两个衙役则连台阶也不敢上，只躲在石狮子后面不时朝里窥探。

我问领路的衙役："军爷为何不带我们进去？"

那衙役倒退一步，道："白天还可以领你们进去，可现在黄昏已过，我可不敢……"

麦安东疑惑地问他："军爷为什么会这么害怕？"

衙役："不怕才怪呢！吴总督虽然年纪大了点，但却双目炯炯，坐如钟、站如松，不承想住进这个院子后不久，命就没啦，婢女、仆人惊恐万状，四散而逃……"

说着，那两个衙役已经退到了台阶下，也躲在另一只石狮子后面探头探脑。

瞿太素见那几个衙役面露惧色，不由得颤抖着声音小声问我："老师，你们真能驱赶妖魔鬼怪？"

我笑笑说："朗朗乾坤，哪来那么多妖魔鬼怪！妖魔鬼怪都藏在人的心里。"

瞿太素半信半疑地又问我："真没有妖魔鬼怪？"

我一脚跨过门槛说："进去看看便知。"

麦安东走在我们的前面，他一脚踏进大厅，举起衙役刚才交给他的灯笼四下照了一下，道："我倒要看看，这中土的妖魔鬼怪与我们欧罗巴的妖魔鬼怪有何不同！"

瞿太素听麦安东这样说，又明显地恐惧起来，一步不离地紧紧跟在我的身后。

瞿太素突然惊叫一声："谁？"

我回头一看，原来是那个领路的衙役，不知道什么时候竟又跟了进来。

那衙役道："想一想，还是得进来给你们领领路……"

瞿太素："吓死人呀！你不是说不进来的吗？"

那衙役声音颤抖道："没法子呀，总督大人一再交代，要我跟着你们进来看个究竟。"

我见那衙役跟了进来，便从怀里掏出一个十字架拿在手里。瞿太素与那衙役见我手拿十字架，这才稍稍没那么紧张。麦安东一只手拿着灯笼，另一只手亦拿着十字架领着我们走进一个又一个房间。

最后，我们来到了一个最大的房间。那个房间，显然就是总督的卧室。

果然就是总督的卧室，那衙役说："这个房间就是吴总督的寝室，他就是在这里去世的……"

瞿太素听说吴总督就是在这个房间去世的，马上朝房间的四个墙角拜个不停，口中还念念有词。

我问瞿太素："你拜什么？"

瞿太素："拜拜总比不拜好吧……"

我见他如此惊慌，便从怀里取出一只小瓶子，一边打开瓶盖一边念着祷文。

瞿太素问麦安东："那瓶子里装着什么？"

麦安东答他："圣水。"

那衙役也问："圣水有什么用？"

麦安东："降福、驱魔、治病，都行！"

我将圣水洒向空中，又洒向四个墙角，一边洒一边举起十字架装模作样地不停念道："撒旦！魔鬼！回到你的地狱中去！"

麦安东见我开始驱魔，便将手中的灯笼交给那衙役拿着，也双手紧握十字架，手舞足蹈地跟在我的后面念祷文。

随后，我们一起站在房间的中央不停地画着十字，不停地齐颂祷文。

那衙役吓得背转身去，牙齿咯咯作响，身子抖得像筛糠一般，手中的灯笼则晃个不停。瞿太素也是背转身去，不敢看我们。我见他们如此，便与麦安东相视一笑。折腾一番之后，我才走过去拍拍那衙役的肩臂说："好啦，军爷！"

那衙役说："啊……好了……那我们快走吧！"

说着，那衙役便朝门口走去。瞿太素见他迈开脚，也急忙跟上。

我故意朝那衙役喊："军爷，你不看一看房间里还有没有不干净的东西吗？"

那衙役已走到门口啦，他颤声道："不用看了吧……"

麦安东道："你不看一看，如何向总督大人复命？"

那衙役一听这话，倏地停下脚步。然后，慢慢地转过头来，飞快地看了一眼房间，又猛地将脑袋转了回去，连声道："没啦……都让大师给降服啦！"

麦安东又道："军爷，你再仔细看一看。"

那衙役头也不回道："看过啦……真没啦……都让你们给降服啦！"说着，他与瞿太素急急跑了出去。

看见我们出来，另外几个站在官邸外正焦急等候的衙役跑上来问："怎么样？"

举灯笼的衙役兴高采烈地大声说："降服啦！全让两位大师给降服啦！"

……

刘继文要我们答应他三件事，驱魔这一件事我们答应了，也让他满意了。可是，另外的两件事，他却一直没有跟我们说是什么事。

刘继文乔迁之日，我们备了厚礼前往祝贺。我们的想法很简单，就是想趁他高兴的时候，看能不能求他大发慈悲，收回成命，好让我们可以继续留在肇庆府。顺便，我们也想问一问他，另外的两件事究竟是什么事？

总督衙门内，装修一新的官邸前好一番热闹的景象。官员、士绅纷纷前来道喜。

知府方应时拱手鞠躬道："总督大人乔迁官邸，新春又至，真是可喜可贺啊！"

刘继文拱手还礼道："同喜同贺，同喜同贺啊！"

众人提议："总督大人，新春将至，应为官邸大门写一副挥春，寓意两广在大人治下红红火火，百姓安居乐业。"

刘继文又拱手道："好！那本官就献丑啦！"

在热闹的爆竹声中，刘继文来到早就准备好的书案前。刘继文看一看书案上整齐摆放的文房四宝和红纸，欣然提笔写起春联来。

春联写毕，众人都拍手称好。众官员士绅都拱手说："大人，还望能给我们也写一副春联啊！"

知府方应时拱手附和道："对，总督大人写的春联贴在自家门上，肯定吉祥喜庆啊！"

刘继文只好又提笔为众人再写春联。不一会儿，便写了不少。

乡绅纷纷说今年真幸运，总督大人给咱家写春联。要写春联的人越来越多，眨眼天色就暗了下来。衙役一边将那些春联挂在墙壁上，一边在屋檐下点起了大红的灯笼。正在挥毫泼墨的刘继文被灯笼映照得红光满脸，神采飞扬，挤在书案前的众乡绅亦兴高采烈。

有衙役上前对那些乡绅说："慢点慢点，别挤，别挤，一个一个来，别着急，耽误不了诸位过大年。下一位……"

有个年轻的乡绅挤上前道："大人，我今年新店铺开业，给我写一副好意头的……"

刘继文："行行行，都写都写，大不了晚一点再跟大家喝酒。"

那年轻乡绅好不高兴，连声道："谢谢大人，大人真好，爱民如子，真可谓是我们的父母官啊！"

于是众乡绅便你一言我一语地说：

"大人待我们那么好，将来大人高升时，我们一定要敲锣打鼓给大人送把万民伞。"

"我看，还要为大人建一座生祠。"

"对对对，既然王泮大人的生祠都建起来啦，刘大人的生祠也是要建的。"

"到时候，我们为总督大人塑个像，摆在大殿的正中央。"

……

我见那么多人要请刘继文写春联，不知道要折腾到什么时候，就想，看来这一次是没办法单独跟总督大人说话了。果然如此，等喝罢乔迁酒，已是深夜，我们只好悻悻而回。

春节马上就要到了。在所有的节日当中，肇庆人最重视的莫过于春节了。喜气洋洋地包裹蒸是他们过春节的前奏。家家户户门前垒起了土灶台，一个个涂上黄泥的巨大瓦缸被放到灶台上。女人用大腿夹着大海碗，往大海碗里铺上清洗过的冬叶，然后舀一勺糯米、一勺脱壳绿豆、一两件炒香的芝麻拌猪肉，再把冬叶折叠包紧用水草按"田"字形捆扎好。小孩则乐呵呵地帮大人把一只只捆扎好的裹蒸放进装满清水的瓦缸准备熬煮。随着炉火生起，熊熊的灶火便像一条条兴旺的火龙在夜色之中的大街小巷里延绵……

熊熊火光中，谭映红正和一群女子在观音堂门前包裹蒸。我们被邀请加入她们包裹蒸的行列。我本不想来的，我正为刘继文要将我们驱逐出境的事情烦恼着呢。可是想一想还是来啦，我不想让谭映红不开心。麦安东笨手笨脚地、依样画葫芦地包好一个裹蒸，然后拿去跟那些女子包的裹蒸一对比，连声道："哎哟，难看死啦！"

众人一看，哄然大笑。麦安东不好意思地拿起那个裹蒸说："见不得人呀，我要将它拆散重新包。"

陈理阁按住他的手说："这裹蒸包了是不能拆的，一拆就散啦，'意头'不好呀！"

麦安东连忙缩手："还有这么多规矩呀？可我包得实在太难看啦。"

谭映红走过来，拿起麦安东包的那个裹蒸，灵巧地左弄一下、右弄一下，一眨眼，那只原本极难看的裹蒸马上就好看起来。她再把绳子拉紧，捆好，然后举起来给麦安东看："你看，这不就很好了吗？"

一个女子说："还是我们人靓手巧的映红姐厉害！"

熬煮裹蒸，须保证炉火的持续不断，且隔一段时间还要加一次热水，我便负责这项工作。谭映红转头看了一眼坐在土灶前的我说："可惜命苦啊……"

另一个女子连声道："呸呸呸，过年啦，映红姐莫讲这样不吉祥的话。"

又有个女子说："是呀，吃了这吉祥的裹蒸，就一切都会好起来啦！"

246

麦安东不解地问："为什么？"

陈理阁："因为裹蒸在我们肇庆被视为吉祥的食物。"

麦安东："吉祥的食物？"

陈理阁："对，裹蒸外表呈四角山包形，寓意四方大利有靠山；五六层冬叶包裹，寓意丰衣足食；捆扎的绳子构成多个'田'字，寓意多田多地；裹蒸的'蒸'字还有'蒸蒸日上'的意思……"

麦安东恍然大悟："哦，我明白啦，原来如此！"

谭映红对麦安东说："所以，等这些裹蒸煮好后，你们可要多拿些回仙花寺去，多吃一点。"

麦安东双手一摊："吃多了，不会撑着吗？"

瞿太素拍拍麦安东的肚子："你这肚子那么大，不会撑破的。"

众人一听，又哈哈大笑。

瞿太素忽然对麦安东正色道："不过，能吃就多吃点。这吉祥之物，吃多了，也许真会给你们带来好运。"

陈理阁："好运一来，或许你们就可以留下来啦。"

附近的人家亦围坐在红红的裹蒸炉前，一边谈论着今年的收成、明年的打算，一边侧起耳朵细听瓦罐里水的沸腾声。陈理阁告诉我，裹蒸要煮十来个小时才能起锅，只有这样，裹蒸里的五花肉才能煮烂，冬叶的味道才能渗入裹蒸里。隔壁阿叔家的裹蒸出炉啦，阿叔揭开瓦缸盖子，等蒸腾的白色水汽散去，便迅速用竹钩将裹蒸一只只钩上来放进竹箩。阿叔的孙子迫不及待地拿起一只裹蒸解开冬叶，用筷子夹起来就吃。他一边吃一边欢叫："好香啊！"我机械地往炉里加柴，柴火的味道，裹蒸的清香，欢快的笑脸，可这一切都让我提不起精神来。那一刻，我满脑子都在想着刘继文，想着该怎样跟他说其实我真的不懂什么黄白术。

刘继文的师爷终于将我们叫去，然后开门见山地说："总督大人想请你们教他黄白术。"

原来，这就是刘继文要我们答应他的第二件事。许多人都以为我们会黄白术，包括瞿太素。瞿太素说，这事可真不好办！他说，你们跟刘继文说真话吧，他肯定不会相信你们不懂黄白术，肯定会认为你们是在说谎；你们跟刘继文说假话吧，那又如何教他提炼出银子或者黄金呢。瞿太素说，其实他早就听说过刘继文这个人，在广西浔州做私塾先生的好友徐光启告诉过他，说刘继文在广西做巡抚的时候，就开始痴迷黄白术。据说，当地有个叫王子龙的年轻人，自幼奉养守寡的娘亲，是个孝子。有一天他进深山砍柴，遇到一位高人。这位高人就对王子龙说："我见你是个孝子，且有慧根，传你可将百物变成金银的法术吧！但今后，此法术你只可以用于奉养你的娘亲，万万不可随便乱用，更不能传授他人。否则，将肠穿肚烂而亡！"王子龙一口答应，果然就学会了一种将百物变成金银的法术，从此衣食无忧。王子龙得高人传授法术能将百物变成金银的消息不胫而走，痴迷黄白术的刘继文听到这个消息后，也想得到这种法术，于是就派兵将王子龙抓到衙门来。刘继文在大牢里威逼王子龙道："你有两条路可选，一是教我法术，我们共富贵；二是你不教我法术，我一刀砍了你。"王子龙说："我教你法术会死，不教你法术也会死，倒不如我守仙师诺，留个好名声！"刘继文见他如此倔强，就暗中派心腹进大牢里好言劝说。结果，王子龙还是认为法不可外泄。面对死都不怕的王子龙，刘继文无计可施，只好对这个视死如归的年轻人说："我也不再逼你啦。这样吧，你就在我的面前，当场施一次法术，将这块瓦砾变成黄金，我就放你回家与娘亲团聚。"王子龙说："这样也不行，我答应过仙师，除了奉养娘亲，其余是绝不可随便施法的。"刘继文说："你宁愿死都不愿意让我开开眼界吗？"王子龙说："不是我不愿意，而是我没有其他的选择。"刘继文被气得暴跳如雷，最后只好下令斩了王子龙。

瞿太素对我说："老师，你们现在就像传说之中的王子龙一样。"

听瞿太素这么说，我就更加六神无主啦。

我说："太素，看来今年的春节我是没法子开开心心地过啦！"

瞿太素犹豫一下又道："老师，听说刘继文还干过更吓人的事情呢？本来，我是不想说的，但不说又怕你们心里没个准备……"

我说："没事，你说吧，我什么风浪没有见过。"

瞿太素听我这样说，就把刘继文在广西干的一件更让人毛骨悚然的事告诉了我。原来，当地有土民首领因为不满地方官员欺压他们，于是聚众造反。当地官员束手无策，只好向巡抚大人请救兵。刘继文接报后下令总兵率兵两千前往围剿。总兵快马加鞭赶到事发地点，却一个叛贼也见不到。原来，那些造反的人早就闻讯逃到深山老林里潜匿起来了。刘继文觉得出兵两千，连一个反贼都抓不到，很没面子，于是下令杀掠平民充数。总兵按照刘继文的指令，让士兵每人带一钩镰，夜里四出割人首级，每个人头赏银五两。刘继文还让总兵伪造反贼姓名贴在人头上，以官兵之名报功领赏从中牟利。其实，这些首级，真正的反贼不过百人，而无辜被杀害的平民却多达四五百人，真是惨不忍睹。

听了瞿太素的讲述，我忍不住说："人在做，天在看。如此贪得无厌而又草菅人命之徒，必定是没有好下场的。"

瞿太素说："问题是，在天收拾他之前，我们应该如何应付他。"

我叹息道："这事如果处理不好，就像是把一块大石头往山坡上推，快到山顶时却失去了控制……"

我想，如果刘继文真如瞿太素所说的那样，是个贪得无厌、草菅人命之徒，他又有什么事情做不出来的呢？这种人，真不能跟他来虚的，也不能跟他说假话，要跟他讲明白我们真不懂什么黄白术。去见刘继文时，我特意把瞿太素也叫上了。之所以把瞿太素叫上，不是为了壮胆，而是准备在刘继文认为我们在撒谎时，好让瞿太素出来以身说法证明我们真不懂什么黄白术。瞿太素说，没用的，他根本就不会相信我们的话。我说，即便他不相信我们的话，我们带上厚礼登门给他拜年，大过年的，他也不至于要砍我们的脑袋吧！瞿太素说，砍头我认为他倒不敢，毕竟你们都是天竺来的高僧，就怕他大发雷霆撵你们走。

果然就如瞿太素所说的那样，刘继文当场就大发雷霆。

前往总督衙门，我一路反复琢磨该如何跟刘继文讲我们真不懂什么黄白术最为适当。可是，到了总督衙门的大门口，我还是想不出一个万全之策来。

这时，瞿太素忽然说："老师，我还是觉得不应该随你进去见刘继文为好。"

我问："难道你害怕了吗？"

瞿太素："不是害怕，而是觉得刘继文也许不想让更多的人知道他想得到黄白术。"

我想一想道："也是，那你就在衙门外候着，需要的时候，我再出来叫你进去。"

就这样，我独自一个人进了衙门。

师爷早就在衙门后面的官邸大门外候着。见到师爷，自然要给他新年红包。这回，我咬咬牙给了师爷一个大红包。师爷也不客气，任由我把红包塞进他的手里。他将红包揣进怀里的时候，明显感觉到了那红包的分量，脸上立即堆满了笑容。

看见师爷的笑脸，我突然想到应该让他转告总督大人我不懂黄白术可能会更好，于是，便恳求他帮忙。

师爷听了，有点不太相信的样子，为难道："这事，估计不好办。须知，大人一直都认为你们确实懂黄白术。"

我恳求道："我真不懂什么黄白术，瞿太素你是认识的，他就是误以为我会黄白术才千里迢迢来肇庆府拜我为师的。"

师爷不解地问："他不是已经拜你为师了吗？"

我跺跺脚答道："他拜我为师，学的却不是黄白术啊！"

我便将瞿太素如何来肇庆府拜我为师，又如何知道我不懂黄白术之后转而跟我学习数学和制作各种天文仪器的详细经过一一说给师爷听。最后，我信誓旦旦地说："瞿太素就在衙门外等着，如果需要，随时可以让他进来跟总督大人解释清楚。"

师爷听了我的讲述，目瞪口呆道："这倒不必，还是先跟总督大人禀明一切再说吧！"

我再次哀求师爷："求兄台帮忙在总督大人面前美言几句啊！"

师爷说："尽力而为吧，真不敢相信你们不懂黄白术！"

说罢，师爷又狐疑地看了我一眼，嘀咕道："不是说你们不用化缘，而银子却总是花不完吗？"

我说："都是以讹传讹惹的祸啊……"

随师爷进到客厅坐下，等了老半天，才见总督大人刘继文从里面

250

出来。

我连忙跪下行礼："贫僧拜见总督大人，祝大人新春大吉，万事如意……"

刘继文摆摆手说："免礼，起来说话。"

他竟没有过来扶我起来，便高高在上地坐在了客厅的上首位置。显然，他压根儿就不将我放在眼里。我急忙将那份带来的厚礼摆到他身边的八仙桌上："小小意思，不成敬意，请大人笑纳。"

刘继文看都不看一眼，道："不必客气。"

我又拱手补充道："特意为大人准备了三棱镜、望远镜等一些西洋玩意儿。"

刘继文这才看了一眼桌子上的礼物："是吗？那谢谢你啦！"

这时，师爷上前俯身跟他耳语几句。

刘继文听着，不耐烦地打断师爷的话："知道啦，你不用再啰唆。"

继而，刘继文一拍桌子，大声道："你以为本官就那么好糊弄吗？"

我吓得扑通一声又跪倒在刘继文的脚下，哀求道："总督大人明鉴，贫僧让师爷转告的可都是句句真话啊！"

刘继文冷冷道："真这样，本官就只好下令让你们马上离开肇庆府啦！"

我叩头作揖道："总督大人，您就行行好吧！"

刘继文哼着鼻子将头转到一边，不再理睬我。

见他如此，我只好狠狠心从怀里掏出一张银票，站起来放在他面前的桌子上，说："总督大人，只要能让我们继续留在肇庆府，我们愿意永远孝敬您老人家！"

刘继文冷不防转过脸来，吆喝道："你们不化缘，哪来银子永远孝敬本官？"

我一时语塞："这……"

刘继文大怒道："你当本官是傻瓜啊！"

一旁的师爷道："大人，这个洋和尚说，他们的银子都是来自澳门商人的资助……也许……真的不懂什么黄白术。"

我也哭诉道："对对对，如果大人不相信，可以将衙门外的瞿太素传唤进来问个明白！"

刘继文又一拍桌子："本官看不必啦，你好自为之吧，送客！"

我见势不妙，不断地磕头哭求道："大人，贫僧真不懂什么黄白术啊！"

刘继文半闭着眼睛道："师爷，送客！"

师爷过来拉拉我的衣领："大师，走吧，别弄得我们大人大过年的都不高兴！"

我哪里肯就这样而去，又不停地朝刘继文磕头道："请大人明鉴啊！请大人开恩啊！"

刘继文生气地站起来，大喝一声："师爷，送客！"

师爷脸色大变，慌忙朝门外一招手。两个衙役见师爷招呼他们，立即扑了进来，架起地上的我便往外拖。我双脚离地，仍大叫大喊："大人，请听我说，请听我说啊……"

可身后的客厅大门，却咣的一声关上了。

那一年的春节记忆深刻，因为忧虑始终贯穿每日。

尽管我本人对中土的春节并无多大的兴趣，但大过年的又不得不强颜欢笑，拱手相迎那些趁节日有空来仙花寺看稀奇的人。摊上这样的烦心事，整个人也就整天处于浑浑噩噩之中。幸好新年转眼即逝，倏地就过了正月十五。衙门开始运作如常，忽然就想起王泮曾经跟我说过知府方应时与他有交情，还说会让他暗中帮助我们，于是，便又备好厚礼去拜访他，看能不能求得动他去给我们向总督大人求求情。

知府衙门的门房还是以前的门房，彼此早就熟悉。每次来，我都会悄悄塞给他们一些银子。因此，他们见了我还是很热情的。眼下虽然春节刚过，但大家似乎还没从节日的气氛中抽出身来，也就更加难免要给门房过年的红包，还要加倍地给呢。他们拿了红包，便殷勤地领我去见知府大人。

见到知府大人，呈上三棱镜等礼物并恭祝他开年大吉、步步高升之后，我便扑通一声跪倒在地恳求道："大人，你一定要帮一帮我们呀！"

知府大人方应时连忙扶起我说："大师请起来说话，你们的事本官已经知道。"

听他这样说，我还以为王泮临走前交代过他要他暗中帮助我们呢，谁知，方应时却道："本官也是刚刚接到总督大人的命令，正要去传唤你来呢，没想到你却自己找上门啦。"

我惊诧地问："总督大人的命令？"

方应时一边请我坐下，一边道："对呀，总督刘大人命令我们知府衙门知会你们，限你们三日之内离开肇庆府！"

我顿觉如五雷轰顶。刘继文为难我们，这是意料之中的事情，但我做梦也想不到，他竟会如此为难我们。我想，不是说只要我们答应他三件事，他就可以考虑让我们留下来吗？尽管我让师爷跟他说，我们并不懂什么黄白术，可还有第三件事情呀！那第三件事情，说不定我们就可以办到呢？

我悲凉地对知府方应时道："大人，难道我们就这样离开吗？"

方应时无奈地双手一摊道："那也是没办法的事情，本官尽管知道大师与王泮王大人交情很深，但亦是无能为力啊！"

我叹息道："可我们花了巨资，好不容易才建造起来的仙花寺如何是好？"

方应时："本官正想跟大师你商量呢，总督大人说城中的乡绅们愿意付你们六十两纹银，把仙花寺买下来。"

我真不敢相信方应时的话，只把眼睛瞪得老大，半日才说："六十两纹银？"

方应时："对，就是六十两纹银，反正你们也带不走，干脆就让乡绅们买下来改作总督大人的生祠吧。"

"你看，这就是六十两的银票。"说着，方应时将一张银票放在我面前的几案上。

我当场就愣住了，半日说不出话来。我想，刘继文如此贪财的一个人，却要以乡绅们的名义给我们六十两纹银，这是十分令人费解的。须知，肇庆府就是刘继文的天下，别说他强占你房子啦，就算要霸占你妻女，你又能怎么样，还不是只能自认倒霉！也许，他是在试探我们在不在乎银子。如果我们拒绝这六十两白花花的银子，他就断定我们与王子龙一样可"立变百物为黄白"；如果我们接受了这六十两银子，他就可以名正言顺地将仙花寺据为己有了。

是被逼就范，抑或与之斡旋？我一时之间拿不定主意，只好说："仙花寺是神圣不可侵犯的，又如何可以轻易转卖给他人呢！"

方应时哈哈大笑："但问题是，由不得你们啊！"

那张银票，我还是没有拿。我只拿了知府大人给我出具的两份文书。一份文书写明我们被驱逐并不是因为我们犯了什么法，而只是官府有令我们必须离开肇庆府。而另一份文书则明令禁止任何人在途中为难我们、伤害我们，并请海道衙门给予我们返回澳门岛的所有便利。

回到仙花寺，听了我的详细讲述，瞿太素沉吟道："用六十两银子，买你们花巨资建造的仙花寺，这一招真是绝啊！"

陈理阁："如果不付你们银子，不就是抢吗？而以乡绅们的名义付了你们银子，就一下子把悠悠众口全给堵住啦。"

我不服气地道："可是，我并没有拿那张银票啊！"

瞿太素："你不拿，是因为你根本就不在乎银子，反正他们已经给啦。"

陈理阁："外面的人都说你们不在乎银子，你们可以立变百物为黄白！"

麦安东："在不在乎银子是我们的事，反正我们没拿他们的六十两银子。"

我说："问题是，知府衙门限我们三天之内离开肇庆府啊！"

瞿太素："对啦，这就是问题的关键了。问题的关键并不是你们有没有收那六十两银子，而是你们离开肇庆府之后一去不返，那么这仙花寺就只能任由他们处置啦。"

想想刘继文杀王子龙与取人首级冒领赏银的残酷，我与麦安东一商量，最后还是决定先返回澳门暂避再说。短时间内做出这样重大而艰难的决定，着实令人痛苦。我们经历了无数次的痛苦与挣扎、彷徨与交战。瞿太素早上起来喊我们吃早饭的时候，彻夜未眠的我们将这个决定告诉了他。

吃过早饭，我们便开始收拾行李。三天期限眨眼就过去，明天我们就得离开肇庆府。我们把能带的东西都装箱打包，不能带的则托付给陈理阁暂时保管。瞿太素没完没了地问我："你们走了，我可怎么办？"我安慰他说："世事无常啊太素，说不定我们一走，刘继文就会被罢免，两广总督不是经常换吗？到时候，我们再想办法回来。"

正说着话，忽然听见外面敲锣打鼓。瞿太素侧耳一听，说："应该是官员出行的鸣锣开道。"

我们到寺外一看，恰好看见几顶轿子从门前经过。其中一顶轿子，竟是八抬大轿。瞿太素看见那八抬大轿，道："坐这种八抬轿子的人，不是钦差也是巡按御史。"

果然就是巡按御史。持棍的、撑伞的、举扇的、扛旗的衙役，以及那几顶官轿子，本来已从仙花寺门前走过，甚至敲锣打鼓的仪仗队也已走远，不想，忽然间，那几顶轿子竟又折了回来。

众衙役簇拥着那几顶轿子竟然来到仙花寺门前停了下来。我们惊诧起来，也紧张起来，不知道又发生了什么事。这时，又看见知府大人方应时、总督大人刘继文等相继走出轿子。接着，那八抬轿子里也走出来一位气宇轩昂的官员。

我甚是纳闷儿，问瞿太素："此人是什么官职？"

瞿太素还没来得及回答我，便见一个衙役飞跑过来说："御史大人要看看你们这寺庙，还不赶快过去迎接。"

我们一听，赶快过去跪地相迎。御史大人过来扶起我们，和颜悦色道："久闻肇庆府有座仙花寺，寺中有天竺高僧居住，并展示诸多远来之异物，今日本官出巡路过此地，特来一看。"

我与麦安东连说荣幸。一旁的知府方应时介绍道："这位就是巡按御史蔡大人。"

我们急忙恭迎御史大人一行进入寺中。总督刘继文紧紧地跟在御史大人身边，尽管也面带笑容，但却始终一言不发。

进到寺里，御史大人被墙上的那幅《山海舆地全图》吸引住了。

仔细地看过一遍那地图之后，御史大人道："这张地图果然跟我在其他地方看到的一模一样。"

知府大人又把我介绍给御史大人："大人，这张地图，就是这位天竺高僧所绘。"

御史大人："大师绘制的这张地图，可谓引起不小的震动啊！"

刘继文慌张道："大人，这地图可是王泮王大人请这位高僧所绘……"

御史大人道："这个本官知道，这张地图，早就传遍大明，而这仙花寺，亦天下闻名啊！分巡各省的御史大人回京，都在说这地图与这寺庙呢。"

知府方应时急忙插话道："大人，天竺高僧不远万里而来，甘愿做大明的子民，不仅遵守乡规民约，而且还服从官府的管治。"

御史大人赞赏地点头道："好啊，就应该这样。听说，他们还带来了许多新奇的东西，这不，本官还想开开眼界呢！"

总督刘继文这才松了口气，欢声道："难得大人有此兴致。"

御史大人："听说仙花寺不但这地图值得一看，而且还有许多精美的书籍和各种各样的天文仪器。"

知府大人："对对对，都是些闻所未闻、见所未见的远来异物，那请大人移步一一细看！"

于是，我们便引领着御史大人逐一看了那些还没有来得及收拾的自鸣钟、三棱镜、望远镜，还有各种各样的天文仪器。御史大人赞叹不已之余，忽见各个房间有点凌乱，便好奇地问道："你们为何像要搬家一样？"

我与方应时、刘继文面面相觑，真不知道该如何回答御史大人才好。知府大人和总督大人也突然紧张起来，生怕我乱说话，给他们惹出麻烦来。

我见总督大人与知府大人如临深渊，只好搪塞道："我们正想将一些已经展示过的物件运回澳门，然后再挑选一些更新奇的东西进来给大家看。"

御史大人听了，连声说好。他在寺里待了很久，问了我们许多问题。最后，便心满意足地走啦。

送走御史大人，瞿太素惊喜地说："这御史大人代天子巡狩，各省府州县官员均为其考察对象，大事奏请皇上裁决，小事即时处理，事权颇重。今日，他突然造访，又如此高兴，或许可令你们不用离开肇庆府……"

我叹一口气道："没可能的，明天一早我们就要离开啦。"

瞿太素仍然坚持己见："御史大人巡按天下风俗，黜陟官吏，你也看到啦，知府大人、总督大人对他都是毕恭毕敬的。"

我没好气地又道："那又如何！与我们有何干系！"

瞿太素大声道："关系大了，看样子，御史大人似乎非常看重你们，而知府大人与总督大人自然也就会有所顾忌……"

我说："别做梦啦，还是快点帮我们收拾行李吧！"

一宿无话。第二天一大早，陈理阁叫来了几个人帮我们往牛车上搬箱子与包袱。他一边让人将一个个箱子包袱搬到牛车上，一边细心地嘱咐我们到了澳门卸船时哪些是需要特别小心轻放的，哪个箱子装了什么易碎的东西，又或者哪个包袱放了什么贵重的物件，他都一一给我们做了交代。

行李都装到车上后，我们又回到教堂祭坛前再次祈祷，然后礼拜圣母，这才依依不舍地出门前往渡头村的码头。

许多信众闻讯而来码头送别我们，有人甚至失声痛哭。他们问我们还会不会回来，我安慰他们说："会的，我们一定会回来的。"

与大家告别之后，我们便上船挥手而去。

六年啦，突然要离开这片神奇的土地，心中肯定会有万千的不舍与留恋。六年啊！人生有多少个六年。离开这里，除了不舍，心里更多的还是失落，这意味着六年的努力等于白费啦。想多看一眼这里的山水，我便举起手中的望远镜。西江两岸，山峦重叠。远处有渔民横江撒网，网起、网落。肇庆府的城墙，以及城墙上原本高耸的披云楼，仿佛倏地尽入网中。清晨的星湖，水波潋滟，绿树迎风，一只水鸭在湖中戏水，摇碎了七星岩的倒影。忽然间才发觉，六年了，竟没有好好地去看一看这仿如北斗七星般撒落人间的七座岩峰。那就让我临走时好好看一眼这里的山山水水吧。于是，肇庆府的一草一木，就尽入我手中的镜头里。天空有些灰暗，一如我沉沉的心情。镜头里突然出现一群大雁，一群熟悉的大雁。它们在我手中压抑的镜头里飞来飞去，来回奔突。多么熟悉的一群大雁啊！大雁不知疲倦，可我的眼睛却有些疲倦啦。我眨了眨眼，模糊的景物便一闪而过。再次睁开眼睛时，我突然看见三匹快马在镜头里出现。疾驰的快马，越来越近。定睛细看，发现骑马的竟是瞿太素与陈理阁，还有一个像是总督府衙门装束的衙役。

骏马疾驰在江边，马蹄溅起无数的水花。瞿太素快马加鞭飞奔在前面，豆大的汗珠淌过他的脸。

我把望远镜递给麦安东："你看，他们好像在追赶我们。"

麦安东接过望远镜举起来一看，惊叫起来："是太素，是理阁，还有一个衙役。"

我说："难道真像太素说的那样，事情突然有了转机？"

麦安东停止了瞭望，急道："那我们赶快将船靠岸吧！"

掌舵的船工听说我们要靠岸，便爽快地答应着。船工之所以如此豪爽地答应我们，是因为上船的时候，我悄悄塞给了他一些银子。船工熟练地把舵一转，船便快速地朝岸边靠去。船工的脸上露出了讨好的笑容，他对我们说："你们可要站稳，船那么快，人站着很容易跌倒。"我说："没事的，你行你的船吧，辛苦你。"船工又说："还是回船舱里坐下来吧，等船靠岸时我再叫你们出来上岸。"我说："我怕回了船舱，骑马追赶我们的人就看不到我们啦。"船工说："没事的，船舱里也有窗户，他们能看见你们的。"听好心的船工这样说，我们只好回到了船舱里。

船缓缓靠岸，那三匹快马亦疾驰而至。马上的人一扯手中的缰绳，勒住马，陆续从马背上跳了下来。

瞿太素飞跑过来抱住我激动地说："老师，你们不用回澳门啦！"

我紧紧地抱着瞿太素连声道："太好了，太好了。"

麦安东也拉着陈理阁的双手兴奋地说："也许这是主的旨意！"

一旁的衙役道："请你们马上回去见总督大人吧！"

258

……刘继文在他的官邸接见了我们。

刘继文笑口吟吟道："大师，真谢谢你们呀，如果没有你们的帮助，本官也不可能在这院子里住得如此安心。"

我与麦安东连忙拱手道："贫僧愿意为大人效劳！"

刘继文摆摆手道："客气的话，我们就不多说啦。是这样的，本官觉得你在肇庆府也住了那么多年啦，也确实一向安贫乐道，从不惹事，就这样要你们离开，实在于心不忍。"

我拱手恳求道："大人开恩，让我们留下来吧！我们真想一直住在肇庆府。"

麦安东亦拱手道："大人，我们已经对肇庆府有了感情，您就让我们留下来吧！"

刘继文笑笑说："再让你们留在肇庆府是不可能的。"

听他这样说，我气急败坏地问："那大人又何苦把我们截回来呢？"

刘继文哈哈大笑："你们先别急，我让你们见一个人再说。"

说着，他转头吩咐师爷去将人请进来。俄顷，便见师爷领着一个官员进来。那官员进来拱手见过各人后，刘继文给我们介绍道："这位是韶州同知刘大人。"

听说是同知大人，我与麦安东再次拱手施礼，齐声道："见过刘大人。"

刘大人还礼道："在下刘承范，久仰久仰。"

刘继文："这两天，刘大人刚好有公务前来总督府，见到他，我忽然就想到了你们，于是就令人把你们给请了回来。"

我点头说道："一切听从大人安排。"

刘继文说："大师听说过韶州府吗？离肇庆府不远，也属两广总督府管辖的范围。"

我听出刘继文话中有话，便答："知道，大舜登韶石而奏韶乐，世人皆知！"

刘继文大吃一惊的样子："想不到大师对我中土文化如此了如指掌。"

我连忙谦逊道："实在是中土文化博大精深，让我们着迷啊！"

刘继文又问："韶州城外有座南华寺，大师又是否知道？"

我答："知道，南华寺供奉着禅宗六祖惠能的真身，而六祖惠能，还是我们肇庆府的新州人士呢！"

麦安东："相传五祖将衣钵传与六祖惠能，而五祖的大弟子神秀却不服气，欲加害惠能，夺回衣钵。于是五祖便让六祖连夜南遁，并再三叮嘱其'逢怀则止，遇会则藏'。"

刘承范："六祖惠能便在肇庆府的怀集四会一带的山林潜藏一十六年，最后才到广州开示再到我们韶州府的南华寺弘法。"

刘继文："如此看来，你们都是有缘之人，本官也就越发觉得，让天竺僧人先到韶州府的南华寺暂住而不是返回澳门是非常可行的。"

我与麦安东都没想到会有如此好的结果，立即跪倒在地拜谢刘继文："谢谢大人开恩。"

刘继文扶起我们，道："就不知道你们愿不愿意？"

我与麦安东又齐声答道："只要能够留下来，到哪里我们都愿意。"

刘继文："好，那就这么定啦，你们到了韶州府后，刘大人会好好关照你们的。"

刘承范拱手道："请总督大人放心，卑职定当尽力。"

我与麦安东谢过两位大人，又问刘继文："那我们什么时候可以出发？"

刘继文："既然你们的行李都已搬到船上，那就即日启程吧！"

我与麦安东再次千恩万谢时，刘继文又道："不过，本官还有个事想请两位帮个忙。"

我们不迭道："大人请说，就算赴汤蹈火，亦在所不惜。"

刘继文脸色渐渐得意起来，微笑道："请两位收下乡绅们付给你们的六十两银票。"

我与麦安东相视而笑，拱手道："这个自然，这个自然。"

刘继文哈哈大笑，高兴地赠给我与麦安东每人一本散发着墨香的新书。

我好奇地拿起来翻看着，原来是他写的一本关于如何剿灭倭寇与海盗的新著。

我决定跟随亦师亦友的利玛窦前往韶州府。

船出羚羊峡，听着船边的水声，我不禁想起当年与老师在这峡中相遇的情景。我想，老师跟这船边的水多么相像啊！水生万物，不仅能凿洞，还能开山。

突然要离开居住了六年的肇庆府，心里真有点不舍。对这里的山、这里的水、这里的人早就有了感情。山长精神，水生灵气啊！有了水，这里的人就像谭映红一样有了灵气；有了山，这里的人就像谭老先生一般有了精神。这座城池以及这座城池里的人，太像眼前的这条绕城而过最后汇入茫茫大海的西江了。

船过羚羊峡，很快就到了三水河口。西江之水，流至这里，便诡秘地将源头相隔甚远的北江与绥江连接在一起。这里，就是西江与流经韶州府的北江的交汇处。我们的船，就是从这里开始逆江北上的。

从进入北江开始，一艘形迹可疑的船总是不远不近地跟在我们后面，利玛窦一度怀疑是图谋不轨的盗船。后来，我们才知道竟是广州海道衙门受两广总督府派遣前来跟踪监视我们的兵船。

走了足足八个昼夜，我们的船终于抵达韶州府的南华寺。

韶州府同知刘承范大人早就派了一名衙役在码头等待我们。

船渐近码头，利玛窦眼尖，认出岸上站着的那三个人，一个衙门当差的打扮，另外两个则是僧人装束，便道："肯定是刘大人让他们来这接我们的。"

果然就是来接我们的人。船离岸还有丈余，岸上的衙役便拱手道："船上的可是天竺高僧？"

利玛窦拱手还礼道："在下正是从肇庆府来的天竺僧人。"

衙役高兴地："终于等到你们啦！"

上了岸，又是互相行礼，换过名帖关防后，那衙役说："我们在这已经等了三天，这两位是南华寺的僧人。"

那两位僧人朝我们双手合十行礼，其中一个道："本来我们一共来了十二位师兄弟在此等候各位的，不巧刚才寺中有事，十位师兄需要回去处理，才暂时离开，想不到他们刚走，你们就到啦。"

我们客气地向南华寺的僧人致谢："辛苦各位师傅啦。"

这时，那衙役催促我们："客气的话就不要再说啦，我看还是先到南华寺安顿下来再说吧！"

利玛窦忽道："在下有个请求，想先去拜见同知大人，万望应允。"

衙役却不同意，说道："可是，刘大人一再吩咐，接到两位大师后，应立即前往南华寺。"

利玛窦急了，说："可是……"

那衙役打断他道："大师，还是按刘大人的指示，先到南华寺安顿下来再说吧！况且，从这到韶州城，走路的话也要一日的行程呢！"

因为刘大人的缘故，我们在南华寺受到热情的款待。用过斋饭，寺中长老还领着我们到寺院各处参观。对这座寺庙的宏大规模，我们都表示惊叹。在寺中碰见的僧人，无不彬彬有礼地双手合十行礼，举手投足之间均流露出佛的从容。进入天王宝殿，看见殿中那尊袒胸露腹、笑哈哈的弥勒佛，我悄声告诉麦安东，这就是布袋和尚，有着无比开阔的胸怀，不论遇到多大的困难也总是笑哈哈的。麦安东说，做人亦应该如此。出得天王宝殿，看了钟楼与鼓楼，又来到大雄宝殿。长老告诉利玛窦，说这是南华寺举行重要法事的地方。利玛窦默默点头，却没有说什么。一行人又转到了藏经阁、佛塔和六祖殿。进入六祖殿后，长老与其他的僧人明显地恭敬起来。他们在六祖真身前双手合十，久久地伫立着。看见六祖仿佛正在闭目养神，十分安详，我亦忍不住双手合十施礼。我一边施礼一边想，六祖相貌极其平常、极其普通，可是你哪里会想到，就是如此平常、如此普通的一个人，却有着如此惊人的智慧。我还发现，利玛窦与麦安东虽没有礼拜六祖，但亦沉浸于古朴与肃穆之中。

从六祖殿出来，长老又领着我们到寺后去观看那千年古树林与九龙泉。古树参天，泉水清冽，更显佛教圣地的钟灵毓秀。可利玛窦却不愿意在这佛教圣地长住，他让麦安东返回船上，继续押运行李前往韶州城码头等待。出于礼貌，利玛窦与我只在寺中住了一宿。第二天一大早，我们便与衙役骑马赶往韶州城去拜见刘大人。

抵达韶州城已是中午，顾不上吃午饭，我们便赶去拜见同知刘大人。

利玛窦早就备好了送给刘大人的见面礼。刘大人拿到那只三棱镜，左看右看，爱不释手。当知道我们还没有吃午饭时，他吩咐下人为我们准备了茶点。

刘承范："午饭时辰已过，只能请你们用茶点将就啦。"

我们连声多谢刘大人。吃过茶点，利玛窦对刘承范说："大人，我们不想住在南华寺。"

刘承范问："不是说得好好的吗，为何又不住在寺里呢？"

利玛窦答："我们彼此的教义与习惯都大相径庭，恐难住在一起！"

刘承范沉吟思索片刻道："要不，在寺外找处房子先住下来？"

利玛窦连连摆手："南华寺地处偏僻，住在寺外，恐遭盗贼啊！"

刘承范为难："那如何是好？"

利玛窦："请大人允许我们在韶州城另觅地方居住。"

刘承范："可本官只能遵循总督大人的意思办事啊，又岂敢擅作主张呢！"

利玛窦："总督大人曾经跟我说过，我们是可以在肇庆府与广州城以外其他任何地方觅地居住的。"

刘承范将信将疑："总督大人真这么说过。"

利玛窦："千真万确，出家人不打妄语。"

刘承范忽然道："城外的光孝寺旁，官府有处闲置的房子，你们先到那里住下来，如何？"

利玛窦一听，马上喜形于色："谢谢刘大人关照。"

刘承范摆手道："不客气，不客气，说来本官与大师亦有缘啊！半月前的一天晚上，本官做了个梦，竟梦见一个光头的洋夷，想不到不久就到了肇庆府，见到了大师，你说奇怪不奇怪。"

我忍不住说："按刘大人所说，大师与刘大人可真是有缘啊！"

刘承范哈哈大笑："你看，瞿公子都这么说啦，本官怎能不帮衬大师呢！"

从刘府出来，衙役又领着我们去看光孝寺旁边的那幢闲置的房子。

老旧的房子位于江边，似乎很久都没住过人的样子。门环已经锈透，一碰就掉到地上。门锁也锈得不行了，衙役好不容易才把那锁捅开。推开沉重的大门，灰尘扑簌簌而落。咿呀的一声门响，惊飞一屋的蝙蝠。蝙蝠振动翅膀卷起的霉味与灰尘扑面而来。我们小心翼翼地走进院子，踏着残砖碎瓦又往里面走。

衙役挥舞着手臂拉扯着粘头挂脸的蜘蛛网道："以前，这里住的都是衙门的杂役，后来一场瘟疫，让这屋里的人都统统死光啦，也就没人再敢住这了，就不知道你们敢不敢住？"

我惶然四顾，见利玛窦口中念念有词，并在胸前不停地画着十字，这才稍稍安定下来。

利玛窦画完十字，转头对那衙役道："这房子也就我们能住。"

那衙役说："好呀，你们说能住就好，如果没有其他事，那我就先回去向刘大人复命啦！"

谢过那衙役后，我们又简单地收拾了一下房子，便赶往码头去与麦安东会合。

来到码头，见麦安东早就将行李从船上卸下来正站在路边等着我们。雇了马车，将行李拉到那幢旧房子，天色已经暗了下来。

麦安东一边搬着行李一边道："不仅将我们放逐到这边远之地，还让我们住这样的房子，也只有刘继文才想得出来。"

利玛窦却说："安东，不被驱逐出境，已属万幸——！"

麦安东说："想来也是，再怎么怨天尤人都没有用，还是安顿下来再说吧。"

说着，他指挥着印度仆人和赶马车的车夫将那些箱子和包袱一一搬进屋里。

将房间清扫好，已是深夜。我们累极了，便席地而卧，呼呼大睡。

一宿无话。第二天醒来时，已见晨光照进了房间。其他人还蜷缩在地上，而利玛窦却早已起来站在窗前苦思。他一动不动地站在那里，正静静地眺望着窗外，不知道他在看什么，更不知道他在想什么。晨光将他的光头勾勒出一个耀眼的白色光环，我突然间觉得，那光环真像极了传说中佛祖头上的光环。我想，是智慧的象征吗？不然，他为何上知天文、下知地理？

房子终于收拾好，我们也勉强在韶州府安顿了下来。

同知刘承范来看过我们，还带来了精美的点心。利玛窦感谢他的帮助，又送给他一座小自鸣钟。刘承范高兴极了，不仅回赠了利玛窦一些银两，还为他出主意，建议他将光孝寺旁边的一块地买下来修建寺庙长住。

那块地是当地一位村民的，利玛窦担心人家不愿意将地卖给他这样的洋和尚，就让我出面去买。在刘承范的暗中撮合下，我们找到了村中的一位老者做中人。

我约了中人、地主去丈量了那块地。那块地比肇庆府的仙花寺占地面积还要大两倍，且中间有一个大鱼塘，鱼塘边茂林修竹，芭蕉成荫，环境极好，最适合修建寺庙。我暗地里为利玛窦高兴。量了地，我们三人便来到一家酒楼的包厢坐下讨价还价。

地主开价七十两银子，我自然要求中人看在刘大人的情分上给说说降点价。那地主冷冷地说，这地价也不高啊！我说："你别看我是外地人，但我可知道韶州府这地方常闹瘟疫，瘟疫一来，死人无数。"我苦着脸又说，"如果不是躲避仇家，我也不会买地留在这里。"那地主似有所动，就对中人说："老先生，你看定个什么价？"那中人就说："三十两如何？"那地主说："太低啦。"我说："不低啦，我们现在暂住的那幢旧房子，就在你这块地的旁边，听说前几年闹瘟疫，就死了一屋子的人。"那地主听了，咬咬牙道：

"行，三十两就三十两。"听他这样说，我心里马上就踏实下来。我高兴地叫来酒楼小二，点了一桌子的好菜，又叫了一瓶好酒，请他们吃菜喝酒。酒足饭饱之后，那中人又自斟自饮了三大杯然后才说，你们既然请老夫做中人，我就不偏袒任何一方，这样吧，我们先将银子交到官府那里，签了契约，你取银子，他取地，如何？我与那地主都说这样最好。于是，就到了府衙，找到刘承范刘大人。刘承范说："这个好办，本官让府衙的师爷给你们办。"衙役将我们带到师爷那屋，中人说明来意，我便拿出三十两银票放在桌子上。师爷验过那银票，说："是真的。"说罢，师爷开始研墨，一边磨一边听中人述说双方条件。然后，他就按中人所讲的写了买卖土地的契约。

我看着师爷不慌不忙地写契约，心里竟是抑制不住地激动。我真为我的老师高兴啊！

师爷写好契约，中人先接到手看了一遍，确认无误后，再交给那地主和我都看了一遍。中人把笔递给那地主，那地主接过毛笔稍为迟疑了一下，最后还是下狠心签了名。我见那地主签了名，便飞快地拿起毛笔也签了名。中人最后在中人的位置上也写了自己的名字。师爷见大家都签了名，又取来印泥盒子，让我们三人都用食指蘸了红色印泥，然后按在各人的签名上。契约一式三份，买卖双方各一份，中人留一份做证。事毕，师爷便将那张银票给了那地主。这地，就这样给买了下来。

我兴冲冲回到住处，利玛窦忙问："情况如何？"

我说："成了！"

利玛窦与麦安东听后，都甚是欢喜，连连说："这可太好啦！"

利玛窦马上兴奋地写信，将迁居韶州府后的喜讯告诉了澳门的导师范礼安先生。范礼安先生回信说，自从与你们失去联系，我们便四处打听你们的下落，甚为忧虑……范礼安先生还在信中告诉利玛窦与麦安东，说已派两位澳门当地人带上巨额的银子前来韶州府，以帮助他们尽快将教堂修建起来。

很快，这两个人便到了韶州府。来的一个叫钟鸣仁，另一个叫黄明沙。钟鸣仁是新会人，从小跟随父亲在澳门谋生；黄明沙则出生于澳门，有着葡萄牙的血统。他们来到韶州府后，除了帮忙修建教堂，还学习拉丁文，最后都接受了洗礼。

眼看教堂就要竣工的时候，麦安东却病倒啦，而且病得不轻。那天下午他还好好的，到了晚上的时候却突然感觉身体不适，说有些头晕和发烧。他的身子一向很好，就没在意，只是以为累着了，到床上躺一下就没事了。结果，第二天早上就起不来啦，晕晕乎乎的，浑身无力。想到这韶州城是个瘟疫流行之地，动不动就死人，利玛窦吓坏啦，急忙请来韶州城最好的郎中。那郎中给麦安东号过脉，说："没事，只是水土不服而已，吃几服药就会好的。"听郎中这样说，大家才松了一口气。吃过郎中的几服中药，又蒙在厚被子里出了一身大汗，麦安东慢慢恢复过来了。利玛窦见麦安东好是好了，但走路仍然不如以前的样子，就又给他熬肉汁浓汤调理身子。这样一折腾，麦安东的病好了，利玛窦却又病倒了卧床不起。

麦安东正要去请那郎中再来时，利玛窦却不同意了，说："不用啦，我带的药还有点，我自己吃点药就行啦。"就这样，利玛窦吃了自己带的药，竟然慢慢就好了起来。

利玛窦病好后，便去拜访刘承范以及其他的韶州府官员。他这个人就是这样，总是闲不下来，也特别注意与官员打好关系。讨好这些官员的方法，他已经轻车熟路。我已经说过，他会在不同的场合送给这些官员各种各样的小礼物，而这些小礼物又是这些官员见所未见、闻所未闻的。利玛窦登门拜访这些官员时，总是喜欢叫上我。他给这些官员介绍我时，也总是喜欢有意无意地说起我爹。那些官员听他说起我爹的名号，也总是肃然起敬。刘承范见到利玛窦时，高兴地告诉他，说总督大人已同意他们在韶州城建造自己的寓所与寺庙。利玛窦接过那份来自肇庆府的总督府衙门公文时，激动不已。

韶州的教堂很快建好，尽管只有一层，但比肇庆府的仙花寺宽敞多啦。可是，我仍然怀念肇庆府的仙花寺。肇庆府的仙花寺虽然早就改作两广总督刘继文的生祠了，但在往后无数的日子里，我还是不断地听到有人说起肇庆府的仙花寺，说起仙花寺里那张利玛窦应肇庆知府王泮要求绘制的天下闻名的《山海舆地全图》。大家都说，正是这张地图，让他们第一次发现，除了大明以外，外面竟还有一个庞大得令人吃惊的世界。

　　肇庆府是两广总督府的驻地，俗称省都，从如此重要的一个城池被迫迁移到韶州府这样一座山地城池，说实在的，一开始利玛窦与麦安东心里还是很别扭的。可是，慢慢地他们发现，韶州府这个地方其实并非他们想象之中那样一无是处。

　　韶州城位于北江、武水与浈江三条河流的交汇处，不仅交通便利，而且是湖广与江西三省的水陆通关要道，南来北往的官吏商贾都由此经过，朝廷亦因此而在这"三省通衢"之地设了三个税关，故此地亦称韶关。随着新教堂的建成，也随着对韶州府的不断熟悉，我惊喜地发觉，正准备前往京城觐见皇帝的利玛窦，竟慢慢地觉得此地相比于肇庆府来说也许更为合适。

　　肇庆府的仙花寺，以及在仙花寺中绘制的那张《山海舆地全图》，让到达韶州府之后的洋和尚更加声名远播。不为什么，就因为南来北往的官吏商贾听说神乎其神的洋和尚来了韶州城，于是都想去一睹那传说之中的金发蓝瞳与钩鼻子。加之有关洋和尚会黄白术的传闻从来就没有中断过，韶州城的人也一样认为，那些洋和尚每日花费的银子都是用黄白术变出来的，这样的传闻也让那些好奇的人络绎不绝。洋和尚能够过目成诵、一目十行，甚至可以倒背如流的传闻也越传越神，因此亦成了许多上京赶考路过韶州府欲考取功名者的偶像，他们趋之若鹜，争相来访。当然，也有一些居心叵测的传言，说这些洋和尚会制造一种哑药，让人无法开口讲话；而他们带来的那些自鸣钟、望远镜，都是用来窥探军情的。甚至有人说，洋和尚挂在墙上活灵活现极为逼真的油画，是能够摄人魂魄，让人不自主地随他们而去而不自知的。无论传言如何，利玛窦他们的名声的确越来越大。南来北往经过韶州的官吏商贾都会前来拜访，有的是为了获得那些新奇的远来异物，有的则是为了自己的仕途前程，还有的是为了一睹那传说之中的金发蓝瞳钩鼻……来者日众，一切都似乎往好的方向发展。利玛窦与麦安东都高兴地跟我说，照这样下去，用不了多久，我们的使命就可以实现啦。

然而，他们高兴得太早啦。恶劣的气候，加之韶州府处于三条内河的交汇处，夏天河水暴涨泛滥成灾，秋天河水退去留下满地的淤泥与死鱼烂虾，因而瘟疫频繁。

秋天又至，瘟疫又来啦。

疫情开始蔓延的时候，利玛窦与麦安东还四处救治他人。万万没有想到，麦安东竟也染上了疫病。他先是呕吐，接着拉稀。上吐的时候他没在意，下泻的时候他也没留心，直到两腿酸软，撑不起身子，他才知道不好啦。利玛窦发现他不对劲，就急忙给了他一些药片吃。吃过药片，也没见好转，利玛窦意识到病情的严重，又认为治疫病还是中药更为有效，就去求助那个曾经医治过麦安东据说是韶州城最好的郎中。

郎中号过脉，执笔开了药方，说："吃三服药试一试吧！再不行，只能听天由命啦。须知，瘟疫一来，生死不由人啊！"

三服药吃过，麦安东似乎有点好转，但仍然病恹恹地提不起精神来。利玛窦感觉不太妙，便马上决定让钟鸣仁护送他回澳门去，以便接受医术更为高超的葡萄牙医生的治疗。送他们上船出发后，利玛窦又与我一起前去拜访刘承范，请求他帮助报请总督大人刘继文批准另外一名天竺僧人来韶州府代替麦安东。刘承范一口答应，利玛窦这才稍稍松了一口气。

同知刘大人知道利玛窦懂点西医，就趁机向他请教该如何控制疫情。

利玛窦犹豫片刻后献计说："其实其他的方法你们都用了，譬如受到污染的水井官府都做了标记告诫百姓不要再饮用等等，可唯有一样你们却忽略了，这一样也是至关重要的。"

刘承范就问："哪一样？"

利玛窦答："病人的尸体。"

刘承范疑惑地："不是都埋了吗？"

利玛窦："埋了还不行，要统统挖出来烧掉。"

一旁的师爷道："死后全尸，大家最讲究这一点，你让老百姓将亲人的尸体再挖出来烧掉，还不反啦！"

利玛窦说："不想有更多的人死去，只能这样，还要以最快的速度烧掉新病亡的尸体，这样才可避免瘟疫的传染与蔓延。"

师爷担忧道："就怕引起暴乱。"

刘承范咬咬牙道："烧吧，出了事本官负责！"

就这样，官府不仅组织人力把还没来得及埋的尸体烧掉，又把已埋入土里的也挖出来全烧掉，慢慢地，疫情就得到了控制。

瘟疫过后，韶州城又重现生机。

教堂又恢复了往日的人来人往。这日大清早，利玛窦起了床，用罢早餐，与我各自骑马出门而去。我们原本是进城去办事的，不想刚到城门口，却见一队人马从城里鱼贯而出。马车上，端坐着一位华衣少年。守城的官员与士兵，都纷纷朝马车上的华衣少年鞠躬行礼。而那车上的华衣少年，却傲慢得不还礼也不予理睬。

待那队人马和不可一世的少年远去，我们拴好马正想入城，孰料守城的官兵却拦住我们道："你们要去哪？"

我说："进城去买点东西呀。"

那官兵说："别进城啦，赶快回去吧。"

利玛窦问："为什么？"

那官兵又道："看见刚才马车上的少年了吗？那可是两广总督刘大人的公子，专门从肇庆府过来拜访你们天竺高僧的，还不赶快回去。"

利玛窦一听，谢过那官兵后，便与我打马回了教堂。

我们的马跑得快，赶在刘公子的前头回到了教堂。刘公子的马车抵达时，我们已经在大门口恭候多时。

将刘公子迎进客堂，喝罢茶，利玛窦拱手道："刘大人让公子前来看望贫僧，真是万分感激啊！"

刘公子："我爹也让我顺便带给你们一份公文，说准许你们另外一位僧人进入韶州城啦！"

利玛窦："刘大人大恩大德，贫僧没齿难忘啊！"

刘公子："滴水之恩，当涌泉相报啊！倘若真研究出了黄白术，还望大师倾囊相授……"

利玛窦望了一眼那脸色神秘起来的刘公子，支吾道："这个……贫僧自来韶州府后，一直忙于修建寺院和将'四书''五经'翻译成本国文字，真无暇顾及呀，还望转告刘大人见谅……"

一直陪在旁边的我就想，如此看来，刘继文像对炼金术还不死心呀！由此亦可见，他确实是个极其贪财的人！也越发觉得，传说他近来竟将各地关税补入各地军门的二万两白银均中饱私囊真不是什么空穴来风。又觉得有人编派他自上任两广总督，仅"下属营求荐举所得就不下十万"也许一点不假。事实上也确实如此，后来听说刘继文离任入京，光先发的行李就有八十多担。八十多位挑夫排成长长的队伍，缓缓地走过位于韶州城外的梅岭，引得路人指指点点，纷纷大骂其贪得无厌。本来，刘继文奉召入京是升任户部右侍郎的，却因在两广总督任上名声太差，怨声载道，离任后即遭举报，最后竟被革职为民。原来，朝廷收到举报，大为震惊，即令刘继文停职待勘。而刘继文虽上疏辩解，称"剿叛无妄杀一人，亦无妄取一物"。但是在行勘期，兵科给事中许子伟又奏称："刘继文入京以来，輂金入都，多方打点，觐官馈送，其行为污都门而羞朝宁之士，明禁森严，乃营升脱罪，殊未衰止。"鉴于舆论已经一片哗然，朝廷不得不将刘继文"着厂卫严刑缉治"。最后，刘继文被罢黜，不仅革职为民，还充公了全部家财，归乡不久便病卒。据说，临终前，众叛亲离的他口干舌燥不停地哀求，却始终没人端给他一小杯水……

这些都是后话，我就不再啰唆啦，还是说一说刘公子来访之后的事情吧。

刘公子的来访，只能说明韶州府的洋和尚也许不会再受到官府的驱逐，而并不能保证他们不再受到骚扰。

为使韶州府的教堂更像教堂而不像大明的寺院，利玛窦又在门前的空地上建起了一座尖顶的用于报时的钟楼。正因为建了这座钟楼，我们便开始受到了肇庆府同样的骚扰。一到晚上，就有人不断地朝我们的屋顶投掷石头，然后他们就躲到旁边的芭蕉林里隐藏起来。那天晚上，老师正在书房里伏案疾书，而我则在一旁画着几何图形，突然听到屋顶上传来噼噼啪啪的声音。接着，便见碎瓦片从屋顶上如雨点般掉下来，刚好砸在书桌上老师正在翻译的那一本本"四书""五经"典籍上。我们冲出去四下查看，却连一个人影也看不到。可是，等我们一回到屋里，那屋顶上的噼啪之声却又骤然响起，碎瓦片亦再次纷纷掉落。印度仆人气不过，就悄悄地躲在墙角，等那些作恶的人出来投掷石头时，就冲出去想抓住他们。结果，反因寡不敌众而被围殴。我们与黄明沙立即冲出去，只见印度仆人被他们打得嗷嗷大叫，衣服被撕破了，鼻青脸肿的。我们大吼一声，冲过去救印度仆人，他们才四散而逃。我气愤地说，这事应该报到官府，让刘承范刘大人法办他们。可利玛窦却不赞成，他担心这件事会影响已获准进入韶州的同伴顺利抵达。就这样，我们选择了息事宁人。

这时，澳门传来了好消息，说麦安东的病情已经基本稳定。尽管还没有完全痊愈，但他强烈要求重返韶州府。已经准备好出发前往韶州府的石方西神父为满足麦安东神父的心愿，便主动提出自己暂留澳门。

麦安东说船走得很慢，但他却心急如焚。他希望可以尽快回到韶州府，回到我们的身边。他觉得韶州府才是他的归宿。船抵韶州府码头，下了船，又摇摇摆摆、走走停停，等终于到了教堂门口时，麦安东却眼前一黑栽倒在地。

麦安东醒来时发觉自己已经躺在床上。利玛窦俯下身对他说："安东，您终于醒过来啦。"与他一起回来的钟鸣仁却埋怨道："就不应该回来，路途那么远，不要说有病了，就算身体强壮的人也受不了。"麦安东内疚地说："本来想回来看有什么可以帮忙的，想不到却反而成了大家的累赘……"利玛窦安慰他叫他静心养息，不要这样想。

我们轮流照顾麦安东，满以为他很快便会好转，不想，过了几天，他的病情竟突然恶化起来。弥留之际，麦安东让我们将他抬到教堂的地上。他喘息着说："只有这样，我才能谦卑地做最后的祈祷。"躺在地上的麦安东祈祷完后，便与世长辞。

年仅三十五岁的麦安东神父就这样去世了，利玛窦忍不住痛哭流涕："年纪轻轻的，怎么说没就没了呢……"

他为这位年轻的同伴买了一副十分贵重的棺木，并亲自为其主持了弥撒仪式。

应该将麦安东神父埋葬在哪里最为合适让我们争论不休。我说："就将他埋葬在远处的山上吧！"可利玛窦却不愿意，他说："将他埋葬在高山密林里就像抛弃了他一样，我于心不忍也难以接受。"听他这样说，我想了想就给他出了个主意，我说："可以将他的棺木暂时存放在教堂里，等日后再运返澳门安葬如何？"利玛窦却又有点担心，他说："这样会不会吓得没人敢来我们这里？"我说："不会的，这附近不是也有义庄吗？"利玛窦问我什么叫义庄，我就跟他解释说："义庄其实就是暂时存放未安葬棺木的地方。"我又说："这里的人大多是越过南岭从中原迁移而来的人，他们都希望自己的先人能够安葬在家乡的故土，于是义庄也就成了灵柩与骨殖暂时存放的场所；也有贫穷无以为殓或者暂时找不到亲人的，就迁移至义庄再做打算。"利玛窦最后决定将棺木暂时存放在教堂的偏僻处，他说，既然有这样的风俗，又没有其他更好的办法，也只能这样啦。

远在澳门的石方西神父获知麦安东神父去世后，马上办理前来韶州府的手续。两个月后，他终于来到了韶州驻地。刚过而立之年的石方西身体素质很好，他一到韶州府，很快就进入了角色，接替了麦安东的所有工作。石方西还随利玛窦登门拜访了同知刘承范大人。刘大人对麦安东的去世表示惋惜，同时亦对石方西的到来表示欢迎，还送给他一些书籍。

石方西的到来让屋子里的人脸上稍有喜色。

远山盘着轮血红的落日，夕阳的红光使人感到有些暖意。夏至一过，白昼逐渐变短，黑夜逐渐变长。眨眼间，石方西来到韶州府亦已一年。

石方西已经开始跟随利玛窦学习儒家的典籍，而利玛窦也在思考与寻求北上京城的方法和渠道，我们以为日子一直都会如此平静，不想，一起夜间劫案打破了这种令人安心的平静。

我记得非常清楚，那天晚上，一开始是印度仆人哈欠连连地回房间就寝，接着黄明沙与钟鸣仁也回去睡觉啦。夜深了，利玛窦将手里的一本《论语》放下，打着哈欠对我和石方西说："都回去睡吧！"

下半夜的时候，我们正在熟睡，压根儿就想不到会有一群蒙面的歹徒，持着棍棒和刀斧悄悄地闯进了教堂。如果不是石方西尿急起来解手，也许教堂就会被歹徒洗劫一空啦。石方西并不知道这些人手持武器，他一边大声呵斥一边上前阻止，结果头上挨了一斧，惨叫一声倒在了血泊之中。

惨叫声惊醒了所有人，大家全跑了出来。我们一开始以为只是些小偷，于是一起大喊大叫，希望可以吓退他们。结果，不见那些强人退去，反而见他们挥舞着武器打将过来。这哪里是偷盗，分明就是抢劫，利玛窦见势不妙，冲过去一把抱起石方西，便跑回了屋里。

利玛窦一边跑，一边大叫所有人撤退。退回屋里后，黄明沙正想关上大门，不想一个歹徒将一条棍子插入门缝。关不了大门，危在旦夕，大家只好又退回房间里。房间的门总算关上了，利玛窦将石方西放在床上，自己旋即打开窗户跳了出去。很不幸，利玛窦重重地摔倒在地上。他崴了脚无法站起来，便忍痛大喊："抓强盗，抓强盗啊！"

呼喊声穿过夜空，传出老远。

那伙强盗大惊，仓皇而逃，只遗落一根棍子、一顶帽子和一条毛巾。

次日，我们前往官府报官。沿着歹徒遗落的棍子、帽子和毛巾这条线索，官府顺藤摸瓜，案件很快告破。官府抓捕了为首的两个歹徒，一个歹徒被判死刑，另一个歹徒则被判入狱三年。

官府做出如此严厉的判决，我们以为凶徒很快便会受到惩罚。谁知，因为歹徒家属的上诉，案件提交到了驻肇庆府的提刑按察使司审理。按察使复审此案时，把利玛窦和我传到了肇庆府。

按察使有权裁定或更改州县衙门的判决，利玛窦听说此案需要复审，便想放那些歹徒一马。他甚至想在公堂上向按察使求情，轻判那两个人。我却劝他说，一切由官府判定吧，不然真对不起重伤的石方西神父。

就这样，我们又重返阔别了三年多的肇庆府。

改作刘继文生祠的仙花寺，因其被革职为民而荒废。面对萋萋荒草，我们都唏嘘不已。来到崇禧塔下，又不禁想起已去世的谭老先生。想起谭老先生，便绕到仙花寺后面的小巷去找谭映红。不巧，谭映红有事刚好外出而未遇。接待我们的，是一院子都像谭映红那样决心"梳起"不嫁的女人……回首往事，利玛窦又一阵伤感。

来到大街上，忽然听见后面有人喊我们，声音异常地熟悉。回头一看，原来是陈理阁。

利玛窦高兴道："理阁，我们正想去你府上拜会你呢！"

我也说："是呀，我们回来肇庆府，连落脚的地方都没有，只能到你府上去打扰你啦！"

陈理阁说："听说你们回了肇庆府，我就赶了过来，我想你们肯定会第一时间到这来看看的。"

利玛窦感慨地道："理阁，谢谢您，您真有心。"

陈理阁说："也真巧，前几天，有个人还专门来肇庆府拜访你们，他竟不知道你们已经去了韶州府，此人七转八拐的才找到我打听你们的下落。"

利玛窦问："哪位？"

陈理阁："戏剧名家汤显祖。"

我激动道："他来肇庆府了？"

陈理阁："对，他从徐闻县北返，途经肇庆府，因仰慕仙花寺与西僧大名，便前来拜访。"

我甚为惊喜："听说他由礼部主事被贬为徐闻县典吏，短短时间却创办了远近闻名的贵生书院。真想不到这位世人皆知的戏剧名家竟到了肇庆府！"

一向喜欢与文人士大夫交往的利玛窦急问："那这位戏剧名家现在何处？"

陈理阁："他正在崧台书院等你们！听说你们正从韶州府赶来肇庆府，他不停地说真是有缘啊，就推迟北返一直在这等着。"

到了崧台书院，与汤显祖相见落座，利玛窦拱手道："在下早就听说过先生，也拜读过先生的剧作。"

汤显祖亦拱手还礼说："先生大名，在下亦早有所闻，都说阁下是学富五车的智者，特别是那张《山海舆地全图》，轰动朝野，今日一见，的确气宇不凡呀！"

利玛窦谦虚道："哪里哪里，只是应王泮王大人要求所绘而已。倒是先生的剧作，在下拜读之后，佩服得五体投地！"

汤显祖惊诧道："先生竟能阅读我们的书籍？"

我坐在旁边忍不住道："先生岂止能阅读书籍，他还正在研究我们的典籍并着手翻译成本国文字向其国人推介呢！"

汤显祖闻言，站起来向利玛窦长揖道："先生此举，功德无量啊！"

从儒学谈到佛学，又从中土文化谈到西方天文数学，两人相谈甚欢，一见如故，都有相见恨晚之意。直到书院的山长进来请大家用晚饭，他们才惊觉竟已相谈了大半天。

晚饭后，众人又回到客厅。

这时，利玛窦忽然对汤显祖道："先生到了海角天涯的徐闻，您可受苦啦！"

汤显祖却轻轻一笑道："不苦不苦！在流放徐闻期间，在下不仅创办书院，而且写剧作诗，做的倒都是自己喜欢做的事情。"

利玛窦点头道："这个倒是，闻说先生不仅戏写得好，诗词也是一流的，不知可否赠诗一首，留作纪念？"

汤显祖倒也爽快，说："好，俗语讲，好事成双，在下就赋诗两首赠予先生与您的同伴。"

书院哪个角落都摆有文房四宝，汤显祖离座来到书案前，执笔而书，很快成诗。他拿起诗稿，递给利玛窦。

利玛窦接过来看了片刻，连赞好诗，便轻声地念了起来："画屏天主绛纱笼，碧眼愁胡译字通。正似瑞龙看甲错，香膏原在木心中。"

念完这首，他又念另外一首："二子西来迹已奇，黄金作使更何疑？自言天竺原无佛，说与莲花教主知。"

听利玛窦吟罢，我不由得大赞道："好诗，真是好诗呀！"

汤显祖谦逊道："只是有感而发，借物抒情而已，献丑啦！"

这次会晤，汤显祖记于其赠给利玛窦的这两首《端州逢西域两生破佛立义偶成二首》诗中。这次会晤，后来也成了大明文坛的一段佳话。据说，正是这次在肇庆府的会晤，影响了汤显祖后来戏剧名作《牡丹亭》的创作。《牡丹亭还魂记》有数场戏不仅与澳门的佛教、天主教以及域外世俗文化产生神奇的联系，而且出现了洋船、洋商、"番鬼"、译者、"三巴"等情节和场景，都跟这次会晤不无关系。

复审终于开庭。开庭前，歹徒家属上门求见利玛窦，恳求宽恕他们。利玛窦菩萨心肠，也就原谅了对方。翌日，那两个歹徒被带到按察使司衙门大堂重新问案。按察使贾应壁大人其实心里是有底的，已认定都是歹人的错，他原本是想将此案办成铁案的，想不到利玛窦竟在公堂之上为被告求情。按察使大人见他如此大量，不想节外生枝，也就轻判了那两个歹徒。

我见老师不仅没有冤冤相报，反而为重伤石方西的歹人求情，亦不好再说什么。

此案了结后，利玛窦决定返回澳门去医治自己的跛足。他让我先独自回韶州府，自己则只身一人前往澳门。知道他要回澳门，我真有点依依不舍。利玛窦对我说："真不应该让你一个人回去，但范礼安先生找我有事商讨，我不得不回去澳门啊，况且，我也想顺便请葡萄牙的医生给我看看这只脚。放心，我很快便会返回韶州府的。"

我返回韶州府后一个月，老师亦从澳门回来啦。可惜的是，他的脚伤却没能治好。葡萄牙医生没有给他做手术，他也因此而落下了终身轻微跛足的残疾。他走路时总有点儿瘸，每每看见他长途步行的痛苦样子，我想，这都是那些夜闯教堂歹人所造的孽啊！

我一直以为，上天会眷顾这些善良之人的。然而，一场瘟疫，却又夺去了石方西的性命，我真是欲哭无泪。

石方西刚刚发病时，利玛窦就立刻对他进行了诊治。一向健硕而开朗的石方西不以为意，吃药的时候还幽默地给我们扮了个鬼脸。然而，数天之后，他的病不仅没有好转，反而加重了，高烧不退，最后昏迷不醒。利玛窦不断地给石方西祈祷，可祈祷过后，他却更显担忧。我问他："如何？"利玛窦说："可能不妙啊，我祈祷时，脑海里竟不停地浮现麦安东的身影。"

果然如此，石方西神父最后还是停止了呼吸。利玛窦悲痛不已，抱着同伴的遗体不住地喃喃自语："你们为何一个个离开我呢……你们让我如何继续坚持下去呢……"

两副巨大而沉重的棺木被船工缓缓地搬到船上。棺木里装着两个同样年轻神父的遗体。我们站在码头上，默默地目送着运载棺木前往澳门的船渐渐远去，直到它消失在江面的拐弯处。

我走到利玛窦的身边，哽咽着说："节哀啊老师……"

利玛窦失声痛哭起来："可是，我真的感到可惜啊！他们还那么年轻……"

我握紧老师的手，却不知道该如何劝慰他，只好说："再让一个神父从澳门过来吧……"

……郭居静神父终于从澳门抵达韶州府，利玛窦的脸上才稍有笑容。郭居静没来之前，他就整天待在书房里教我天文与数学，一个人也不见。我知道他不能让自己闲着，否则心就会滴血，痛入骨髓。他是想用全身心地教授我天文与数学来麻痹自己。

利玛窦虽然不懂炼金术，但他却教给了我比炼金术更加伟大的科学。

伟大的科学！这是他的原话，我还是第一次听到这个陌生的词。当我第一次听到这个词时，我愣住啦。他说他传授给我的就是伟大的科学。他开始让我学习几何学，这种学问比黄白术更令我着迷。当发现我竟然用汉语来记录学习几何学的心得时，他甚为惊喜。他说，他在肇庆府的时候，就已经开始尝试用汉语来翻译欧几里得的《几何原本》第一卷，只是后来因为各种各样的原因暂时放了下来……

利玛窦邀请我跟他一起完成这件从来没有人做过的事情。如果不是后来我因为要报答爹娘，将全部心思都用在了纳妾生子这件愚蠢的事情上，那么，与他一起成功翻译《几何原本》的就是我而不是徐光启啦。

正因为纳妾生子这件事情，亦师亦友的利玛窦对我大发脾气。他说："你家中已经有个原配妻子，怎么可以在外面再与一个女子住在一起呢！"我争辩说："我已经四十有三，家中的娘子亦已四十有二，尚未生子亦不可能再生子啦，而不孝有三，无后为大啊，我不想办法生个儿子，真对不住爹娘啊！"

　　事情的起因是这样的，韶州府的南雄县有一位富商葛松华有求于我，于是便将他家中的丫鬟秋香赠给我做小妾，就这样我离开了跟随多年的利玛窦老师，搬到了南雄县定居。

　　葛松华是个富商，家奴就有四十多人。他信佛，常年吃斋，不吃鱼肉，甚至连鸡蛋也不吃，平时仅吃蔬菜与米面等。他听说韶州府来了几位洋和尚，很好奇，也很想结识他们，便托关系找到了我。正是在我的极力推荐下，他获准在教堂里住了一个月。也正是在这一个月里，他与利玛窦促膝谈心，顿悟出许多熠熠闪光的人生真谛。

　　葛松华知道我想纳妾生子，便劝说我随他到南雄县去。他说他不但会将家中的丫鬟秋香给我当小妾，还会给我一处房子居住。为了报答爹娘，给他们生个大胖孙子，就这样，我离开了追随多年的老师，只身来到了南雄县居住。

　　我与秋香搬到了葛松华安排的房子，那房子里一应俱全，生活倒是方便。那房子离葛松华府上很近，他也时不时地过来与我一起探讨佛学与人生的话题。葛松华经常接济我的生活，不算富有，但总算衣食无忧，倒是觉得对不住年纪轻轻就这样跟了我的秋香。我对她说："委屈你啦！秋香。"不想秋香却说："我一个贫苦出身的女子，被相公善待与尊重，不觉得委屈。"我感动地抱着秋香说："我会好好待你的。"她说："我知道，我亦希望尽快为相公生个大胖儿子……"想想自己年岁也不小了，我叹息道："一切随缘吧！也不是想生就生的。"她说："瞿家不能无后，主人都跟我说啦，只要那洋和尚肯为我们祈祷，我就定能为相公生个大胖儿子。"我一愣，就想，照这样看，那葛松华肯定听说过利玛窦可为人祈祷助人生子的传言。

　　拗不过秋香的劝说，我们就备了厚礼前往韶州府拜见利玛窦。真担心老师生我的气，不愿意见我与秋香。幸好，老师常怀宽恕之心，仍然热情地款待了我。我说明来意，利玛窦叹息道："看在秋香这个苦孩子的分上，我就为你们破例一次吧！不过你以后可要好好待秋香啊！"于是，老师便为我们秘密祈祷。

　　与老师告别时，利玛窦回赠我一块三棱镜。他说："太素，谢谢你这么多年来的帮忙，为师没什么可以给你，就给你这块镜子，你换点银子，回去南雄好好过日子吧。"我点头答应，并邀请老师到南雄一趟，我说葛松华也很想再见到他。利玛窦说："等你生了儿子，我再去喝满月酒。"

别后回到南雄，当年秋香果然就生了个儿子。为感谢老师为我们祈祷而得偿所愿，我就与秋香商量，给儿子取了个乳名叫"小玛窦"。

我马上修书一封，托人带到韶州府，将喜讯告诉老师，并邀请他来南雄喝弥月酒。

老师盛情难却，便与黄明沙坐船沿北江北上来到了南雄。

我与葛松华到码头去迎接他们，发现他们竟换了一身儒生的打扮。

我说："先生，你换了一身儒生的衣服，在后面我几乎认不出你来啦。"

利玛窦笑一笑说："儒学在中土是第一大学问，朝野都极为推崇，儒生比僧人也更受人尊重，所以我们也决定入乡随俗，脱去僧袍穿儒服啦。"

葛松华道："外表如何，都只不过是一副皮囊而已，关键是内里与灵魂啊！"

利玛窦连声道："松华所言极是，可见你又再次顿悟啦！"

说着，葛松华忽然又说："既然你们已经改穿儒服，那就该有儒生的样子，儒生都是坐轿子的，那我就叫人雇轿子给你们代步吧。"

回到住处，我问利玛窦："老师，我印象中在郭居静刚刚抵达韶州府时，好像曾经听您隐约说过有易服的打算，可真没想到你们这么快就改穿长袍、戴高方巾了！"

利玛窦："上次在肇庆府与汤显祖会面，他赠诗称我为生而不是僧，我就开始有这个想法啦。"

我说："这个我听您说过。"

利玛窦："其实自从到了韶州府，我就开始意识到，身穿僧袍固然与天竺僧人的身份相符，但所有官员文人其实在心底里都是不愿意与我们为伍的，而民众也不太尊重我们，我们屡次受到骚扰就是最好的证明。"

我点头道："我们确实有先敬罗衣后敬人的习惯，而僧人也实在是不太受人尊重，就更不要说一开始就被视为妖魔鬼怪般的洋和尚啦。如果你们像文人士大人那样装束打扮，也许就会受到更多的敬重与礼遇。"

　　利玛窦："所以，回到澳门医治脚伤时，我就鼓起勇气向范礼安先生说了自己易服的打算，他也很支持我。他说他愿意为此事而说服其他人，争取大家的支持与同意。"

　　我略有所悟道："是郭居静神父从澳门带来了好消息？"

　　利玛窦点头道："是的，他们都同意啦！"

　　我说："所以你们就穿着儒服来了南雄？"

　　利玛窦点头道："唔，若在韶州城贸然易服，周遭文人官员可能一下子难以接受，感觉突兀，而且也没有合理的说辞。这不，趁这次南雄之行，我们就特意定制了绸质儒服与儒帽，穿来一试反应后，等回去韶州城再做定夺。"

　　我激动地说："好呀！以你们的学问，早就该把胡子留起来，把儒士的衣冠穿起来，把轿子坐起来啦！"

　　在南雄，利玛窦受到了我们热情的款待。我们不但陪他们乘坐轿子一起去拜访了知县大人，还将城中所有的文人都拜访了一遍。见到这些官员文人，利玛窦也不再以僧人自居。他们的到访，在南雄引起了轰动，很多人都尾随着我们的轿子，甚至等风掀开轿子时能够看一眼西洋文人。

　　利玛窦回到韶州城后给我来信说：我们早就应该有那样一件在拜访官员文人时穿的绸袍啦，南雄之行让我们彻底明白，不穿儒服戴儒冠，根本就不配与官员士大夫甚至一个普通人平起平坐……

　　他还在信中说，韶州城的官员也慢慢开始接受他们易服后的样子，甚至所有人还因此而更抬举他们。与这些人交往的时候，这些人还不让他们步行，而是改用轿子抬着他们走……他说他知道这种礼遇对于他们来说是非常重要的。

第十六章

利玛窦

往事总是不堪回首。仿佛是命中注定的一般，我在而立之年进入肇庆府，继续前辈未竟的使命。尽管相对于滞留孤岛之上的先贤沙勿略而言，我们确实前进了一步，然而我们却始终没能往前再踏进一大步。我最后虽然到了京城，甚至进入了皇宫，却始终没能见到九五之尊的皇帝，这让我一直耿耿于怀。我常常想，这就是离成功的距离，仅仅一步之遥的距离。

没有人告诉我们可以怎么样做，也没有人告诉我们有什么经验可以借鉴，我们唯有剪发秃首，披袈裟伪装僧人。特别感激范礼安先生，他为此承受了来自方方面面的压力。他告诫我们在肇庆府要遵循僧人的等级、服饰与礼仪规范。幸好我在印度果阿生活了多年，这些僧人的礼仪我早就烂熟于心。事实上，从初到肇庆府的那一刻，从髡首祖背下船到修建仙花寺居住下来，慢慢当地人也开始认为我们确实都是些弃俗修道、绝色不婚的天竺僧人。尽管当地人一开始也恐惧我们，想了许多办法让我们离开，可是我们还是坚持了下来。他们也不再认为我们是烹食小儿的海上怪兽，最多会认为我们是些不太一样的番僧又或者整天讲耶稣的番僧，而不是什么会煮食小儿的海上怪兽。

……出走肇庆府，移居韶州城，我一度感到绝望。我常常对我的同伴说："就好像把一块大石头往高高的山坡上推，就快到顶峰时却失去了控制，于是又滚回到原来开始的地方。这对于辛勤参与这项务力的人来说，这样的结果无疑是惨痛的……"

这些糟透了的心情与记忆，我都详细地一一记在我的日记里。

为了打发孤独而寂寞的日子，除了写信我还喜欢写日记。我在信中或者日记中这样写道：进入肇庆府，修建仙花寺，一直以"僧人"自称，像和尚那样剃光头，穿袈裟，当地的老百姓也把我们看成洋和尚……而被迫迁居韶州府，有时候想想也不是什么坏事，起码这里离京城更近。刘继文之所以最后让我们迁居韶州府而不是返回澳门岛，也许是因为御史大人的缘故，但事后想一想，觉得或许他也有自己的打算。我总是觉得，他还是以为我们会黄白术的。又或者，他仍然认为我们只是不受威胁，只是像王子龙一样不愿意传授他黄白术而已。让我们换个地方而不是遣返澳门，那么得到黄白术的机会还是会有的……

我在信里或者日记中还这样抱怨过："僧人在这个国家不受重视，所以，尽管我们也受到礼貌对待，却仍然常常被人嗤之以鼻，我们受到的辱骂简直无法用文字来形容……""见官必跪、恭顺备至"仍不能换来多大的起色与支持，沮丧是可想而知的，于是我们便开始思考该如何有所改变。我们决定留胡子、蓄长发，不再穿袈裟，也不再使用'僧'和'寺'这样的名称，而改成大明士大夫们的装束打扮，戴帽子，穿长袍。我们认为，这样我们就不会被误认为是洋和尚啦，也就更容易与大明的官员士大夫交往并赢得他们的敬重啦……韶州府同知刘承范大人见到从南雄回来后"改颜易服"的我们，十分诧异。我跟他解释说，我们意识到自己学有所长，就像大明所有的文人一样，因而更适合儒生的装束……很幸运，这样的说辞让刘大人接受啦。随后，我们开始留发蓄须，不到一年的时候，胡须已经垂到了胸前。就这样，我们彻底地与僧人的身份告别啦……

留发蓄须后的日子，早就刀刻斧凿在我的脑海里，有时候翻翻日记再回忆回忆，那就更加清晰如昨啦。

从韶州到南昌，再从南昌到大明王朝的南方首都南京，这在地图上，也就是稍稍移动几厘米距离的事情，而现实却像蜀道之难，难于上青天。

是一位姓石的兵部尚书回乡返京路过韶州府时带我们北上的，

他那因科举考试屡败而精神失常的公子需要我随行医治。让我意想不到的是，每到一座城池，每见一位官员，他们都说曾经听说过我的名字，都听说过我在肇庆府的仙花寺绘制过一张《山海舆地全图》。比如到了江西的赣州，巡抚李大人盛情款待我们，就一边给我敬酒一边说本官看过你绘制的地图。不幸的是，到了吉安，姓石的兵部尚书突然转变主意，要将我们送返韶州府。他担心将一个洋夷带到京城，会影响自己的仕途。我不愿意返回韶州府，就将一枚三棱镜送给了他，最后他才勉强让我们随他的家奴前往南京。

船过南昌，再经鄱阳湖进入长江，然后沿长江一路前行，好不容易才到了南京。到了南京，我们在城门口附近租下一处房子暂时居住。

南京也就是南方的京城，大明的人都认为这是最美最大的城池，我也觉得确实如此。城墙之高，令人瞠目结舌。它城中有城，亦坚固得很，易守难攻。城里无论官府衙门，抑或富家大户，都建得很富丽堂皇，真让我大开眼界。城里还有条著名的秦淮河，那是烟花之地，无论白天或者晚上，都人来人往，热闹非凡。

到了南京，自然要第一时间去拜访在肇庆府时认识的南京礼部侍郎徐大任。他在岭南做官的时候，我就送过他一张《山海舆地全图》。后来他升迁南京途经韶州府时还与我见过一面。可令人气愤的是，当徐大任知道我们想在南京定居的想法后，为免影响自己的仕途，竟然下令将我们驱逐出城。

离开南京，我不愿意返回韶州府那座瘟疫频发的城池，就到了南昌暂避……

南昌远不如南京繁华，但毕竟是省都，还是有相当规模的。更加重要的是，这里住着两位大明的朱姓王爷。我曾经一度将前往北京的希望寄托在他们的身上。南昌的名老中医王继楼与我一起医治过石尚书精神失常的儿子，我们也因此而成了非常好的朋友。这位名老中医替许多南昌城的官员士大夫看过病，自然也包括那两位王爷。正是他，帮助我们在南昌城安顿了下来；也正是他，让我结识了那两位王爷。

名医王继楼常常与我坐着轿子去拜访城中的官员和士大夫。拜会南昌巡抚陆万垓时我们受到了最高的礼遇，他甚至不用我们跪拜他。

他说他早就听说过我，他说他知道我不但能精确地预测日食，而且会绘制地图，制作各种各样的天文仪器。正是陆万垓允许我们留在南昌，而我亦与他一见如故。巡抚大人请求我为他做一只日晷和一只地球仪，我自然一口答应，并以最快的速度给他做好了。日晷是用玄武岩做的，非常精致，晷面上刻有黄道十二宫。制作这只日晷时，我还测量出了南昌的纬度为北纬29度。为巡抚大人做这只日晷时，我就是按照这个纬度来做的，所以我在日晷的下方刻了"此只适用于南昌"几个蝇头小字。

巡抚大人收到日晷和地球仪后，很是高兴，他大摆筵席来答谢我。

我也将日晷和地球仪作为礼物赠送给那两位王爷，他们都客气地回赠了我不少的银两。而我并不需要银两，我只需要他们助我前往北京。可是，他们始终没有出手相助。也许，他们也有他们的苦衷。倒是南昌知府收到我赠送的礼物后，不但让苏如望神父从澳门来到南昌，还让在韶州府的黄明沙也来到了南昌。南昌三年，碌碌无为，每每想起，都感觉虚度光阴。唯一稍感安慰的就是，为帮助南昌巡抚陆万垓的公子参加科举考试，我编写了一本《西国记法》。

这事源于在南昌的最后一年，适逢乡试，许多生员秀才听闻我会记忆术，于是纷纷前来拜访。我真不知道如何打发他们。他们抄写了许多汉字，要求我示范记忆术。我只好看了一遍那些汉字后，就凭记忆术按照次序背诵出来。接着，我又按照反过来的次序再背诵出来，这让那些生员秀才大为震惊。他们就恳求我教他们记忆术。我不胜其烦，就只好勉强点拨一下他们。想不到的是，他们都是些青年才俊，你只要稍稍跟他们说一下记忆术的秘诀，他们就能运用自如。不过，可惜的是，他们竟都没有一点点的数学知识，所学的科目也没有一门科学。在大明，只有皇宫里的钦天监才懂天文与数学，他们虽能预测日月之食，不过也常常有纰漏……

我为信仰而来，没想到与此同时也传播了西方的科学。许多年以后，我仍然常常感到始料不及。

到北京去觐见皇帝，不仅是我的梦想，也是我的导师范礼安先生的梦想。其实进贡给皇上的礼品我们早就准备好啦，范礼安先生已经托人将这些贵重的珍品带到了南昌，正存放于我们的住处。

我原来想通过南昌那两位王爷将这些贡品带进北京呈献给皇帝的，可他们却为难地说他们真不好插手这朝中之事。他们说皇上对他们这些皇亲国戚终有戒备之心，如果由他们出面这事反而会适得其反……

我正感失望之际，幸好郭居静这时到了南昌，并且带来了一个天大的喜讯。

在南京任礼部尚书的王忠铭王大人，几年前返乡经过韶州府时就与我一见如故。他也一直觉得与我很投缘，前些日子返乡路过韶州府时便又登门拜访。当郭居静告诉他我到了南昌后，他就让郭居静陪他一起前来南昌找我……

就这样，我们就随王尚书从南昌到了南京。

为确保万无一失，我们是悄悄从南昌出发的。我们不敢与南昌的官员们辞行，怕他们会阻挠我们去南京。

途中，王尚书表示他愿意趁到北京给皇帝祝寿的机会，顺带把我们带到北京觐见皇上。为感激王尚书，我又送给他一枚三棱镜和一座自鸣钟。

然而，抵达南京时，适逢倭寇猖獗来犯，官府严查番邦异域之人，王尚书怕受到牵连，就不愿意亲自带我们进京。他自己改走陆路，而让我们跟他的家奴坐船走水路沿大运河一直北上进京。

终于来到了日思夜想的皇城北京。这里可是当年马可·波罗曾经到过的神话般的汗八里啊！站在城门下，我激动得浑身颤抖。

在京城里暂住下来，王尚书安排我们与一位相熟的太监见面，并恳求他帮助我们进宫觐见皇帝。那太监一开始还是挺愿意帮忙的，但一听说我们并不懂黄白术时，却立马翻了脸。他甚至命令我们尽快回到南京去，他说，现在正值倭寇猖獗来犯之时，倘若让朝廷知道了我们这些洋夷留在京城，肯定会招来杀身之祸。

我们顿时傻了眼，又不得不匆匆离城而去。我们真怕那太监会告发我们，并因此而连累了王尚书。

我们花银两买了几个船舱卧位，依然沿大运河坐船返回南京。这船是民船，自然比王尚书的官船慢多了，航行了一个多月才到了山东的临清。到达临清已是冬天，河面结冰，船亦无法再走，只好停了下来。

我决定只身一人从陆路先行赶往南京租住房子，以便同伴三四月份河水解冻后回来时有个落脚之处。留在临清看守进贡皇帝珍宝的郭居静和钟鸣仁与我依依惜别时，都叮嘱我独自一个人路上要加倍小心。

回到南京，我竟惊喜地见到了久别的瞿太素。瞿太素告诉我他已携秋香和儿子返回了老家苏州过年。瞿太素邀请我到他家去做客。我答应了他，等将房子租下来后，便随瞿太素到了苏州。之所以到苏州，只是为了散散心，让自己尽快从未能进宫觐见皇上的阴影中走出来。

苏州城太美了，与我们的威尼斯水城不相上下，这让我赞叹不已。瞿太素说："当然美啦，不然我们的老祖宗也不会有'上有天堂，下有苏杭'的谚语传下来。"

在瞿太素家，我却得了一场重病，差一点就入主的怀抱啦。这都是长途跋涉、整天劳累所致。瞿太素为我请来苏州城最好的郎中，日夜不离地照料我，最后我才侥幸捡回一条小命。为报答他的救命之恩，我又将一枚三棱镜送给他。

瞿太素却不愿意接受，他说："老师，在韶州的南雄，你已经送过我一枚三棱镜啦，我不能再接受你如此贵重的馈赠了。"

我动情地劝他说："太素，你就收下我这点小小的心意吧，你照顾了我一个多月，甚至心甘情愿地睡在地上，你若不收下它，为师真的过意不去啊！"

见我如此坚持，瞿太素就收下了那枚三棱镜。他非常珍惜这枚代表师生之谊的三棱镜，还专门做了一只精美的银盒子来珍藏它。瞿太素不仅为这枚三棱镜题写了"补天石"三个字贴在盒子上，还给盒盖配了一条金链子。后来听说苏州城有好几个人愿出大价钱买下它，但瞿太素却始终不肯将它卖掉。他说黄金有价，情谊无价啊！

就是在苏州城，我第一次见到了瞿太素的好友徐光启。正是这位徐光启，将我到了肇庆府的消息告诉了瞿太素。而瞿太素，也正是听了徐光启讲的这个消息后，才千里迢迢前去肇庆府找我的。

许多年以后，可以在皇宫自由出入的我，却终究没能见到皇上，这是我引以为憾的事情。可是，想一想能够与徐光启有缘在京城再度相遇并且相知相助，也是令我稍感宽慰的⋯⋯

　　第一次见到徐光启的情景，至今仍然历历在目。大病初愈，我正在房间里看书，忽见瞿太素兴冲冲地跑进来告诉我："老师，有个人想见一见你。"

　　我问："哪位呀？"

　　瞿太素故作神秘地说："一个与你有缘之人。"

　　我催促道："谁呀，快说吧！"

　　瞿太素："徐光启，他从广西浔州返乡过年，先是去了韶州城找你未遇，想不到回乡路过苏州城，竟然听说你就住在我家里。"

　　我呼地站起来，急促地问："那他现在在哪？"

　　瞿太素："就在客厅里。"

　　我说："快，别让他再久等啦。"

　　彼此相见，真有点似曾相识的感觉。

　　徐光启紧握着我的双手道："在下久仰先生大名，可惜为了生计，远在浔州做教书先生，又怕误人子弟，一直未能前往肇庆府拜见先生。"

　　我说："我们现在不是见到了吗？有缘千里来相会啊！"

　　徐光启叹息道："在下以为再也见不到先生啦！这次回乡过年路过韶州府时，我专门到你们的住处拜访，想不到你们竟已离开啦。"

　　我也叹息道："离开韶州府后，这几年我一直都漂泊不定，先后到过南京、南昌和北京，这不，现在又到了苏州城。"

　　徐光启："感谢上苍，让我终于见到了先生。"

　　瞿太素问他："过年后还回广西浔州教书吗？"

　　徐光启摇摇头说："不回啦，打算好好在家再读读书，明年赴京赶考。"

　　瞿太素："我以为你也像我一样，再也无心科场呢！"

　　徐光启叹道："我也以为自己早就心灰意冷，再无进意，但见我好几个门生都已高中，而自己身为人师的，也应该做个榜样啊！"

我在胸前画了个十字，道："我会为你祈祷的。"

瞿太素大喜道："先生为光启祈祷，他一定会高中的。"

徐光启向我长揖施礼道："谢谢先生！"

我说："你不用谢我，太素将你的策论给我看过，从中可见你才华出众，并有远大抱负，他日若能高中，必可富国强兵，匡世济民。"

徐光启连声道："不敢当，不敢当啊！"

那次见面，我们相谈甚欢。有时候，促膝而谈，不知不觉就天已拂晓。瞿太素很是担忧，他总是提醒我可是大病初愈之人。可是，我们太投缘啦，真的欲罢不能。我们在一起探讨了许多话题，包括各自的道德伦理、天文历法，以及地理科学都谈到了。他当面赞我是"海内博物通达君子"，我真不知道该说些什么谦虚的话才好。最后，我送了他一张《山海舆地全图》。

收到地图，徐光启激动不已。他说他早就听说有这样的一张地图，在韶州府我们的驻地，他就看见过这张地图，只是不敢奢望拥有而已。

临别之时，徐光启握着我的手道："先生，感谢你赠送的地图，那地图的背后，可是两种截然不同的文化啊！"

有时候想一想，真觉得，知我者，徐光启也！

春节后回到南京，听到了日本一代枭雄丰臣秀吉病亡的消息。好战的丰臣秀吉一死，大明沿海的倭寇也就没那么猖獗啦。大明沿海的倭寇没那么猖獗，南京的官员也就没那么紧张了。元宵节那天晚上，南京城还有花灯和焰火看呢。真是火树银花，欢歌笑靥，人人把酒赏花灯。

元宵节一过，郭居静与钟鸣仁也很快回到了南京。

他们将原本进贡给皇帝的珍品安全地带回了南京。屋子里突然多了好几个人和不少的行李物品，一下子就显得有点狭窄。我们正为房子不够宽敞而烦恼时，皇城外的一座官邸闹鬼，没人敢住，官府的人就找上门来，要将那偌大的院落贱卖给我们。衙役说，听说你们会驱魔。事后想一想，觉得这么像上帝在帮助我们啊！

　　搬进那幢房子的时候，我们在大厅里设了一座神坛。我想，既然大家都知道这座官邸闹过鬼，那么我们在大厅里设个神坛也就顺理成章啦。住进去的前一天夜晚，我们还故弄玄虚地手持十字架，口中念念有词地走遍了整个院子的每个房间，到处洒圣水。就像当年在肇庆府给刘继文的官邸驱魔一样，每每想起都忍不住想笑出声来。南京城里的人都说，我们入住那座官邸之后，就再也没有闹过鬼啦。

　　南京的这幢房子，常常让我不由自主地想起肇庆府的仙花寺。低调而内敛的仙花寺，静静地蹲伏在西江边上，总会在我的脑海之中挥之不去……

　　跟在肇庆府、韶州城、南昌城一样，我们同样在新居里展示了各种各样新奇而精美的远来异物，南京城里的人也同样惊叹不已。毕竟是南方的京都，慕名前来参观的人前所未有的多，可谓人满为患……这也让南京的官员士大夫们都喜欢与我们交往。譬如魏国公徐弘基，就邀请我们到他府上的瞻园做客。那可是南京城最豪华的一座花园，奇花异草，亭台楼榭，这些都不在话下。最让我们惊叹的是一座未经雕琢的玉石假山。假山里还开凿了一个又一个客厅、花厅、茶室或者鱼池等胜景，让你叹为观止……

　　我们甚至被邀请到鸡鸣山的观象台，给那里的钦天监们讲授天文历法，与他们一起商量如何修订大明历法。我跟他们说，你们仅凭历朝的天文记录去推算天象变化，自然会稍欠精准。他们一开始还很不服气，都追问我该如何才能做到更加精准，又该如何修订历法？我就告诉他们，必须运用仪器来观测星象位置的变化，并依据仪器测得的数据对过往的记录进行梳理与调整，这样才能摒弃日积月累的误差……我还发现他们在北京铸造调校的仪器运来南京安装之后，却没有调校至南京的纬度……这让他们心悦诚服，不仅请我为他们制造各种各样的天文仪器，还说会奏请朝廷加封我为钦天监客卿……我心里明白，这些都不是我心中所想，我只希望能够进京觐见皇帝。

　　再度进京觐见皇帝，这个梦想我一直没有忘记，也不可能忘记，因为这也是我们的使命。

南京礼部给事中祝石林负责监督大运河上所有南来北往的官船，于是我们就通过各种各样的关系找到了他。

为报答我们送给他的数件西洋异物，祝石林将我们托付给了一名叫刘婆惜的太监。刘婆惜手下有数十艘通过大运河押送丝绸进京的官船。

祝石林可不像礼照收、事不办，还刁难人的徐大任，他信守了自己的诺言。我们自然也是要送一份厚礼给太监刘婆惜的，就当是支付进京的船费吧！

我们都以为，这次进京，肯定会顺畅无阻的，孰料，路上碰见了太监总管马堂，就一切都全变啦。马堂，就是当年在肇庆府与我们一起祭天的那位太监总管，我们到了临清可没少送他大礼，我们也以为彼此毕竟在肇庆府见过，他或许就不会太为难我们的，结果，想不到这个阴险而贪得无厌之人，后来竟想置我们于死地。之所以要置我们于死地，是想将那些进贡给皇上的珍品据为己有。

有什么办法呢？大明可是宦官掌权，皇帝大权旁落啊！

是到了临清，我们上岸办理通关手续时，太监马堂才开始为难我们的。

就是在临清，我们不得不从太监刘婆惜的船上下来，然后上了太监总管马堂的船，自然也包括那些进贡给皇上的珍品。马堂早就盯上了这些想想都令人激动的贵重礼物，他说他会为我们写一份奏折呈给皇上，并尽快安排我们进京朝贡。

结果，我们等来等去，等了好长的日子，仍然没有音信。马堂以为皇帝不会再见我们啦，也担心皇上会因此而怪罪他，于是便将我们关押起来，甚至还动了杀机……如果皇帝的圣旨迟一天下来，也许我们早就成了刀下之鬼。幸好，上帝突然想起了我们，并将面庞转向了我们。

万历皇帝沉迷于炼丹，马堂的那份奏折他只看了一眼便扔到了堆积如山的奏折当中。如果不是有一天他突然想起那份奏折，突然想看一看奏折上提到的西洋钟，也许我们早就人头落地啦。

就这样，我们来到了北京，也进入了皇宫。可是，我最终还是没能见到皇上。皇上早就不太过问政事，也不再上朝啦，臣工们上朝也只是对着一把龙椅默默地叩拜……

　　我可以自由出入皇宫，甚至领到了大明官员一样的俸禄，而事实上，我只是一名替皇上照看钟表的工匠……

　　所幸，我见到了徐光启。正因为徐光启，我才不再感到孤单。在此之前，我一直因为见不到皇帝而感到孤单和彷徨，甚至绝望。是徐光启每天下午到宣武门外的南堂来陪伴我，一起合作翻译《几何原本》，才让我慢慢地恢复了过来……

　　是徐光启，让我看到了一线曙光。

试问历史上有哪个皇帝没有篡改过史书？也许唐太宗之前没有。唐太宗之前，即使残暴的汉武帝，也只是阉了司马迁，而且他阉司马迁还不是因为修史的事情。唐太宗因为杀了兄弟，担心自己以后的名声不好，所以才想到要篡改史书。说那么多，我只是想告诉你们，历史都是靠不住的。正如有人说我是大明第一个睁开眼睛看世界的人，而事实上第一个睁开眼睛看世界的人不是我而是当年的肇庆知府王泮；正如有人说我是大明第一个将一天十二个时辰改作二十四个小时的人，而事实上第一个将一天十二个时辰改作二十四个小时的人不是我，也是当年的肇庆知府王泮。

王泮官居肇庆府知府时，我还只是个穷得叮当响的教书先生。

曾经在乡试中高中解元的我，却在随后的会试中名落孙山。为维持生计，唯有回到老家开馆教学，同时也静心读书，以待明年春闱再考。然而，屡次落第，让我一度心灰意冷。后来，友人赵凤宇出任广西浔州知府，好心邀我一同前往，并教其公子读书。双亲早就不在，已无牵挂，加之亦有意远游他乡，增长见闻的同时也散散心，我就答应了赵凤宇。坦荡的官道，满眼的绿意；田连阡陌，丰收在望；鹅鸭成群，扑翅欢叫；牧童横骑牛背，竹笛悠扬。岭南的风光确实令我心旷神怡。途经肇庆府，还听说竟然来了两个钩鼻碧眼据说会炼金秘术的洋和尚，我就不由得想起同样痴迷黄白术的好友瞿太素。我与他可谓同病相怜啊！他痴迷丹术无心科场一无所获，而我亦是数赴科场屡屡落榜。于是，我便决心将这个好消息告诉他，以助他一臂之力。趁回乡省亲路过他家时，我便登门拜访将这个消息带给了他……

想不到瞿太素竟千里迢迢奔赴肇庆府。尽管浔州府与肇庆府相隔不算太远，但因不好耽误赵家子弟学业，我却一直没能前往肇庆府与好友相见，也没能知道那洋和尚是否真的就懂炼金术。

等稍有空闲的时候，又听说他们已迁往了韶州府，此事也就不了了之。

那年返乡过年，路过韶州府，我满以为可以见到瞿太素和那两个洋和尚，不承想，匆匆赶往他们位于护城河西的住处，一打听，才知道太素去了南雄县，而那两个洋和尚却去了南京城。

见不到好友瞿太素，我便在他们的屋里闲逛。中堂墙上挂着一张"送子观音菩萨像"，栩栩如生，我不由得肃然起敬。又见屋内陈列着许多传说之中的各式钟表、天文仪器、三棱镜、西洋乐器等等，越发激起了我的好奇心。终于看到了那张挂在墙上的《山海舆地全图》。瞿太素不止一次地在信中给我讲述过这张地图，讲述过绘制这张地图的西洋人利玛窦。人人都说，正是这张地图，让我们第一次发现，除了大明以外，外面竟还有一个大得令人吃惊的世界。那天，我终于见到这张地图，真是激动不已。

一位叫黄明沙的人接待了我，他说他刚刚做完祈祷出来便看见了我。听说我是瞿太素的好友，他双手合十道："欢迎莅临！"

我向他还礼道："打扰阁下啦。"

黄明沙面带笑容地说："既然是太素的朋友，就不要那么客气啦，请到客堂用茶吧。"

喝过茶，又仔细地再看一次那些瞿太素在信中描述过的远来之异物，我就更想早日见到那两位闻名遐迩的洋和尚了。

于是我决定前往南雄县，邀瞿太素一同去寻找那两个洋和尚。结果到了南雄县，资助瞿太素娶妻生子的富商葛松华告诉我，太素已携妻儿回了苏州城。

听葛松华这样说，我不禁仰天长叹：为何总会缘悭一面？难道此生与那位绘制《山海舆地全图》的西洋人就如此地擦肩而过吗？

可是，我真不甘心，我发誓一定要找到他们。

翻过大庾岭，我就一路赶往苏州城。就这样，我终于见到了那个西洋人利玛窦。

我压根儿想不到，西洋人利玛窦会送我一张《山海舆地全图》。回到家里，将这张地图挂在书房的墙上，我总是觉得那个欧罗巴国仿佛就在眼前。世界仿佛也在那一刻，向我迎面扑来……那种奇怪的感觉，实在难以形容。就越发地觉得利玛窦德才出众，也越发地觉得他终会是我的良师益友。如果不是还要赴科举考试，我真想像瞿太素那样，追随他一辈子。

第二次见到利玛窦先生，是我到南京城拜访恩师焦竑的时候。

我们这些读书人，虽然受人尊重，但也真的不容易。科举这条路实在太难走啦，先是考入县学，成为秀才，然后参加乡试考举人，之后到京城参加会试，再经过皇上的殿试，得中者才是进士，才可以做官。而我的科举之路，似乎也比其他人更为曲折与艰辛。如果不是恩师焦竑赏识，也许我连进京参加会试的资格都没有。当年分考官张五典将我的卷子呈给主考官焦竑，他看后拍案说："此名士大儒无疑也！"于是，我便被恩师一锤定音定为顺天府乡试第一名。

与利玛窦先生在南京的第二次会面，适逢他正准备继续北上进京事宜，故那次相见匆匆忙忙的。然而，我们还是很深入地探讨了一些话题。他还将他绘制的新版《山海舆地全图》拿给我看，并鼓励我继续赴京考试。

他说："科举考试是个公平的制度，它可以让平民子弟晋升为官员，并一展抱负。"

我叹息道："所以我才在这条道路上跌跌撞撞地走了许多年。"

他显然怕我灰心，便道："光启，你一定要赴京赶考，我会为你祈祷的，我也相信你会高中出仕的，相信不久之后，我们会在北京城相见的。"

我不抱希望地说："如果真又落第，可否让我加入你们的行列，与先生一道研究科学？"

利玛窦笑道："随时欢迎你的加入，也很期望与你一起研究科学。只是，你若如瞿太素一样想要纳妾，我们还是不能接受的……"

我说："在下愿意放弃纳妾的想法。"

利玛窦沉思后又道："不过，我还是希望你赴京考取功名之后再说，我有个预感，你此次是定会高中的。"

我拱手道："谢谢先生鼓励，也希望如先生所说的一样！"

南京匆匆一别，后来听说利玛窦他们果然就踏上了北上之路。他们不仅进入了皇宫，还给皇上送上了一座大自鸣钟、一幅栩栩如生的圣母像，自然还有三棱镜、地图等其他数十件西洋珍品……

再次见到利玛窦时，我已身在北京。正如他所料，我果然高中出仕。

高中的那一年，我已四十有三。一辈子也忘不了放榜那天的情景。张榜的地方，围了许多人，闹哄哄的。我好不容易挤开几个正在发牢骚的落榜士子，瞪大眼睛在金榜上努力地找寻自己的名字。

终于看到了自己的名字，排在第八十八位。我一下子心跳加速。接着，我又参加了殿试，考中了三甲的五十二名。随后，我便被任命为翰林院庶吉士。

天天进出翰林院，感觉仕途一片光明。大明有这样的惯例：非进士不入翰林，非翰林不入内阁啊！进入翰林院庶常馆的进士再不济，三年之后散馆，也会派个好差的。

每日上翰林院，日子倒也自在清闲。有一天从翰林院里出来，忽然就想起了已在北京定居的利玛窦。我想，是时候去看看先生啦。如果没有他的鼓励，我真不知道自己会不会放弃科考。

见到利玛窦先生，我兴奋得都不知道该说些什么好。

他们竟然就住在皇宫旁边的一座宅子里，我每日从那里经过，却不知道先生就住在里面。

说起这座宅子，先生笑一笑告诉我，他们进贡给皇帝的那座大自鸣钟突然有一天停摆了，专门照看大钟的几个太监吓得面如土色。后来，他们就被急召进宫。太监令他们将钟修好，还说倘若那大钟修不好，那他们的人头就会马上落地。大钟是他们所造，自然也就轻而易举地修好了。后来我才知道，其实也就是再次拧紧发条而已。听见清脆的嘀嗒声重新响起，那些跪在地上的太监们才长长地舒了一口气。

于是就有另外一个手持拂尘的太监从里面出来传旨："两夷人听旨！"

先生说他们马上就跪下听旨，听到那手持拂尘的太监拿腔拿调地宣旨道："皇上口谕，赐两夷人宫侧宅院一座，录为工部造办处客卿，专司时辰钟等西洋贡品之修护，亦带徒传授修护之术，着内务部造册依例发放俸禄，钦此！"

先生还说，他们叩头谢恩之后，那太监又过来交代他们要尽心尽力为皇上在宫中督建钟亭。依先生的说法，皇上之所以赐他们官旁的宅院，是因为大钟不走时，可方便随时召他们进宫修护。

听到皇上赐给他们宅子，我真不敢相信自己的耳朵。我说："先生，皇上赐臣工宅子居于宫侧，可是从来就没有过的先例啊！如此看来，皇帝是非常重用你们的。"

不承想却听先生叹道："唉！这又有何用？皇上宁愿叫画师给我们画像，让他看看西洋人究竟长什么样子，也不愿意见我们。"

我安慰他道："既然皇上已经赐你们宅子，又给你们发俸禄，以后自然会召见你们的。"

利玛窦却并不这样认为，他叹道："我看倒不一定……"

说着，忽然又问我："上次在南京城交予你的第一卷《几何原本》感觉如何？"

我不由得赞道："译得太好啦，我都翻来覆去看了好几遍啦！一些在下认为需要修改的地方，也在书上做了标注。"

利玛窦道："太好啦！等我们宣武门外的新宅子装修好后，我再请你到那里去，一起将这套书翻译好。"

我惊奇地问："皇上不是赐你们宅子了吗，为何又要重新购置房子？"

利玛窦道："这宅子在紫禁城内，终究不方便让更多的人看到我们带来的那些西洋奇器……"

……宣武门外的新宅子装修好啦，他们将其命名为南堂。南堂很宽敞，房间也很多，有一个很大的礼拜堂与会客厅。先生对南堂非常满意，还在院子里挖了一口井，以方便他们十多人的饮食起居。先生凝望着崭新的南堂，却非常感慨地对我说："这幢房子，总是让我不由自主地想起肇庆府的仙花寺。低调而内敛的仙花寺，也总是在我的脑海之中挥之不去……"

南堂的落成，似乎并没有让先生高兴起来，他一直为皇上不召见他们而郁郁寡欢。

很长很长的一段时间里，先生总是皱着眉头跟我说："光启，我身处的皇宫就像地狱一般，而我们也正如那些在烈焰中向神伸出求救双手的灵魂……"

我真不知道该如何劝慰他。因为我已开始慢慢明白，其实皇上只不过是将他们当作宫中的修钟匠而已。先生甚至感叹说："我真怀疑我们还有没有可能继续下去，我已经开始感到被无数的无奈与绝望所笼罩……"

我不能让他就这样蹉跎下去，我也知道先生对于我们的意义所在。我忘不了先生曾经对我说过的那一番话："光启，我发现你们的思维方式是有缺陷的，没有我们那样的理性思维，也就是没有《几何原本》那样的假设与求证，这正是你们所需要的。"正因为这一番话，让我开始想办法帮助先生，希望帮助先生尽快从无奈与绝望中走出来。就这样，我向先生提出了开始继续翻译《几何原本》的想法。

我对先生说："既然你在肇庆府已开始翻译第一卷《几何原本》，为何不将这件有意义的事情完成呢？这可是件惠及千秋万代的事情啊！"

先生叹息道："这部书十分难译，我与瞿太素尝试翻译的第一卷你也看过啦，多么不尽如人意啊！"

我说："其实第一卷已译得非常好，那些点、线、面等名词术语译得非常准确啊！"

先生摇头道："但还是有许多地方不完善啊！"

我说："我不是已经帮你们做了一些修改了吗？我认为只要我们再努力一把，是完全可以做得更好的。"

先生一脸无奈地又道："可我现在这样的处境，真没有什么心思啊！况且，你们与我们的语法，还相差那么悬殊，真不容易做到，也实在太难啊！"

我忍不住顿足道："先生，若避难，难自长大，如迎难，难自消微啊！"

先生长叹道："可我来紫禁城的目的不是翻译《几何原本》，而是为了影响你们的皇上啊！"

我说："先生，这件事情如果做成功了，说不定就影响了皇上，影响了大明的所有人。须知，梦想与现实，往往是你中有我，我中有你的啊！"

见先生不吱声，我又劝他："与其这样蹉跎下去，倒不如在有生之年做一件有价值的事情……"

先生犹豫道："你认为我们可以做得到吗？那么难的一件事情！"

我坚定地点头道："我认为我们一定能够做到，只要你详细地给我讲解，我再做好记录，然后再慢慢地译出来，最终由你来审定，就一定会成功！"

见我如此坚持，先生就答应一试。

此后每天的下午，我都会到宣武门外的南堂去与先生一起译书。

转眼天气变冷。那日清早，我起来穿衣戴帽，却发现腰带找不着了，于是就顺手找来一条布带系上。夫人见了，笑道："翰林院薪水再少，也不至于添不起一条腰带呀！你这么节俭，别人看见了，还以为我把银两看得紧，你妻管严呢！"我毫不在乎地对她说："只是一条腰带而已，又何必那么较真呢？"夫人却说："你什么事都不较真，就跟西洋人一起译书这件事较真。"知道女人都这样啰唆，我也懒得理她，就赶紧出门去翰林院。

到了街上，我抬头一看天空，见天色发黄，心想可能要下雪啦。

中午从翰林院出来，果然就见大雪纷飞。

冒雪来到南堂，见先生已在书房里奋笔疾书。

我知道先生正在审定那些已经翻译出来的书稿，怕打扰他，于是蹑手蹑脚地走到自己的书案前轻轻坐下。

　　屁股刚挨椅面，先生便抬起头来惊讶地说："下大雪了，我还以为你今天不来了呢！"

　　我说："先生您已在工作，光启又如何能不来呢！"

　　先生笑一笑道："那好，我们开始吧！"

　　我点点头："请先生口述吧，光启已准备好笔录！"

　　《几何原本》一共十五卷，眼下我们已经译到第六卷。先生说，欧几里得的《几何原本》其恩师丁先生加入了大量个人的注释和评论，而他师从恩师自然对这套书了如指掌。他说："我精通你们的语言，口译对我来说难度不大，倒是难为光启你啦。"

　　确实如先生所说的那样，我常常感到困难，译起来既要意思准确，又要文字通顺，不容易啊！许多像三角形那样的名词术语，都是靠自己苦思冥想出来的。

　　所以经常要字斟句酌，既要切合含义，又要通俗易懂，以便于所有人理解。

　　功夫不负有心人，付出总算有了回报。很快，第六卷也译好啦。我又再三修订和增删了多次，才由先生最后定稿。

　　第六卷译毕，我想再译第七卷，先生却说："光启，先将这六卷刻印，其余的，缓一缓以后再说吧！"

　　我急问先生："为什么会有这样的想法呢，不是说得好好的吗？"

　　先生叹息道："译书毕竟不是我的正业，已有人说我将副业当成正业啦……"

　　我闷闷不乐道："那就按先生所说的，先将这六卷刻印。"

　　幸好，《几何原本》前六卷是讲图形的，剩余的其他卷本才是讲数量的，所以尽管先将前六卷刻印，也是可以自成体系而不影响阅读的。

　　我兴冲冲地将六卷散发着浓浓墨香的《几何原本》轻轻地放在先生的书案上时，他抬起头问我："这么快就印好啦？"

　　我开心地答他："是的，请您看一看印得如何？"

　　先生拿起第一卷书，抚摸着封面上的那行"利玛窦口译，徐光启笔受"小字，欢喜地说："太好啦，真是太好啦——！"

先生翻看着书又感慨地说："欧几里得图形学，译成中文成几何啊！"

我动情地感谢先生："为了这六卷书，先生付出了不少心血啊！"

先生语无伦次地道："印出来就好，印出来就好。"

六卷新书印好，我也被授予翰林院检讨一职。

说心里话，我的心思这时都不在翰林院里，而是在那几卷还没有译完的《几何原本》上。

在翰林院，也是做些编书、修史的事情，但远不如自己译书更来劲。翰林院的工作说忙不忙，说清闲也不清闲，这一日，我一直忙到天色都暗下来了，才步出翰林院。出午门，立即就赶往宣武门外的南堂。

对于何时开译第七卷的《几何原本》，先生一直没有给我个准确的日子，我就隔三岔五地去追问他。

来到南堂，我又直截了当地问他："先生，我们何时开始译第七卷呢？"

先生总是不好意思地搪塞我："近来太忙啦，再过一段时间好吗？"

过了一段时间，我又去追问先生何时开始译书。先生见我如此不厌其烦，知道不好再推辞啦，有一天就说："等忙完这两天，我们就开始吧。"

先生终于答应了我，我可高兴了。

正要开始译书的时候，不想从老家传来噩耗：家父仙逝了！

身为人子，孝字当先，我唯有速回老家料理父亲后事，并守制三年。

先生知道我要回乡举丧和守制，就伤心地对我说："恕我只能在南堂为阁下先尊举行祭礼了。"

我满脸悲痛地谢过先生后，又道："三年后，先生可要等我回来再译《几何原本》啊——！"

终于回到老家。族中兄弟早就帮忙将墓地打好，守灵七日，然后就是出殡……

父亲入土为安，而我亦在墓地搭建茅庐守孝三年。

每日在墓庐里读书抄经，时间过得倒也很快。

一日，族中一位兄弟来墓庐看望我。这位兄弟在福建做教书先生，带回了一袋甘薯，听说我正在守孝，便拿来几个给我尝尝。甘薯我早就听说过，可还是第一次见到。利玛窦先生曾经告诉过我，说甘薯是西班牙人引种到苏禄群岛上让苏禄苏丹人种植，然后再运出岛外卖钱的。因此，他们不让一棵种苗流出岛外，以免断了自己的财路。那位兄弟一边给我切开甘薯吃一边又介绍说，甘薯之所以叫甘薯，是因为它无论生吃或者煮熟吃，都甘甜可口，也饱肚子。那位兄弟还说，是一位到南洋谋生的福建人陈振龙，冒死将甘薯藤偷偷藏在怀里躲在船舱底，才将种苗带回福建老家的。回到老家的陈振龙就是靠这些种苗，将甘薯繁殖起来的。甘薯因为从番邦传入，故又名番薯。番薯种活后，收成极好，又因好吃易填饱肚子，故福建一带因为此物而活人无数，人丁马上兴旺起来。

听那位兄弟这样一说，我马上想到如果整个大明都种植此物，那岂不是也可活人无数……于是，我就请他再给我半袋番薯，试种一下看能不能将其种活。

墓庐前有块空地，平时我就种些瓜菜打发日子。我将那位兄弟送我的番薯全都种到地里，看它能不能长出叶子来。

在我的精心打理下，那些种到地里的番薯竟然真的就长出了嫩苗。我一见，可高兴啦。薯苗越长越壮，在地里蔓延着。这时，我又将一些薯藤剪下来，分种到其他的地里……

眨眼就到了秋天，地里一片绿油油的。可是，我还不敢肯定那些四处蔓延的薯藤下，究竟长没长薯块。有一天，终于忍不住啦，便小心翼翼地挖一棵来试试看。结果，刚扒开泥巴便见拳头般大的一块番薯映入眼帘。急忙又去挖旁边的那棵，只扒拉了几下，倏地触碰到了泥土里的惊喜。我蓦地跳将起来，疯了一样大喊大叫。

突然听到我的疯叫声，儿子急忙从墓庐里跑了出来，问："爹，发生什么事啦？"

我激动地答他："好事，天大的好事！"

……将地里的番薯挖完，看着眼前喜人的好收成，儿子高兴地道："爹，这么多番薯，够我们家吃上一年半载啦，而粮食就可以省下来明年再吃啦！"

我说："还要分一点给乡亲们吃，也把种苗分给大家试种。"

乡亲们吃过我们种的番薯后，都纷纷询问我种植的方法。我自然倾囊相授，并分送他们种苗。很幸运，乡亲们也将那些种苗种活了。眼看四乡八邻种植番薯的乡亲越来越多，我就把种植的方法写成文字，供人抄录……

有一年，家乡粮食歉收，幸好地里的番薯有个好收成，大家就靠它度过了荒年。乡亲们纷纷上门来感谢我，说，如果没有这番薯，肯定会饿死很多人。

许多年以后，我告老还乡，还想办法改良了许多盐碱荒地，试种各种作物，并专心研究农学，写成了《农政全书》……这都是后来发生的事情，这些不说也罢，还是说一说我在家守孝时的事情吧。

三年丧期转眼即过，我便下山回家收拾行李准备返京。三年来，我无时无刻不在想，回京后，该如何与先生尽快将剩余的《几何原本》译完。

这天，家人正忙着往马车上搬行李，我也逐一地嘱咐家中各人要照顾好自己。这时，有个年轻子侄匆匆跑进来说："光启伯，县衙有人给你送来一封信，说是从京城来的急信。"

展信一看，顿时傻了眼，竟是另一个噩耗：利玛窦先生竟突然病故——！

……跪在先生的灵前，我一遍遍哭问："先生，为何不等我回来译书呢？"

先生的丧礼是我亲自主持的。南堂的人都说，先生与我亦师亦友，感情最好，由我来主持先生的丧礼，最为合适。有好心的人提醒我说，你一个朝廷命官，亲自主持一位西洋人的丧礼，也许会惹人非议。我想，皇上都御赐先生墓地，我还怕人非议？

看着先生的灵柩徐徐向墓穴下滑，一桩桩、一幕幕的往事也就断断续续浮现脑海。斯人已去，可先生平日里那些幽默、聪慧、平易近人的言谈举止，却总是在脑海中挥之不去。想起这些，我再度悲从中来，任伤心的泪水从脸上滑落。

　　顾不了自己朝廷命官的身份，我忍不住走过去，伸出颤抖的双手，默默地拿起牵棺的绳索，帮助他们将先生的棺椁葬入墓穴。

　　为先生覆上黄土时，想起我们还没有译完的书，我一下子忍不住痛哭起来。

　　我一边铲着黄土一边痛哭道："先生，您安息吧，您未完成的事情，我们会帮您完成的……"

　　新来的神父熊三拔过来劝慰我："徐大人，莫再伤心了，相信此别并非永别！"

　　尽管眼泪模糊了我的双眼，可并没有模糊我的心，我轻轻地点点头，在胸前画了一个十字，感谢熊三拔神父的好意相劝。

　　埋葬先生的时候，我并没有按惯例把手中的那条绳索扔到墓穴里，而是悄悄地揣在了怀里。

　　回南堂的路上，熊三拔神父悄悄地问我："大人为何要留下它？"

　　我说："留个念想吧，也愿先生了却尘世操劳，免除绳索的束缚，自由自在地飞往天堂，又或者魂归故里……"

第十八章　利玛窦

光启回家守制之后，我就开始觉得自己越来越吃不消啦。

没完没了的会客与回访，让我有一种喘不过气来的感觉。白天不仅要教新来南堂的同伴中文与儒家经典，还要教大明官员士大夫们数学与记忆术……晚上则又要读书写作和写信写日记……似乎总有忙不完的事情。

我越来越晚才上床睡觉，也越来越早地起床开始每天的工作……

终于有一天，精疲力竭的我从外面回来，直接就倒在了床边。

我一开始以为没什么大事，心想休息一两天就会恢复过来的。结果，一躺就躺了好几天。我知道大事不妙，也开始明白这是积劳成疾，是要去往天国啦。

年轻神父庞迪我与熊三拔都很关心我，急忙请来郎中给我诊治。然而，吃过那位郎中的好几服药，我的病仍没半点起色。于是，他们又请来京城里最为有名的六位名医到南堂来为我会诊。对于我的病，这六位名医意见不一，他们竟然开出了六张不同的药方。面对六张不同的药方，熊三拔一脸无奈，最后他诚恳地祈祷之后，闭上眼睛随便拿了一张药方便急忙去给我抓药。

又吃过几服药，感觉还是原来的那个样子，我心里就一下子全明白啦。我让他们将我从楼上的卧室搬到楼下的礼拜厅，说是方便那些前来探视我的人，其实是为了方便同伴们为我料理后事。

庞迪我与熊三拔似乎也预感到了什么，整天满脸愁容。

我微笑着劝慰他们，并叮嘱他们说："要像我关心你们一样关心所有的后来者……"

说罢，我就慢慢地闭上了眼睛。

虽然我已经闭上了眼睛，但我仍然能够清晰地看见尘世间的一切。

他们在整理我那些已经刻印的书籍或者手稿时，我看得一清二楚：他们将《葡汉辞典》《几何原本》《测量法义》《西琴曲意》《交友论》《畸人十篇》《西国记法》《二十五言》等书稿一本本整整齐齐地码放在书案上……

他们在给我料理后事时，我也看得一清二楚：一直跟我学习油画技巧的华人修士游文辉为我画了一幅肖像油画，说是用来挂在灵堂的正中央。如果我没有记错的话，这应该就是黑头发黄皮肤人画的第一幅油画。他们为我买了一口上好的棺木，我就躺到里面去啦。前来吊唁的官员士大夫们都说我面带微笑，脸上的神情就像圆寂的佛祖一样。有位官员还感慨地说，你看他多像蜜蜂啊！蜜蜂本来是想到花朵里去采蜜的，却无意之间传播了花粉……盖棺的那一刻，祈祷的歌声悠扬而起，我甚至嗅到了杉木的清香……

棺盖缓缓闭合，眼前慢慢变得漆黑。

尽管眼前漆黑一片，可是我还是能看清尘世间的一切。

庞迪我对那些前来吊唁的大明官员们说："利玛窦神父因病故去，我们都很悲痛，可更让我们感到悲痛的是，竟不知道该如何运送他的遗体返回故国。"

熊三拔也叹息道："两地相隔万里，船上的水手又通常都不愿意看见棺木，你说我们如何将神父的灵柩运回故土呢？"

听了他们的诉说，那些官员士大夫们长吁短叹之后，都纷纷建议他们奏请皇上赐我一块墓地。

就这样，庞迪我在那些官员士大夫们的帮助下，开始给万历皇帝起草一份奏章。那份奏章自然极尽华丽的辞藻，可惜，我只记得其中的大概意思："……皇上的胸襟如尧帝般宽广，不仅恩泽大明而且怀柔远夷……他活着的时候领受皇上赐予的俸禄，相信死后亦能得到皇上恩赐的一块墓地……"

万历皇帝恩准了庞迪我的请求，将平则门外二里沟滕公栅栏的一块土地赐给我做墓地。

棺木徐徐落到御赐的墓穴后，我还看见徐光启将一条绳索悄悄地收入怀中……

听到徐光启大喊一声"下土"之后，我看见他们纷纷往我的棺木上铲土。黄土落在棺顶上噼啪作响，越积越多。

他们把我深深地埋在地下，可是我还是能看清尘世间的一切。

许多年以后，我甚至看见一位白发苍苍的老人来到我的墓地。他将一束鲜花轻轻地放在那座中式螭首方座墓碑前，然后俯下身子，轻轻地抚摸着墓碑上那些被岁月侵蚀得越来越模糊的文字。

他的身后站着许多陪同的人，一个个默不作声，就像我四周那一座座静静地竖立的墓碑。

忽然，我看见一个跟我一样长得钩鼻碧眼的年轻人走了上来，在那位老人的耳畔小声说道："总统，走吧，我们下一站还要到中华世纪坛呢！"

那位年轻人说的，竟是我最熟悉不过的家乡话。

后来，我就跟着他们走进了一座巨大的日晷。在金碧辉煌的大厅里，我还看到了自己和马可·波罗的雕像……

我还跟着他们，回到了马切拉塔。

阳光依旧灿烂。古城依旧是海岸与田野环绕的古城，城门与城墙依旧古老，依旧坚实，一些建筑亦依稀可辨。像小时候那样站在教堂高处的大钟下，依然可以远眺雪山与海岸。

走过一条条小石铺筑的街巷，街灯仿佛映照出我的往事旧影……

后记

　　有人说，世间所有最好的文学作品，都是神把着人的手在写的。

　　也许，读完《仙花寺》这部长篇小说时，你并不认为这是一部好的文学作品。可是，我还是忍不住想告诉你：当开始写这部长篇的时候，我突然间觉得自己恍惚就是一个身后有神的写作者。

　　那天，我迫不及待地打开电脑开始写这部长篇的情景，至今仍然记忆犹新，清晰如昨：伴随着清脆的按键声音和闪动的光标，当"仙花寺"这三个方块字跳跃而出的时候，我不禁想起了簕竹围天主堂的五华籍客家人李神父。我刚从他那里回来，一回来便冲进书房，迅速地打开电脑……

　　一个小时之前，李神父引领我瞻仰完那尊似曾相识的铜像后对我说的那番话，始终挥之不去："由利玛窦家乡意大利马切拉塔市赠送的这尊铜像，1990年抵达海关，在海关的仓库里一待九年，直至1998年才由海关的工作人员送至簕竹围天主堂……铜像进入肇庆的波折，与明万历年间利玛窦本人获准在肇庆居留相比，有过之而无不及……"

　　广东肇庆的簕竹围天主堂，离我家直线距离不足二百米。透过书房的窗户，码字的我常常会看见天主堂尖尖的白色屋顶上那个若隐若现的黑色十字架。

　　圈中好友知道我在写这样的一部长篇，于是好心地劝我放弃：

"这样的写作是一种冒险，这样的题材，弄不好连出版都成问题！"

我说："不会吧，400多年前的肇庆知府王泮都如此开明，如此包容，不是说'开放看广东，包容看肇庆'吗？况且，为了写作这部长篇，我恶补了大半年明史，读了海量的譬如《利玛窦中国札记》《万历十五年》这样的书籍，你叫我放弃就放弃啊！"

阳江老作家冯峥知道后，却鼓励我坚持写下去，他说："深入史料已经不易，再从史料中跳出来，进入文学的构思就更难啦，写完它吧！这样的题材，肇庆的作家不写，说不过去！"其时，这位老人家刚以70岁高龄写出一部令人拍案叫绝的《南海1号传奇》，他说："南海1号这个题材只能我来写，因为我是阳江人，我真正当过渔民；这部长篇我写得很爽也很痛苦，有时候心血来潮，三更半夜爬起来，写到天亮，老婆骂不要命啦！"

都是70后作家，老作家都不怕，我还怕什么？哪怕出版的时候将书名改成《知府王泮》也要写，于是，便决定义无反顾地写下去。

我想，正如李神父所说的那样，只要从正面去反思，引向好的方面发展，就一切都可迎刃而解。是的，人常常有意识的误判，当没有理性对待去判断的时候，正能量也会变为负能量。因此，首先要排除意识的歪曲，写出真实的东西来。那么，这部长篇，只要从东西方文化交流的角度去写，不是一切问题都可以解决了吗？毕竟，人人都说，哥伦布发现了美洲大陆，而利玛窦则发现了中华文化。

写作期间，适逢G20峰会在杭州召开。当天，国家主席习近平和夫人彭丽媛在杭州西子宾馆举行欢迎晚宴，欢迎出席G20杭州峰会的宾朋。二十国集团成员领导人及配偶相继抵达。在晚宴致辞中，习主席说："杭州，与在座各位的国家有着密切的联系……400多年前的1583年，意大利人利玛窦来到中国，他于1599年记述了'上有天堂，下有苏杭'的说法，据说这是首个记录、传播这句话的西方人……"习主席的这番话，和他在G20杭州峰会上阐述的"世界经济发展的历史证明，开放带来进步，封闭导致落后"的理念，更加坚定了我要把这部长篇写完的信心。

写作期间，又适逢省作协组织广东作家到内蒙古采风。辽阔的大草原，对于南方作家来说，实在是一种诱惑。接到电话通知时，我正在埋头赶写这部长篇。是否中断写作，远赴内蒙古与当地的作家交流，并且一览大草原旖旎的风光，这让我始终犹豫不决。最终，是马可·波罗让我决定了这次草原之行。我发现通过手机短信发过来的行程竟然安排有赴锡林郭勒盟正蓝旗草原参观世界文化遗产元上都遗址。史学家说元上都可与意大利古城庞贝相媲美。成吉思汗之孙、元世祖忽必烈就是在元上都登基建立了元王朝的。还是在元上都，忽必烈不仅接受了南宋君主的朝降，而且接见了马可·波罗。年仅17岁的威尼斯青年马可·波罗随父亲和叔叔历经千难万险，用时三年，行程数万里，沿着古丝绸之路，来到了元上都，觐见了忽必烈。之后，他在那里度过了17年，回国后口述了《马可·波罗游记》，使得元上都举世闻名。

北京中华世纪坛里有影响中国历史的100位历史名人雕像，其中仅有两位外国人，一位是马可·波罗，另一位便是利玛窦。马可·波罗以《马可·波罗游记》闻名于世，这大家都知道，但在肇庆一待六年，后来也写了一部价值远胜于《马可·波罗游记》的《利玛窦中国札记》的利玛窦，估计知道的人不会太多。

接到省作协组联部小梁的电话通知时，我的视线始终没有离开过那个白色的屋顶和黑色的十字架。为了更好地写作《仙花寺》这部长篇，我决定暂时中断写作，先赴草原，去看一看马可·波罗曾经去过的元上都。事实上，我一直以为，这次草原之行，也是冥冥之中早就注定的。因为，有些历史看似已经消逝，其实是注定要回到我们身边的，这就是神的安排。做出草原之行的决定时，我恍惚看见那个17岁的威尼斯青年，正坐在马背上回过头来冲我诡谲地一笑。就是那诡谲的一笑，将历史与当下接续，将两个同样钩鼻碧眼的意大利年轻人联系到了一起。

马可·波罗进入元上都，尽管年纪较轻，但好歹有父亲和叔叔领着。他不仅见到了大汗，还隔着雕花的龙案，向忽必烈手舞足蹈地讲述了神游世界55座城池的所见所闻，最后还成了大汗的座上宾，彼此亲密到甚至可以随时对弈。可是利玛窦呢？他只有一个同伴罗明坚，而且当时朝廷还明令不让外国人在内地居留。他们为了能够留下来，不得不隐姓埋名，身着僧袍并自称"西僧"。所幸的是，肇庆知府王泮对他的广识博学十分欣赏，不仅批准他们可以在城东的崇禧塔旁建寺居留，还亲笔题写"仙花寺"与"西来净土"两匾相赠。于是，他们才得以以"天竺僧"的身份在广东肇庆建寺并居住了六年。利玛窦在仙花寺里展示"欧洲远来之异物"，这些异物有：中国内地出现的第一件西洋乐器，第一幅西洋油画，第一个自鸣钟和挂表；使中国人第一次知道除农历以外世界上还有一种普遍使用的公历，第一次观赏天球仪、地球仪、象限仪、望远镜等西方天文地理观测仪器。还是在仙花寺，他设立了中国第一所西文图书馆，陈列各种西方书籍；绘制了第一幅中文世界地图；研制了中国内陆第一座机械自鸣钟；编纂了第一部中西文字典《葡汉辞典》。还是在仙花寺，他开始萌发了把以"四书""五经"为主的中国经典著作翻译成拉丁文的想法并付诸行动，最后让欧洲人了解中国，知道中华民族是"世界上最明智和最开化的民族"。是他，把欧洲文明带到中国，又把中国儒家文化传播到西方。他既沟通了中西方语言文化，又开创了汉语拉丁拼音音标，成为沟通中西方文化的第一人；是他，让隔绝已久的东西方，获知了对方的消息；是他，让两种截然不同的文明，因为对视而发生深刻的变化……他也最终叩开了紫禁城的大门，被授权自由出入皇宫，并受到皇帝的保护。他得到了大明官员和文人的尊重，甚至还受到宫廷里最有权势的太监们的爱戴，被视作宫廷的祥瑞之兆。然而，过着隐居生活的万历皇帝并不像忽必烈，他仅仅需要一个修表匠而已。他召利玛窦入宫，只是为了方便修理宫中常常偷停的西洋钟。利玛窦始终无缘与皇帝相见，他由始至终只见到了皇帝的宝座，这让他一度陷入了绝望……

　　明万历年间，肇庆是两广总督府驻地，俗称省都。当时的肇庆知府王泮在两广总督的默许之下，允许穿僧袍的"番僧"利玛窦在崇禧塔旁建造一座仙花寺并在肇庆居留，这在守旧的当时是破天荒的事情……也正因为利玛窦这位"番僧"，现在仙花寺遗址旁边的崇禧塔还被我们当地人唤作"番塔"和"花塔"……

　　据说，利玛窦还曾在肇庆与著名戏剧家汤显祖会晤。汤显祖由礼部主事贬到湛江徐闻当典吏创办贵生书院后，北返赴遂昌知县任时路过肇庆，当时与利玛窦一见如故。这次会晤，汤显祖的《端州逢西域两生破佛立义偶成二首》诗中有记载，甚至还影响到他后来戏剧名作《牡丹亭》的创作。《牡丹亭还魂记》有数场戏不仅与澳门的佛教、天主教以及域外世俗文化产生神奇的联系，而且出现了洋船、洋商、"番鬼"、译者、"三巴"为特征的情节和场景，这似乎都说明他们确实曾经在肇庆见过一面……

这些，估计知道的人也不会太多。

利玛窦踏入中国的第一站是广东肇庆，随后以天竺僧的身份在肇庆建仙花寺并居住六年，再辗转韶关、南昌与南京，最后前往北京叩开了紫禁城的大门。他尽管最终都没能实现与过着隐居生活的万历皇帝相见的愿望……所幸，这时他却与徐光启相遇了。正因为徐光启，利玛窦才不感到孤单。在此之前，徐光启前往北京参加科举考试，途经南京时曾夜访早闻大名的利玛窦，两人成了莫逆之交。及后，高中出仕的徐光启与利玛窦在北京重逢。正是在利玛窦因见不到万历皇帝而感到孤单和彷徨的时候，徐光启每天下午去宣武门外的南堂陪伴他，并开始合作翻译《几何原本》……徐光启因为利玛窦而精通西方的科技，他也因为利玛窦而有一个富国强兵的梦。正因为徐光启，明王朝不仅改良了大炮的铸造技术，还引进了炮规、铳尺等先进仪器。正因为徐光启与利玛窦，中国人才知道什么叫三角形、对角线。上海的徐家汇也正因为徐光启才叫徐家汇……

这些，估计知道的人也不会太多。

乘着上海举办"文苑墨色——广东文学界六书画展"之机，我与老作家冯峥抽空偷偷坐地铁去南丹路的光启公园看看。顶着烈日，拜谒完徐光启的墓地，绕过残缺不全的石羊、石马，然后到光启纪念馆里仔细地看了那些历史文献资料，便急匆匆地步出公园，飞奔上海地铁1号线的徐家汇站入口。人来人往的徐家汇地铁站地下大堂的步梯旁，只有我们默默地站在那里仔细地看墙上的那些有关徐光启和徐家汇的历史资料和黑白老照片……

那一刻，我不禁想起千里之外的家乡——广东肇庆的古城。肇庆古城的北门即两广总督府旧址旁有一条短街，叫十字街。十字街里有一座尖顶的房子，房顶上竖着一个十字架。这座大门上悬挂着"道源斋"巨大牌匾的房子如果不是房顶上竖着一个十字架，你根本就不会知道它是一座教堂。这跟早就被毁、已经不复存在的仙花寺一样，没有露出哥特式建筑尖挺的外形，而是遵循了中国的建筑语法，像所有中国南方的房子一样低调地静静地蹲伏在路边，含蓄得就像内敛的广东人一样。

　　道源斋是清代同治二年法兰西籍传教士荔神父为纪念利玛窦在中国传教的功绩，而专门在肇庆十字路8号修建的一座教堂，取名"道源斋"。为什么称为"斋"而不直接叫"教堂"呢？是因为当时的穆宗载淳皇帝不准在城内兴建教堂，荔神父唯有"上有政策下有对策"，认为既然前辈利玛窦的教堂都可以变通叫作"仙花寺"，他建的教堂又是为了纪念前辈的，为何不可以把教堂叫作"斋"呢？于是就把这座教堂命名为"道源斋"。我觉得，"道"有宣扬、宣传的意思，而"源"则喻福音起源之处，这教堂叫这样的名字，倒是贴切。据说，直到辛亥革命之后，推翻了清政府，"道源斋"教堂的屋顶上，才竖起了标志性的大十字架；据说，这条十字街原来也不叫十字街，是后来因为道源斋屋顶上竖起了十字架，慢慢才开始叫十字街的。

　　这些，估计知道的人也不会太多。

　　这一切，都是支撑我誓要将《仙花寺》这部长篇写完的原动力。

　　书稿付梓的那天晚上，我又跟往常一样，独自一个人默默地登上肇庆的宋城墙散步。我一边走一边想，一座城市的根在哪里？我想，应该在它的老城，在它的老街和小巷里，在它的历史和人文里。我想，假以时日，肇庆的古城，肯定可以向世人诉说包公府衙和两广总督府悠久的历史，因为，现如今以肇庆古城墙、包公府衙、两广总督府、崇禧塔中西文化园为重点的府城复兴正如火如荼地进行，今后，远方的客人来到肇庆，如果在国内为数不多的宋代古城墙上慢慢行走，或者在古城里的老街和小巷里踽踽独行，肯定会突然间觉得自己一下子回到了过去……这时，他不仅可以一览肇庆府城的全貌，还可以喟叹历史的沧桑和寻找属于这座古城的独特记忆。

后
记

写作期间，作者专门前往北京拜谒利玛窦先生墓。刚至墓前，便见一只黑白相间的体硕大鸟在地上跳跃欢叫……

看见这只大鸟，作者仿佛看见了那个同样身材魁梧、钩鼻碧眼的年轻人，他不也是身穿有白色领圈的黑色长袍吗？

写作之余，作者喜画花鸟画，犹爱画家乡肇庆的那些外来之花草树木，譬如紫荆花或者鸡蛋花。

《紫荆花》（50cm×50cm）/钟道宇

不为什么，只因为作者对家乡这些随处可见的花草树木有着非一般的感情。因为鸡蛋花乃肇庆市的市花，传说就是当年利玛窦先生引种至肇庆的。

花本是普通的花，但与利玛窦先生扯上了联系，仿佛就不一样了……